The Phantom of the Opera

오페라의 유령

옮긴이 **이보경**

동아대학교 영어영문학과를 졸업하고 이화여대 통역대학원에서 번역 과정을 마쳤다.
『열정적인 삶』,『미래의 선택』,『제4물결』 등을 우리말로 옮겼으며,
「부에나 비스타 소셜 클럽」,「오감」,「프라하 이야기」 등의 영화 자막을 번역했다.
현재 전문 통·번역가로 활동 중이다.

오페라의 유령

초판 1쇄 발행 2001년 9월 20일   재판 1쇄 발행 2009년 9월 21일

지은이 가스통 르루   옮긴이 이보경   펴낸이 신민식

출판1분사 분사장 박선영
편집장 최혜진
편집 최혜진   **디자인** 차기윤
마케팅 권대관 곽철식 이재원 이귀애   **제작** 이재승 송현주

펴낸곳 (주)위즈덤하우스   출판등록 2000년 5월 23일 제13-1071호
주소 경기도 고양시 일산동구 장항동 846번지 센트럴프라자 6층
전화 031-936-4000   팩스 031-903-3891
전자우편 yedam1@wisdomhouse.co.kr   홈페이지 www.wisdomhouse.co.kr
출력 엔터   종이 화인페이퍼   인쇄 영신사

값 10,000원   ⓒ 예담, 2009   ISBN 89-88902-21-1 03860

국립중앙도서관 출판시도서목록(CIP)

오페라의 유령 / 가스통 르루 지음 ; 이보경 옮김. -- 고양 :
위즈덤하우스, 2009
   p. ; cm

원표제: Le fantôme de l'opéra
영어번역표제: The phantom of the opera
원저자명: Gaston Leroux
영어로 번역된 프랑스어 원작을 한국어로 중역
ISBN 89-88902-21-1 03860 : \10000

프랑스 소설[--小說]

863-KDC4
843.912-DDC21   CIP2009002827

오페라의 유령

The Phantom of the Opera

가스통 르루 지음 | 이보경 옮김

예담

유령은 결코 아니지만
에릭처럼 음악의 천사인 나의 형 조에게

사랑을 담아, 가스통 르루

Contents

오페라의 유령은 정말로 있었다. 오랫동안 사람들은 오페라의 유령이 예술가의 상상력이나 오페라하우스 경영자들의 미신에서, 또는 어리석고 잘 속는 발레단의 소녀들과 그 어머니들, 좌석 안내원, 휴대품 보관소 직원이나 관리원의 머리에서 나온 것이라고 생각해 왔지만 사실은 그렇지 않다. 철저히 유령의 모습, 그러니까 귀신의 그림자 같은 모습을 하긴 했지만 그는 피와 살을 가진 인간이었다.

프랑스 국립음악원 서고를 뒤지면서 나는 '유령'에 관한 현상과 파리 상류사회를 들끓게 했던 특이하고 비현실적인 비극 사이의 놀라운 관계를 알고 충격을 받았다. 그리고 나서 곧 유령 현상

을 통해 이 비극을 밝혀낼 수 있겠다는 생각이 들었다. 당시 일어
난 일련의 사건은 30년도 채 안 된 일이다. 지금도 발레단의 휴게
실을 조사해 보거나 존경할 만한 노인, 확실히 믿을 만한 사람, 당
시의 수수께끼 같은 사건들을 어제 일처럼 기억하는 사람들의 힘
을 빌리면 크리스틴 다에의 납치, 샤니 자작의 실종, 그의 형인 필
리프 백작의 사망(그의 시신은 스크리브 거리 쪽 오페라하우스의 지하
실 아래층과 연결된 호숫가에서 발견되었다) 등을 둘러싼 당시의 정황
을 알아보는 것이 어렵지 않으리라 생각한다. 그러나 이 증인들도
오페라의 유령이라는 전설적 존재와 이 사건들을 연결 지을 생각
은 하지 못하고 있었다.

　진실을 알아내는 데는 많은 시간이 걸렸다. 이 일을 조사하는
과정에서 매순간 나는 언뜻 보면 초인간적이라고나 할 사건들과
맞닥뜨렸고 따라서 진실을 캐내는 작업이 더욱 복잡해졌다. 아울
러 나는 허상을 쫓는 희망 없는 작업으로 기운을 빼는 이 일을 포
기하고 싶은 적이 한두 번이 아니었다. 결국 나는 내 예감이 틀리
지 않았다는 증거를 얻었고 오페라의 유령이 단순히 그림자만은
아니었다는 확신을 얻은 날, 내 모든 고통은 보상을 받았다.

　그날 나는 오랫동안 『오페라 관장의 회상록』에 매달려 있었다.
이 책은 회의주의적인 오페라 관장 몽샤르맹이 쓴 가벼운 신변잡
기를 담은 책이다. 그는 오페라 관장으로 있는 동안 유령의 수수
께끼 같은 행동에 대해 전혀 이해하지 못했고 다만 자신이 이상한
돈 문제에 얽혀 첫 희생물이 되는 순간까지 그저 이 유령을 웃음

거리로만 여긴 인물이다. 돈과 관련된 이 사건은 '마술 봉투'와 함께 진행되었다.

실망을 안고 서고를 빠져나오다가 나는 음악원의 부원장을 만났다. 그는 층계참에 서서 생기 있고 예의 바르게 보이는 노인과 이야기하다가 나를 그에게 소개했다. 부원장은 내가 하는 작업을 모두 알고 있었고 내가 유명한 샤니 사건의 담당 판사였던 포르의 소재를 파악하려 애쓰고 있지만 아직 찾아내지 못했다는 것도 알고 있었다. 아무도 그가 어떻게 되었는지 알지 못했고 생사마저 알 길이 없었다. 그러던 그가 캐나다에서 15년을 보내고 파리로 돌아왔다. 오자마자 그가 맨 먼저 한 일은 오페라 관리사무소를 찾아가 무료 입장권을 요구한 것이었다. 이 노인이 바로 포르였다.

우리는 그날 저녁 오랜 시간을 함께 보냈고 포르는 나에게 그가 알고 있던 샤니 사건의 전모를 얘기해 주었다. 그는 샤니 자작의 형이 사고로 사망했지만 증거가 없었고, 자작이 미쳐 있었기 때문에 무죄로 판단할 수밖에 없었지만 크리스틴 다에와 관련하여 형제 사이에 끔찍한 일이 있었다고 믿고 있었다. 크리스틴이나 자작이 어떻게 되었는지는 그에게 들을 수 없었다. 유령 이야기를 하자 그는 웃을 뿐이었다. 그도 오페라하우스의 어느 구석엔가 이상한 존재가 있음을 드러내는 여러 신기한 현상에 대해 들었고 봉투 이야기도 알고 있었다. 그러나 그는 샤니 사건을 담당한 판사로서 자신이 주의를 기울일 만한 어떤 것도 봉투에서 발견하지 못했고, 자기 발로 찾아와 여러 번 유령을 만났다고 증언한 사람의 이야기를 듣는 정도 이상의 가치는 없었다고 말했다. 이 증인은 바로 파리 시민이 '페르시아인'이라고 부른 바로 그 사람이었고 오페라의 고정 회원들 사이에서는 잘 알려진 인물이었다. 포르 판사는 그를 몽상가라고 생각했다.

페르시아 사람의 이야기는 당장 내 흥미를 끌었다. 나는 이 중요하고도 기괴한 증인을 만나고 싶었다. 다행히도 리볼리 거리에 있는 조그만 아파트에서 그를 찾아냈다. 사건 이후 그는 죽 거기 살았고 나를 만나고 다섯 달 후에 죽었다. 처음에 나는 유령의 존재를 의심했지만 이 사람이 어린아이처럼 솔직하게 유령에 대해 알고 있는 것을 모두 이야기하고 크리스틴 **다에**의 기이한 편지를 비롯한 유령에 관한 증거를 나에게 건네주면서 **마음**대로 하라고 하자 더 이상 의심할 수가 없었다. 그렇다. **유령은 신화가** 아니었다!

이 편지는 유령 이야기에 빠져든 어떤 **사람이 처음부터** 끝까지 지어낸 것이라는 말을 들은 적이 있다. **하지만 나**는 유명 인사들의 편지 묶음 속에서 크리스틴의 필적을 **찾아냈고** 이것을 비교해 본 결과 의혹은 깨끗이 사라졌다. 또한 페르시아인의 행적을 조사해 보니, 그는 정직한 사람으로 법의 집행에 영향을 줄 수 있는 이야기를 지어낼 수 있는 인물이 아니었다.

어느 시점에선가 샤니 사건과 연루되고 샤니 가족의 친구이기도 했던 사람들도 같은 의견이었다. 나는 이들에게 내가 찾아낸 모든 문헌과 증거를 보여주었다. 이와 관련하여 D 장군에게 받은 편지를 인용할까 한다.

귀하의 조사 결과를 공표할 것을 강력히 촉구합니다. 훌륭한 가수였던 크리스틴 다에가 사라지고 포부르 생 제르맹(19세기 말에서 20세기 초에 걸쳐 귀족들과 부호들이 몰려 살던 파리의 한 지역으로 최상류 사교계를 의미함 —역주)을 슬픔의 도가니로 몰아넣은 비극이 일어나기 몇 주 전 발레단의 휴게실에서 '유령'에 관한 이야기가 활발하게 오간 것을 나는 분명히 기억하고 있습니다. 유령 이야기가 잦아든 것은 나중에 워낙 놀라운 일이 일어났기 때문입니다. 그러나 유령이 이 비극과 관련되어 있음을 보여줄 수 있다면 유령에 대해서 우리에게 이야기해 주실 것을 간곡히 부탁드립니다. 유령 이야기가 처음에는 수수께끼처럼 들리겠지만 악의적인 사람들이 말하는 것처럼 일생에 걸쳐 서로 존경했던 두 형제가 서로를 죽였다는 끔찍한 이야기보다는 유령 이야기가 더 설득력이 있을 것입니다.

마지막으로 서류 뭉치를 들고 나는 유령이 군림했던 거대한 영토, 그러니까 오페라하우스를 다시 찾았다. 눈에 들어오는 모든 것과 마음에 떠오르는 모든 것이 페르시아인이 건네준 문헌의 내용을 뒷받침했다. 그리고 한 가지 놀라운 발견으로 나의 노고는 결실을 맺었다. 나중에 크리스틴 다에의 음성을 담은 축음기를 파묻기 위해 인부들이 오페라하우스의 바닥을 팠을 때 시신 한 구가 발견되었다. 나는 곧바로 이것이 유령의 시신임을 증명할 수 있었다. 나는 부원장더러 직접 이 증거를 확인해 보도록 했다. 이 시신이 파리 코뮌의 희생자 중 한 사람의 것이라고 신문이 아무리 떠들어도 나는 전혀 개의치 않는다.

코뮌 당시 오페라하우스 지하실에서 학살된 사람들은 이쪽에 파묻히지 않았다. 나는 포위 기간 중 사람들이 보급품을 쌓아둔 거대한 지하실에서 얼마 떨어지지 않은 곳에 피살자들의 유골이 있다고 믿는다. 나는 오페라의 유령의 시신을 추적하다가 이를 발견했는데 앞서 말한 기회가 나에게 찾아오지 않았다면 결코 이를 알 수 없었을 것이다.

시신과 이 시신을 어떻게 할 것인가에 대해서는 나중에 이야기하겠다. 지금으로서는 미프루아 경위(크리스틴 다에 실종 후 처음으로 실시된 조사를 담당한 경찰 간부), 고 레미 씨, 고 메르시에 부원장, 합창 단장이었던 고 가브리엘 씨, 특히 카스텔로 바르베작 남작 부인에게 고마움을 표한다. 남작 부인은 이 이야기의 '꼬마 메그' 역할을 맡았고 이를 부끄러워하지 않았다. 남작 부인은 당시 발레 단에서 가장 매력적인 스타였으며, 지금은 작고한 고결한 지리 부인의 맏딸이기도 하다. 지리 부인은 유령의 박스석(극장 등의 칸 막은 관람석—역주)을 담당한 사람이었다. 이 사람들은 나에게 큰 도움을 주었고 이들 덕분에 나는 진실한 사랑과 엄청난 공포로 가득 찬 몇 시간을 독자들 앞에 상세히 재현할 수 있게 되었다.

이제 끔찍한 사실인 이 이야기를 막 시작하려 하는 참에 다음 분들에게 감사를 드리지 않고 넘어간다면 무례한 일이 되리라. 이 분들은 나의 질문에 친절히 답변을 해주고 나를 도와준 오페라의 현 경영진, 그중에서도 메사제 씨, 부관장 가비옹 씨, 건물 보수를 담당한 건축가 등이다. 건축가는 내가 돌려주지 않을 것을 뻔히 알면서도 샤를 가르니에의 작품을 주저하지 않고 빌려주었다. 마지막으로 나는 친구이자 전 동료였던 M. J. 르 크로즈에게 고마움을 표한다. 그는 자신의 멋진 서재를 내게 개방했고 소장하고 있던 많은 희귀본을 빌려주었다.

가스통 르루

제1 장
유령인가?

The Phantom of the Opera

오페라하우스의 공동 관장인 드비엔과 폴리니의 은퇴를 알리는 특별 공연 날 저녁이었다. 주연 무용수 중 한 명인 라 소렐리의 분장실에 「폴리왹트」의 출연을 마친 발레 단원 소녀 대여섯 명이 몰려 들어왔다. 이들은 놀란 모습이었고 몇몇은 부자연스런 웃음을 쏟아내는가 하면 나머지는 공포에 질려 소리를 질렀다. 은퇴하는 관장들을 위한 연설을 검토하기 위해 혼자 있고 싶었던 소렐리는 화난 표정으로 시끄러운 침입자들을 둘러보았다. 떨리는 목소리로 소렐리에게 상황을 설명한 사람은 호소하는 듯한 눈빛에 뺨은 발그레하고 목과 어깨는 백합처럼 흰 조그만 잠이었다.

"유령이에요" 하며 잠은 문을 잠갔다.

소렐리의 분장실은 평범하지만 우아하게 장식돼 있었다. 큰 거울, 소파, 분장 테이블, 찬장 한두 개가 가구의 전부였다. 벽에는 어머니가 물려준 몇 개의 조각판이 걸려 있었다. 그녀의 어머니는 르 펠티에 거리 시절 옛 오페라의 영광을 누린 사람이었다. 베스트리, 가르델, 뒤퐁, 비고티니 등의 초상화도 걸려 있었다. 그러나 발레단의 소녀들에게 이 방은 궁전처럼 보였다. 소녀들은 공용 분장실에서 노래도 부르고 싸우기도 하고 분장사와 미용사에게 짜증을 내기도 하고, 서로 카시(음료의 일종―역주), 맥주, 심지어 럼 등을 한잔씩 사기도 하다가 종이 울리면 무대로 뛰어나가곤 했다.

소렐리는 잠의 말을 믿었다. 그녀는 잠의 이야기를 들으며 몸을 떨었고 그녀에게 '바보 같은 꼬맹이'라고 핀잔을 주었지만 워낙 유령을 믿는 사람인데다 오페라의 유령은 더 믿었기 때문에 잠에게 자세한 것을 물어보았다.

"봤어?"

"내 눈으로 똑똑히 봤어요!" 하면서 어린 잠은 다리에 힘이 빠져 신음 소리를 내며 의자에 털썩 주저앉았다.

검은 눈동자, 잉크처럼 검은 머리, 까무잡잡한 피부, 가엾도록 바짝 마른 몸매를 한 지리가 나섰다.

"유령인지 뭔지 모르겠지만 엄청 못생겼어요!"

"맞아요!" 나머지 단원들이 일제히 외쳤다.

소녀들은 저마다 떠들기 시작했다. 유령은 정장을 한 신사의 모습으로 통로에 갑자기 나타났는데 어디서 들어왔는지 알 수가 없었다. 마치 벽을 뚫고 들어온 것 같았다고 누군가가 말했다.

침착한 한 소녀는 "웃겨!"라고 하더니 "유령이 안 나타나는 데는 없어!" 하고 덧붙였다.

그것은 사실이었다. 몇 달 동안 오페라하우스는 온통 유령 이야기뿐이었다. 정장을 하고 건물을 어슬렁거리며 그림자처럼 아무에게도 말을 걸지 않고 누구도 감히 그에게 말을 걸지 않으며 나타나자마자 사라지고 어디로 가는지 알 수 없는 그 유령 말이다. 그는 진짜 유령처럼 걸을 때도 소리를 내지 않았다. 사람들은 맵시 있게 보이기도 하고 장의사처럼 보이기도 하는 이 유령을 웃음거리로 삼기 시작했지만 유령 이야기는 발레단 소녀들 사이에 불길처럼 번져나갔다. 소녀들은 모두 이 초자연적 존재를 자주 보는 척했다. 그러나 크게 웃는 소녀라고 해서 무서워하지 않는 것은 아니었다. 모습을 드러내지 않을 때면 그는 코믹하거나 심각한 사건을 일으켜서 자신의 존재를 알렸다. 미신을 믿는 사람들은 이러한 사건을 모두 유령 탓으로 돌렸다. 넘어지거나, 누군가의 못된 장난에 당하거나, 분첩을 잃어버리면 당장 오페라의 유령에게 모두 덮어씌웠다.

그런데 누가 유령을 본 것인가? 오페라하우스에는 유령이 아니면서 정장을 한 남자들이 수도 없이 돌아다닌다. 그러나 유령의 정장은 특이한 데가 있었다. 해골에 걸쳤기 때문이다. 적어도 발레단 소녀들은 그렇게 말했다. 물론 머리도 죽은 사람의 머리였다.

이 모든 것이 중요한가? 유령을 이런 모습으로 그린 사람은 실제로 유령을 본 무대 장치 담당 조제프 뷔케였다. 그는 지하실로 내려가는 좁은 계단의 조명등 옆에서 유령과 마주쳤다. 유령이 금방 사라졌기 때문에 잠시밖에 보지 못했지만 만나는 사람마다 붙잡고 이렇게 말했다. "유령은 엄청 말랐고 옷은 해골에 천을 걸쳐 놓은 것 같아. 눈은 워낙 움푹 패여서 눈동자는 보이지도 않고. 눈이 있는 자리에는 해골처럼 큰 구멍 두 개가 있을 뿐이야. 북 가죽처럼 뼈에 달라붙은 피부는 희다기보다는 오히려 역겨운 노란색이야. 코는 납작해서 옆에서 보면 있는지도 모르겠고. 코가 없으니 정말 무섭게 보이더군. 머리칼이라곤 이마랑 귀 뒤에 드리운 서너 뭉치가 전부야."

뷔케는 진지하고 냉정하며 침착한 반면 상상력은 별로 없는 사람이었다. 사람들은 그의 말을 듣고 놀라며 궁금해했다. 얼마 후 죽은 사람의 머리를 하고 정장을 입은 남자와 마주쳤다는 사람들이 나타나기 시작했다. 이 이야기를 전해 들은 지각 있는 사람들은 조제프 뷔케가 부하 직원 누군가의 장난에 희생된 것이라고 생각했다. 그러나 워낙 기이한 얘기가 연이어 들리자 분별 있다는 사람들조차 불안해하기 시작했다.

소방수는 겁이 없는 사람이다. 불은 말할 것도 없고 아무것도 무서워하지 않는다. 그런데 한 소방수가 지하실을 한 바퀴 돌아보러 내려가서 평소보다 좀더 깊이 들어가보고는 창백하게 질린 표정으로 덜덜 떨며 무대로 되돌아왔다. 허공을 응시하던 그는 꼬마 잠의 어머니의 품안에서 기절했다(이 이야기는 진실이며 나는 이것을 오페라의 관장이던 고 페드로 가이야르 씨에게 직접 들었다). 왜 그랬을까? '눈높이에서 몸뚱이는 없이 불붙은 머리가 자기한테 다가오는 것'을 보았기 때문이다. 방금도 말했지만 소방수는 불을 무서워하지 않는데 말이다.

소방수의 이름은 파팽이었다.

발레단원은 모두 놀라 자빠졌다. 언뜻 보면 불타는 머리는 조제프 뷔케가 이야기한 유령과 전혀 다르다. 소녀들은 곧 유령의 머리가 여러 개라서 마음대로 바꿔 달고 다닌다고 해석했다. 그리고 자기들이 가장 위험하다고 생각했다. 소방수가 기절할 지경인데 발레단에서의 위치가 어떻든 소녀들이 어두운 구석이나 복도를 지나갈 때 두려움을 느끼면서 걸음이 빨라지는 것은 당연했다. 소렐리 자신도 소방수 사건 다음날 무대 출입문 경비원 앞에 있는 탁자에 말발굽을 놓아두었다. 관객 이외의 자격으로 오페라하우스에 들어오는 사람은 모두 첫번째 계단을 밟기 전에 이 말발굽에 손을 대야 했다. 말발굽은 내가 지어낸 얘기가 아니다. 이 이야기의 다른 부분도 마찬가지지만 말이다. 지금도 관리사무소를 통해 오페라하우스에 들어갈 때는 탁자 위에 있는 말발굽을 볼 수 있다.

문제의 저녁으로 돌아가자.

"유령이에요!" 잠이 외쳤다.

고통스런 정적이 분장실을 채웠다. 소녀들의 거친 숨소리밖에는 아무것도 들리지 않았다. 잠은 튕겨 일어나 가장 먼 쪽 벽 구석으로 가 서더니 공포에 질린 얼굴로 이렇게 속삭였다.

"들어봐요!"

모두 문밖에서 옷깃 스치는 소리를 들었다. 발자국 소리는 들리지 않았다. 마치 평평한 판 위에서 가벼운 실크가 스치는 것 같은 소리였다. 소리가 멈췄다.

소렐리는 소녀들보다 침착한 모습을 보이려고 했다. 그녀는 문 앞으로 가 떨리는 목소리로 물었다.

"누구예요?"

대답이 없었다. 소녀들의 시선이 온몸에 꽂히는 것을 느끼며 그녀는 용기를 쥐어짜내면서 아주 크게 말했다.

"밖에 누가 있냐구요?"

"있어요, 있어요! 있구 말구요!"

말린 살구 같은 메그 지리가 소렐리의 치마를 뒤로 당기며 말했다.

"문 열면 안 돼요! 제발, 절대 열지 말아요!"

그러나 항상 단검을 지니고 다니는 소렐리는 열쇠를 돌려 문을 당겼고 소녀들은 내실로 숨었다. 메그 지리가 외쳤다.

"엄마야!"

소렐리는 용기를 내서 복도를 내다봤다. 아무도 없었다. 유리통 속에 갇힌 가스 불꽃만이 불그스름하고 의심스런 빛을 어둠 속에 던지고 있었지만 어둠을 몰아내지는 못했다. 소렐리는 크게 숨을 내쉬며 문을 쾅 닫고 말했다.

"아무도 없어."

"그래도 우린 봤어요." 조심스레 소렐리 옆으로 다가가며 잠이 말했다. "근처에서 어슬렁거리고 있을 거예요. 분장실로 돌아갈 수가 없어요. 다 같이 로비로 내려가서 '연설'을 마친 다음 다 함께 올라와야 돼요."

잠은 액운을 쫓아준다는 산호 반지를 경건한 자세로 잡았고 소렐리는 왼손 네 번째 손가락에 긴 나무 반지 위에 오른손 엄지 분홍 손톱 끝으로 아무도 모르게 성 안드레아의 십자가를 그었다. 그리고는 발레단 소녀들에게 말했다.

"정신들 차려! 유령을 본 사람은 없어."

"아녜요, 봤어요. 방금 봤단 말이에요!" 소녀들이 일제히 외쳤다. "죽은 사람의 머리에다 정장을 하고 있었어요. 뷔케 아저씨한테 나타났을 때처럼요!"

"가브리엘 아저씨도 봤어요!" 잠이 말했다. "어제 낮에요. 대낮에 봤다니까요."

"합창단장 가브리엘 말이니?"

"맞아요. 얘기 못 들었어요?"

"대낮에 정장을 입고 있었단 말야?"

"누구요? 가브리엘 아저씨요?"

"아니, 유령 말야!"

"물론이죠! 가브리엘 아저씨가 그랬어요. 아저씨는 그때 무대 장치 담당자 사무실에 있었어요. 갑자기 문이 열리더니 페르시아 인이 들어왔어요. 알죠? 그 사악한 눈을 한……."

“맞아!” 소녀들은 이구동성으로 외치면서 액운을 쫓으려고 집게손가락과 새끼손가락으로는 있지도 않은 페르시아인을 가리키면서 가운뎃손가락과 넷째 손가락은 손바닥 쪽으로 구부리고 엄지는 내렸다.

“가브리엘 아저씨가 얼마나 미신을 잘 믿는지 알잖아요.” 잠이 계속했다.

“하지만 아저씨는 항상 정중해요. 페르시아인을 만날 때면 손을 주머니에 넣고 열쇠를 만지죠. 그런데 페르시아인이 문간에 나타나자 아저씨는 쇠를 만지기 위해 벌떡 일어나 찬장의 자물쇠 쪽으로 손을 뻗다가 못에 외투 자락이 걸려 찢어졌어요. 문밖으로 황급히 나가다가 이마를 모자걸이에 부딪혀 큰 혹이 나기도 했죠. 뒤로 물러서면서는 팔을 피아노 근처의 스크린에 스쳤어요. 피아노에 기대려 하니 리드가 손 위에 떨어져 손가락을 찧었어요. 사무실 밖으로 미치광이처럼 달려나가다가 계단에서 미끄러져 한 참을 누워서 내려왔구요. 그때 난 엄마랑 그곳을 지나고 있었죠. 우리가 아저씨를 일으켜주었어요. 온몸이 멍투성이였고 얼굴은 피로 범벅이었어요. 우린 너무 놀랐지만 아저씨는 이만하길 다행이라며 하느님께 감사하는 것이었어요. 그러고는 자기가 무엇 때문에 놀랐는지를 얘기했어요. 페르시아인 뒤에 유령이 있었대요. 뷔케 아저씨가 본 것 같은 ‘죽은 사람의 머리를 한 유령’ 말이에요!”

잠은 유령이 마치 쫓아오기라도 하는 것처럼 빨리 말했고 이야기가 끝날 무렵에는 가쁜 숨을 몰아쉬었다. 정적이 흘렀고 소렐리는 불안해서 손톱을 문질렀다. 정적을 깬 것은 꼬마 지리였다.

"뷔케 아저씨는 아무 말 안 하는 게 좋을 텐데."

"어째서?" 누군가가 물었다.

"우리 엄마가 그랬어." 낮은 목소리로 지리가 대답하며 여기 있는 사람 말고 다른 사람이 들을까 두려운 것처럼 사방을 두리번거렸다.

"네 엄마가 왜 그러셨는데?"

"쉿! 유령은 자기 얘기하는 거 싫어한다고 엄마가 그랬단 말야."

"왜 그렇대?"

"왜냐하면……, 왜냐하면……, 아냐."

지리가 주저하자 호기심에 더욱 불붙은 소녀들은 그녀를 둘러싸고 말을 하라고 졸라댔다. 소녀들은 나란히 앉아 동시에 몸을 앞으로 내밀며 호기심과 공포에 가득 차서 지리를 재촉했다. 서로 공포를 나누며 피가 얼어붙는 듯한 느낌을 즐기기도 했다.

"말 안 한다고 맹세했단 말야!" 지리가 내뱉었다.

그러나 소녀들은 끈덕지게 졸라댔고 절대로 말을 하지 않겠다고 약속했다. 결국 지리는 터뜨리고 싶은 욕망을 억누르지 못하고 문에 시선을 못박은 채 말을 시작했다.

"그게 말이야, 박스석 때문이야."

"무슨 박스석?"

"유령의 박스석!"

"유령한테 박스석이 있어? 말 좀 해봐!"

"소리 지르지 마!" 지리가 말했다. "5번 박스석이야. 2층, 왼쪽 무대 박스석 옆."

"말도 안 돼!"

"정말이야. 우리 엄마가 거기 담당이야. 말 안 한다고 맹세하지?"

"물론."

"그래, 그게 유령의 박스석이야. 유령을 빼고는 한 달 이상 아무도 쓴 적이 없어. 그 박스석의 표는 팔지 말라고 매표소에 지시가 내려갔대."

"유령이 정말 그 박스석에 나타난단 말야?"

"응."

"그럼 누가 오는 거네?"

"아니라니까! 유령만 오지 다른 사람은 안 온다고."

소녀들은 서로 시선을 교환했다. 유령이 박스석에 나타난다면 정장을 하고 시체의 머리를 한 그가 보이지 않을 리가 없다. 이 점을 지적하자 지리는 이렇게 대답했다.

"바로 그거야. 유령은 안 보여. 옷도 없고 머리도 없어. 시체의 머리라는 둥, 불타는 머리라는 둥 하는 거 다 헛소리야. 아무것도 없어. 유령이 박스석에 있을 때는 소리만 들릴 뿐이야. 엄만 유령을 보지는 못했지만 목소리를 들었대. 엄만 알아. 왜냐하면 엄마가 유령에게 프로그램을 주거든."

소렐리가 끼어들었다.

"얘, 지리야. 너 사람 놀리니?"

지리는 울기 시작했다.

"말을 말았어야 한다니까. 엄마가 알면 어쩌지? 하지만 뷔케 아저씨는 자기랑 상관도 없는 애길 꺼내질 말았어야 해. 재수 없을 거야. 어젯밤에 엄마가 그랬어."

밖에서 급하고 무거운 발자국 소리가 들리더니 누군가가 숨찬 목소리로 외쳤다.

"세실! 세실! 안에 있니?"

"엄마 목소리야." 잠이 말했다. "뭘까?"

잠이 문을 열었다. 폼메른 척탄병의 후예로 존경할 만한 여성인 그녀는 분장실로 뛰어들어와 신음 소리를 내며 비어 있는 안락의 자에 몸을 던졌다. 벽돌 가루 같은 얼굴색을 하고 그녀는 눈을 미친 듯이 굴렸다.

"끔찍해!" 그녀가 말했다. "끔찍해!"

"뭐가요? 뭐가요?"

"조제프 뷔케"

"뷔케가 뭐요?"

"죽었어!"

소녀들은 놀라서 소리를 지르고는 겁에 질려 얘기를 재촉했다.

"무대 밑 지하 3층 창고에서 목을 맸어!"

"유령이야!" 꼬마 지리가 외쳤다. 지리는 얼른 입을 가리더니 이렇게 말했다. "아냐, 아냐! 난 아무 말 안 했어! 아무 말 안 했다고!"

겁에 질린 채 지리를 둘러싼 소녀들은 숨을 죽이고 말했다.

"맞아, 유령이 틀림없어."

소렐리는 하얗게 질렸다.

"연설은 죽어도 못할 거야." 소렐리가 말했다.

잠의 어머니는 마침 식탁 위에 있던 리퀴르 한 잔을 입에 털어 넣더니 뷔케의 죽음이 틀림없이 유령과 관계가 있을 것이라고 말했다.

사실은 아무도 뷔케가 어떻게 죽었는지 몰랐다. 검시 결과는 '자살'로 나왔다. 『오페라 관장의 회상록』에서 드비엔과 폴리니의 후임자로 임명된 공동 관장 중 한 사람인 몽샤르맹은 이 사건을 다음과 같이 기술했다.

드비엔 씨와 폴리니 씨의 은퇴에 즈음하여 개최한 작은 파티를 비극적인 사건이 망쳐놓았다. 그때 나는 관장실에 있었는데 부관장인 메르시에가 황급히 뛰어들어왔다. 반쯤 정신이 나간 메르시에는 무대 장치 담당자가 무대 밑 지하 3층 창고 안의 농가 세트와 '라호르의 왕' 장면 세트 중간에서 목을 맸다고 말했다. 나는 이렇게 외쳤다.

"밧줄 자르고 끌어내려!"

계단을 뛰어내려가 그곳에 가보니 밧줄은 사라지고 없었다.

이것이 몽샤르맹이 '자연스럽다'고 생각한 사건의 전말이다. 사람이 밧줄로 목을 맸다. 자살자를 끌어내리려 달려갔더니 밧줄이 사라졌다. 몽샤르맹은 아주 편리한 해결책을 찾아낸 것이다. 그의 말을 들어본다.

사건은 발레 직후에 일어났다. 수석 무용수와 소녀들은 재빨리 액막이를 하는 동작을 취했다.

생각해 보라. 발레단 소녀들이 줄사다리를 타고 내려와 이 문장을 쓰는 시간보다 더 짧은 시간 안에 자살한 사람의 밧줄을 조각내어 나눠 갖는 것이 과연 가능한가? 한편 나는 시체가 발견된 정확한 지점, 그러니까 무대 밑 지하 3층 창고를 생각해 본다. '누군가'가, 숨을 끊는 역할을 다한 밧줄을 치워야 한다고 생각한 것이 틀림없다. 시간이 가면 내 말이 옳은지 그른지가 밝혀질 것이다.

이 끔찍한 뉴스는 금세 오페라하우스 전체에 퍼졌다. 조제프 뷔케는 여기서 매우 인기 있는 사람이었다. 분장실은 순식간에 텅 비었고 발레단 소녀들은 양치기 아가씨를 둘러싼 겁먹은 양떼처럼 소렐리 주변에 모여 어둠침침한 복도와 계단을 지나 최대한 빠른 걸음으로 로비로 나갔다.

제 2 장
새로운 마르그리트

첫번째 층계참에서 소렐리는 계단을 올라오던 샤니 백작과 마주쳤다. 백작은 평소에는 침착했는데 이날은 매우 흥분한 모습이었다.

"지금 찾아가던 길이었어요." 백작이 모자를 벗으며 말했다. "소렐리 양, 오늘 공연은 대단했어요! 크리스틴 다에는 또 어떻고요. 정말 잘하더군요."

"말도 안 돼요!" 지리가 말했다. "반 년 전만 해도 다에의 노랫소리는 깨진 항아리 같았다구요. 그런데 백작님, 우리 좀 보내주세요." 지리가 정중하지만 비꼬는 투로 말했다. "목매달아 죽은 불쌍한 사람의 자살 경위를 알아봐야 돼요."

바로 그때 부관장이 그들 곁을 허둥지둥 지나가다가 이 말을 들었다.

"뭐라고?" 부관장이 거칠게 외쳤다. "너희들도 그 얘기 벌써 들었어? 오늘 밤엔 아무 말 하지마. 특히 드비엔 씨와 폴리니 씨 귀에 들어가게 하지 말고. 오늘이 마지막 날인데 너무 놀랄 거야."

이들은 모두 이미 사람들로 꽉 찬 로비로 갔다. 샤니 백작 말이 옳았다. 어떤 특별 공연도 이만하지는 못했다. 포르와 크라우스가 노래했다. 그리고 그날 저녁, 크리스틴 다에는 처음으로 기량을 마음껏 드러내 청중이 경탄하고 열광하게 했다. 구노는 「인형의 장송곡」을, 레이에는 아름다운 「시과르」 서곡을 지휘했다. 생상스는 「죽음의 춤」과 「동양의 꿈」, 마스네는 아직 발표하지 않은 헝가리 행진곡, 기로는 자신의 작품인 「카니발」, 들리브는 「실비아」 중 '느린 왈츠', 「코펠리아」 중 '피치카티'의 지휘봉을 잡았다. 크라우스 양은 「시칠리아 섬의 저녁 기도」 중 '볼레로'를, 드니즈 블로크 양은 「루크레치아 보르지아」에서 '축배의 노래'를 불렀다.

그러나 이날의 백미를 장식한 것은 크리스틴 다에로, 그녀는 「로미오와 줄리엣」의 첫머리 일부를 부르는 것으로 시작했다. 젊은 그녀가 구노의 이 작품을 노래한 것은 그때가 처음으로, 이 작품은 당시 파리 오페라로 넘어오기 전이었으며 카르발로 부인이 '테아트르 리릭' 극장에서 연출한 후 '오페라 코미크'에서 부활시킨 작품이다. 다에의 노래를 들은 사람들은 「로미오와 줄리엣」의 첫 부분에서 그녀의 음성이 천사 같았다고 평했으나 이것은

「파우스트」의 감옥 장면과 마지막 장면에서 선보인 초인적인 음성에 비하면 아무것도 아니었다. 그녀는 병중이었던 카를로타를 대신해서 무대에 섰다. 그녀의 연주는 과거에는 보지 못한 탁월한 것이었다.

다에는 그날 밤 일찍이 보지 못한 화려함과 광채로 가득 찬 새로운 마르그리트를 선보였다. 모든 청중이 열광했으며 모두 일어나 외치고 환호하고 박수를 보냈다. 이 와중에 다에는 흐느끼다 결국 실신하여 동료 성악가들의 품에 안겨 분장실로 옮겨졌다. 일부 고정 회원들은 항의 소동까지 벌였다. 왜 이렇게 재능 있는 사람을 여태 숨겨두었는가? 그때까지 다에는 화려하게 튀는 역인 마르그리트보다는 카를로타를 돋보이게 하는 역에 머무르고 있었다. 또 한 가지, 다에가 재능을 드러내는 데는 알 수 없는 이유로 카를로타가 공연에 참여하지 못한 것이 작용했고, 더구나 카를로타에게 맞춰 준비된 프로그램을 공연 얼마 전에 받아든 다에가 그런 탁월한 기량을 뽐낸 것도 수수께끼였다. 오페라 회원들이 궁금해한 것은 드비엔과 폴리니가 왜 하필 다에를 카를로타의 대역으로 점찍었는가였다. 그들은 다에의 숨겨진 재능을 알고 있었는가? 알았다면 왜 감췄을까? 그리고 그녀 자신은 왜 감췄을까? 이상하게도 그녀는 당시에 성악 선생이 없었다. 그녀는 혼자 연습한다고 말해 왔다. 모든 것이 미스터리였다.

샤니 백작은 박스석에 서서 열광하는 청중을 보다가 자신도 갈채에 동참했다. 샤니 백작인 필리프 조르주 마리는 겨우 마흔한 살이었다. 그는 훌륭한 귀족으로 외모도 뛰어났으며 중간 키에다 매력 있는 얼굴이었다. 이마가 강해 보이고 눈매가 차갑긴 했지만 말이다. 그는 여성들에게는 각별히 정중했고 남성들에게는 조금 오만했으며, 그의 사회적 성공을 달가워하지 않는 남성도 많았다. 그는 감수성이 뛰어났으며 흠잡을 데 없이 양심적이었다.

노老필리베르 백작이 세상을 떠나자 필리프는 프랑스에서 가장 오래되고 강력한 가문의 장이 되었다. 샤니 가문의 문장紋章의 역사는 14세기까지 거슬러 올라간다. 백작의 집안은 재산도 많아서, 홀아비였던 아버지가 세상을 떠난 후 방대한 영지를 다스리는 것이 필리프에게는 쉬운 일이 아니었다. 두 여동생과 남동생 라울은 상속권을 포기하고 모든 재산의 관리를 필리프에게 맡겼으므로 필리프는 지속적으로 장자 상속권을 행사하게 되었다. 같은 날 결혼한 두 여동생은 오빠에게 재산을 받았다. 이는 상속분을 받은 것이 아니라 지참금이었지만 두 자매는 오빠에게 고마워했다.

결혼 전 이름이 뫼로지 드 라 마르티니에르였던 필리베르 백작 부인은, 형인 필리프보다 20년 늦게 태어난 라울을 낳던 도중 죽었고, 아버지 노 백작은 라울이 12세 때 사망했다. 필리프는 라울의 교육에 온 힘을 쏟았다. 이 과정에서 필리프는 처음에는 두 여동생의 도움을 받다가 나중에는 해군 장교의 미망인인 아주머니의 도움을 받았다. 아주머니는 브레스트(프랑스 서부 브르타뉴 반도 끝의 항구 도시―역주)에 살고 있었으므로 라울은 바다를 좋아하게 되었다. 젊은 라울은 훈련함 '보르다' 호에 승선, 뛰어난 성적으로 교육을 마쳤고 소문도 없이 세계 일주를 했다. 가문의 영향력 덕에 그는 북극 탐험에 나섰다가 실종된 지 3년이 지난 다르투아 탐험대의 생존자 수색팀을 싣고 떠날 '르캥'호의 수색팀 명단에 이름을 올려놓을 수 있었다.

출발 전까지 그는 6개월의 휴가를 얻었고 포부르 생 제르맹의 귀부인들은 이 잘생기고 섬세한 청년이 수색팀에서 겪을 고생에 대해 미리 걱정하고 있었다.

라울은 놀랍도록 수줍은(거의 순수하다고 할 만한) 성격이었다. 방금 엄마 품에서 나온 아이 같았다. 사실 두 누나와 늙은 아주머니에게 워낙 귀여움을 받았기 때문에 여성들에게 교육받은 모습을 그대로 간직하고 있었다. 이런 모습은 솔직하고 매력적이었다. 그는 스물한 살이 조금 넘었지만 열여덟 살로 보였다. 그는 콧수염을 조금 길렀고 아름다운 푸른 눈에 소녀 같은 피부를 하고 있었다.

필리프는 라울을 응석받이로 키웠지만 동생을 자랑스럽게 생각했고, 유명한 자기네 조상인 샤니 드 라 로슈가 제독을 지낸 해군에서 라울이 출세를 거듭할 생각을 하니 기뻤다. 그는 휴가 기간을 이용하여 라울에게 파리의 화려함과 예술적 아름다움을 즐기게 해주었다. 필리프는 라울의 나이에는 좋은 것도 지나치면 안 된다고 생각했다. 필리프 자신도 일과 놀이 사이에서 균형을 잘 잡는 성격이었다. 그의 행동거지는 항상 흠잡을 데가 없었다. 그리고 동생에게 결코 나쁜 예를 보여줄 수 없었다. 그는 가는 곳마다 라울을 데리고 다녔고, 발레단의 로비에도 데려갔다. 나는 백작이 당시에 소렐리와 '관계'가 있었음을 알고 있다. 그러나 동생들을 모두 시집보내고 여가 시간도 많은 이 독신 귀족이, 머리는 그다지 좋지 않지만 눈이 아름다운 무용수와 저녁 식사 후 한두 시간쯤 같이 보낸들 탓할 일은 아니다. 게다가 진정한 파리지앵으로 샤니 백작이라는 지위도 갖고 있는 그가 반드시 얼굴을 내밀어야 할 장소가 있었는데 오페라의 로비도 그중 하나였다.

필리프는 라울이 은근하면서도 끈질기게 졸라대지 않았으면 동생을 오페라의 무대 뒤로 데려갈 생각을 하지 않았을지도 모른다.

그날 저녁 다에에게 열광적으로 박수를 쳐주다가 필리프는 라울의 얼굴이 창백해진 것을 보았다.

"저 여자 기절할 것 같지 않아?" 라울이 말했다.

"네가 기절할 것 같구나. 왜 그러니?" 필리프가 물었다.

그러나 라울은 곧 기운을 회복했고 자리에서 일어났다.

"한번 가봐." 라울이 말했다. "저 여자 이렇게 잘하긴 처음이야."

백작은 '애가 왜 이래' 하는 시선으로 미소를 지으며 라울을 바라보고는 기쁜 표정을 지었다. 둘은 곧 무대 쪽을 향했다. 수많은 고정 회원이 천천히 움직이고 있었다. 라울은 자기도 모르게 장갑을 물어뜯었고 필리프는 안달하는 동생을 보고 왜 라울이 자기와 얘기만 하면 화제를 오페라로 돌리는지 알았다.

형제는 무대에 도착해서 청중, 무대 감독, 단역, 합창단원 같은 사람들의 무리를 헤치고 앞으로 나아갔다. 라울은 열정에 가득 차서 제정신이 아닌 듯 앞장서 발걸음을 옮겼고 필리프는 계속 미소를 지으며 동생의 뒤를 힘들게 따라갔다. 무대 뒤에서 라울은 발레단 소녀들이 몰려나오면서 통로를 막는 바람에 걸음을 멈췄다. 화장을 한 소녀들이 조잘대기 시작했지만 라울은 대꾸하지 않았고 결국 소녀들이 지나가 길이 트이자 "다에! 다에!" 하는 소리가 울려 나오는 어둑한 복도로 뛰어들었다. 라울이 길을 아는 것을 보고 백작은 놀랐다. 라울을 크리스틴의 분장실에 데려간 적이 없었으므로 필리프는 자신이 소렐리와 로비에서 이야기하고 있을 때 라울이 혼자 그녀를 찾아갔을 것이라고 생각했다. 소렐리는 필리프에게 자신이 출연하는 시간 동안 기다려달라는 말을 자주 했고 자신의 깔끔한 공단 발레 슈즈와 살색 타이츠를 더럽히지 않기 위해 분장실에서 밖으로 나올 때 신는 반장화를 맡기기도 했다. 소렐리에게는 핑계가 있었다. 어머니가 없었기 때문이다.

소렐리를 만나러 가는 것을 다른 때보다 몇 분 늦추고 라울을 따라 다에의 분장실을 찾은 백작은 이곳이 그렇게 붐비는 것을 처음 보았다. 하긴 그녀는 그날 밤 대성공을 거두고 기절까지 했으니까.

다에는 아직 정신을 차리지 못했다. 오페라 전속 의사가 방금 도착했고 라울은 의사의 뒤를 바짝 따르며 분장실로 들어섰다. 그래서 크리스틴은 라울의 품에 안겨 의사의 응급 처치를 받게 되었다. 백작을 비롯한 다른 사람들은 문간에 몰려 있었다.

"선생님, 저 사람들을 다 내보내는 게 낫지 않을까요?" 라울이 침착하게 물었다. "숨쉬기도 힘드네요."

"맞아요." 의사가 말했다.

의사는 라울과 하녀만 남고 모두 나가라고 했다. 하녀는 놀란 눈으로 라울을 바라보고 있었다. 그녀는 라울을 본 적이 없었지만 감히 누구냐고 묻지는 못했다. 의사도 라울이 그럴 만한 사람이니까 그럴 거라고만 짐작했다. 이리하여 라울은 크리스틴이 조금씩 의식을 되찾는 과정을 옆에서 지켜볼 수 있었지만 위로와 축하를 전하러 온 드비엔과 폴리니조차도 다에의 팬들과 함께 복도로 내몰렸다.

역시 밖으로 밀려난 필리프는 웃었다.

"아니, 이 녀석 보게" 하면서 필리프는 중얼거렸다. "곱상한 놈들 하는 짓이라니. 어쨌든 이놈도 샤니 가문 핏줄이군."

백작은 소렐리의 분장실로 향했다. 도중에 그녀와 발레단 소녀들을 만난 것은 앞에 이야기했다.

한편 크리스틴 다에는 깊이 숨을 내쉬었고 누군가의 신음 소리를 들었다. 고개를 돌린 그녀는 라울을 보고 흠칫했다. 의사를 바라보며 미소를 지은 그녀는 하녀를 보고 다시 라울에게로 시선을 옮겼다.

거의 속삭이는 소리로 그녀가 라울에게 물었다. "선생님은 누구시죠?"

"아가씨," 한쪽 다리로 무릎을 꿇고 다에를 부른 젊은이는 그녀의 손에 열정적인 키스를 퍼부으며 이렇게 말했다. "저는 당신의 스카프를 건지려고 바다로 뛰어든 소년입니다."

크리스틴은 또 한 번 의사와 하녀에게 눈길을 돌렸고 셋은 웃기 시작했다.

라울은 얼굴이 새빨개져서 일어났다.

"아가씨, 저를 못 알아보시니 단둘이 뭔가 중요한 애기를 좀 하고 싶습니다."

"저 정신 좀 차린 다음에 하면 어떨까요?" 그녀의 목소리가 떨렸다. "정말 잘해주셨어요."

"그래요, 일단 가는 게 좋겠군요." 의사가 사람 좋은 미소를 띠며 말했다. "아가씬 내게 맡기시고."

"저 이제 괜찮아요." 크리스틴이 갑자기 기운을 차리고 말했다.

그녀는 일어나서 손으로 눈을 비볐다.

"감사합니다, 선생님. 혼자 있을래요. 다들 나가주세요. 모두. 오늘 저녁 제가 많이 들떠 있네요."

의사가 뭐라고 하려 했지만 다에의 기분을 파악한 그는 놔두는 것이 최선의 치료라는 결론을 내리고 밖으로 나갔다. 문밖에서 그는 라울에게 이렇게 말했다.

"오늘은 평소의 모습이 아니군요. 보통은 정중하거든요."

의사가 작별 인사를 하고 떠나자 라울은 혼자 남았다. 오페라하우스의 이쪽 부분에는 아무도 없었다. 환송식은 당연히 발레단 로비에서 진행 중일 것이다. 라울은 다에가 행사에 참석하리라 생각하고 복도의 어두움을 보호막 삼아 혼자 밖에서 기다렸다. 그는 가슴이 너무 아팠기 때문에 다에와 빨리 이야기를 하고 싶었다.

갑자기 분장실 문이 열리더니 하녀가 뭔가를 들고 혼자 나왔다. 그는 하녀를 불러 세워 다에가 어떤지를 물었다. 그녀는 웃더니 다에는 괜찮으며 혼자 있고 싶어하니 방해하면 안 된다고 했다. 그러고는 그 자리를 떠났다. 라울의 타는 듯한 마음속에는 한 가지 생각뿐이었다. 물론 다에는 '나 때문에' 혼자 있고 싶다고 하녀에게 말한 것이다. 단 둘이 할 얘기가 있다고 내가 말하지 않았던가?

숨도 제대로 못 쉬면서 라울은 분장실로 다가가 문에 귀를 대고는 노크를 하려다가 손을 다시 떨구었다. 분장실에서 '남자 목소리'가 들렸고 그는 위압적인 말투로 이렇게 말했다.

"크리스틴, 넌 날 사랑해야 돼."

크리스틴은 한없이 슬프고 떨리는 음성으로 대답했는데 울고 있는 것 같았다.

"어떻게 그런 소릴 해요? 난 당신만을 위해 노래하는데."

라울은 고통을 견디려고 문에 몸을 기댔다. 사라진 줄 알았던 그의 심장이 돌아와 마구 쿵쾅거렸다. 그 소리가 복도 전체에 울려 퍼졌고 라울은 귀가 멀 것만 같았다. 이렇게 심장에서 큰 소리가 나면 안에 있는 사람들이 듣고 나와 볼 것이고 그는 모욕당하고 쫓겨날 것이 분명했다. 샤니 가문에 엿듣다가 발각되는 일이 생기다니! 그는 양손으로 심장을 감싸고 진정시키려 했다.

다시 남자의 목소리가 들렸다.

"많이 피곤해?"

"오늘 밤 난 당신에게 영혼을 바쳤고 난 죽었어요." 크리스틴이 대답했다.

"네 영혼은 아름다워." 위압적인 목소리가 이어졌다. "그리고 고마워. 어떤 황제도 이렇게 멋진 선물을 받은 적은 없을 거야. 오늘 밤에는 천사들도 울었어."

그러고는 아무 소리도 들을 수 없었다. 하지만 라울은 가지 않았다. 대신 발각되지 않도록 어두운 구석으로 돌아가 그 남자가 떠날 때까지 기다리기로 했다. 그 순간 라울은 사랑이 무엇인지, 증오가 무엇인지 동시에 깨달았다. 그는 자신이 다에를 사랑한다는 사실을 알았다. 그리고 자신이 증오하는 사람이 누구인지도 알고 싶었다. 놀랍게도 문이 열리면서 모피로 몸을 감싸고 레이스 베일로 얼굴을 가린 크리스틴 다에가 나왔다. 라울은 그녀가 문을 닫았지만 잠그지는 않았다는 것을 알았다. 그녀는 라울 앞을 지나쳐 갔다. 그는 눈으로 그녀를 좇지도 않고 문에 시선을 고정했다. 문은 다시 열리지 않았다.

복도에서 다에가 완전히 사라진 후 그는 다시 문을 열고 분장실로 들어가 문을 닫았다. 안은 완전히 캄캄했다. 가스등은 꺼져 있었다.

"여기 누가 있어!" 닫힌 문에 등을 기댄 채 라울이 떨리는 목소리로 외쳤다.

"왜 숨는 거요?"

방 안은 여전히 캄캄하고 고요했다. 들리는 것이라곤 자신의 숨

소리뿐이었다. 그는 자신의 행동이 도리에 어긋나는 일이라는 것
도 깨닫지 못했다.

"내 허락 없인 못 나가!" 라울이 외쳤다. "대답 안 하면 당신은
겁쟁이야! 정체를 밝혀!"

라울은 성냥을 켰다. 불빛이 방 안을 밝혔다. 아무도 없었다! 라
울은 우선 열쇠 구멍에 꽂혀 있던 열쇠를 돌려 문을 잠그고 가스
등을 켠 후 옷장, 찬장을 뒤지고 여기저기 찾아보고 나서 땀에 젖
은 손으로 벽을 더듬어보기까지 했다. 아무것도 없었다!

"세상에." 라울이 중얼거렸다. "내가 미치기 시작했나?"

그는 빈방에 10분 동안 서서 정적 속에 가스 불이 타는 소리를
듣고 있었다. 그는 크리스틴을 사랑했지만 사랑하는 여인의 향수
냄새가 밴 리본 하나쯤 훔쳐낼 생각조차 하지 못했다. 그는 자신
이 뭘 하는지, 어디로 가는지도 모른 채 방에서 나왔다. 방향 없이
걷다 보니 찬바람이 얼굴을 스쳤다. 정신을 차리고 보니 계단 밑
이었는데 그의 뒤에서 흰 천을 씌운 들것을 든 인부들의 행렬이
다가왔다.

라울은 한 사람에게 "나가는 길이 어디죠?" 하고 물었다.

"곧장 가요. 문 열렸소. 그런데 우리 좀 지나갑시다."

들것을 가리키며 라울이 물었다.

"이건 뭐죠?"

인부가 대답했다.

"조제프 뷔케요. 지하 3층 창고의 농가 세트와 '라호르의 왕' 세

트 사이에서 목을 맸지."

라울은 모자를 벗고 한 걸음 물러나 길을 터준 후 밖으로 나갔다.

제 3 장
수수께끼 같은 이유

그동안 환송식이 진행되었다. 이 화려한 행사는 아까 이야기한 대로 드비엔과 폴리니의 은퇴에 즈음하여 열린 것으로, 둘은 "끝까지 최선을 다하는" 모습을 보여주겠다는 결의에 차 있었다. 파리의 사교계와 예술계가 이들의 뜻을 실현하는 데 도움을 주었다. 공연이 끝난 후 사교계와 예술계 사람들은 모두 발레단의 로비에 모였고, 소렐리는 샴페인 잔을 손에 들고 환송 연설을 머릿속에 넣고 두 사람을 기다렸다. 그녀의 뒤에서는 발레단원들이 너나 할것 없이 오늘의 사건에 대해 속삭이거나 조심스레 눈길을 주고받으며 기울어진 바닥을 따라 놓인 저녁 식탁을 둘러싸고 있었다.

무용수 몇 명은 벌써 평상복으로 갈아입었지만 대부분은 고사머 거즈 천으로 된 스커트를 입고 있었다. 모두들 행사를 위해 특별한 화장을 하는 것이 옳다고 생각했다. 유령과 뷔케의 죽음 같은 건 벌써 잊어버린 것 같은 열다섯 살짜리 잠만 빼고 말이다. 드비엔과 폴리니가 등장하자 소렐리는 쉬지 않고 웃고 조잘대면서 깡충깡충 뛰어다니며 장난을 치던 잠을 조용히 시켰다.

모두들 두 사람이 활기차 보인다고 말했다. 이것은 파리 식이다. 슬플 때 쾌활함의 가면을 쓰지 못하거나 기쁠 때 슬픔, 무료함, 무관심함 등의 가면을 쓰는 기술을 터득하지 못한 사람은 진정한 파리지앵이 아니다. 어떤 사람이 곤경에 빠졌다고 하자. 그를 위로하려 하지 말라. 벌써 괜찮아졌다고 대답할 것이다. 어떤 사람이 행운을 얻었다 하더라도 축하할 때는 조심해야 한다. 왜냐하면 행운의 주인공은 그것이 너무 당연하다고 생각해서 굳이 축하를 받는다는 사실에 대해 놀랄 것이기 때문이다. 파리에서의 삶은 가면 무도회와 같다. 드비엔과 폴리니처럼 '닳고 닳은' 사람들은 이런 자리에서 자신들의 슬픔을 드러내는 실수 따위는 결코 하지 않는다. 슬픔이 아무리 깊더라도 말이다. 그리고 이들은 소렐리가 말을 시작하자 거의 부자연스러울 정도로 활짝 웃었다. 바로 그때 꼬마 말괄량이 잠이 두 사람의 미소를 너무 갑자기 거둬가버렸기 때문에 밑에 깔려 있던 슬픔과 낙심의 표정이 사람들의 눈앞에 그대로 드러났다.

"오페라의 유령!"

잠은 형언할 수 없을 정도로 공포에 가득 차서 이렇게 소리 지르며 서 있던 남자 중 한 사람의 얼굴을 몰래 손가락으로 가리켰다. 그 얼굴은 아주 창백하고 추하고 슬퍼 보였으며 눈썹 밑에는 두 개의 검고 깊은 구멍이 있어서 '시체의 머리'라는 얘기가 딱 알맞았다.

"오페라의 유령! 오페라의 유령!"

장내는 웃음 바다가 되었고 서로 옆 사람을 밀치며 오페라의 유령에게 한잔 권하려 했지만 그는 가버린 뒤였다. 사람들 사이로 사라져버린 것이다. 사람들이 여기저기 찾아보았지만 헛일이었고, 그동안 두 사람의 노신사가 잠을 진정시키느라 애쓰고 있었고 꼬마 지리는 서서 목청껏 비명을 질러대고 있었다.

소렐리는 매우 화가 났다. 연설을 끝낼 수가 없었다. 은퇴하는 두 사람은 그녀에게 입을 맞추고는 고맙다고 말하고 유령만큼이나 재빨리 떠나버렸다. 이것은 놀라운 일이 아니었다. 두 사람은 위층에 있는 가수들의 로비에서 또 한 번 환송식을 치르고, 마지막으로 개인적으로 친분이 있는 사람들까지 만나야 했기 때문이다. 이 친구들은 관장실 밖에 있는 큰 로비에서 환송 행사를 하고 거기서 정식으로 저녁 식사를 할 예정이었다.

여기서 두 사람은 후임자 팀인 아르망 몽샤르맹과 피르맹 리샤르를 만났다. 선임자들은 후임자들을 거의 몰랐지만 마치 오랜 친구처럼 굴었고 후임자들은 이에 화답하여 전임자들의 업적에 대해 무수한 찬사를 늘어놓았다. 그래서 오늘 저녁 파티는 매우 지루할 것이라고 걱정하던 손님들의 표정이 활짝 피었다. 저녁 식사는 유쾌한 분위기에서 진행되었고 특히 정부를 대표한 참석자가 오페라하우스가 과거에 누린 영광과 앞으로의 성공에 관한 매우 적절한 연설을 했기 때문에 모두들 진심으로 선임자를 칭송하고 후임자를 격려하는 분위기가 되었다.

두 선임자들은 후임자들에게 오페라하우스의 모든 문(수천 개의 문)을 열 수 있는 두 개의 마스터키를 이미 전달했다. 모든 사람이 관심을 갖는 이 작은 키가 전달되는 순간 몇몇 손님의 시선은 테이블 끝에 앉은 파리하고 비현실적인 낯선 얼굴 쪽을 향했다. 눈이 푹 꺼진 그 얼굴은 이미 발레단 로비에 나타나 잠을 기절초풍시켰다.

"오페라의 유령!"

유령은 그 자리에 아주 자연스럽게 앉아 있었는데 먹지도 마시지도 않는다는 점은 이상했다. 미소를 띠고 그에게로 시선을 보냈던 사람들은 결국 얼굴을 돌리고 말았다. 그의 모습이 너무도 음산했기 때문이다. 아무도 발레단 로비에서처럼 농담을 하지도 않고, 아무도 "오페라의 유령이 저기 있다!"고 외치지도 않았다.

유령도 아무 말을 하지 않았으며 그의 양쪽에 앉아 있던 사람들도 정확히 언제 유령이 자기들 사이에 와서 앉았는지 기억하지 못했다. 그러나 모두 진짜 시체가 와서 산자들의 식탁에 앉는다 해도 이보다 더 음산하지는 않을 것이라고 생각했다. 피르맹 리샤르와 아르망 몽샤르맹의 친구들은 이 창백하고 수척한 손님이 드비엔이나 폴리니의 친구라고 생각했고, 드비엔과 폴리니의 친구들은 이 시체 같은 인물이 피르맹 리샤르와 아르망 몽샤르맹의 친구라고 생각했다.

따라서 이 무덤에서 나온 것 같은 손님에게 결례를 하지 않기 위해 아무도 그에게 누구냐고 묻지 않았고 기분 나쁜 이야기를 하지도 않았으며 짓궂은 농담을 걸지도 않았다. 죽은 뷔케가 했던 유령 이야기를 들어서 유령의 모습을 알고 있는 사람들(이들은 아직 조제프 뷔케의 죽음을 모르고 있었다)은 테이블 끝에 앉아 있는 그 사람을 유령이라고 해도 다들 믿을 것이라는 생각을 하고 있었다. 그러나 뷔케의 이야기에 따르면 유령은 코가 없었는데 그 자리에 있는 사람에겐 코가 있었다. 그러나 몽샤르맹은 『오페라 관장의 회상록』에서 유령의 코가 투명하다고 썼다. 정확히 말하면 "길고 가늘며 투명한"이 그가 쓴 정확한 표현이다. 내가 보기에는 이것이 가짜 코일 가능성이 높다. 몽샤르맹은 단지 반짝거린다는 이유만으로 그 코를 투명하다고 생각했다. 다들 잘 알다시피 의사들은 자연적으로나 수술로 인해 코를 잃은 사람들에게 멋진 가짜 코를 달아줄 수 있다.

유령은 왜 초대도 받지 않고 그날 저녁 환송 파티에 와서 앉아 있었는가? 그리고 그 사람이 오페라의 유령과 동일인임을 확신할 수 있는가? 누가 감히 그렇다고 말할 수 있는가? 내가 이 사건을 이야기하는 이유는 독자들로 하여금 유령이 이런 뻔뻔스러운 짓을 할 능력이 있다고 믿게 하려는 것이 아니라, 결국 이러한 일은 불가능함을 말하려는 것이다.

아르망 몽샤르맹은 『오페라 관장의 회상록』 11장에서 이렇게 말하고 있다.

이날 밤을 생각하면 항상 드비엔 씨와 폴리니 씨가 저녁 식탁에 나타난 '유령 같은' 사람, 우리 중 누구도 몰랐던 존재에 대해 관장실에서 털어놓은 비밀이 생각난다.

오고 간 이야기는 이렇다. 식탁에서 가운데 자리에 앉아 있던 두 전임자들은 문제의 인물을 보지 못했다. 갑자기 유령 같은 사람이 말을 시작했다.

"발레단 아이들 말이 맞아요. 뷔케는 사람들이 생각하는 것처럼 그렇게 자연스럽게 죽은 게 아닙니다."

드비엔과 폴리니는 놀랐다.

"뷔케가 죽었다구요?" 둘이 외쳤다.

"맞아요." 그림자 같은 문제의 인물이 조용히 대답했다. "뷔케의 시신은 오늘 저녁 지하 3층 창고 안의 농가 세트와 '라호르의 왕' 세트 사이에서 발견됐어요."

두 전임 관장들은 동시에 벌떡 일어나 문제의 인물을 쳐다보았다. 이들은 필요 이상으로 당황했다. 다시 말해 무대 장치 담당자가 자살했다는 이야기를 들었을 때 보통 사람이 일으킬 만한 반응보다 더 당황했다는 얘기다. 둘은 서로 마주 보았다. 얼굴은 식탁

보보다 더 하얘졌다. 결국 드비엔은 리샤르와 몽샤르맹에게 손짓을 했고 폴리니는 손님들에게 양해를 구하는 이야기를 몇 마디 했다. 그러고 넷은 관장실로 들어갔다. 몽샤르맹의 이야기를 마저 들어보자.

드비엔 씨와 폴리니 씨는 점점 더 당황했으며 뭔가 할 얘기가 있는데 꺼내기가 어려운 것처럼 보였다. 우선 그들은 우리에게 식탁 끝에 앉아 조제프 뷔케가 죽었다는 얘기를 한 사람을 아느냐고 물었다. 우리가 모른다고 하자 그들은 더욱 걱정하는 표정이 되었다. 두 사람은 우리가 갖고 있는 마스터키를 집어들고 한동안 보더니 새 자물쇠를 주문하는 게 어떻겠냐고 했다. 그것도 아주 비밀리에, 우리가 잠가두고 싶은 모든 문과 장을 잠글 수 있도록 비밀리에 새로 제작하라는 것이었다. 이들은 이 이야기를 매우 재미있게 했기 때문에 우리는 웃기 시작했고 오페라하우스에 도둑이 있는가를 물었다. 전임자들은 그 정도가 아니라고 하면서 '유령'이 있다고 말했다. 우리는 다시 웃기 시작했고 두 전임자가 우리를 재미있게 해주려고 농담을 하는 것이라고 생각했다. 그러자 그들은 우리에게 "진지해질 것"을 요구했고 우리는 그들의 비위를 맞추고 맞장구를 치기 위해 그러기로 했다. 전임자들은 "후임자들에게 말해서 나한테 잘하고 내가 원하는 것을 다 들어주도록" 하라는 유령의 공식 명령을 받지 않았으면 우리에게 유령 이야기를 해주지 않았을 것이라고 말했다. 그러나 보이지 않는 폭군이 군림하는 오페라하우스를 떠나는 해방감에 젖어 그들은 마지막까지 이 신기한 이야기를 털어놓기를 주저했다. 회의적이었던 우리가 이 이야기를 받아들일 수 없었음은 물론이다. 그러나 뷔케가 죽었다는 이야기를 듣자 이들은 유령의 말을 들어주지 않으면 항상 기이하고 비극적인 사건이 벌어져 유령의 힘을 깨닫게 된다는 사실을 생생히 떠올렸다.

두 사람이 아주 중요한 비밀을 털어놓는 은밀한 목소리로 전혀 예측하지 못한 유령 이야기를 하는 동안 나는 리샤르를 돌아보았다. 리샤르는 학생 때 장난으로 악명을 떨쳤는데 그는 이 재미있는 이야기를 한 대목도 안 놓치고 들으며 즐기고 있었다. 물론 이 이야기는 뷔케의 죽음으로 으스스한 분위기가 더해졌지만 말이다. 그는 슬픈 표정을 짓고 고개를 끄덕거렸고 두 사람은 이야기를 계속했다. 리샤르는 유령이 나오는 오페라하우스의 책임을 떠맡은 것을 크게 후회하는 모습을 하고 있었다. 나도 덩달아 낙심한 척 하는 것 외에는 뾰족한 수가 생각나지 않았다. 그런 노력에도 불구하고 마지막에 가서 우리는 두 전임자 앞에서 폭소를 터뜨릴 수밖에 없었다. 드비엔 씨와 폴리니 씨는 우리가 우울한 마음 상태에서 한순간에 기쁜 모습으로 돌변하자 우리를 미친 사람들처럼 쳐다보았다.

이 장난은 좀 재미없어졌다. 그러자 리샤르는 농담 반 진담 반으로 물었다.

"그런데 말입니다. 유령이 원하는 게 뭐죠?"

폴리니 씨는 자기 책상으로 가 계약서를 가지고 왔다. 계약서는 다음과 같은 유명한 구절로 시작한다. "오페라하우스의 경영진은 국립음악원의 공연이 프랑스에서 가장 뛰어난 서정적인 무대가 되도록 최고의 시설을 구비한다." 그리고 이 계약서는 98조로 끝나는데 98조는 오페라하우스의 경영진이 계약서상의 조건을 위반할 경우 모든 특권을 박탈한다는 것으로 되어 있다. 그리고 4개 항의 단서 조항이 있다.

폴리니 씨가 꺼내온 계약서 사본은 검정색 잉크로 되어 있고 우리가 가진 것과 매우 비슷했지만 딱 한 가지, 맨 끝에 빨간 잉크로 쓴 조항이 하나 더 있는 것이 달랐다. 그 조항은 야릇하고도 힘들여 쓴 필적이었는데 마치 글자 쓰는 법을 제대로 배우지 못한 어린이가 성냥개비에 잉크를 찍어 쓴 것 같았다. 이 조항의 내용은 정확히 다음과 같다.

"5. 관장이 오페라의 유령에게 지불해야 할 금액, 즉 매월 2만 프랑 또는 매년 24만 프랑의 지급을 어느 달이든 2주 이상 지연시킬 경우 (모든 특권을 박탈한다)."

폴리니 씨는 우리가 결코 예측할 수 없었던 이 조항을 머뭇거리며 가리켰다.

"이게 끝이에요? 더 원하는 건 없답니까?" 리샤르가 담담하게 물었다.

"아니, 있어요." 폴리니 씨가 대답했다.

폴리니 씨는 계약서를 뒤적거리더니 대통령, 장관 등이 자유로이 사용할 수 있도록 박스석을 예약해 두어야 하는 날에 관한 조항을 펼쳤다. 이 조항 맨 끝에도 역시 빨간색 잉크로 한 줄이 추가되었다.

"2층의 5번 박스석은 모든 공연에서 오페라의 유령이 자유로이 사용하도록 해야 한다."

이것을 보고 우리는 벌떡 일어나 전임자들의 손을 따뜻하게 잡으며 이 멋진 장난을 생각해 낸 그들을 축하할 수밖에 없었다. 이런 장난이야말로 전통 있는 프랑스의 유머 감각이 죽지 않았음을 증명하는 것이었다. 리샤르는 두 사람이 왜 관장직을 물러났는지 알겠다고 덧붙였다. 이런 억지를 쓰는 유령하고는 일을 할 수 없기 때문이다.

"물론, 달란다고 그냥 24만 프랑을 줄 수는 없죠." 얼굴이 굳어진 폴리니 씨가 말했다. "또 한 가지, 5번 박스석 때문에 생기는 손실을 생각해 봤어요? 한번은 5번 박스석을 팔지 않았고 그뿐 아니라 예약도 취소해야 했어요. 끔찍해요. 유령을 먹여 살리려고 일할 수는 없소. 차라리 사표를 쓰는 게 낫다구요."

"맞아요." 드비엔 씨가 맞장구를 쳤다. "떠나는 게 낫겠소. 갑시다."

드비엔 씨가 일어섰다. 리샤르가 말했다. "그런데 생각해 보니까 유령에게 너무 친절하셨던 것 같군요. 나 같으면 그렇게 골치 아픈 유령은 주저 없이 체포해 버리겠어요."

"어떻게? 어디서?" 두 사람이 이구동성으로 외쳤다. "우린 유령을 보지도 못했어요."

"하지만 5번 박스석에 왔을 거 아닙니까?"

"박스석에 있는 걸 본 적이 없어요."

"그럼 박스석을 파세요."

"오페라의 유령의 박스석을 팔다니! 두 분이 한번 해보시구려."

그러고 나서 우리 네 사람은 관장실을 떠났다. 리샤르와 나는 '평생 그렇게 웃어본 적이 없었다'.

제 4 장

5번 박스석

아르망 몽샤르맹은 공동 관장으로 상당히 오래 재직하면서 두툼한 회상록을 썼다. 그래서 회상록을 쓰는 것 말고 다른 오페라 경영 업무에 쏟을 시간이 있었을까 의심스러울 정도였다. 몽샤르맹은 음악이라고는 음표 하나도 볼 줄 몰랐지만 교육문화장관과 서로 이름을 부르는 사이였고 예술계와 관련된 언론에도 손이 닿았으며 개인 소득도 상당했다. 그는 사람을 끄는 데가 있었고 총명하기도 했다. 이것은 그가 오페라의 공동 관장 중 농땡이 역을 맡기로 결심한 즉시, 실무를 진행할 관장으로 곧장 피르맹 리샤르를 점찍은 것에서도 알 수 있다.

피르맹 리샤르는 탁월한 작곡가로 여러 장르에서 성공작도 여러 펴 냈고, 거의 모든 형식의 음악과 다양한 부류의 음악가를 좋아했다. 분명히 어떤 음악가든 음악가라면 피르맹 리샤르를 좋아할 수밖에 없었을 것이다. 다만 제멋대로인데다가 성질이 급한 것이 단점이었다.

두 사람은 취임하고 나서 처음 며칠 동안을 오페라의 관장직이라는 것이 얼마나 멋진 일인가를 감탄하며 보냈다. 유령에 관한 이상한 이야기는 까맣게 잊고 지냈다. 그러던 중 전임자들의 농담(그것이 농담이었다면)이 아직 끝나지 않았다는 것을 알려주는 사건이 일어났다. 피르맹 리샤르는 그날 아침 11시에 출근했다. 그의 비서인 레미는 '친전'이라고 쓰여 있어서 개봉하지 않은 채로 둔 편지 대여섯 통을 리샤르에게 건네주었다. 편지 중 하나가 리샤르의 시선을 확 끌었는데 그것은 빨간 잉크로 쓰여져 있을 뿐 아니라 어디서 본 듯한 필적이었기 때문이다. 그는 그것이 계약서의 끝 부분에 손으로 써넣은 것과 같은 필적임을 기억해 냈다. 그는 서툴고 어린애 같은 필적을 기억해 낸 것이다. 리샤르는 편지를 읽기 시작했다.

관장 귀하

바쁜 시간에 방해를 해서 죄송합니다. 기존 계약을 갱신하면서 새로운 계약을 체결하고, 귀하의 탁월한 취향을 오페라 전체에 스며들게 하느라 분주하실 것으로 압니다. 카를로타, 소렐리, 어린 잠 등에게서 탁월한 재능과 천재성을 발견한 귀하가 어떻게 했는지 알고 있습니다.

물론 카페 가수로나 적당한 애송이 카를로타가 탁월하다거나 천재라고 이야기하는 것은 아니고, 선생들의 가르침 덕에 그나마 성공을 거두고 있는 소렐리를 두고 하는 말도 아닙니다. 그렇다고 들판의 송아지처럼 춤을 추는 꼬마 잠이 그렇다는 이야기도 아닙니다. 물론 크리스틴 다에도 아닙니다. 비록 다에가 분명히 천재성이 있는데도 귀하가 질투심 때문에 중요한 역할을 맡기지 않고 있지만 말입니다. 어쨌든 귀하는 귀하의 방식대로 오페라하우스를 운영할 권리가 있으니까요. 안 그렇습니까?

마찬가지로 귀하는 오늘 저녁 크리스틴 다에가 시에벨 역을 하는 것을 들었습니다. 그리고 지난번 그녀가 마르그리트로 대성공을 거둔 후 그 역은 그녀에게 주어지지 않았음을 지적하고 싶습니다. 그리고 오늘과 오늘 이후 내 박스석의 표를 팔지 말 것을 요청합니다. 왜냐하면 오페라하우스에 도착했을 때 귀하의 지시에 따라 내 박스석이 팔렸다는 불쾌한 이야기를 한두 번 들었기 때문에 이 부분을 짚고 넘어갈 수밖에 없습니다.

나는 표 파는 사람에게 항의하지 않았습니다. 첫째, 말썽을 일으키고 싶지 않았고 둘째, 나에게 항상 친절하던 귀하의 전임자인 드비엔 씨와 폴리니 씨가 퇴임 전에 내 이야기를 귀하에게 하는 것을 잊었다고 생각했기 때문입니다. 두 사람에게 편지를 보내본 결과 귀하는 계약서에 관해 모두 알고 있고 따라서 귀하가 나를 참을 수 없도록 무시하고 있음을 알았습니다. 탈 없이 살고 싶으면 내 박스석을 팔지 말아야 합니다.

편지에는 『공연 예술』지의 개인 광고란을 오린 것이 동봉되어 있었다. 이 광고는 다음과 같다.

O. G. —R과 M은 할 말이 없음. 우리는 귀하의 계약서를 그들에게 전 달했음. 끝.

피르맹 리샤르가 편지를 채 다 읽기도 전에 아르망 몽샤르맹이 똑같은 편지를 들고 들어왔다. 둘은 서로 마주 보고는 웃음을 터 뜨렸다.

"농담이 아직 안 끝났군요." 리샤르가 말했다. "하지만 이젠 더 이상 우습지 않소."

"도대체 어쩌자는 걸까요?" 몽샤르맹이 물었다. "관장직을 지 냈다고 자기들한테 영원히 박스석 하나를 배정해 줄 거라고 생각 하는 걸까?"

"농담도 너무 길면 좋을 거 없지." 리샤르가 말했다.

"해로울 건 없잖소?" 몽샤르맹이 받았다. "원하는 게 뭘까? 오 늘 저녁 박스석 하나라도 달라는 얘긴가?"

피르맹 리샤르는 비서에게 5번 박스석이 아직 안 팔렸으면 드비엔과 폴리니에게 배정하라고 지시했다. 박스석의 표는 아직 팔리지 않았고 심부름꾼이 두 사람의 집으로 갔다. 드비엔은 스크리브 거리와 카퓌신 대로가 만나는 모퉁이에 살았고 폴리니는 오베르 거리에 살았다. 몽샤르맹은 봉투를 들여다보더니 유령이 보낸 두 통의 편지가 카퓌신 대로의 우체국에서 발송되었다고 말했다.

"거봐요!" 리샤르가 말했다.

그들은 어깨를 으쓱하고는 그만한 나이의 사람들이 이런 어린애 같은 장난을 치는 것을 한심하게 생각했다.

"우리한테 좀더 정중했어야지, 안 그렇소?" 몽샤르맹이 말했다. "이 사람들이 카를로타, 소렐리, 잠을 어떻게 생각하는지 봤소?"

"이 사람들 질투심 때문에 환장했군!『공연 예술』지에 돈 들여서 광고나 내고 말야. 이 사람들 이것밖에 안 돼?"

"그런데," 몽샤르맹이 말했다. "이 사람들 크리스틴 다에한테는 관심이 엄청 많구려."

"평판이 아주 좋은 걸 모두 알고 있잖소." 리샤르가 말했다.

"이름 날리는 건 어렵지 않지." 몽샤르맹이 대답했다. "난 음표 하나도 볼 줄 모르지만 음악을 잘 안다는 명성이 있잖소?"

"걱정 마슈. 그런 이름 날린 적 한 번도 없으니까." 리샤르가 단언했다.

리샤르는 예술가들을 들여보내라고 했다. 이들은 지난 두 시간 동안 명성과 돈, 또는 파면 통지가 기다리고 있는 문밖에서 왔다 갔다하고 있었다.

두 사람은 하루 종일 예술가들과 협상을 하고 계약을 체결하거
나 취소하면서 보냈다. 과로한 탓에 그들은 5번 박스석에서 두 전
임자가 공연을 즐기고 있는지도 확인하지 않은 채 일찍 잠자리에
들었다.

다음날 아침 두 사람은 유령에게 감사의 카드를 받았다.

관장 귀하

감사합니다. 멋진 공연이었어요. 다에는 훌륭했습니다. 합창은 좀 맥
이 없더군요. 카를로타는 뛰어나게 평범했구요. 24만 프랑에 대해서는
다시 연락 드리겠습니다. 정확히 23만 3,424프랑 70상팀입니다. 두 전
임자가 금년 첫 10일간의 수당으로 6,575프랑 33상팀을 보냈기 때문
입니다. 두 전임자의 특권은 10일 저녁으로 종결되었습니다.

O. G.

그리고 드비엔과 폴리니가 보낸 편지도 와 있었다.

공동 관장 귀중

배려해 주셔서 감사합니다. 그러나 오페라의 전 관장으로서 「파우스
트」를 다시 감상하는 것이 기쁜 일이기는 합니다만, 그 자리에서 관람
한다고 해서 우리가 '그'의 배타적 재산인 5번 박스석을 사용할 수 없

다는 사실을 잊지 않으리라는 점을 두 분께서는 이해하실 것입니다. 여기에 관해서는 지난번 계약서를 함께 검토할 때 말씀드린 바 있습니다. 98조 마지막 조항을 참조하시기 바랍니다.

"어휴 이젠 짜증나기 시작하네!" 리샤르가 편지를 낚아채며 외쳤다.

그날 저녁 5번 박스석은 팔렸다.

다음날 아침 리샤르와 몽샤르맹은 사무실에 도착하자마자 그 전날 5번 박스석에서 일어난 사건에 대한 경비 책임자의 보고서를 받았다. 보고서의 중요한 내용을 여기 공개한다.

본인은 오늘 저녁 5번 박스석 문제 때문에 경찰을 두 번 불러야 했음. 한 번은 2막 시작 무렵이고 한 번은 2막 중간이었음. 5번 박스석 관객들은 2막의 커튼이 올라갈 때 도착해서는 마구 웃으며 실없는 소리를 하는 흔한 광경을 연출했음. 주변 사람들이 모두 "쉿!" 소리를 냈고 관객 전체가 불평을 시작했으며 결국은 박스석 담당자가 본인을 부르러 왔음. 본인은 박스석으로 들어가 필요하다고 생각되는 조치를 취했음. 본인이 보기에 이 사람들은 제정신이 아니었으며 얼빠진 소리들을 하고 있었음. 본인은 그들에게 계속 소란을 일으키면 퇴장시킬 수밖에 없다고 말했음. 본인이 박스석을 떠나자마자 그들은 다시 웃기 시작했고 관객들의 불평이 다시 시작되었음. 이에 본인은 경찰관을 대동하고 자리로 돌아가 이들을 퇴장시켰음. 그들은 계속 웃으며 저항했고 돈을 돌려주지 않으면 가지 않겠다고 버텼음. 결국 이들은 조용해졌고 이에 본인은 박스석 입장을 다시 허용했음. 그러나 들어가자마자 다시 웃기 시작했고 결국 완전 퇴장시킬 수밖에 없었음.

"경비 책임자 데려와." 리샤르가 비서에게 말했다. 비서는 이미 보고서를 읽었고 중요한 부분에 푸른색으로 표시를 해두었다. 비서 레미는 이를 예상했고 즉시 책임자를 불렀다.

"어떻게 된 건지 얘기 좀 해봐요." 리샤르가 무뚝뚝하게 말했다.

경비 책임자는 마구 지껄여 대기 시작했고 보고서 이야기를 했다.

"그런데 그 사람들이 왜 웃었소?" 몽샤르맹이 물었다.

"그 사람들은 밥을 먹고 있었던 것 같고, 음악 감상보다는 장난치는 데 더 관심이 있었습니다. 이 사람들은 박스석에 들어가자마자 되돌아오더니 박스석 담당자를 불렀습니다. 담당자가 왜 그러냐고 했더니 이렇게 말했답니다. '박스석을 좀 들여다봐요. 아무도 없죠?' 담당자는 그렇다고 대답했답니다. '그런데 박스석에 가 보니 이 좌석은 팔렸다는 소리가 들리더군요.' 사람들이 이렇게 말했다고 합니다."

몽샤르맹은 미소를 감추지 못하고 리샤르를 건너다보았다. 그러나 리샤르는 웃지 않았다. 경비 책임자의 이야기로 판단할 때, 그리고 그의 전임자들에게 들은 말을 생각할 때 이것이 장난이라는 흔적은 여기저기 널려 있었다. 미소 띤 몽샤르맹과 맞장구를 치는 것이 좋겠다고 생각한 경비 책임자는 자기도 미소를 띠었다.

그러나 이것은 실수였다. 리샤르는 그를 노려보았고 책임자는 그때부터 놀란 표정을 얼굴에 띠우고 있어야 했다.

"그러나 그 사람들이 도착했을 때 박스석엔 아무도 없었지?" 리샤르가 다그쳤다.

"물론이죠. 아무도 없었습니다! 오른쪽 박스석에도 왼쪽 박스석에도 맹세코 사람이라곤 없었어요. 박스석 담당자가 저에게 거듭 그렇게 말했어요. 누군가의 장난인 게 분명합니다."

"당신도 그렇게 생각하는군." 리샤르가 말했다. "이건 장난이야. 당신도 이게 우습다고 생각하는군. 맞아?"

"악취미라고 생각합니다."

"그래서 박스석 담당자는 그 사람들에게 뭐라고 했소?"

"아, 그냥 오페라의 유령이라고 했답니다. 그 말밖에는 안 했대요."

책임자는 씨익 웃었다. 그러나 그는 곧 자기가 실수했음을 깨달았다. 왜냐하면 그 말이 튀어나오자마자 우울하던 리샤르가 갑자기 폭발했기 때문이다.

"박스석 담당자 데려와!" 리샤르가 외쳤다. "데려오라고! 지금 당장! 이 방으로 데려오란 말이야! 다른 사람들은 다 내보내!"

경비 책임자는 뭐라고 대꾸하려 했으나 리샤르는 닥치라는 말로 그의 입을 막아버렸다. 책임자가 완전히 입을 다물어버리자 리샤르는 이번에는 입을 열라고 명령했다.

"이 '오페라의 유령'이 누구요?" 리샤르가 으르렁거리며 물었다.

그러나 이쯤 되자 경비 책임자는 한마디도 할 수 없었다. 그는 손짓으로 겨우 자신은 아무것도 모른다는 의사 표시를 할 뿐이었다. 모른다기보다는 알고 싶지 않다는 쪽이었다.

"유령을 본 적이 있소?"

책임자는 세차게 도리질을 해서 본 적이 없다는 대답을 대신했다.

"좋소!" 리샤르가 싸늘하게 말했다.

책임자는 마치 리샤르가 왜 "좋소"라는 불길한 말을 했는지 묻기라도 하듯 눈을 둥그렇게 떴다.

"유령을 못 봤다는 사람들하고 매듭을 지어야겠어." 리샤르가 말했다. "유령이 안 나타나는 곳이 없는데도 유령을 못 봤다는 사람들을 내 밑에 둘 순 없지. 난 일할 사람만 쓴다구!"

이렇게 말하고 리샤르는 책임자에게는 눈길도 주지 않은 채 때마침 방으로 들어온 부관장과 오페라하우스 운영에 관한 이런저런 이야기를 했다. 책임자는 가도 되겠다고 생각하고 살금살금, 정말 살금살금 문 쪽으로 움직여 갔다. 그때 리샤르가 벼락 같이 소리를 지르는 바람에 책임자는 그 자리에서 굳어버렸다.

"거기 있어!"

비서는 오페라하우스 근처에 있는 프로방스 거리로 사람을 보내 박스석 담당자를 데려왔다. 그녀는 거기서 포터로 일하고 있었다. 담당자가 곧 나타났다.

"이름이 뭐요?"

"지리 부인이에요. 저 잘 아시잖아요? 꼬마 지리의 엄마요. 꼬마 메그라고도 하죠."

　그녀는 이 얘기를 무례하고도 엄숙하게 했기 때문에 한동안 리샤르는 할 말을 잃었다. 리샤르는 퇴색한 숄, 닳아빠진 구두, 낡은 태피터 천으로 된 옷, 칙칙한 모자로 몸을 감싼 지리 부인을 바라보았다. 리샤르의 태도로 보아 그는 그녀를 몰랐거나 만난 적이 있어도 기억을 못하는 것이 분명했다. 꼬마 지리, 꼬마 메그는 말할 것도 없었다. 그러나 지리 부인은 자존심이 워낙 강해서 유명한 박스석 담당자인 자신을 모르는 사람은 없을 거라고 생각하고 있었다.

　"그런 애 얘기 들어본 적 없소." 리샤르가 말했다. "그렇다고 해서 어젯밤에 일어난 사건에 대해 물어볼 수 없다는 건 아니오. 어제 당신과 경비 책임자가 경찰을 부를 수밖에 없었던 그 상황 말이오."

　"관장님, 이 자리에 나온 건 말이죠, 얘기를 좀 해드리려는 거예요. 두 전임 관장님들 같이 언짢은 일을 겪지 않으시게 말이에요. 그분들도 처음에는 제 말을 안 믿으셨거든요."

　"그 얘기를 듣자는 게 아니오. 어젯밤에 어떻게 됐냐니까요?"

　지리 부인은 화가 나서 얼굴이 시뻘개졌다. 그 누구도 자신에게 이따위로 말하는 사람은 없었다. 그녀는 스커트의 주름을 모으고 초라한 모자의 깃털을 위엄 있게 날리며 방을 나가려는 듯 벌떡 일어서다가 생각을 바꿔 다시 의자에 앉아 오만한 목소리로 말했다.

"말씀 드리죠. 유령이 또 화가 났다구요!"

이 말을 들은 리샤르가 폭발하려 하자 몽샤르맹이 끼어들어 이야기를 계속했다. 지리 부인은 박스석 안에 아무도 없어도 거기서 박스석이 팔렸다는 목소리가 들리는 것이 당연하다고 생각하는 것 같았다. 그녀는 흔히 겪는 이 일을 유령 외에는 어떤 것으로도 설명할 수 없다고 말했다. 아무도 박스석 안에 있는 유령을 볼 수는 없었지만 목소리는 들렸다는 이야기다. 그녀도 그 목소리를 자주 듣곤 했다. 사람들은 그녀의 말을 믿었다. 왜냐하면 그녀는 항상 진실만을 말했기 때문이다. 두 전임 관장, 그리고 누구든 그녀를 아는 사람에게 물어보면 이 사실을 알 수 있다. 그리고 유령이 다리를 부러뜨린 이지도르 사크 씨에게 물어봐도 된다.

"정말이오?" 몽샤르맹이 그녀의 말을 가로막으며 물었다. "정말 유령이 이지도르 사크의 다리를 부러뜨렸단 말이오?"

지리 부인은 그것도 몰랐냐는 듯이 눈을 크게 떴다. 하지만 그녀는 아무것도 모르는 두 관장에게 사실을 알려주기로 했다. 이 사건도 드비엔과 폴리니가 관장으로 있던 시절에 발생했고 역시 5번 박스석에서였으며 역시 「파우스트」 공연 중이었다. 지리 부인은 마치 구노의 오페라 「파우스트」 전곡 연주를 눈앞에 둔 성악가처럼 헛기침을 하고 목청을 가다듬은 후 말을 시작했다.

"그러니까 이런 거였어요. 그날 밤 모가도르 거리의 보석상 마니에라 씨 부부는 절친한 친구인 이지도르 사크 씨와 박스석 앞쪽에 앉아 있었어요. 사크 씨는 마니에라 부인 뒤에 앉아 있었구요.

메피스토펠레스가 나오는 장면이었어요." 지리 부인은 노래를 시작했다. "'카타리나, 당신은 자면서 한눈을 팔지.' 그 대목에서 마니에라 씨는 누군가가 오른쪽 귀에 대고 '하하! 쥘리는 자면서 한눈을 팔지 않지!' 라고 말하는 것을 들었어요. 마니에라 씨 부인은 남편 왼쪽에 앉아 있었고 그녀의 이름은 쥘리예요. 그래서 마니에라 씨는 누가 그런 소리를 하나 보려고 오른쪽으로 고개를 돌렸어요. 그런데 아무도 없었어요. 그는 눈을 비비고는 꿈이 아닌가 생각했어요. 메피스토펠레스는 세레나데를 계속 불렀고요. 제 얘기 지루하지 않으세요?"

"아니, 계속해요."

"정말 좋은 분들이군요." 의기양양한 미소를 띠며 그녀가 말했다.

"메피스토펠레스는 세레나데를 계속 불렀어요." 지리 부인은 다시 노래하기 시작했다. "'성스런 문을 열고 무릎 꿇은 인간에게 축복을 내리소서.' 그러자 마니에라 씨 오른쪽 귀에 이번에는 '하하! 쥘리는 이지도르가 키스해도 상관 안 하지' 하는 소리가 들렸어요. 마니에라 씨는 이번에는 왼쪽으로 몸을 돌렸어요. 뭐가 보였을까요? 이지도르 씨는 마니에라 부인의 손을 잡고 장갑에 둥글게 뚫린 구멍을 통해 그녀의 손에 키스를 퍼붓고 있었어요. 이렇게요." 지리 부인은 천으로 된 장갑 중간에 드러난 그녀의 손바닥에 키스를 해댔다. "그러자 두 사람 사이에 난리가 벌어졌어요. 퍽! 퍽! 리샤르 씨처럼 덩치가 큰 마니에라 씨는 몽샤르맹 씨처럼 자그마한 이지도르 사크씨에게 두 방을 날렸어요. 관객들이 아우

성을 치기 시작했죠. '그만하면 됐어! 저 사람들 말려! 사람 잡겠네!' 결국 사크 씨는 겨우 도망쳤어요."

"그럼 유령이 다리를 부러뜨린 건 아니잖소?" 자신을 왜소하다고 묘사한 지리 부인의 얘기에 약간 기분이 상한 몽샤르맹이 물었다.

"유령이 부러뜨린 거나 마찬가지예요." 지리 부인이 오만하게 대답했다. "사크 씨는 계단을 너무 빨리 내려가다가 넘어져 다리가 부러졌고 한참 동안 일어나지 못했어요."

"유령이 마니에라 씨 오른쪽 귀에 대고 한 이야기를 당신에게도 해주었소?" 몽샤르맹은 자기가 한 말이 유머가 넘친다고 생각하며 짐짓 위엄 있게 물었다.

"아니오. 전 마니에라 씨에게 들었어요. 그러니까……."

"하지만 유령하고 얘기했다고 했잖소?"

"맞아요. 지금 관장님과 이야기하는 것처럼요!" 지리 부인이 대답했다.

"유령이 당신에게 말할 땐 뭐라고 합디까?"

"발판을 가져오라고 했어요."

이번에는 리샤르가 웃기 시작했고 몽샤르맹과 비서 레미도 따라 웃기 시작했다. 경험을 통해 함부로 웃으면 안 된다는 것을 터득한 경비 책임자만이 웃지 않았고 지리 부인은 분명히 위협적인 태도로 말을 계속했다.

"웃지 마시고." 그녀는 화가 나서 외쳤다. "스스로 알아낸 폴리니 씨처럼 하면 훨씬 나을 거예요."

"무엇을 알아낸단 말이오?" 몽샤르맹이 물었다. 그는 평생 이렇게 재미있는 일을 경험한 적이 없었다.

"유령에 대해서죠, 물론. 제 얘기를 들어보세요."

그녀는 인생에서 아주 중요한 순간이라는 듯 갑자기 침착해졌다.

"제 얘기 들어보세요." 그녀가 다시 한 번 말했다. "「유태인 여자」 공연 중이었어요. 폴리니 씨는 유령의 박스석에서 공연을 보려고 했죠. 레오폴이 '도망치자!' 하고 외치는 대목 있잖아요. 거기에서 엘레아자르가 일행을 제지하고는 어디 가느냐고 묻죠. 저는 그때 옆의 빈 박스석에서 폴리니 씨를 지켜보고 있었는데 폴리니 씨는 일어서더니 마치 동상처럼 뻣뻣한 자세로 걸어 나가는 거예요. 제가 엘레아자르처럼 어디 가느냐고 물을 새도 없이 폴리니 씨는 계단을 내려갔어요. 다리는 부러지지 않았지만요."

"그런데 유령이 발판을 갖다 달라는 것과는 상관없는 얘기잖소." 몽샤르맹이 다그쳤다.

"그런데 그날 저녁 이후 아무도 유령의 박스석을 차지하려고 하지 않았어요. 드비엔 씨와 폴리니 씨는 공연마다 그 박스석을 유령에게 배정하라고 지시했어요. 그리고 유령은 올 때마다 발판을 달라고 했어요."

"쯧쯧. 유령이 발판을 달라고 하다니. 이 유령은 여자요?"

"아니오, 남자예요."

"어떻게 알아요?"

"남자 목소리거든요. 정말 매혹적인 남자 목소리예요. 그러니까 이런 식이에요. 유령이 나타날 때는 보통 1막 중간쯤이죠. 5번 박스석의 문을 가볍게 세 번 두드려요. 박스석 안에 아무도 없는데 이 소리를 처음 들었을 때 제가 얼마나 놀랐겠어요. 문을 열고 들여다보았지만 아무도 없었어요. 그런데 목소리가 들렸어요. '쥘르 씨 부인.' 제 남편 이름이 쥘르예요. '발판 좀 갖다 주세요.' 전 너무 놀랐어요. 그런데 목소리가 계속 말을 했어요. '겁내지 마세요, 쥘르 씨 부인. 난 오페라의 유령이에요.' 목소리가 너무 부드럽고 친절했기 때문에 전 거의 무섭지 않았어요. 목소리는 앞줄 오른쪽 구석 의자에 앉아 있었어요.”

“5번 박스 오른편 박스석에 누군가 있었소?” 몽샤르맹이 물었다.

“아니오. 그게 7번 박스석인데 거긴 물론이고 왼쪽에 있는 3번 박스석에도 아무도 없었어요. 막은 막 올라간 다음이었고.”

“그래서 어떻게 했소?”

“발판을 갖다 줬죠. 물론 자기가 쓰려던 게 아니고 부인을 위해서였죠. 그런데 부인은 보지도 못했고 목소리도 못 들었어요.”

“그래요? 유령은 결혼까지 했군.” 두 관장의 시선은 지리 부인을 떠나 그녀의 뒤에 서 있던 경비 책임자에게 옮겨갔다. 그는 두 사람의 시선을 끌기 위해 팔을 흔들고 있었다. 경비 책임자는 손가락으로 이마를 가리키며 쥘르 지리의 미망인이 돌았다는 시늉을 해 보였다. 이 팬터마임을 보고 리샤르는 정신병자를 이제껏 데리고 있던 이 경비 책임자를 쫓아내야겠다는 결심을 굳혔다. 그 동안 지리 부인은 유령의 이야기를 계속했는데 이번에는 그의 관대함에 대해 말했다.

"공연이 끝나면 그는 항상 저에게 2프랑, 어떤 땐 5프랑, 가끔 10프랑씩 주기도 했어요. 오랫동안 안 오다가 왔을 땐 특히 많이 주더군요. 다만 사람들이 그를 귀찮게 하면 전혀 돈을 주지 않았어요."

"아주머니 잠깐만." 초라한 모자에 달린 깃털을 만지작거리는 지리 부인에게 몽샤르맹이 물었다. "그런데 말이오. 유령이 어떻게 2프랑을 주었소?"

"그분은 돈을 박스 안에 있는 작은 선반에 넣고 가시죠. 내가 항상 드리는 프로그램과 함께요. 어떤 날은 동반한 여성의 보닛에서 떨어진 것이 틀림없는 장미가 있기도 해요. 가끔 여자분을 데리고 오시거든요. 어떤 날은 부채가 떨어져 있기도 했어요."

"아, 유령이 부채를 떨어뜨렸다고? 그걸 어떻게 했소?"

"다음날 저녁에 박스석에 도로 갖다 놨죠."

여기서 경비 책임자가 목청을 높이며 끼어들었다.

"그건 규정 위반이오. 벌금을 물려야겠소, 지리 부인."

"닥치고 있어, 멍청아." 리샤르가 소리쳤다.

"부채를 도로 갖다 놨다, 그래서?"

"글쎄요. 도로 가져갔더라구요. 공연 끝난 뒤에 보니 없었어요. 대신 그 자리에 제가 아주 좋아하는 영국제 사탕 한 상자를 저 먹으라고 남겨두셨더군요. 유령의 이런 부분은 마음에 들어요."

"됐소, 지리 부인. 가도 좋소."

지리 부인이 위엄이 몸에 밴 자세로 인사를 하고 나가자 리샤르
는 경비 책임자에게 이 늙은 미친 여자를 해고하기로 했다고 말했
다. 책임자가 나가자 관장들은 부관장에게 경비 책임자의 급여 잔
액을 계산해 두라고 지시했다. 둘만 남은 관장들은 자신들이 직접
5번 박스석 사건을 처리해야겠다는 같은 생각을 하고 있음을 확
인했다.

제 5 장
마법의 바이올린

나중에 다시 이야기하겠지만 크리스틴 다에는 수수께끼 같은 사건으로 인해 지난번의 성공을 한동안 이어가지 못했다. 유명한 갈라 공연 이후 그녀는 취리히 공작 부인 저택에서 한 번 노래했다. 그러나 이것은 그녀가 사석에서 노래를 부른 마지막 기회가 되었다. 그녀는 별다른 이유도 없이 스스로 지원을 약속했던 자선 음악회에도 출연하기를 거부했다. 그녀는 처음부터 끝까지 자신이 더 이상 스스로의 운명의 주인공도 아니며 또다시 성공하는 것을 두려워하는 것처럼 행동했다.

그녀는 또한 샤니 백작이 자기 동생을 기쁘게 해주려고 리샤르에게 자기 얘기를 최대한 좋게 해주고 있음을 알았다. 그녀는 백작에게 편지를 써서 감사의 뜻을 표하고 이제 그러지 말아달라고 부탁했다. 왜 그녀가 이렇게 이상한 부탁을 했는지는 알려지지 않았다. 어떤 사람은 그녀의 자존심이 하늘을 찌르기 때문이라고도 하고, 또 어떤 사람은 천부적인 겸손함 덕분이라고도 했다. 그러나 무대에 서는 사람들은 원래 그렇게 겸손하지 않다. 그리고 나는 그녀의 행동이 두려움 때문이라고 말해도 진실에서 크게 벗어나지 않으리라 생각한다. 나는 크리스틴 다에가 그녀의 신상에 일어난 일 때문에 두려움에 떨고 있었다고 믿는다. 나는 이 시기에 크리스틴이 쓴 편지(페르시아인의 소장품 속에 들어 있던)를 갖고 있는데 거기서는 엄청난 공포가 묻어 나온다.

"난 노래할 땐 자신을 잊어요"라고 이 불쌍한 처녀는 토로하고 있다.

그녀는 어디에도 모습을 드러내지 않았다. 샤니 자작은 그녀를 만나려고 별 수를 다 썼으나 허사였다. 편지를 써보기도 하고 방문하겠다고도 했는데, 어느 날 아침 다음과 같은 그녀의 답장을 받아 본 그는 낙심하고 말았다.

자작님,

저는 제 스카프를 건지려고 바다로 뛰어든 소년을 잊지 않고 있습니다. 신성한 임무를 다하기 위해 페로스로 떠나는 오늘 당신에게 편지를 써야 한다는 생각이 드는군요. 내일은 당신이 알았던, 또한 당신을 매우 사랑했던 불쌍한 우리 아버지의 기일입니다. 아버지는 조그만 성당 묘지에 당신의 바이올린과 함께 묻히셨습니다. 성당은 어릴 때 우리가 뛰놀던 비탈 아래 길 옆에 있죠. 좀더 자란 후 우리는 이 길에서 마지막으로 작별을 고했어요.

샤니 자작은 황급히 열차 시각표를 본 후 서둘러 옷을 입고 사연을 몇 줄 적어 하인을 시켜 형에게 보내고는 마차에 올라 몽파르나스 역으로 갔으나 아침 열차는 방금 떠난 뒤였다. 파리에서 하루 종일 우울한 하루를 보낸 그는 저녁에 브르타뉴 행 급행 열차에 몸을 싣자 생기를 되찾았다. 그는 크리스틴의 편지를 읽고 또 읽었고 향수 냄새를 맡았다. 어린 시절의 달콤한 추억을 떠올리기도 하면서 지루한 밤 열차 여행을 크리스틴 다에에서 시작해서 크리스틴 다에로 끝나는 열정적인 꿈속에서 보냈다. 라니옹에서 내렸을 때는 날이 밝아오고 있었다. 그는 황급히 페로스 기레크 행 합승 마차에 올랐다. 승객은 그 한 사람뿐이었다. 마차꾼에게 물어보니 그 전날 저녁 파리에서 온 듯한 젊은 여인이 페로스로 가서 '석양'이라는 여관에 들었다고 했다.

그녀에게 가까이 갈수록 그는 이 자그마한 스웨덴 여가수에 관한 일들을 더욱 정겹게 떠올릴 수 있었다. 이 일의 자세한 부분은 아직 사람들에게 알려지지 않았다.

옛날에 스웨덴의 웁살라 근처에 있는 조그마한 마을에 농부와 그의 가족이 살고 있었다. 농부는 주중에는 밭을 갈고 일요일에는 성가대에서 노래를 했다. 이 농부한테는 딸이 하나 있었는데 그는 딸이 글자를 깨치기도 전에 악보부터 가르쳤다. 다에의 아버지는 아마 스스로 깨닫지는 못했겠지만 위대한 음악가였다. 그는 스칸디나비아 전역에서 가장 탁월한 '마을 바이올리니스트'로 인정받았다. 그의 명성은 널리 퍼졌고 결혼식 무도회나 기타 축제에서 연주해 달라는 부탁을 자주 받았다. 그의 아내는 크리스틴이 여섯 살 되던 해에 죽었다. 그러자 딸과 음악만을 사랑했던 아버지는 땅을 팔고 돈과 명예를 좇아 웁살라로 향했다. 그러나 그가 만난 것은 가난뿐이었다.

시골로 돌아온 그는 이 장터 저 장터를 돌아다니며 바이올린을 연주했고 항상 그의 옆에 붙어다니던 아이는 아빠의 연주를 홀린 듯 듣거나 따라 노래하곤 했다. 어느 날 님비 장터에서 발레리우스가 부녀의 연주를 들었고 이들을 예테보리로 데려갔다. 그는 이 아이의 아버지가 세상에서 가장 뛰어난 바이올리니스트고 딸은 위대한 음악가로 자라리라 믿었다. 아이는 교수에게서 필요한 교육을 받았다. 그녀는 발전이 빨랐고 미모와 우아한 매너, 진정으로 상대방을 기쁘게 해주려는 마음씨 등으로 모든 이의 사랑을 받았다.

발레리우스 교수 부부는 프랑스로 이주하면서 부녀도 함께 데리고 갔다. 발레리우스 교수 부인은 크리스틴을 딸처럼 대했다. 하지만 아버지는 향수병에 걸려 수척해져 갔다. 파리에서 그는 밖으로 나오는 일이 거의 없었으며 바이올린을 끌어안고 꿈속에서 살았다. 그는 몇 시간이고 딸과 함께 침실에 틀어박혀 아주 작은 소리로 바이올린을 연주하고 노래를 부르곤 했다. 가끔 교수 부인은 이층으로 올라와 문에 귀를 대고 듣다가 눈물을 닦고는 살금살금 아래층으로 내려와 자신이 감당해야 하는 향수 때문에 한숨을 쉬곤 했다.

아버지는 그해 여름이 되도록 기력을 회복하지 못했다. 여름에 온 가족이 브르타뉴 반도 한쪽 구석에 있는 페로스 기레크로 놀러 갔는데 그곳의 바다는 스웨덴의 바다와 같은 색이었다. 가끔 그는 해변에 앉아 가장 슬픈 곡을 연주하면서 바다가 자신과 딸의 음악을 듣기 위해 포효를 멈추었다고 생각하기도 했다. 그러고 나서 그는 발레리우스 교수 부인의 허락을 얻어 자기 나름의 연주 여행을 시작했다. 브르타뉴 사람들의 순례, 마을 축제, 댄스 파티 등이 열리는 '순례제' 기간 중에 그는 옛날처럼 바이올린을 들고 딸의 손을 잡고 일주일 동안 자유로이 다닐 것을 허락받은 것이다. 두 사람은 작은 마을 사람들이 일 년 동안 두고 즐길 만큼의 음악을 선물하고는 여관의 침대를 사양하고 외양간 짚 위에서 나란히 누워 잤다. 마치 옛날 스웨덴에서 가난했던 시절처럼. 반면 부녀는 옷을 깨끗하게 입었으며 돈을 받지 않았고 동전을 주어도 거절했다. 주변 사람들은 천사같이 노래하는 예쁜 딸을 데리고 떠돌아다니는 이 촌스런 바이올린 아저씨의 행동을 이해할 수 없었다. 마을에서 마을로 옮겨갈 때마다 따라다니는 사람들도 있었다.

어느 날 가정 교사와 함께 외출한 한 소년이 평소보다 더 오래

산책을 하게 되었다. 순수하고 아름다운 목소리로 노래하는 소녀가 그를 잡아끄는 것을 어쩔 수 없었기 때문이다. 그들은 지금도 '트레스트라우'라고 불리는 만의 해변까지 갔다. 지금 그곳에는 카지노 같은 것이 들어서 있다. 당시 그곳에는 하늘과 바다, 쭉 뻗은 황금 백사장이 있을 뿐이었다. 또 한 가지, 바람이 세차게 불어 크리스틴의 스카프가 바다로 날아갔다. 크리스틴은 비명을 지르며 손을 뻗었지만 스카프는 이미 파도를 타고 있었다. 그때 누군가의 목소리가 들렸다.

"괜찮아. 내가 네 스카프를 건져줄게."

그러자 조그만 소년이 달려가는 모습이 눈에 들어왔다. 그는 검정 옷을 입은 고상한 여인이 화난 목소리로 제지하는 것에도 아랑곳하지 않았다. 소년은 옷을 입은 채로 바다로 뛰어들었고 그녀에게 스카프를 가져다 주었다. 소년도 스카프도 흠뻑 젖었다. 검은 옷의 여인은 법석을 떨었지만 크리스틴은 즐겁게 웃고는 소년에게 키스했다. 그 소년은 아주머니와 함께 라니옹에 머무르고 있던 바로 라울 드 샤니 자작이었다.

여름 내내 그들은 거의 매일 만나 함께 놀았다. 크리스틴의 아버지는 아주머니의 요청에 따라 발레리우스 교수의 허락을 얻고 어린 자작에게 바이올린을 가르쳤다. 이렇게 해서 라울은 크리스틴이 어린 시절에 사랑했던 곡들을 사랑하게 되었다. 둘 다 조용하면서 몽상가적 기질이 있었다. 그들은 옛 브르타뉴의 전설 같은 이야기를 좋아했으며 그들이 즐기는 놀이는 이집 저집 다니면서 거지처럼 이렇게 말하는 것이었다.

"아저씨," 아니면 "아줌마, 옛날 얘기 좀 해주실래요?"

둘의 부탁을 거절하는 집은 거의 없었다. 브르타뉴 할머니들은 거의 다 일생에 한 번은 '요정'들이 달빛을 받으며 황무지에서 춤추는 모습을 보았기 때문이다.

그러나 둘이 가장 좋아한 것은 해가 바닷속으로 가라앉고 땅거미가 지는 저녁의 정적 속에서 크리스틴의 아버지가 집 밖으로 나와 길가에 앉아 마치 귀신이 들을까 두려워하는 듯 나지막한 목소리로 북유럽의 전설을 들려줄 때였다. 이야기가 끝나면 아이들은 또 해달라고 졸라댔다.

이렇게 시작하는 이야기가 있었다.

"노르웨이의 산속에 밝은 눈처럼 열린 깊고도 고요한 호수에 작은 배를 띄운 왕이 있었단다……."

또 하나는 이렇게 시작한다.

"작은 로테는 모든 것을 생각했고 또 아무것도 생각하지 않았어. 로테의 머리는 햇살 같은 금발이었고 마음은 그 아이의 눈처럼 푸르고 맑았단다. 로테는 엄마의 사랑을 받았고 인형을 귀여워했으며 자기 옷, 작고 빨간 신발, 바이올린 등을 소중하게 다뤘어. 하지만 잠자리에 들어서 음악 천사의 노랫소리를 듣는 것을 가장 좋아했지."

크리스틴의 아버지가 이야기를 해주는 동안 라울은 크리스틴의 푸른 눈과 황금빛 머리카락을 바라보았다. 그리고 크리스틴은,

잠자리에서 음악 천사의 노랫소리를 듣는 로테는 참 행복할 거라고 생각했다. 음악 천사는 아버지의 이야기 속에 항상 등장했고 아버지는 모든 위대한 음악가에게 이 천사가 일생에 한 번은 찾아온다고 말했다. 어떤 때는 이 천사가 로테의 경우처럼 아이의 요람을 들여다보기도 한다. 그래서 쉰 살 된 어른보다 훨씬 바이올린을 잘 켜는 여섯 살짜리가 나오는 신기한 일이 벌어진다. 가끔 천사는 훨씬 뒤에 나타나기도 하는데 이것은 아이가 개구쟁이거나 연습을 제대로 하지 않기 때문이다. 그리고 어떤 때에는 천사가 전혀 오지 않기도 하는데 이는 그 아이의 마음이 사악하기 때문이다. 천사는 누구에게도 보이지 않는다. 그러나 천사의 목소리를 들으려고 하는 사람은 들을 수 있다. 천사는 전혀 생각 못한 때, 그러니까 사람들이 슬프거나 낙심했을 때 찾아오기도 한다. 이때 그들의 귀는 갑자기 천상의 화음과 신의 목소리를 들으며 이를 평생 기억한다. 천사를 만나는 사람들은 다른 사람들은 모르는 전율에 사로잡힌다. 그리고 이런 사람들이 악기를 만지거나 입을 열어 노래하면 다른 모든 인간의 소리가 초라해져버린다. 그래서 천사가 찾아왔던 걸 모르는 사람들은 그가 천재라고 말한다.

크리스틴은 아빠에게 음악 천사의 소리를 들었느냐고 물었다. 그러나 아빠는 슬픈 표정으로 고개를 흔들다가는 눈을 빛내며 이렇게 말했다.

"얘야, 넌 언젠가 들을 거야. 내가 천국에 가면 너에게 천사를 보내줄게!"

아빠는 그때부터 기침을 시작했다.

3년 후 라울과 크리스틴은 페로스에서 다시 만났다. 발레리우스 교수는 죽었지만 그의 미망인은 프랑스에 남아 바이올린을 켜고 노래하는 부녀의 후견인으로 음악만을 벗하며 살고 있었다. 이제 청년이 된 라울은 크리스틴 부녀를 만나기 위해 이곳에 왔고 페로스에 도착하자마자 그들이 머무르던 집을 찾았다. 청년은 먼저 아버지를 만났다. 이윽고 크리스틴이 찻잔이 놓인 쟁반을 들고 들어왔다. 그녀는 라울을 보자 얼굴을 붉혔고 라울은 그녀에게 다가가 키스했다. 크리스틴은 라울에게 몇 가지를 물었고 안주인으로서의 임무를 우아하게 마친 뒤 쟁반을 들고 나갔다. 그녀는 정원으로 달려가 벤치에 앉아 처음으로 젊은 가슴을 흔들어놓은 감정을 다스리고 있었다. 라울은 그녀를 따라 밖으로 나왔고 수줍어하며 저녁때까지 둘은 이야기를 나누었다. 둘 다 상당히 변했고 서로에게 조심스럽고 정중했으며 마음속에서 샘솟는 감정과는 전혀 상관없는 딴 얘기만 주고받았다. 길가에서 헤어지면서 라울은 떨리는 크리스틴의 손에 키스하며 말했다.

"크리스틴, 난 널 잊지 못할 거야!"

돌아서서 그는 이런 말을 한 것을 후회했다. 왜냐하면 크리스틴은 샤니 자작의 부인이 될 수 없었기 때문이다. 크리스틴도 라울을 생각하지 않으려 했고 음악에만 몰두했다. 그녀는 눈부시게 성장해 나갔고 그녀의 노래를 들은 사람은 모두 그녀가 세계 최고의 성악가가 될 것이라고 예언했다. 그러던 어느 날 아버지가 죽었다. 그러자 갑자기 그녀는 그녀의 목소리, 영혼, 천재성을 아버지와 함께 잃은 것 같았다. 그녀에게는 겨우 파리 음악원에 들어갈 정도의 재능만이 남았다. 음악원에서 그녀는 결코 튀는 존재가 아니었으며 별 흥미 없이 강의를 듣곤 했고, 상을 받는 것은 그때까지 그녀와 함께 살고 있던 발레리우스 교수 미망인을 기쁘게 해주기 위해서일 뿐이었다.

라울은 오페라하우스에서 크리스틴을 처음 보았을 때 그녀의 미모와 과거의 달콤한 기억 때문에 그녀에게 끌렸지만 그녀 음악의 어두운 부분에 놀라기도 했다. 라울은 크리스틴의 노래를 들으러 다시 오페라하우스로 갔다. 그는 부속 건물로 그녀를 따라가기도 하고 줄사다리 뒤에서 기다리기도 했다. 그는 그녀의 주의를 끌려고 했다. 그는 몇 번이나 크리스틴의 뒤를 따라 그녀의 박스석 문까지 갔지만 그녀는 라울을 보지 못했다. 아무도 보지 못하는 것 같았다. 무관심 그 자체였다. 라울은 괴로웠다. 왜냐하면 그녀가 그렇게 아름다웠는데도 그는 수줍음 때문에 감히 스스로에게조차 사랑을 고백하지 못했기 때문이다. 그러던 중 갈라 공연에서 벽력 같은 사건이 벌어졌다. 하늘이 열리고 천사의 목소리가 지상으로 내려와 인류를 기쁘게 하고 그의 가슴을 사로잡았다.

그러고 나서 닫힌 문 뒤에서 들려온 남자의 목소리, "나를 사랑해야 돼!" 그런데 들어가보니 아무도 없었다…….

스카프 이야기를 하니 그녀는 왜 웃었을까? 그녀는 왜 날 알아보지 못했을까? 그녀는 왜 나에게 편지를 썼을까?

마차는 드디어 페로스에 도착했다. 라울은 '석양'의 연기 자욱한 현관에 들어서자마자 크리스틴이 자기 앞에 서 있는 것을 보았다. 그녀는 웃고 있었으며 전혀 놀란 기색이 아니었다.

"왔군요." 그녀가 말했다. "당신을 여기서 만나야 한다고 생각했어요. 미사가 끝난 후에 누군가가 성당에서 그렇게 말해 줬죠."

"누가?" 라울이 그녀의 작은 손을 잡으며 물었다.

"누구긴요. 돌아가신 우리 아빠지."

잠시 침묵이 흘렀다. 라울이 물었다.

"내가 당신을 사랑한다는 걸, 당신 없인 살 수 없다는 것도 아버지가 말씀하셨나요?"

크리스틴은 얼굴이 빨개지며 고개를 돌렸다. 떨리는 목소리로 그녀가 말했다.

"뭐라고요? 꿈을 꾸고 있군요."

그녀는 체면을 구기지 않기 위해 웃음을 터뜨렸다.

"웃지 말아요, 크리스틴. 난 심각해." 라울이 대답했다.

그녀는 어두운 목소리로 대답했다.

"그런 얘기 듣자고 오게 한 건 아니에요."

"크리스틴, 날 '오게' 했잖아요. 당신의 편지를 받고 내가 헐레벌떡 페로스로 올 것을 알고 있었잖아요. 내가 당신을 사랑한다는 사실을 몰랐으면 어떻게 그런 생각을 할 수 있었죠?"

"어릴 때 우리가 하던 놀이를 기억해 낼 거라고 생각했어요. 우리 아빠도 자주 같이 했죠. 내 생각을 나도 모르겠어요. 당신한테 편지를 쓰지 말 걸 그랬나봐요. 아빠의 기일, 당신이 갑자기 오페라 분장실에 나타난 것, 이런 것들 때문에 옛날 일이 생각났고 어린 소녀의 기분으로 돌아가서 당신에게 편지를 쓴 거예요……"

그런데 라울이 보기에 크리스틴의 태도에는 부자연스러운 데가 있었다. 그것이 적의는 아니었다. 적의와는 거리가 멀었다. 그녀의 눈에서 빛나는 고통스러운 사랑의 감정이 그 증거였다. 그런데 이 사랑은 왜 고통스러운 것일까. 그는 이것이 궁금했고 또 마음에 걸렸다.

"분장실에서 날 만났을 때가 처음으로 날 알아본 건가요?"

크리스틴은 거짓말을 할 수가 없었다.

"아니에요." 그녀가 말했다. "형님의 박스석이랑 무대랑 여러 군데서 봤어요."

"그런 줄 알았어요!" 라울이 입술을 깨물며 말했다. "그러면 분장실에서 만났을 때 내가 스카프 얘기를 하니까 마치 날 모르는 사람처럼 대하고 웃은 이유는 뭐죠?"

이렇게 묻는 라울의 말씨가 너무 거칠었기 때문에 크리스틴은 말을 못하고 라울을 바라보기만 했다. 크리스틴에게 부드러운 사랑의 말을 해주리라 결심한 순간 갑자기 그녀에게 싸움을 거는 자신의 모습에 라울 자신도 놀랐다. 남편이나 애인 같았으면 부인이나 애인이 기분을 상하게 만들었을 때 이렇게 행동할 수도 있었을 것이다. 그러나 그의 행동은 지나쳤고 사태를 수습하기 위해 계속 불쾌하게 굴 수밖에 없었다.

"대답을 안 하는군!" 화난 어조로 라울이 말했다. "내가 대신 대답하지. 크리스틴, 그날 당신의 방에 누군가가 있었기 때문이죠? 당신이 다른 사람에게 더 관심이 있다는 걸 알리고 싶지 않은 어떤 사람."

"누군가가 방에 있었다면," 크리스틴이 그의 말을 막으며 차갑게 말했다. "누군가가 있었다면, 그건 당신이에요. 내가 당신한테 나가라고 했으니까."

"그렇지. 그 사람과 단둘이 있고 싶었으니까."

"이거 보세요, 지금 무슨 얘길 하는 거예요?" 크리스틴이 격앙된 어조로 물었다. "딴 사람이라니 누구 말예요?"

"그 사람한테 이렇게 말했잖아요. '난 당신만을 위해 노래해요. 오늘 밤 내 영혼을 당신에게 바쳤고, 난 죽었어요!'"

이 가냘픈 사람한테서 어떻게 이런 힘이 나올까 싶을 정도로 크리스틴은 라울의 팔을 힘껏 잡았다.

"그럼 문밖에서 듣고 있었단 말이에요?"

"맞아요. 당신을 사랑하기 때문에 다 들었어요."

"뭘 들었는데요?"

이상할 정도로 침착해지면서 크리스틴은 라울의 팔을 놓았다.

"이러더군요. '크리스틴. 넌 날 사랑해야 돼.'"

이 말을 듣자 크리스틴의 얼굴은 시체처럼 창백해졌고, 눈가에는 검은 테두리가 생겼으며 마치 쓰러질 것처럼 비틀거렸다. 라울이 팔을 활짝 벌리고 달려갔지만 그녀는 어지러움을 이기고 나지

막히 말했다.

"계속해요! 들은 얘기 다 해봐요!"

영문을 전혀 모른 채 라울이 말했다.

"영혼을 바쳤단 말을 하니까 그 사람이 이랬어요. '네 영혼은 아름다워! 그리고 고마워. 어떤 황제도 이렇게 멋진 선물을 받은 적은 없을 거야. 오늘 밤에는 천사들도 울었어.'"

크리스틴은 형언할 수 없는 감정에 휩싸여 손을 가슴께로 가져갔다. 그녀는 실성한 사람처럼 정면을 응시했다. 라울은 겁에 질렸다. 갑자기 크리스틴의 눈이 젖더니 두 개의 진주처럼 커다란 눈물 두 방울이 상아 같은 그녀의 뺨을 흘러내렸다.

"크리스틴!"

"라울!"

라울은 크리스틴을 품에 안으려 했지만, 그녀는 빠져나가 달아났다.

크리스틴이 방문을 잠그고 들어앉아 있는 동안 라울은 어찌할 바를 몰랐다. 아침 식사도 걸렀다. 걱정이 되었고 크리스틴과의 달콤한 시간을 기다리며 달려온 이곳에서 그녀 곁에 있지도 못하고 시간이 흘러가는 것이 안타까웠다. 크리스틴은 왜 추억으로 가득 찬 이곳을 그와 함께 산책하려 하지 않는 걸까? 크리스틴은 그날 아침 아버지의 영혼을 위로하기 위해 미사에 참석했고, 아버지의 무덤과 조그마한 성당에서 오래 기도했다고 말했다. 그러면 이제 페로스에서 할 일은 다 한 건데, 왜 아무것도 안 하면서 파리로 돌아가지 않는 걸까?

라울은 맥이 빠져 성당 앞의 묘지로 가 비명을 읽으며 무덤들 사이를 홀로 거닐었다. 그런데 제단이 있는 쪽의 성당 뒤편으로 들어서자 흰 땅바닥 위에 눈부신 붉은 꽃들이 흩어져 있는 게 눈에 들어왔다. 꽃은 아침의 눈 속에서 핀 붉은 장미였고, 주변을 가득 채운 죽음의 세계에서 생명의 흔적을 드러내고 있었다. 죽음도 꽃들처럼 땅에서 튀어나와 있었다. 수백 개의 해골이 성당 벽에 쌓여 무너지지 않도록 철사로 고정되어 있었다. 시체의 뼈가 벽돌처럼 여러 줄로 가지런히 정돈되어 있어 마치 성구실 벽을 이 벽돌층 위에 쌓아 올린 것처럼 보였다. 뼈에 온통 둘러싸인 성구실의 문은 대부분의 브르타뉴 지방 성당이 그렇듯이 열려 있었다.

라울은 다에를 위해 기도하고 나서 해골의 입마다 새겨져 있는 영원한 미소를 보고는 슬픔이 솟구쳤다. 라울은 비탈을 걸어 올라가 바다가 보이는 풀밭 가에 앉았다. 저녁이 되었고 바람이 불기 시작했다. 라울은 어둠과 추위에 둘러싸였으나 추위를 느끼지 못했다. 라울은 달이 뜰 때 요정들이 춤을 추는 것을 보기 위해 어린 크리스틴과 함께 오곤 했던 장소가 여기라는 것을 기억해 냈다. 그는 눈이 좋았지만 요정을 하나도 보지 못했는데, 약간 근시이던 크리스틴은 많이 본 척했다. 이 생각을 하면서 미소 짓던 그는 갑자기 흠칫했다. 누군가가 뒤에서 이렇게 말했다.

"오늘 밤에도 요정들이 올 거라고 생각해요?"

크리스틴이었다. 그는 말을 하려고 했지만 그녀가 장갑 낀 손으로 그의 입을 막았다.

"라울. 잘 들어요. 오늘 당신에게 아주 중요한 얘기를 해주기로 결심했어요. 음악의 천사 얘기 기억해요?"

"물론." 라울이 대답했다. "아빠가 그 얘기를 처음 해준 게 여기 였죠?"

"그래요. 여기서 아빠가 이렇게 말했죠. '내가 천국에 가면 너에 게 음악의 천사를 보내줄게.' 아빠가 천국에 가신 뒤 음악의 천사 가 내게 왔어요."

"당연하다고 생각해요." 라울이 무겁게 대답했다. 그녀는 자신 이 대성공을 거둔 것을 아빠의 기억과 연결시키는 것처럼 보였다.

크리스틴은 라울의 반응에 놀란 듯했다.

"그걸 어떻게 알아요?" 이렇게 물으며 그녀는 창백한 얼굴을 라 울의 눈앞으로 바짝 가져갔기 때문에 그는 크리스틴이 자신에게 키스하려 한다고 생각했을지도 모른다. 그러나 크리스틴은 어둠 속에서 라울의 눈빛을 보려 한 것뿐이었다.

"알아요." 라울이 말했다. "기적이 일어나지 않았다면 어떤 인 간도 그날 밤의 당신처럼 노래할 수 없었을 거예요. 어떤 교수도 그런 것은 가르쳐주지 못하지. 그건 음악의 천사였어요. 크리스 틴."

"맞아요." 그녀가 엄숙하게 말했다. "그날 밤 분장실에 있던 것 이 음악의 천사였어요. 매일 나에게 레슨을 해줘요."

"분장실에서?" 어안이 벙벙해진 라울이 되물었다.

"그래요. 그리고 그 목소리는 나만 들은 게 아니었어요."

"당신 말고 누구?"

"라울, 당신."

"나? 내가 음악 천사 목소리를 들었다구?"

"맞아요. 그날 저녁 당신이 문밖에서 엿듣고 있을 때 음악의 천사가 내게 말하고 있었어요. '날 사랑해야 돼'라고 말한 건 바로 천사였고 그때 나는 나만 그의 목소리를 듣고 있다고 생각했어요. 그러니 오늘 아침에 당신도 그 소리를 들었다는 말을 들었을 때 내가 얼마나 놀랐겠어요."

라울은 웃음을 터뜨렸다. 달빛이 두 젊은이를 감쌌다. 크리스틴은 라울에게 화가 난 것 같았다. 항상 평온하던 그녀의 눈이 불타고 있었다.

"뭐가 우스워요? 어떤 사람의 목소리를 들었다면서요?"

"글쎄." 라울이 대답했다. 크리스틴의 단호한 태도 앞에서 라울의 생각은 혼란스러워지기 시작했다.

"당신 라울 맞아요? 내 소꿉 친구 라울 말이에요. 우리 아빠의 친구이기도 하고. 당신 변했군요. 무슨 생각을 하는 거예요? 난 정직한 사람이에요, 샤니 자작님. 난 남자를 분장실에 들여놓고 문을 잠그진 않아요. 문을 열어보았으면 아무도 없었다는 걸 알 것 아니에요?"

"사실이에요. 당신이 간 다음 문을 열었는데 아무도 없더군."

"그래도 모르겠어요?"

라울은 용기를 있는 대로 쥐어짜냈다. "크리스틴. 난 누군가가 당신한테 장난을 하고 있다고 생각해요."

그녀는 울면서 달려가기 시작했다. 그는 그녀를 쫓아갔지만 크리스틴은 화난 음성으로 이렇게 외쳤다. "따라오지 말아요!" 그리고 그녀는 사라졌다.

라울은 우울하고 맥이 빠져 아주 슬픈 마음으로 여관으로 들어왔다. 여관 주인은 크리스틴이 저녁을 먹지 않겠다고 말하고 방으로 들어가버렸다고 했다. 라울은 우울한 기분으로 혼자 저녁을 먹었다. 그러고는 방으로 올라가서 책을 좀 읽다가 침대에 누워 잠을 청했다. 옆방에서는 아무런 소리도 들리지 않았다.

시간은 천천히 지나갔다. 열한 시 반이 지나자 그는 옆방에서 누군가가 가볍게 살금살금 움직이는 소리를 분명히 들었다. 크리스틴은 자지 않고 있었다. 라울은 소리를 내지 않도록 조심하며 옷을 입고 기다렸다. 무엇을 기다렸을까? 그 자신도 몰랐다. 그러나 크리스틴의 방문 경첩이 천천히 돌아가는 소리가 들리자 그의 가슴은 방망이질 치기 시작했다. 페로스의 모든 사람들이 깊이 잠든 이 시각에 그녀는 어디로 가려는 것일까? 살그머니 문을 열고 크리스틴의 하얀 자태가 달빛 속에서 복도를 빠져나가는 것을 보았다. 그녀는 계단을 내려갔고 라울은 그녀 머리 위의 난간에 기대고 있었다. 두 사람이 빠른 속도로 이야기했다. 라울의 귀에 "열쇠 잃어버리지 마세요"라는 소리가 들렸다. 주인 여자의 목소리였다. 바다를 향해 난 여관 문이 열렸다 닫히고 다시 정적이 덮였다.

라울은 자기 방으로 달려가 창문을 열었다. 크리스틴의 하얀 모습이 인적 없는 부두에 홀로 서 있었다.

'석양' 여관 2층은 별로 높지 않았고, 벽에 가까이 나무가 가지를 뻗고 있어 라울은 주인 여자에게 들키지 않고 나무를 타고 아래로 내려올 수 있었다. 그랬기 때문에 다음날 아침 라울이 반쯤 언 채로 빈사 상태에 빠져 여관으로 실려 왔을 때, 여관 주인은 매우 놀랐다. 그리고 라울이 작은 성당의 제대 앞에 있는 계단에 널브러져 있었다는 얘기를 듣고 주인은 더욱 놀랐다. 그녀는 즉시 크리스틴에게 알렸고 계단을 달려 내려온 크리스틴은 주인 여자의 도움을 받아 라울을 살려내려 애썼다. 젊은이는 곧 눈을 떴고, 아름다운 크리스틴이 그를 굽어보는 것을 보고 곧 기운을 차렸다.

몇 주 후, 오페라하우스에서의 자살 사건으로 수사가 불가피해지자 미프루아 경위는 페로스에서 있던 일에 관해 샤니 자작을 심문했다. 이들의 문답을 경찰 보고서 150쪽 이후에 나온 대로 인용한다.

문 : "다에 양은 당신이 나무를 타고 내려오는 것을 보지 못했습니까?"

답 : "네. 그녀의 뒤에서 걷고 있었지만 발자국 소리를 죽이는 것은 어렵지 않았어요. 사실 그녀가 돌아서서 나를 보기를 바랐지요. 이렇게 뒤를 밟으며 그녀를 감시하는 짓은 변명의 여지가 없다는 것을 알고 있었지만요. 그녀는 내 발자국 소리를 듣지 못하는 것 같았고 마치 내가 없는 것처럼 행동했어요. 그녀는 조용히 부두를 떠나더니 갑자기

길로 들어서 걷기 시작했어요. 성당의 시계가 자정 15분 전을 알렸고 이 때문에 그녀는 급해진 것 같았어요. 왜냐하면 성당까지 거의 뛰어갔거든요."

문 : "문이 열려 있었습니까?"

답 : "네. 난 놀랐지만 다에 양은 놀라지 않는 것 같았어요."

문 : "성당 마당에는 아무도 없었습니까?"

답 : "아무도 못 봤어요. 누가 있었다면 봤겠죠. 눈이 쌓인데다가 달빛이 비치고 있어서 상당히 밝았거든요."

문 : "비석 뒤에 누가 숨어 있을 수는 없었나요?"

답 : "없었어요. 작고 보잘것없는 비석들인데다가 반쯤 눈에 덮여 있어 십자가가 겨우 땅 위로 나온 정도였으니까요. 그림자라곤 우리 둘과 십자가의 그림자뿐이었어요. 성당 건물이 뚜렷이 보였어요. 그렇게 밝은 밤은 처음 봤어요. 날은 맑고 추웠고, 모든 게 보였어요."

문 : "당신은 미신을 믿습니까?"

답 : "아니요, 난 가톨릭 신자입니다."

문 : "당시 마음의 상태는 어땠습니까?"

답 : "건전하고 평온했다고 확답할 수 있습니다. 다에 양이 밤에 나가는 이상한 행동을 했기 때문에 처음에는 걱정이 되었죠. 그러나 그녀가 성당을 향하는 것을 보고 나는 아버지의 무덤에서 기도를 하려나보다 생각했고, 그건 당연한 일이었기 때문에 나는 평온을 되찾았어요. 내가 한 가지 놀란 것이라면, 딱딱하게 굳은 눈 위에서 내 발자국 소리가 상당히 크게 났는데도 내가 뒤에서 걷는 걸 그녀가 몰랐다는 사실

이에요. 그러나 다에 양은 워낙 아버지 일을 골똘히 생각하는 것 같았고, 난 방해를 안 하기로 마음먹었어요. 그녀는 아버지의 무덤 앞에 무릎을 꿇고 성호를 긋더니 기도를 시작했어요. 그 순간 시계가 자정을 알렸어요. 열두 번째 시계 소리에 다에 양은 시선을 하늘로 향하더니 황홀경에 빠진 사람처럼 팔을 위로 뻗쳤어요. 왜 이럴까 궁금해하는 순간 나도 고개를 들었고 내 안의 모든 것이 완벽한 음악을 연주하는 보이지 않는 무엇인가를 향해 끌려가는 것 같았어요. 우린 둘 다 그 곡을 알고 있었어요. 어릴 때 들었거든요. 그러나 그 곡이 그렇게 천상의 음률처럼 들리기는 처음이에요. 크리스틴의 아버지도 그런 소리는 내지 못했어요. 나는 크리스틴이 음악의 천사에 대해 이야기한 것을 기억해 냈어요. 그 곡은 「라자로의 부활」이었고, 크리스틴의 아버지가 우울할 때면 연주하던 곡이었죠. 크리스틴이 말한 천사가 실제로 있었다면, 그날 밤 그 천사는 죽은 크리스틴의 아버지의 바이올린으로 최고의 음악을 연주한 거예요. 음악이 끝나자 뼈 무더기 속의 해골들한테서 무슨 소리가 나는 것 같았어요. 낄낄대는 소리처럼 들렸고, 몸이 떨리더군요."

문 : "뼈 무더기 뒤에서 누군가가 바이올린을 켜고 있다는 생각은 하지 않았습니까?"

답 : "바로 그 생각이 들었기 때문에 나는 다에 양이 일어나서 문 쪽으로 걸어갈 때 그녀를 따라가지 않았어요. 그녀는 생각에 깊이 빠져서 날 보지 못했구요."

문 : "그러면 다음날 아침 당신이 제대 앞 계단에서 반쯤 죽은 채로 발

견된 건 어쩐 일이죠?"

답 : "해골 하나가 발 앞으로 굴러 오더군요. 그러더니 또 하나, 또 하나가 굴러 왔어요. 귀신들이 나를 볼링핀으로 갖고 노나 하는 생각이 들 정도였어요. 그때 바이올린을 켜던 사람이 발을 잘못 디뎌 뼈 무더기의 균형이 깨진 게 아닌가 하는 생각이 들었어요. 그림자 하나가 성구실 벽을 따라 스쳐 지나가자 내 생각이 옳다는 확신이 들더군요. 난 그림자를 쫓아갔죠. 그림자는 벌써 문을 열고 성당 안으로 들어섰어요. 하지만 내가 한 걸음 빨랐고, 그의 옷자락 끝을 잡았죠. 그 순간 우리는 제대 앞까지 와 있었어요. 그리고 제대 뒤의 반원형 스테인드글라스에서 달빛이 우리에게로 곧장 쏟아져내렸어요. 옷자락을 잡고 늘어지자 그림자는 돌아섰어요. 그러자 끔찍한 시체의 머리가 보였고, 두 개의 타오르는 눈이 날 노려보더군요. 마치 사탄과 마주 선 느낌이었죠. 그 모습을 보고 의식을 잃었고, 그때부터 여관에서 정신을 차릴 때까지의 일은 하나도 기억이 나지 않아요."

제 6 장
5번 박스석으로 간 관장들

앞 장에서 리샤르와 몽샤르맹이 5번 박스석에 직접 가보기로 하는 데까지 이야기했다.

관장실 밖의 로비에서 무대와 그 부속 시설에 이르는 넓은 계단을 지나 두 사람은 무대를 가로질러 관객 출입문을 빠져나가 왼쪽에 있는 첫번째 작은 통로를 통해 본관 건물로 들어섰다. 그러고 나서 객석 앞줄을 통과한 후 5번 박스석을 바라보았다. 안이 어두운데다 모든 박스의 벽 장식이 붉은 벨벳 덮개로 씌워져 잘 보이지는 않았다.

거대하고 컴컴한 오페라하우스 안에는 이들 둘뿐이었다. 적막이 그들을 둘러싸고 있었다. 이때쯤이면 무대 일을 하는 사람들은 대부분 한잔하러 나간다. 무대 세팅은 반쯤 된 상태였다. 달에서 훔쳐 온 듯한 음산한 빛살 몇 개가 무대 위에 설치된 골판지 흙벽 위에 솟은 낡은 탑의 열린 부분을 통해 떨어져내렸다. 이 빛 속에서 모든 것은 환상 속의 물체처럼 보였다. 오케스트라 석을 덮은 황마 천은 성난 바다처럼 보였고, 폭풍의 요정이 비밀스런 명령을 내려 푸른 파도를 갑자기 정지시킨 것과 같은 모습이었다. 누구나 다 알듯이 이 요정은 아다마스토르라고 불린다.

몽샤르맹과 리샤르는 얼어붙은 폭풍 속에서 난파한 선원들이었다. 그들은 마치 난파한 배를 버리고 육지로 가려고 안간힘을 쓰는 선원들처럼 왼쪽 박스석들을 향해 걸음을 옮겼다. 반들반들하게 닦인 여덟 개의 큰 기둥은 석양 속에서 무너져내리는 거대한 절벽을 떠받치는 것처럼 보였다. 층이 진 절벽은 2층, 3층, 4층 박스석의 발코니들로 원형, 평행선, 물결 모양의 선을 이루고 있었다. 절벽 꼭대기의 천장에서는 리샤르와 몽샤르맹을 비웃는 듯한 얼굴들이 웃음을 짓거나 찌푸리고 있었다. 이 얼굴들은 평소에는 매우 엄숙하다. 이들의 이름은 이시스, 암피트리테, 헤베, 판도라, 프쉬케, 테티스, 포모나, 다프네, 클뤼티에, 갈라테아, 아레투사 등이다. 박스석에 붙어 있는 아레투사와 판도라의 얼굴이 고민하는 오페라의 신임 관장들을 내려다보고 있었다. 둘은 난파선의 파편에 매달려 2층에 있는 5번 박스석을 말없이 올려다보고 있었다.

방금 나는 관장들이 고민하고 있다고 말했다. 적어도 나는 그랬다고 생각했다. 몽샤르맹은 이 광경에 깊은 인상을 받았다고 했다. 그의 『오페라 관장의 회상록』을 인용한다.

전임 관장들로부터 업무를 인계받은 이래 우리가 푹 빠져버린 오페라
의 유령을 둘러싼 달빛으로 인해 나의 상상력이 질식된 것은 물론 눈
까지 멀어버린 것은 분명하다. 정적 속에서 우리를 둘러싼 기이한 모
습들은 너무도 인상적이었다. 우리는 오페라의 어둑한 분위기와 5번
박스석을 채우고 있는 약간의 으스스함으로 인해 생겨난 환각의 희생
물이었는지도 모른다. 어쨌든 나와 리샤르는 5번 박스석 안에서 어떤
모습을 보았다. 리샤르도 나도 아무 말도 하지 않았고, 우리는 저절로
서로의 손을 잡았다. 우리는 꼼짝도 하지 않고 그 모습으로 한 군데에
시선을 고정한 채 몇 분이고 서 있었다. 그런데 그 모습은 사라져버렸
다. 우리는 밖으로 나가 현관에서 문제의 '모습'에 대해 이야기를 나
누었다. 그런데 불행히도 내가 본 모습은 리샤르가 본 모습과 전혀 일
치하지 않았다. 나는 박스석의 장식에 기대고 있는 시체의 머리를 본
반면, 리샤르는 지리 부인과 닮은 늙은 여자의 모습을 보았다. 우리는
곧 환상을 보았음을 깨달았으며 한바탕 미친 듯이 웃어대고는 2층의
5번 박스석으로 달려가 안으로 들어갔다. 거기에는 어떤 모습도 보이
지 않았다.

5번 박스석은 2층의 다른 박스석들과 다르지 않았다. 5번을 다
른 박스석과 구별할 수 있는 어떤 것도 없었다. 몽샤르맹과 리샤
르는 서로를 비웃으며 박스석 안의 시설물을 이리저리 옮겨보고,

덮인 천을 젖혀보고, 특히 '남자의 목소리'가 앉아 있었다는 의자를 유심히 살펴보았다. 그러나 이것은 보통의 안락의자였을 뿐 어떤 신기한 것도 없었다. 전체적으로 이곳은 빨간 벽걸이, 의자, 카펫, 붉은 벨벳 장식 등이 있는 아주 평범한 박스석이었다. 카펫을 최대한 유심히 살펴본 두 사람은 어디서도 이상한 점을 발견하지 못했고, 바로 아래에 있는 1층의 5번 박스석으로도 내려가보았다. 1층의 5번 박스석은 왼쪽에 있는 객석에서 나가는 첫번째 출구 안에 있었는데, 여기서도 이상한 것은 아무것도 없었다.

"정말 사람 바보 만드는군!" 리샤르가 외쳤다. "토요일에 「파우스트」 공연이 있으니까 그날 2층 5번 박스석에서 공연을 봅시다."

제 7 장
파우스트 공연과 그 이후

토요일 아침, 출근한 두 관장은 오페라의 유령으로부터 다음과 같은 편지를 받았다.

공동 관장 귀중

지금 싸우자는 겁니까?

여러분이 평화를 원한다면 최후통첩을 받아들이시기 바랍니다. 통첩은 네 가지 조건으로 되어 있습니다.

1. 내 박스석을 돌려줄 것. 그리고 다음부터 이 박스석을 내 마음대로 쓸 수 있게 해줄 것.

2. 마르그리트 역을 크리스틴 다에에게 줄 것. 카를로타는 걱정할 것 없음. 그녀는 아플 것임.

3. 내 박스석을 담당하는 충성스런 직원 지리 부인을 즉각 복귀시킬 것.

4. 나에게 지급되는 수당에 관한 계약서상의 조건을 전임자들과 마찬가지로 여러분들도 수락한다는 사실을 서면으로 작성하여 지리 부인에게 줄 것. 그녀는 나에게 전달할 것임. 지불 방법은 나중에 통보하겠음.

이를 거부하면 오늘 밤의 「파우스트」 공연에 저주가 내릴 것입니다. 내 충고를 들으시기 바랍니다.

오페라의 유령

"이젠 지겨워, 지겹다구!" 리샤르가 책상을 내리치며 외쳤다.

바로 그때 부관장 메르시에가 들어왔다.

"라슈넬이 두 분 중 한 분을 뵙자고 합니다. 급한 일이라네요. 당황한 것 같아요."

"라슈넬이 누구요?" 리샤르가 물었다.

"마구간 책임자입니다."

"마구간 책임자리니, 그게 무슨 소리요?"

"말 그대롭니다." 메르시에가 설명했다. "오페라하우스에는 마부가 몇 명 있고, 라슈넬은 그 우두머립니다."

"그 사람 하는 일이 뭔데?"

"마구간을 돌보는 일의 책임자라니까요."

"무슨 마구간?"

"오페라하우스 마구간 말씀입니다."

"오페라하우스에 마구간이 있소? 난 정말 몰랐소. 그게 어디요?"

"원형 홀 쪽 지하실에 있습니다. 중요한 부서죠. 말 열 두 마리가 있습니다."

"열 두 마리! 대체 그 말은 어디에 쓰는 거요?"

"네.「유태인 여자」,「예언자」 같은 오페라의 행진 장면에 훈련된 말이 필요합니다. '무대에 익숙한' 말이 필요하다는 말씀이죠. 말을 훈련시키는 것이 마부의 임무입니다. 라슈넬은 그 방면에서 뛰어납니다. 전엔 프랑코니의 마구간 관리자였습니다."

"좋소. 그런데 왜 우리를 보자는 거요?"

"모르겠습니다. 이렇게 넋 나간 모습은 처음 봐요."

"들여보내요."

라슈넬은 채찍을 손에 들고 들어오다가 초조한 표정으로 오른쪽 장화를 내리쳤다.

"안녕하세요. 라슈넬 씨." 리샤르가 약간 감탄해서 말했다. "어쩐 일로 여기까지 걸음을 하셨소?"

"관장님, 마구간을 없애버리시라고 말씀드리러 왔습니다."

"말을 다 쫓아내라 그 말이요?"

"그게 아니라 마부들 말씀입니다."

"마부가 몇 명이오?"

"여섯 명입니다."

"여섯 명! 그럼 두 명은 내보내도 되겠군."

"그게 다 만든 자립니다." 메르시에가 끼어들었다. "문화성 차관이 어거지로 자리를 만들어서 들여보낸 사람들이에요. 감히 말씀드리지만, 정부가 밀어주는 친구들이지요."

"정부 따윈 아무래도 좋아!" 리샤르가 외쳤다. "말 열두 마리에 마부 네 명이면 족해."

"열한 마립니다." 라슈넬이 정정했다.

"열두 마리요." 리샤르가 반복했다.

"열한 마립니다." 라슈넬도 반복해서 말했다.

"부관장이 열두 마리라고 했소!"

"그랬습니다만, 세자르를 도둑맞은 후 열한 마리가 되었습니다." 이렇게 말하면서 라슈넬은 장화를 힘껏 내리쳤다.

"누가 세자르를 훔쳐 갔다구?" 부관장이 외쳤다. "「예언자」에 나오는 그 백마 세자르 말이오?"

"세자르가 두 마리일 턱이 없죠." 라슈넬이 받았다. "제가 프랑코니 마구간에서 일할 때 열 살이었습니다. 그때부터 수많은 말을 돌봐왔죠. 세자르는 한 마리뿐입니다. 그걸 도둑맞은 거구요."

"어떻게?"

"저도 모릅니다. 아무도 몰라요. 그래서 마부를 모두 해고하라고 말씀드리러 온 겁니다."

“마부들은 뭐랍디까?”

“헛소리들만 해요. 윗사람을 비난하기도 하고. 어떤 사람은 부관장실 문지기라고 하기도 하고.”

“내 방 문지기? 그 사람이라면 내가 책임지겠소!” 메르시에가 외쳤다.

“어쨌든 라슈넬 씨, 짚이는 데가 있을 것 아니오?”

“있습니다.” 라슈넬이 말했다. “제 생각을 말씀드리겠습니다. 그리고 이것은 의심의 여지가 없습니다.” 그는 두 관장 앞으로 다가가 속삭였다. “유령 짓이에요!”

리샤르가 펄쩍 뛰었다.

“당신도 유령 타령이야!”

“당신도라뇨? 무슨 말씀이십니까? 제가 본 바로는 당연한데요.”

“뭘 봤소?”

“지금 관장님을 보는 것만큼이나 분명히 봤는데요, 검은 그림자가 세자르일 수밖에 없는 백마를 타고 나갔습니다.”

“그래서 쫓아갔소?”

“쫓아가면서 소리를 질렀지만, 놈이 훨씬 빨라서 지하 복도의 어둠 속으로 사라졌습니다.”

리샤르가 일어났다. “됐어요, 라슈넬 씨. 가도 좋소. 유령한테 항의해야겠구만.”

“마부들은 쫓아내실 겁니까?”

"물론이오. 가보쇼."

라슈넬은 절을 하고 물러났다. 리샤르가 입에 거품을 뿜으며 외쳤다.

"저 친구 봉급 정산해서 내보내, 당장."

"저 친구 정부 쪽에 줄이 닿아 있어요." 메르시에가 말했다. "저 친구 라그레네, 숄, 사자 사냥꾼 페르튀이제 같은 사람들하고 토르토니에서 술 먹는 사이요." 몽샤르맹이 덧붙였다. "저 친구 자르면 신문이 가만히 있지 않을걸. 유령 이야기를 다 불어버릴 거란 말이오. 우린 웃음거리가 되는 거라구. 이런 웃음거리가 없지!"

"좋소. 이 문제는 덮어둡시다."

그 순간 문이 열렸다. 문지기가 자리를 비운 모양인지 지리 부인이 기척도 없이 들어와서는 손에 쥔 편지를 흔들며 황급히 말했다.

"죄송합니다. 여러분. 그런데 오늘 아침에 오페라의 유령한테서 편지를 받았어요. 이걸 갖다 드리라더군요. 뭔가 해주실 일이……."

그녀는 말을 맺지 못했다. 피르맹 리샤르의 얼굴을 보니 금방이라도 폭발할 것 같았기 때문이다. 그는 아무 말도 하지 않았다. 할 수가 없었다. 그 대신 몸을 움직였다. 우선 그는 왼손으로 가냘픈 지리 부인을 잡고 휙 반 바퀴를 돌렸고, 그녀는 비명을 내질렀다. 이어서 그는 오른발 뒤꿈치로 그녀의 검은 태피터 천 치마를 밟았는데, 그녀의 치마가 이런 일을 당한 건 처음이었을 것이다. 리샤르의 동작이 워낙 빨랐기 때문에, 이 일이 진행되는 동안 지리 부인은 상황을 파악하지 못하고 있었다. 그러나 갑자기 모든 것을 깨달은 그녀가 분노에 차서 내지르는 소리가 오페라하우스를 쩌렁쩌렁 울렸다.

같은 시각에 포부르 생 토노레 거리의 작은 단독 주택에 사는 카를로타는 침대에 누워서 하녀가 가져온 편지들을 받았다. 그중 하나는 발신인 이름이 없었고 빨간 잉크로 쓴 서툰 글씨로 채워져 있었다.

오늘 무대에 서면 노래를 하려고 입을 여는 순간 큰 재앙이 닥칠 것이다. 죽음보다 더한 재앙이.

이 편지를 보자 아침을 먹으려던 카를로타의 식욕은 몽땅 날아갔다. 그녀는 마시려던 코코아를 밀쳐놓고 침대에 앉아 골똘히 생각에 잠겼다. 이런 식의 편지를 받는 게 처음은 아니었지만 이 정도로 위협적인 문구는 본 적이 없었다.

당시 그녀는 자신이 질투의 표적이 되었다고 생각했고, 자기를 망치려고 작심한 적이 생겼다고 떠들고 다녔다. 그녀는 자신을 둘러싼 사악한 음모가 펼쳐지고 있는 것처럼 이야기했고, 이러한 음모의 정체가 곧 드러날 것이라고 말했다. 그러나 그녀는 자신이 위협에 굴복하지 않는 여자라고 덧붙이곤 했다.

그러나 사실상 음모가 있었다면 그것은 카를로타가 크리스틴에 대해 꾸민 음모였고, 크리스틴은 그런 음모를 상상도 못하고 있었다. 카를로타는 자신이 자리를 비운 사이를 틈타 대성공을 거둔 크리스틴을 결코 용서하지 않았다. 크리스틴이 공연에서 놀라운 성공을 거두었다는 이야기를 듣자마자 카를로타의 기관지염은 한순간에 나았고 오페라하우스의 경영진에 대한 불만도 사라졌으며, 자신의 임무를 게을리하려는 생각도 말끔히 없어졌다. 그때부터 그녀는 온 힘을 다해 라이벌을 '질식시키려고' 몸부림쳤고, 영향력 있는 인사를 모두 동원해서 크리스틴에게 또다시 성공을 거둘 기회를 주지 못하도록 경영진에게 압력을 넣었다. 잠시 크리스틴의 재능에 관심을 쏟던 신문들도 이제는 카를로타의 명성 쪽으로 초점을 맞췄다. 유명하지만 냉혹한 여왕 카를로타는 오페라하우스 안에서도 크리스틴에 대해 험담을 늘어놓아 그녀를 흠집 내는 데 여념이 없었다.

협박 편지에 대한 생각을 접고 카를로타는 일어났다.

"두고 보자." 그녀는 결의에 찬 표정을 짓고 모국어인 스페인어로 몇 가지 맹세를 중얼거렸다.

창밖으로 시선을 돌린 그녀는 제일 먼저 영구차를 보았다. 그녀는 미신을 정말 믿었다. 협박장에 영구차라니……. 오늘 저녁 아주 끔찍한 위험을 겪을 것이라는 생각이 들었다. 그녀는 지지자들을 모두 모아 그날 저녁의 공연과 관련해서 위협을 받고 있다고 말했고, 이것은 크리스틴 다에가 꾸민 계획이며 자신의 지지자들로 오페라를 온통 채워 다에를 궁지에 몰아넣어야 한다고 주장했다. 카를로타는 지지자가 적어서 걱정할 일은 없었다. 그녀는 지지자들이 어떤 돌발 사태에도 대처할 것이며 그녀가 두려워하는 것처럼 반대파들이 소란을 떨어도 이를 제압할 것이라고 믿었다.

리샤르의 비서가 그녀를 찾아와 건강 상태를 묻자 그녀는 건강하며 '죽는 한이 있어도' 오늘 밤 마르그리트 역을 할 것이라고 보고했다. 비서는 관장님 말씀이라며 무리하지 말고, 하루 종일 집 안에 들어앉아 찬바람을 쐬지 말라고 말했다. 비서가 떠난 후 카를로타는 평소에 안 하던 관장의 충고와 협박장의 내용을 비교해 보지 않을 수 없었다.

다섯 시에 우체부가 똑같은 필적으로 된 두 번째 익명의 편지를 전달했다. 거기에는 간단히 이렇게 쓰여 있었다.

당신은 심한 감기에 걸렸다. 제정신이라면 오늘 밤 노래하는 것이 미친 짓임을 알 것이다.

카를로타는 코웃음을 치고 아름다운 어깨를 으쓱한 후, 마음을 진정시키려고 노래를 잠깐 흥얼거려보았다.

그녀의 지지자들은 약속을 지켰다. 그날 밤 모두 오페라하우스를 찾아와 주위를 둘러보았지만, 카를로타가 제압하라고 한 음모자의 무리는 보이지 않았다. 한 가지 특이한 일은 리샤르와 몽샤르맹이 5번 박스석에 앉아 있는 것뿐이었다. 카를로타의 지지자들은 아마 관장들도 음모가 있다는 소문을 듣고 만일의 사태가 발생할 경우 그 자리에서 진압하려고 나와 있는 것이려니 생각했다.

그러나 독자들이 알고 있다시피 이것은 잘못된 생각이다. 리샤르
와 몽샤르맹의 머릿속에는 유령밖에 없었다.

"헛되도다! 피곤에 지쳐 나는
모든 피조물과 창조주에게 외치는도다!
이 정적을 깨뜨릴 대답이 들리지 않는도다!
어떤 대답도!"

유명한 바리톤 카롤루스 폰타가 파우스트 박사가 암흑의 힘에
호소하는 첫 장면을 끝내자마자 오른쪽 앞의 유령 자리에 앉아 있
던 리샤르는 몽샤르맹 쪽으로 몸을 기울이고 장난스럽게 말했다.
"유령이 아직 귓속말 안 했소?"
"기다려요. 서둘지 마쇼." 몽샤르맹이 똑같이 장난스레 대답했
다. "공연은 이제 막 시작했잖소. 알다시피 유령은 1막 중간이 지
나야 나타나거든."
1막은 조용히 지나갔는데, 카를로타의 친구들로서는 놀랄 일이
아니었다. 왜냐하면 마르그리트는 1막에는 나오지 않기 때문이
다. 막이 내리자 관장들은 서로 마주 보며 이런 대화를 나눴다.
"1막 끝났는데." 몽샤르맹이 말했다.
"오늘은 유령이 늦는군." 리샤르가 말했다.
"우리 오페라하우스 말이오. 저주받은 건물치곤 나쁘지 않은
데." 몽샤르맹이 말했다.

리샤르는 미소를 지으며 뚱뚱하고 천박해 보이는 여인을 가리켰다. 그녀는 검은 옷을 입고 청중석 한가운데 의자에 앉아 있었으며 그녀의 양쪽으로는 프록코트를 입은 남자가 한 명씩 앉아 있었다.

"저 사람들은 뭐요?" 몽샤르맹이 물었다.

"우리집 관리인 여자와 남편, 오빠."

"표를 줬단 말이오?"

"그렇소. 저 여자는 한 번도 오페라에 와본 적이 없대요. 오늘이 처음이라는군. 이제 매일 출근할 거니까 사람들을 안내하는 일을 하기 전에 좋은 자리에서 한번 봐야지."

몽샤르맹이 무슨 소리냐고 묻자, 리샤르는 자기가 믿는 관리인 여자를 설득해서 지리 부인 대신 5번 박스석 관리를 맡으라고 했다고 대답했다. 사실 그는 그 늙은 미치광이 여자 대신 이 여자를 써도 5번 박스석에서 계속 소동이 벌어지는지 보고 싶었던 것이다.

"그런데 말요." 몽샤르맹이 말했다. "지리 부인이 당신한테 항의하겠대."

"항의 편지를 누구한테 보낼 건데? 유령한테?"

유령! 몽샤르맹은 유령을 거의 잊고 있었다. 그리고 유령은 아직 관장들의 주의를 끌 만한 일을 하지 않았다. 두 사람이 유령이 아직 아무 짓도 하지 않는다는 이야기를 하는 순간 박스석의 문이 갑자기 열리며 당황한 듯한 무대 감독이 들어왔다.

"뭐요?" 이 시간에 무대 감독을 본 두 사람은 놀라서 동시에 외쳤다.

"크리스틴 다에의 친구들이 카를로타에 대해 음모를 꾸미고 있는 모양입니다. 카를로타는 화가 잔뜩 났어요."

"도대체 무슨……." 리샤르가 미간을 찌푸리며 말했다.

그러나 그 순간 장터 장면의 막이 올랐고 리샤르는 무대 감독에게 나가라고 손짓을 했다. 다시 둘만 남자 몽샤르맹은 리샤르에게 몸을 기울이며 말했다.

"다에한테도 패거리가 있단 말이오?" 몽샤르맹이 물었다.

"있지."

"누군데?"

리샤르는 사람이 두 명밖에 없는 이층 박스석을 눈으로 가리켰다.

"샤니 백작?" 몽샤르맹이 물었다.

"응, 백작이 다에 얘기를 아주 좋게 하더군. 백작이 소렐리를 만나는 걸 내가 아는데 말이오"

"정말?" 몽샤르맹이 말했다. "옆에 앉은 창백한 친구는 누구요?"

"동생, 샤니 자작."

"집에서 쉬지 왜 나왔어. 아파 보이는데."

무대는 즐거운 노랫소리로 가득 찼다.

"포도주든 맥주든

맥주든 포도주든

무슨 상관이랴.

잔만 채우면 되지.”

학생, 시민, 군인, 소녀, 아줌마들이 바커스 상이 있는 여관 앞에
서 빙빙 돌며 즐겁게 춤을 추고 있었다. 시에벨이 등장했다. 소년
복장을 한 크리스틴 다에는 예뻐 보였다. 카를로타의 지지자들은
다에가 등장하는 순간 박수 소리가 날 것이고 이를 통해 음모자들
의 존재를 알 수 있으리라고 생각했다. 그러나 아무 일도 일어나
지 않았다.

반면, 마르그리트가 무대를 가로질러 나타나 2막에서 그녀가
부르는 단 두 줄의 노래를 부르자 전혀 다른 반응이 나왔다.

“아닙니다. 저는 아직 숙녀가 아니에요. 미녀도 아니구요. 누가 도와주

실 필요도 없어요.”

카를로타에게 우레와 같은 박수가 터져 나왔다. 워낙 예상 밖의
일이었기에 음모의 소문을 듣지 못한 사람들은 서로를 바라보며
웬일인가를 물었다. 2막도 아무 일 없이 끝났다.

그러자 모든 사람들이 말했다. “다음 막에 일이 터질 모양이군.”

사정에 좀더 밝아 보이는 사람들은 ‘툴레의 왕’ 발라드가 나올
때 ‘사건’이 터질 것이라고 말하고는 이를 카를로타에게 알려주
려고 달려갔다. 관장들은 무대 감독이 이야기한 음모에 대해 좀더

알아보기 위해 막간을 이용해서 자리를 떴다. 그들은 음모 애기가 실없는 소리였다는 듯 어깨를 으쓱하고는 돌아와 자리에 앉았다.

돌아온 두 사람의 눈에 제일 먼저 들어온 것은 장식 선반 위에 놓인 영국제 사탕 한 상자였다. 누가 갖다놓았을까? 박스석 관리인들에게 물어보았지만 아무도 몰랐다. 선반으로 돌아가 보니 이번에는 사탕 옆에 오페라글라스가 놓여 있었다. 둘은 서로 마주보았다. 웃을 기분이 아니었다. 지리 부인이 한 애기가 한꺼번에 떠올랐고, 이상한 찬바람이 주변을 채우는 기분이었다. 두 사람은 말없이 자리에 앉았다.

무대에서 펼쳐지는 장면은 마르그리트의 정원이었다.

"이슬 머금은 예쁜 꽃들아,

나의 전령이 되어다오"

장미와 라일락 꽃다발을 손에 들고 이 두 줄을 노래하면서 크리스틴은 고개를 들어 박스석 안의 샤니 자작을 올려다보았다. 그 순간부터 그녀의 목소리는 자신감을 잃었고 보통 때처럼 투명하지 못했다. 뭔가가 그녀의 노래를 방해하고 있는 것 같았다.

"이상한 여자군." 카를로타의 지지자 하나가 큰 소리로 말했다. "얼마 전엔 여신처럼 노래하더니 오늘 밤엔 겨우 소리만 내잖아. 교육도 못 받은 풋내기처럼."

"예쁜 꽃들아, 거기 누워서

내 대신 그녀에게 얘기해 주렴……."

샤니 자작은 두 손에 얼굴을 파묻고 울었다. 뒤에 앉아 있던 형은 수염을 잘근잘근 씹으며 어깨를 으쓱하고는 미간을 찌푸렸다. 냉정하고 반듯한 백작의 성격으로 보아 이런 식으로 감정을 밖으로 드러내는 동생의 모습에 화가 났음이 틀림없다. 사실 그는 화가 났다. 백작은 동생이 황급히 영문 모를 여행을 떠나더니 크게 쇠약해져 돌아온 것을 보았다. 라울의 설명은 앞뒤가 맞지 않는 부분이 많았고, 이 때문에 백작은 크리스틴 다에에게 만나자고 했지만 건방지게도 그녀는 형이고 동생이고 만날 수 없다는 답을 보내왔다.

"그녀가 내 말을 듣기라도 했으면,

한 번 미소라도 지어줬으면……."

"못된 것!" 백작이 중얼거렸다.

백작은 그녀가 원하는 게 무엇인지 궁금했다. 하고 싶은 게 뭔지……. 그녀는 정숙한 여성이었고 친구도, 그 어떤 후견인도 없다고 알려져 있다. 이 스웨덴 출신 천사는 매우 교활한 게 틀림없었다.

라울은 소년 같은 얼굴을 손으로 가리고, 파리로 돌아오자마자 크리스틴에게 받은 편지만을 생각하고 있었다. 크리스틴은 페로스에서 밤도둑처럼 도망쳐 라울보다 먼저 파리에 도착했다.

사랑하는 소꿉 친구,

용기를 내서 날 다시 보거나 나하고 이야기하지 않겠다고 해줘요. 당신이 조금이라도 날 사랑한다면 당신을 결코 잊지 못하는 날 위해 이렇게 해줘요. 내 목숨이 달렸어요. 당신의 목숨도 달렸고.

당신의 크리스틴

우레와 같은 박수가 터졌다. 카를로타가 등장했다.

"나한테 말을 건 사람이
누군지 궁금하네.
귀족인지 아닌지……
이름이라도 알았으면……."

마르그리트가 '툴레의 왕' 발라드를 끝냈을 때 청중은 열광했고 보석의 노래가 끝나자 다시 한 번 갈채를 보냈다.

"아, 지난날의 기쁨은
빛나는 이 보석들 같구나!"

　그 순간부터 자기 자신과 오페라하우스를 메운 지지자들에 대한 확신과 자신의 목소리에 대한 자신감에 찬 카를로타는 아무것도 두려워하지 않고 아무런 거리낌도 없이 자신이 맡은 부분을 몸을 던져 연기해 나갔다. 그녀는 더 이상 마르그리트가 아니라 카르멘이었다. 갈채 소리는 더 커졌다. 오늘의 「파우스트」는 그녀에게 새로운 성공을 약속하는 것처럼 보였다. 그런데 갑자기 끔찍한 일이 터졌다.

　파우스트는 한쪽 무릎을 꿇고 노래했다.

"희미한 빛 속에서

당신의 얼굴을 보게 해주오.

구름 속에서처럼 별들도

당신의 아름다움을 즐기고 있소."

마르그리트가 화답했다.

"아, 정말 이상하군요.

밤이 마치 마법처럼 날 잡아요.

깊고 나른한 마술이

날 감싸는데도 두렵지 않아요.

달콤한 멜로디 속에서

내 마음은 모두 녹아내려요."

바로 그 순간, 끔찍한 일이 벌어졌다. 카를로타의 목에서 두꺼비 같은 소리가 나왔다.

"꽥!"

카를로타의 얼굴은 경악하는 표정이었고, 청중 모두에게도 같은 일이 벌어졌다. 박스석에 있던 두 관장은 공포 섞인 탄성을 내지르지 않을 수 없었다. 모든 사람들이 이 기괴한 현상을 보고 배후에 마녀라도 있는 것이라고 생각했다. 두꺼비에게서는 유황 냄새까지 났다. 불쌍하게도 카를로타는 망해버린 것이다.

오페라하우스는 걷잡을 수 없는 혼란에 빠져들었다. 카를로타가 아니었다면 누구라도 이 상황에서 조소를 당했을 것이다. 그러나 카를로타의 목소리가 얼마나 완벽한가를 모르는 사람은 없었다. 따라서 화를 내는 사람은 없었고 모두들 공포와 경악에 휩싸였다. 여기서 놀람이란 것은, 그러니까 아침에 박물관에 가보니 밀로의 비너스의 팔이 떨어져 있는 광경이 벌어졌을 때의 놀람과 비슷하다. 그러나 그 상황에서도 사람들은 그럴 수도 있다고 생각할 것이다.

그러나 이번 두꺼비의 등장은 이해할 수 없는 일이었다. 사태 발생 후 몇 초간 카를로타는 자기 목에서 나온 지옥 같은 소리가 정말 스스로 낸 소리인가를 자문하다가 그게 아니라고, 자신은 환청에 시달리는 것이지 목소리에 이상이 있는 것은 아니라고 스스로를 달래기에 이르렀다.

그동안 5번 박스석에서는 몽샤르맹과 리샤르가 창백한 얼굴을 하고 있었다. 이 기괴하고 설명할 수 없는 사건 때문에 두 사람은 유령이 직접 오페라를 쥐고 흔든다는 공포감에 잠시 사로잡혔다. 둘은 유령의 숨소리가 느껴졌다. 몽샤르맹의 머리가 곤두섰다. 리샤르는 이마에서 땀을 닦았다. 그렇다. 유령은 그곳에 있었다. 그들 주변에, 그들 뒤에, 그들 옆에. 보이지 않아도 그들은 유령의 존재를 느낄 수 있었고 가까이, 아주 가까이에서 들리는 유령의 숨소리를 들었다. 이제 두 사람은 박스석 안에 사람이 셋 있음을 확실히 알았다. 그들은 몸을 떨었다. 도망가고 싶었지만 감히 그럴 수가 없었다. 그들은 감히 움직이지도 못했고 서로 이야기도 하지 못했다. 유령의 존재를 자신들이 알고 있음이 드러날까봐 두려웠던 것이다. 또 무슨 일이 일어날까?

이런 일이 일어났다.

"꽥!"

두 사람이 함께 내지르는 공포의 비명 소리가 오페라하우스를 가득 채웠다. 두 관장은 유령이 자기들을 공격하고 있다고 느꼈다. 박스석의 실내 장식에 몸을 기대고 두 사람은 마치 모르는 사람을 보듯 카를로타를 뚫어지게 내려다보았다. 저 마녀 같은 여가수가 재앙을 부르는 신호를 보낸 게 틀림없다. 그래, 유령이 예언한 그 재앙 말이다. 오페라하우스에는 저주가 걸려 있다! 엄청난 재앙에 짓눌려 두 관장은 헐떡거렸다. 리샤르가 가위눌린 목소리로 카를로타에게 외쳤다.

"자, 계속해요!"

카를로타는 그냥 계속하는 대신 용기를 내어 두꺼비가 나타났던 대목을 다시 시작했다.

웅성거리던 장내는 찬물을 끼얹은 듯 조용해졌다. 카를로타의 목소리만이 다시 한 번 오페라하우스 안에 울려퍼졌다.

"두렵지 않아요."

그러나 청중은 두렵지 않은 것이 아니었다.

"두렵지 않아요…….
두렵지 않아요, 꽥!
달콤한 멜로디 속에서, 꽥!
내 마음은 모두 녹아, 꽥!"

두꺼비가 되돌아왔다!

장내는 아수라장이 되었다. 두 관장은 의자에 풀썩 주저앉아 감히 돌아볼 엄두도 못 냈다. 그럴 힘이 없었다. 유령이 그들의 등 뒤에서 낄낄대고 있었으니 말이다. 그리고 드디어 오른쪽 귀에 형체 없는, 그 있을 수 없는 목소리가 들려왔다.

"오늘 밤 카를로타의 노랫소리에 샹들리에가 떨어질 거야!"

동시에 두 사람은 천장으로 시선을 돌렸고 끔찍한 비명을 쏟아냈다. 악마의 목소리가 끝나자마자 거대한 샹들리에가 그들을 향해 미끄러져내리기 시작했다. 결국 고리가 풀린 샹들리에는 천장에서 청중석 한가운데로 내리꽂혔고 수천 명이 공포의 비명을 지르며 출구를 향해 달려갔다.

그날의 오페라하우스 일지에는 여러 명이 다치고 한 명이 죽었다고 기록되어 있다. 샹들리에는 난생 처음으로 오페라를 보러 온 불쌍한 여자의 머리를 정통으로 맞혔다. 그녀는 유령의 좌석 안내원인 지리 부인 대신 리샤르가 임명한 사람이었다. 그녀는 그 자리에서 죽었고 다음날 아침 어떤 신문은 이런 제목을 뽑았다.

건물 관리인 머리 위에 200kg 떨어지다.

이것이 그녀의 유일한 조사弔辭였다.

제 8 장

이상한 마차

비극이 일어난 그날 밤은 모든 사람에게
운 나쁜 날이었다. 그리고 카를로타는 병이 났다. 크리스틴은 공
연이 끝난 후 모습을 감춰버렸다. 오페라하우스든 어디든 그녀의
종적이 사라진 지 2주가 지났다.

그녀가 사라진 것에 제일 먼저 놀란 것은 물론 라울이었다. 그
는 발레리우스 부인의 아파트로 편지를 보냈지만 회답이 없었다.
라울은 슬픔에 잠겼고 오페라 프로그램에 그녀의 이름이 보이지 않
자 크게 걱정하기 시작했다. 「파우스트」는 다에 없이 진행되었다.

어느 날 오후 그는 크리스틴이 나오지 않는 이유가 뭔지 알아보
려고 관장들을 찾아갔다. 두 관장은 매우 근심하는 모습이었다.

관장들의 친구도 이들을 알아보지 못할 정도였다. 두 사람한테서는 쾌활함과 기력을 찾아볼 수가 없었다. 이들은 마치 악몽에 시달리거나 끔찍한 운명의 제물이 된 것처럼 고개를 떨구고 근심 어린 표정과 창백한 얼굴로 무대를 가로지르곤 했다.

샹들리에 추락 사건의 책임과 관련하여 그들은 적지 않은 곤욕을 치렀다. 조사 결과 여인의 사망은 사고사로 처리되었고 사고 원인은 샹들리에를 지탱하고 있던 사슬의 마모로 결론이 났다. 그러나 이러한 마모를 예측하고 미리미리 수리를 해야 할 책임은 전·현직 관장 모두에게 있었다. 그리고 이 당시의 리샤르와 몽샤르맹 두 사람이 변하고 멍해진데다 기이하고 알 수 없는 행동을 해서 사람들은 샹들리에 추락 사건보다 더 끔찍한 어떤 일이 일어날 것이 분명하다고 생각하게 되었음을 독자들에게 말해 둔다.

일상 업무를 수행하는 데에 두 사람은 짜증스러운 태도로 일관했지만, 복직된 지리 부인에게만은 예외였다. 그리고 크리스틴에 대해 물으러 온 샤니 자작을 맞는 그들의 자세도 결코 예의 바른 것이 아니었다. 두 사람은 라울에게 크리스틴이 휴가 중이라고만 말했다. 그는 휴가가 언제 끝나느냐고 물었고 관장들은 다에 양이 건강상의 이유로 휴가를 신청했기 때문에 무기한이라고 짧게 대답했다.

"그럼 아프군요!" 라울이 외쳤다. "어디가 아프대요?"

"우리도 몰라요."

"오페라 전속 의사가 왕진하지 않았나요?"

"아니오. 그녀가 원하지 않았어요. 우린 다에 양을 믿습니다."

라울은 극도로 우울한 상태에서 건물을 나왔다. 그는 무슨 일이 있어도 발레리우스 부인을 만나야겠다고 결심했다. 동시에 어떤 일이 있어도 자기를 만나려 하지 말라는 강한 어조의 편지를 떠올렸다. 그러나 그가 페로스에서 본 것, 분장실 바깥에서 엿들은 것, 풀밭에서 크리스틴과 나눈 대화 등을 생각해 보면, 물론 악마 같은 분위기가 깔려 있긴 하지만 뭔가 인간이 꾸민 일이라는 느낌이 들었다. 크리스틴의 풍부한 상상력, 애정이 넘치고 사람을 잘 믿는 성격, 전설에 둘러싸인 채 보낸 어린 시절의 보잘것없는 교육, 죽은 아버지에 대한 끊임없는 생각, 그리고 무엇보다도 특이한 환경 속에서 음악을 접하게 되자마자 그녀가 맛보기 시작한 숭고한 희열의 세계(페로스의 성당 마당에서 본 것 같은) 등을 비추어볼 때, 라울에게는 모든 것이 어떤 비양심적인 인간이 어둠 속에서 꾸미는 악질적인 계획처럼 비쳤다. 크리스틴을 박해하는 자는 누구인가? 발레리우스 부인의 집을 향해 황급히 달려가면서 라울이 이런 의문을 품은 것은 아주 자연스러운 일이었다.

라울은 떨리는 손으로 노트르담 데 빅투아르 거리의 조그마한 아파트 초인종을 눌렀다. 어느 날 저녁 크리스틴의 분장실에서 본 바로 그 하녀가 문을 열었다. 그는 발레리우스 부인을 만나고 싶다고 말했다. 하녀는 그녀가 병중이라 방문객을 받을 수 없다고 말했다.

"내 명함을 보여드려요." 라울이 말했다.

하녀는 곧 돌아와서 작고 가구가 별로 없는 응접실로 라울을 안
내했다. 벽에는 발레리우스 교수와 크리스틴 아버지의 초상화가
각각 반대편 벽에 붙어 있었다.

"부인께서 자작님께 한 가지 양해를 구하십니다." 하녀가 말했
다. "부인께서는 서 계실 기력이 없어서 누우신 채로 자작님을 만
나실 수밖에 없습니다."

5분 후 하녀는 라울을 어두운 방으로 안내했고, 그는 선량하고
친절한 노부인의 얼굴을 금방 알아보았다. 부인의 머리는 많이 세
었지만 눈은 전혀 늙지 않았다. 그녀의 두 눈은 어린아이처럼 순
수하고 밝게 빛나고 있었다.

"자작님!" 그녀가 밝은 목소리로 외치며 그를 향해 두 팔을 뻗
었다. "하느님이 보내셨군요. 크리스틴 얘기 좀 해요."

부인의 마지막 이야기는 매우 우울하게 들렸다. 그는 즉시 물
었다.

"부인, 크리스틴은 어디 있습니까?"

부인은 차분하게 대답했다.

"그녀의 천재와 함께요."

"무슨 천재 말입니까?"

"무슨 천재긴요. 음악의 천사지."

라울은 의자에 털썩 주저앉았다. 사실인가? 크리스틴이 정말
음악의 천사와 함께 있단 말인가? 발레리우스 부인은 침대에 누
워 미소를 지으며 손가락을 입술로 가져가 조용히 하라는 시늉을

했다. 부인이 덧붙였다.

"아무한테도 말하면 안 돼요!"

"절 믿으세요." 라울이 말했다.

이렇게 말하면서도 그는 이미 혼란스러운 크리스틴에 대한 생각이 더욱 혼란스러워져가는 것을 느낄 수 있었다. 그의 주변에 있는 모든 것이 백발에 순진한 눈을 한 선량한 노부인을 중심으로 빙빙 도는 것 같았다.

"그러실 줄 알았어요." 행복한 웃음 소리를 내며 부인이 말했다. "가까이 오세요. 어릴 때 그랬던 것처럼. 다에 아저씨가 해준 어린 로테 얘기를 나한테 해줬을 때처럼 내 손을 잡아요. 나도 크리스틴도 당신을 얼마나 좋아한다구요. 알죠?"

"크리스틴이 절 좋아한다구요?" 라울이 한숨을 쉬며 말했다. 그는 발레리우스 부인이 말하는 '천재'와 크리스틴이 그에게 이야기해 준 음악의 천사, 페로스 성당 제대 앞에서 본 악몽 같은 시체의 머리, 오페라 유령의 머리 등을 연결해서 생각하기가 힘들었다. 오페라의 유령이 떨치는 명성은 어느 날 무대 뒤에 서 있던 라울의 귀에도 들어왔다. 그때, 무대 장치를 바꾸는 사람들이 조제프 뷔케가 묘사한 유령의 모습을 그대로 반복하며 떠들어대고 있었다.

라울이 나지막한 목소리로 물었다. "부인, 왜 크리스틴이 절 좋아한다고 생각하시죠?"

"매일 자작님 얘기를 했으니까요."

"그래요? 무슨 얘기를 했죠?"

"자작님이 청혼하셨다더군요."

이렇게 말하고 나서 발레리우스 부인은 거리낌없이 웃기 시작했다. 라울은 고뇌에 찬 채 얼굴을 붉히며 벌떡 일어섰다.

"왜 그래요? 어디 가요? 앉아요……. 이렇게 가게 내버려둘 순 없어요. 웃어서 기분 나쁘다면 사과할게요. 어쨌든 요즘 일어난 일에 대해 당신은 잘못이 없어요. 몰랐어요? 크리스틴이 자유의 몸이 아니라는 걸 생각해 본 적 없어요?"

"크리스틴이 약혼했나요?" 목이 잠긴 라울이 물었다.

"아니에요! 아니에요! 크리스틴은 결혼하고 싶어도 못한다는 걸 나만큼이나 잘 알잖아요."

"전 거기에 대해 아무것도 몰라요. 크리스틴이 왜 결혼을 못하죠?"

"뻔하죠, 음악의 천사 때문이에요."

"무슨 말씀인지……."

"천사가 못하게 해요……."

"못하게 한다고요. 음악의 천사가 결혼을 금지한다고요……."

"맞아요……. 그런데 천사가 금지하는 건 아니에요. 그러니까 이런 거죠. 천사는 크리스틴에게, 결혼하면 자기 목소리를 다시는 듣지 못할 거라고 말해요. 영원히 떠나버리겠다고요. 아시겠지만, 크리스틴은 천사를 떠나 보낼 수 없어요. 당연한 거죠."

"맞아요, 맞아요." 라울이 말했다. "당연하죠."

"그리고 크리스틴이 페로스에서 당신에게 모든 것을 얘기했다고 생각했어요. 거기 음악의 천사랑 같이 갔으니까."

"아, 페로스에 천사랑 같이 갔어요?"

"말하자면, 천사가 페로스의 성당 뜰에 있는 크리스틴 아버지의 무덤 앞에서 만나자고 한 거죠. 천사는 그녀 아버지의 바이올린으로「라자로의 부활」을 연주하겠다고 약속했거든요."

라울은 의자에서 일어나 권위가 실린 목소리로 거만하게 말했다.

"부인, 이 천재가 어디 사는지 저한테 알려주셔야겠습니다."

노부인은 무례한 명령조의 말에 놀라지 않는 눈치였다. 그녀는 눈길을 위로 올리더니 말했다.

"천국에요!"

라울은 그녀의 단순함에 당황했다. 밤이면 천국에서 내려와 오페라하우스의 분장실을 떠도는 천사를 이렇게 솔직하고 완전하게 믿는 사람 앞에서 무슨 말을 해야 할지 알 수가 없었다.

미신을 믿는 바이올리니스트와 몽상가인 노부인 사이에서 자란 처녀의 정신 상태가 어디까지 갈 수 있는가를 깨닫고, 이 모든 것의 결과를 생각해 본 라울은 두려움에 몸을 떨었다.

"크리스틴은 아직도 착한 앤가요?" 라울이 짐짓 물었다.

"맹세코 착해요!" 노부인이 화난 어조로 외쳤다. "그걸 못 믿는다면 여기 왜 왔는지 모르겠군요."

라울은 장갑을 물어뜯었다.

"크리스틴이 이 '천재'를 안 지는 얼마나 됐습니까?"

"석 달쯤 됐나봐요……. 맞아요. 석 달쯤 전부터 레슨을 받기 시작했어요."

자작은 실망의 표시로 팔을 들어올렸다.

"천재의 레슨이라……. 어디서 하죠?"

"둘이 어디론가 가버렸으니 지금은 몰라요. 하지만 2주 전만 해도 크리스틴의 분장실에서 했어요. 이 아파트에서는 불가능하죠. 건물 전체에서 두 사람의 노랫소리가 들릴 테니까. 그렇지만 오페라하우스에는 아침 8시에 아무도 없잖아요."

"네, 알았어요!" 라울이 외쳤다.

라울은 황급히 부인에게 작별을 고했다. 부인은 이 젊은 친구가 약간 이상해진 게 아닌가 하는 생각이 들었다.

그는 기분이 엉망이 되어 형의 집으로 들어섰다. 스스로를 마구 때려주고 벽에 머리라도 박고 싶은 심정이었다. 그녀가 순진한 여자라고 믿다니! 음악의 천사! 이제 그는 모든 것을 알았다. 천사를 보았으니까. 의심할 여지없이 그 천사는 테너였고 잘생긴 젊은이였으며 그럴싸하게 노래를 뽑아내는 재주가 있었다. 그는 자신이 너무도 어리석게 느껴졌다. 비참하고 하잘것없고 멍청한 샤니 자작! 라울은 분노에 차서 스스로를 이렇게 생각했다. 그리고 크리스틴은 얼마나 뻔뻔하고 야비한 여우란 말인가!

형은 동생을 기다리고 있었고 동생은 어린애처럼 형의 품으로 뛰어들었다. 백작은 동생을 위로했지만 무슨 말을 하라고 하지는 않았다. 라울은 한참을 망설이다가 음악의 천사 얘기를 했다. 형은 그에게 저녁을 먹으러 가자고 했다. 실망에 빠진 라울은 그날 저녁 어떤 초대도 거절했겠지만, 백작은 크리스틴이 그 전날 밤 불로뉴 숲에서 어떤 남자와 함께 있는 것이 목격되었다는 얘기를 미끼로 던졌다. 처음에 젊은이는 형의 말을 믿지 않았다. 그러나 백작이 상황을 상세하게 설명하자 저항을 포기했다. 형의 얘기에 따르면 크리스틴은 창문을 연 채로 마차를 타고 가고 있었다. 그녀는 천천히 차가운 밤 공기를 들이마시는 것처럼 보였다. 달이 밝게 비치고 있었다. 의심할 여지없는 그녀였다. 그녀의 동승자는 어둠 속에서 뒤로 기대고 있는 윤곽만 보였다고 한다. 마차는 롱 샹 경마장 객석 뒤쪽의 한적한 길을 천천히 지나고 있었다.

라울은 허겁지겁 옷을 입고 흔히들 말하는 '환락의 소용돌이'에 몸을 던져 실망을 잊으려고 마음먹었다. 그러나 마음먹은 대로 되지 않았고 만찬 장소를 일찍 빠져나온 그는 밤 10시쯤 마차를 타고 롱샹 경마장 뒤쪽을 달리고 있었다.

날은 지독히도 추웠다. 길에는 아무도 없었고 달빛만이 하얗게 쏟아지고 있었다. 그는 마차꾼에게 굽은 도로 구석에서 기다리라고 일러두고 추위에 발을 동동 구르며 어둠 속에 몸을 숨기고 있었다. 30분쯤 지나자 마차 하나가 굽이를 돌아 천천히 그가 있는 쪽으로 다가왔다.

마차가 가까이 오자 그는 어떤 여자가 창틀에 머리를 기대고 있는 것을 보았다. 갑자기 창백한 달빛이 그녀의 얼굴에 쏟아졌다.

"크리스틴!"

그녀의 이름이 가슴에서 입술을 지나 터져 나왔다. 라울은 멈출 수가 없었다. 이 소리가 신호탄이 되기라도 한 듯 마차는 갑자기 속력을 내어 그의 코앞을 지나갔고 마차 앞을 막아서려던 그의 계획은 허사가 되고 말았다. 마차의 창문은 닫혔고 여자의 얼굴은 사라졌다. 라울은 마차 뒤를 쫓아갔지만 마차는 벌써 하얀 길에 찍어 놓은 까만 점 하나가 되어가고 있었다.

라울은 다시 한 번 외쳤다. "크리스틴!"

대답이 없었다. 젊은이는 정적 속에 홀로 남았다.

맥빠진 시선으로 그는 창백한 달빛에 젖은 춥고 인적 없는 길을 내려다보았다. 그의 마음처럼 죽어버린 것도 없었다. 그는 천사를 사랑했고 이제는 한 여인을 경멸하고 있었다.

라울, 북유럽 요정한테 보기 좋게 당했구나! 적막한 밤, 미지의 연인과 함께 마차에 몸을 싣고 내 눈앞을 지나가는데 그렇게 순진하고 젊은 얼굴, 걸핏하면 겸손으로 붉어지는 수줍은 이마가 필요했단 말인가? 위선과 거짓도 정도가 있어야 하는 것 아닌가?

그녀는 부르는 소리를 들은 척도 하지 않고 가버렸다. 라울은 죽어버리고 싶었다. 이제 겨우 스무 살인데 말이다.

다음날 아침 하인이 와 보니 젊은 주인은 옷을 입은 채 침대에 앉아 있었다. 얼굴을 보니 심상치 않은 일이 벌어진 것 같았다. 라울은 하인의 손에 들린 편지를 가로채듯 받았다. 크리스틴의 편지지와 필적이었다.

라울,

모레 밤 오페라의 가면 무도회에 가요. 자정에 굴뚝 뒤에 있는 작은 방
으로 오세요. 원형 홀 쪽으로 난 문 옆에 서 있으면 돼요. 이 얘기 아무
한테도 하지 말아요. 하얀 가면 무도회 복장을 하고 마스크를 써요. 날
위해서 아무에게도 들키지 말아요.

크리스틴

제 9 장

가면 무도회에서

봉투에는 흙이 묻었고 우표는 붙어 있지 않았다. 겉봉에는 "라울 드 샤니 자작 친전"이라고 되어 있었고 주소는 연필로 쓰여져 있었다. 크리스틴은 지나가는 사람이 이 편지를 주워서 전할 것이라는 희망으로 편지를 내던진 것이 틀림없었고 그것은 사실이었다. 이 편지는 오페라 광장의 보도 위에서 발견되었다.

라울은 충혈된 눈으로 편지를 읽고 또 읽었다. 희망을 되살리기에는 이것으로 충분했다. 그가 잠시 그렸던 크리스틴의 나쁜 이미지는 곧 불행하고 순진한 희생물인 소녀라는 당초의 이미지에 다시 자리를 내주었다. 지금 이 순간 그녀는 얼마나 고통을 겪고 있을까? 그녀를 데려간 사람은 누구인가? 어떤 소용돌이 속으로 끌려들어가고 있는가? 고뇌에 차서 그는 이러한 의문들을 떠올렸다. 그러나 크리스틴이 자기를 속였다는 생각 때문에 겪었던 고통에 비하면 지금의 고뇌는 아무것도 아니었다. 도대체 어떻게 돌아가는 건가? 어떤 괴물이 어떤 방법으로 그녀를 낚아채 간 것일까?

음악 말고 어떤 방법이 있었을까? 라울은 크리스틴의 사정을 잘 알았다. 아버지가 죽은 후 그녀는 음악을 비롯한 모든 것에 흥미를 잃었다. 그녀는 마치 영혼이 없이 노래하는 기계처럼 음악원을 졸업했다. 그런데 갑자기 그녀는 신이 내린 것처럼 다시 깨어났다. 음악의 천사가 나타난 것이다. 그러고는 「파우스트」의 마르그리트를 노래했고 대성공을 거두었다.

음악의 천사……. 석 달 동안 음악의 천사는 크리스틴에게 레슨을 해주었다. 그러니까 규칙적으로 만났다는 얘기다. 이제 그는 숲에서 마차로 그녀와 드라이브를 즐긴다.

라울은 질투로 터질 듯한 가슴을 손으로 꽉 움켜잡았다. 세상 물정을 모르는 그는 공포에 가득 차 크리스틴이 어떤 게임을 하는 것인지 생각해 보았다. 오페라 가수는 사랑을 해본 적이 없는 착한 젊은이를 어디까지 우롱할 수 있을까?

라울의 생각은 한쪽 끝에서 다른 쪽 끝으로 갈팡질팡했다. 이제 그는 크리스틴을 불쌍해해야 할지 저주해야 할지조차 알지 못했다. 어쨌든 그는 하얀 가면 무도회 복장 한 벌을 샀다.

약속 시간이 다가왔다. 길고 두꺼운 레이스로 가장자리가 장식

된 가면으로 얼굴을 가리고 흰 옷으로 몸을 감싼 피에로 같은 모습을 한 자신이 아주 우습다고 생각되었다. 정말 우스꽝스러웠다. 그러나 한 가지 생각이 위로가 되었다. 아무도 날 못 알아볼 것이다!

이 가면 무도회는 '재의 수요일' 며칠 전에 열리는 특별 행사로, 유명한 데생 화가의 생일을 기념하는 행사였다. 보통의 가면 무도회보다 좀더 흥겹고 요란하고 보헤미안 기질이 넘치는 분위기였다. 많은 예술가가 모델과 제자들을 데리고 나타났고, 자정이 되면 떠들썩하게 놀아대기 시작했다. 라울은 대리석 계단 여기저기에 울긋불긋한 의상(아마 세상에서 가장 호화로운 분위기일 것이다)을 입고 왔다갔다하는 사람들을 거들떠보지도 않고, 농담을 걸어도 대꾸도 없이, 이미 흥이 오른 사람들이 집적거리는 것도 뿌리치며 자정 5분 전에 계단을 올라갔다. 미친 듯 돌며 춤추는 댄서들 때문에 잠시 지체한 라울은 크리스틴의 편지에 나온 방으로 들어갔다. 방은 만원이었다. 이 조그만 방은 원형 홀로 저녁을 먹으러 가는 사람들과 샴페인 한 잔을 가지러 돌아오는 사람들이 엇갈리는 곳이었기 때문이다. 여기도 엄청나게 시끌벅적했다.

라울은 문간에 기대에 기다렸다. 얼마 지나지 않아 검은 복장을 한 사람이 지나가며 그의 손가락 끝을 재빨리 눌렀다. 그는 금방 그녀임을 알아차리고 뒤를 따라갔다.

"크리스틴, 당신이오?" 그는 입술을 움직이지 않고 물었다.

검은 복장의 주인공은 재빨리 돌아서더니 손가락을 입술로 가져갔다. 다시는 자기 이름을 입에 올리지 말라는 얘기가 틀림없었다. 라울은 말없이 그녀를 계속 따라갔다.

그는 이렇게 이상한 장소에서 만난 그녀를 놓칠까 두려웠다. 그녀에 대한 불만 같은 건 날아가버렸다. 그녀의 행동이 아무리 기이하고 이해할 수 없는 것이었다 해도 그는 더 이상 그녀를 의심하지 않았다. 그는 얼마든지 그녀를 용서해 줄 마음의 준비가 되어 있었다. 사랑했기 때문이다. 또한 더 말할 필요도 없이 크리스틴은 그녀가 잠적한 이유를 설명해 줄 것이다.

검은 옷의 인물은 가끔 뒤를 돌아보며 흰 옷의 남자가 따라오는가를 확인했다.

검은 옷을 따라 다시 한 번 큰 방을 가로질러 가던 라울의 눈에 특이한 복장을 한 사람을 둘러싼 한 무리의 사람이 들어왔다. 음산하고 기이한 복장이 시선을 끌었던 것이다. 문제의 남자는 위에서 아래까지 모두 새빨간 옷을 입고 시체의 머리를 한데다 깃털이 달린 커다란 모자를 그 위에 얹었고 커다란 붉은 벨벳 망토가 마치 제왕의 복장처럼 어깨에서 바닥으로 끌리고 있었다. 망토에는 황금색 글자로 수를 놓았고 사람들은 모두 이것을 소리내어 읽고 또 읽었다. "건드리지 마! 난 붉은 죽음이다!"

그랬는데 어떤 사람이 용기를 내어 그를 만져보았다. 그 순간 빨간 소매 속에서 해골 같은 손이 나와 그 얼빠진 친구의 손목을 움켜잡았다. 해골의 뼈가 살을 파고드는 고통과 '죽음'에게 잡혔다는 공포 때문에 이 사람은 비명을 질렀다. 붉은 죽음이 그를 놓아주자 그는 주변 사람들의 비웃음이 등에 꽂히는 것을 느끼며 미친 사람처럼 그 자리를 빠져나갔다.

바로 이 순간 라울은 마침 자신을 향해 돌아서는 해골 앞을 지나갔다. 그는 이렇게 소리칠 뻔했다.

"페로스 기레크의 시체 머리 아냐!"

라울은 그를 알아보았다. 그는 크리스틴의 존재를 잊고 해골을 향해 달려가려 했다. 그러나 매우 긴장한 듯한 검은 옷이 그의 팔을 잡아당겨 붉은 죽음을 둘러싼 군중으로부터 끌어냈다.

검은 옷은 계속 뒤를 돌아보았고 두 번인가는 몹시 놀란 모습이었다. 왜냐하면 그녀는 마치 무언가에 쫓기는 것처럼 서둘렀기 때문이다.

두 사람은 두 층을 올라갔다. 거기까지 가니 복도와 계단에는 거의 아무도 없었다. 검은 옷이 박스 하나의 문을 열더니 들어오라는 시늉을 했다. 검은 옷은 문을 닫더니 속삭이는 목소리로 몸을 드러내지 말고 박스석 뒤에 있으라고 당부했다. 라울은 목소리의 주인이 크리스틴임을 알아차렸다. 라울은 가면을 벗었다. 크리스틴은 계속 쓰고 있었다. 라울이 그녀에게도 가면을 벗으라고 말하려는 순간 그녀는 칸을 막은 벽에 귀를 대고는 바깥 동정을 살폈다. 그녀는 문을 조금 열고 밖을 내다보더니 낮은 목소리로 말했다.

"더 위층으로 갔나봐요." 곧 그녀가 외쳤다. "아니, 도로 내려오네요!"

문을 닫으려는 그녀를 라울이 제지했다. 왜냐하면 그는 위층으로 통하는 계단에서 '빨간 발' 하나를 보았기 때문이다. 곧 또 한 발이 나타났고 천천히 위엄 있게 붉은 죽음의 망토가 그의 눈에 들어왔다. 그리고 페로스 기레크에서 본 시체의 머리가 다시 나타났다.

"그놈이야!" 라울이 외쳤다. "이번에는 도망 못 가!"

그러나 크리스틴은 라울이 뛰어나가려는 순간 문을 닫았다. 라울은 그녀를 밀쳐내려 했다.

" '그놈'이 누구죠?" 그녀가 달라진 목소리로 물었다. "누가 도망 못 간다는 거예요?"

라울은 힘으로 크리스틴을 제압하려 했지만 그녀는 믿기지 않는 힘으로 남자를 밀쳐냈다. 그는 모든 것을 알았다. 아니, 모든 것을 알았다고 생각하고 한순간 이성을 잃었다.

"누구냐고?" 그가 화난 음성으로 말했다. "그놈 말이야, 시체 가면 뒤에 숨은 놈, 페로스 성당 마당의 악당, 붉은 죽음! 한마디로 말해 미친놈, 당신의 음악의 천사! 이번엔 내가 가면을 벗었듯이 놈의 가면을 벗겨버리겠어. 이번엔 모든 것을 다 드러내고 놈과 마주보겠어. 그러면 당신이 누구를 사랑하는지, 누가 당신을 사랑하는지 알 수 있겠지."

그는 미친 듯이 웃어대기 시작했다. 크리스틴은 가면 속에서 절망적인 신음 소리를 냈다. 그녀는 문을 가로막고 두 팔을 벌리고는 육탄으로 방어했다.

"라울, 우리 사랑의 이름으로 말하는데, 절대 못 나가요!"

라울은 멈췄다. 이 여자가 지금 뭐라고 했지? 우리 사랑의 이름? 과거 어느 때도 사랑을 고백한 적은 없었다. 그럴 기회가 충분히 있었는데도 말이다. 흥, 시간을 좀 벌자는 수작이군. 붉은 죽음이 도망가는 시간을 주자는 거야……. 어린애 같은 분노에 휩싸여 그가 말했다.

"아가씨, 거짓말을 하시는군요. 당신은 나를 사랑하지 않고, 사랑한 적도 없어요. 당신의 농간에 놀아난 내가 얼마나 불쌍한지 모르겠군요. 페로스에서 왜 내게 희망을 주는 말을 했소? 아가씨, 난 정직한 사람이기 때문에 당신도 정직하다고 믿었는데 당신은 날 속이려고 작정했을 뿐이오. 당신은 우리 모두를 속였소. 당신은 부끄럽게도 교수 부인의 사랑도 이용했지. 부인은 아직도 당신이 붉은 죽음과 함께 가면 무도회에나 다니는 줄도 모르고 당신을 믿고 있지. 난 당신을 경멸해요!"

그리고 그는 울음을 터뜨렸다. 그녀는 그가 퍼부어대는 것을 듣고만 있었다. 크리스틴의 머릿속에는 라울을 못 나가게 해야 한다는 생각밖에 없었다.

"언젠가 당신은 지금 한 얘기에 대해 나에게 용서를 빌 거예요. 그때가 되면 용서해 줄게요."

라울은 고개를 흔들었다. "아니야, 아니야. 바람둥이 여자한테 모든 걸 바쳤다는 생각을 하면 미쳐버리겠어!"

"라울, 어떻게 그런 말을?"

"난 수치심 때문에 죽어버릴 거야!"

"안 돼요. 살아야 해요!" 크리스틴이 달라진 목소리로 말했다. "그리고…… 안녕, 라울, 잘 가요."

라울은 비틀거리며 앞으로 걸음을 옮겼다. 라울은 한 번 더 비꼬았다.

"가끔 와서 박수나 쳐드립죠."

"라울, 난 다시는 노래 안 해요."

"아, 그렇습니까?" 더욱 비꼬는 투로 그가 말했다. "저 친구가 무대에서 끌어내리는군요. 축하드립니다. 그래도 밤에 경마장 뒷길에서는 가끔 볼 수 있겠죠?"

"경마장이고 어디고 간에 날 다시는 보지 못할 거예요."

"도대체 어디로 가시는지 여쭤봐도 될까요? 지옥으로 가십니까, 천국으로 가십니까?"

"그 얘기 해주려고 왔는데 못하겠군요. 내 말을 안 믿을 거예요. 당신은 나를 신뢰하지 않아요. 이제 끝이에요!"

그녀의 목소리가 워낙 절망감에 차 있었기 때문에 라울은 자신의 행동을 후회하기 시작했다.

"이거 봐요. 어찌 된 영문인지나 말해 줄 수 없어요? 당신은 자유예요. 아무도 못 잡아요. 마음대로 파리를 돌아다닐 수 있고 가면을 쓰고 무도회에 올 수도 있어요. 그런데 왜 집으로 가지 않는 거죠? 지난 이 주일 동안 어디 있었어요? 발레리우스 부인에게 한 음악의 천사 얘기는 대체 뭐고? 누군가가 순진한 당신을 우롱하고 있는지도 몰라요. 난 그걸 페로스에서 내 눈으로 봤어요. 이제 뭘 믿고 뭘 믿지 않아야 하는지 알잖아요. 스스로 어떤 행동을 하는지도 알고 있고. 그동안 불쌍한 부인은 집에 누워 당신을 기다리고 있어요. 제발 부탁인데 설명 좀 해봐요. 이게 대체 무슨 난리죠?"

크리스틴은 가면을 벗더니 이렇게 말했다. "라울, 난리가 아니고 비극이에요."

그녀의 얼굴을 본 라울은 소스라치게 놀랐다. 지난날의 싱싱한 모습은 찾아볼 수 없었다. 그토록 아름답던 얼굴은 온통 시체처럼 창백했다. 슬픔의 골이 깊이 파였고 눈 밑에는 어두운 그림자가 드리워 있었다.

"세상에, 크리스틴!" 그가 팔을 벌리며 말을 했다. "날 용서해 준다고 했⋯⋯."

"아마도, 언젠가, 아마도!" 이렇게 말하고 그녀는 가면을 도로 썼다. 그리고 따라오지 말라는 손짓을 하고는 떠났다.

처음에 그는 그녀를 쫓아가려고 했다. 그러나 그녀가 돌아서서 워낙 단호하게 손짓을 했으므로 그는 한 발자국도 뗄 수가 없었다.

라울은 그녀가 시야에서 사라질 때까지 눈으로 뒷모습을 쫓았다. 그러고 나서 아래층으로 내려가 군중 속에 섞였다. 관자놀이는 펄떡거렸고 가슴이 아파 스스로 뭘 하는지조차 알 수가 없었다. 그는 사람들이 춤을 추고 있는 홀을 가로지르면서 붉은 죽음을 본 사람이 없느냐고 물었다. 모두들 보았다고 대답했다. 그러나 어디 있는지 찾을 수가 없었다. 새벽 2시가 되자 그는 무대 뒤의 통로를 지나 크리스틴의 분장실 쪽으로 향했다.

노크를 했지만 대답이 없었다. 그는 지난번 '남자 목소리'를 찾아 방에 들어갔던 것처럼 이번에도 들어갔다. 방에는 아무도 없었다. 가스 불이 낮춰진 상태에서 타고 있었다. 작은 책상 위에 종이가 놓여 있었다. 그는 크리스틴에게 편지를 쓰려고 했지만 통로에서 발자국 소리가 들렸다. 밖으로 나갈 시간이 없었기 때문에 커튼으로 분장실과 분리된 내실에 숨을 수밖에 없었다.

크리스틴이 들어와 가면을 벗어 탁자 위에 놓았다. 그러고는 한숨을 쉬더니 예쁜 얼굴을 양손에 파묻었다. 그녀는 무슨 생각을 하고 있을까? 라울 생각? 아니었다. 라울은 그녀가 중얼거리는 것을 들었다. "불쌍한 에릭!"

처음에는 그가 잘못 들었다고 생각했다. 첫째, 불쌍한 사람이 있다면 그건 자신이라고 생각했다. 이제까지 일어난 일만 생각해 보아도 "불쌍한 라울"이라는 말이 나오는 것이 당연했다. 그러나 머리를 흔들며 그녀는 다시 한 번 말했다. "불쌍한 에릭!"

에릭은 크리스틴의 한숨과 무슨 관계가 있는가? 그리고 라울이 이렇게 비참한 상태에 있는데 왜 크리스틴은 에릭이 불쌍하다고 하는가?

크리스틴은 책상에 앉아 조용하고 차분히 글을 쓰기 시작했다. 아까의 충격 때문에 아직도 몸을 떨고 있는 라울은 그녀의 침착함에 놀랐다.

"대단하군!"

그녀는 두 장, 석 장, 넉 장 계속 써내려갔다. 갑자기 그녀는 고개를 들더니 편지를 조끼 속에 감추었다. 그러고는 무언가에 귀를 기울이는 것 같았다. 라울도 귀를 기울였다. 이 이상한 소리는 어디서 나는 것일까? 희미한 노랫소리가 벽에서 나오는 것 같았다. 아니, 벽 자체가 노래하는 것 같았다. 노래가 점점 분명히 들리기 시작했다. 이제 가사도 알아들을 만했다. 라울은 아름답고 부드러우며 매혹적인 목소리를 들었다. 아주 부드러웠지만 그 목소리는 남자 목소리였다. 목소리는 점점 다가왔다. 목소리는 벽을 통해 이제 방 안으로 들어와 크리스틴 앞에 멈췄다. 크리스틴은 일어나 마치 누군가에게 이야기하듯 목소리를 향해 말했다.

"나 여기 있어요, 에릭. 준비됐어요. 그런데 조금 늦었군요."

커튼 뒤에서 엿보던 라울은 자신의 눈을 의심했다. 아무것도 없었기 때문이다. 크리스틴의 표정이 밝아졌다. 행복한 미소가 핏기 없는 입술에 떠올랐다. 회복할 가망이 있다는 이야기를 처음 들은 환자들에게 볼 수 있는 그런 미소였다.

형체 없는 목소리는 노래를 계속했다. 라울은 평생 그토록 아름답고 은근하면서도 미묘하고 힘찬, 한마디로 말해 저항할 수 없는 소리를 들어본 적이 없었다. 그는 열에 들떠 노래를 들었고, 크리스틴이 어떻게 지금까지 듣지 못한 초인간적이라고나 할 아름다운 노래로 관중을 매료시켰는지 이제 알 것 같았다. 말할 것도 없이 그녀는 신비로운 투명 인간 스승의 영향 아래 있었던 것이다.

목소리는 이제 「로미오와 줄리엣」에서 혼례식 날 밤의 노래를 부르고 있었다. 라울은 크리스틴이 페로스의 성당 마당에서 보이지 않는 바이올린이 연주하는 「라자로의 부활」에 팔을 뻗은 것처럼 이번에도 팔을 내미는 것을 보았다. 목소리에 담긴 열정은 무엇으로도 표현할 길이 없었다.

"운명이 당신과 나를 영원히 이어줄 거예요!"

라울의 가슴은 감동으로 젖었다. 매혹적인 목소리가 자신의 의지, 힘, 그리고 무엇보다도 판단력을 빼앗아가지 못하게 몸부림치면서(이 순간 그에게 가장 필요한 것들이다) 라울은 가까스로 커튼을 열고 크리스틴이 서 있는 곳으로 갔다. 크리스틴은 벽면이 온통 거울인 방 뒤쪽으로 가고 있었다. 거울에는 그녀의 모습만 비쳤고 그는 나타나지 않았다. 왜냐하면 그는 크리스틴 뒤에 워낙 바짝 붙어 있어서 완전히 가려졌기 때문이다.

"운명이 당신과 나를 영원히 이어줄 거예요!"

크리스틴은 거울 속의 자기 모습 앞으로 갔고 거울 속 크리스틴도 그녀 쪽으로 다가왔다. 두 명의 크리스틴, 그러니까 실물과 거울 속의 크리스틴이 서로 마주쳤고 라울은 팔을 뻗어 둘을 모두 껴안으려 했다. 그러나 라울은 갑자기 비틀거리며 뒤로 밀려났으며 얼음 같은 찬바람이 그의 얼굴을 스쳤다. 그는 둘, 넷, 여덟, 스무 개의 크리스틴 모습이 웃으며 자신의 주변을 빙빙 도는 것을 보고 잡으려 했지만 워낙 빨라서 잡을 수가 없었다. 갑자기 모든 것이 멈추었고 라울의 모습이 거울에 비쳤다. 하지만 크리스틴은 사라졌다.

그는 거울로 달려갔다. 벽도 쳐보았다. 아무도 없었다! 그런데도 방 안에는 아까 그 열정적인 음성이 메아리치고 있었다.

"운명이 당신과 나를 영원히 이어줄 거예요!"

크리스틴은 어느 쪽으로 갔을까? 어디로 해서 돌아올까?
돌아오기는 할까? 다 끝났다고 말하지 않았던가? 목소리가 또 들려왔다.

"운명이 당신과 나를 영원히 이어줄 거예요!"

나를? 아니면 누구?
지치고 아무 생각도 할 수가 없어서 라울은 크리스틴이 방금 비운 의자에 앉았다. 그녀처럼 그도 양손에 얼굴을 묻었다. 고개를 든 그의 젊은 얼굴에 두 줄기 굵은 눈물이 흘렀다. 질투에 사로잡힌 세상의 모든 연인들이 흘리는 눈물이었다. 그는 이렇게 소리 내어 물었다.
"에릭이 도대체 누구야?"

제 10 장
목소리의 주인공은 잊어버려라

크리스틴이 거울 속으로 사라진 것이 착각이 아니었을까 하는 생각이 가시기도 전인 그 다음날 샤니 자작은 발레리우스 부인을 찾아갔다. 거기서 그는 아름다운 광경을 보았다. 노부인은 베개에 등을 기댄 채 앉아서 뜨개질을 하고 있었고, 크리스틴은 침대 옆에 앉아 있었다. 그녀의 뺨은 다시 말끔하고 발그레해져 있었다. 눈 주위의 검은 그늘도 사라졌다. 전날의 슬픈 모습은 찾아볼 수 없었다. 아름다운 모습에 드리운 우수의 베일만 없었다면 라울은 어제 사건의 주인공이 크리스틴이 아니었다고 생각할 뻔했다.

크리스틴은 감정의 동요를 보이지 않은 채 일어서서 그에게 손을 내밀었다. 그러나 라울은 워낙 놀랐기 때문에 그 자리에 멍하니 서서 아무 말도 못했으며 어떤 동작도 취할 수 없었다.

"샤니 자작님." 노부인이 불렀다. "우리 크리스틴 몰라요? 천재가 크리스틴을 우리한테 돌려보냈어요."

"엄마!" 크리스틴이 재빨리 끼어들었다. 그녀의 얼굴이 새빨개졌다. "이 얘기 안 하기로 했잖아요. 음악의 천사 같은 건 없다는 걸 아시잖아요."

"얘야, 하지만 천사가 석 달간 너를 가르쳤잖니."

"엄마, 며칠 내로 모든 걸 말씀드리겠다고 약속했어요. 그 약속 지키고 싶구요. 하지만 그날까지는 아무것도 묻지 않겠다고 약속하셨잖아요."

"그건 네가 내 곁을 떠나지 않겠다는 약속을 조건으로 그런 거지. 그런데 떠나지 않겠다는 약속을 했니?"

"엄마, 이 얘긴 샤니 자작님한텐 재미없을 거예요."

"아가씨, 사실은 그와 반댑니다." 라울은 용감하고 확신에 찬 소리를 내려고 했지만 목소리가 떨리는 것을 감출 수 없었다. "당신과 관련된 일에 나는 매우 흥미가 있고, 그게 어느 정도인지 언젠가 알게 될 겁니다. 어제 우리 사이에 있었던 일, 어제 당신이 한 얘기와 그 얘기를 듣고 내가 짐작한 것, 그리고 당신을 이렇게 빨리 만날 수 있으리라는 기대를 하지 않았다는 생각을 하면 오늘 이렇게 당신을 만난 일이 기쁜 만큼이나 놀랍기도 하군요. 당신이 그렇게 비밀을 지키는 데만 급급하지 않다면 난 당신이 돌아온 데 대해 가장 먼저 기뻐할 사람이죠. 난 당신의 오랜 친구이기 때문에 걱정이 돼요. 우리가 진상을 밝히지 않는 한 계속 위험하게 남을 사건 때문에요. 그리고 이 일의 희생자는 크리스틴 바로 당신이에요.”

이 말을 듣자 발레리우스 부인은 펄쩍 뛰었다.

“이게 무슨 소리예요?” 그녀가 외쳤다. “크리스틴이 위험하단 말인가요?”

“그렇습니다.” 크리스틴이 눈짓을 하는데도 불구하고 라울이 용기를 내어 말했다.

“세상에!” 노부인이 숨가쁘게 외쳤다. “크리스틴, 다 얘기해! 왜 날 그냥 안심시키려 했지? 자작님, 어떤 위험인가요?”

“어떤 악당이 크리스틴을 이용하고 있어요.”

“음악의 천사가 악당인가요?”

“방금 들으셨잖아요. 음악의 천사 같은 건 없다고.”

“그럼, 도대체 어떻게 된 거죠? 걱정돼 죽겠네!”

“끔찍한 미스터리가 우리 모두를 둘러싸고 있어요. 유령이나 귀신보다 훨씬 더 무서운 미스터리죠.”

발레리우스 부인은 공포에 휩싸인 얼굴을 크리스틴에게 돌렸고, 그녀는 얼른 양어머니에게 달려가 두 팔로 감싸 안았다.

“저 얘기 믿지 마세요. 엄마. 믿지 마시라구요.” 그녀가 거듭 말했다.

“그럼, 날 떠나지 않겠다고 약속해 다오.”

크리스틴은 입을 다물었고 라울이 다시 이야기를 계속했다.

"크리스틴, 약속해야 해요. 그것만이 엄마와 나를 안심시키는 길이죠. 앞으로 당신이 우리의 보호 속에 있겠다고 약속한다면 지나간 일에 대해선 단 한 가지도 묻지 않겠다고 약속하겠어요."

"그런 약속을 해달라고 한 적도 없고 당신이 요구하는 약속을 할 수도 없어요." 그녀가 오만하게 말했다. "샤니 자작님, 내 일은 내가 알아서 해요. 당신은 이래라저래라 할 권리가 없어요. 이제부터 간섭하지 말기를 부탁해요. 지난 이 주일 동안의 내 행동을 설명하라고 요구할 권리가 있는 사람은 이 세상에 단 한 사람, 내 남편밖에 없어요. 하지만 난 남편이 없고 결혼도 절대 하지 않을 거예요."

그녀는 두 팔을 내뻗으며 자기 애기를 강조했고, 라울의 얼굴에선 핏기가 사라졌다. 이것은 크리스틴의 말 때문만이 아니라 크리스틴의 손가락에 낀 금반지가 눈에 들어왔기 때문이기도 했다.

"남편이 없다면서 결혼 반지를 끼고 있군요."

라울은 크리스틴의 손을 잡으려 했지만 그녀는 재빨리 손을 뒤로 뺐다.

"선물 받은 거예요!" 당혹감을 감추며 이렇게 말했지만 다시 얼굴이 빨개지는 것은 어쩔 수 없었다.

"크리스틴, 남편이 없으니 그 반지는 당연히 당신을 아내로 삼고 싶은 사람이 준 거겠군요. 왜 우리를 속이려 하죠? 왜 날 고문하는 거죠? 반지는 약속이에요. 그리고 그의 약속을 당신이 받아

들인 거고."

"바로 내가 한 얘기예요!" 노부인이 말했다.

"그렇게 말씀하시니 크리스틴이 뭐라고 하던가요?"

크리스틴이 분노에 차서 말했다. "이거 보세요, 이만하면 심문
은 충분하지 않은가요? 내 얘기는……."

라울은 그녀의 이야기를 끝까지 듣기가 두려워서 말허리를 잘
랐다.

"방금 말씀드린 것에 대해 사과드립니다, 아가씨. 아가씨께서
는 이번 일이 저하고는 아무 관계없다고 생각하시겠지만, 그래도
선의로 제가 끼어들고 있음을 아실 겁니다. 제가 본 바를 말씀드
리고 싶습니다. 그리고 저는 아가씨가 생각하시는 것보다 더 많은
걸 봤습니다. 아니, 사실은 본 것이라기보다는 제가 보았다고 생
각하는 것들이라고 말하는 것이 옳겠군요. 가끔 저는 제 눈을 의
심하고 싶었으니까요."

"그래요? 뭘 보셨나요? 아니면 뭘 봤다고 생각하시죠?"

"크리스틴, 난 당신이 목소리를 듣고 황홀경에 빠지는 걸 봤어
요. 벽, 아니면 옆방에서 들려오는 목소리……. 이 때문에 위험하
다고 생각하는 거예요. 당신은 위험한 마법에 걸려 있어요. 하지
만 당신은 이게 사기극이라는 걸 아는 것 같아요. 왜냐하면 지금
음악의 천사는 없다고 했으니까. 그렇다면 그날 왜 그 사람을 따
라갔죠? 왜 정말로 천사의 노랫소리를 듣는 사람처럼 황홀한 표
정을 하고 일어났죠? 그 목소리는 아주 위험해요. 나도 그 목소리

를 듣고 황홀경에 빠져 당신이 내 눈앞에서 사라지는데도 어디로 빠져나가는지 보이질 않았어요. 크리스틴, 하늘의 이름으로, 당신과 나를 그렇게 사랑하다 천국에 가신 당신 아버지의 이름으로 부탁하는데 우리한테 목소리의 주인공이 누군지 알려줘요. 말해 주면 우리가 당신을 구해줄게요. 그 사람이 도대체 누구죠? 당신의 손가락에 감히 반지를 끼워준 그 남자의 이름이 뭐냐구요!"

"샤니 자작님." 그녀가 싸늘하게 말했다. "절대로 말 못해요."

그녀가 라울을 대하는 태도를 본 노부인은 양녀의 편을 들었다.

"자작님, 크리스틴이 그 사람을 사랑한다면 자작님이 끼어들 일이 아니군요."

"그래요." 쏟아지는 눈물을 주체하지 못하며 라울이 말했다. "슬프지만 크리스틴이 그 남자를 정말 사랑하는 모양이군요. 그러나 제가 그것만으로 절망하는 것은 아닙니다. 크리스틴이 사랑하는 그 남자가 그녀의 사랑을 받을 자격이 있는가를 모르기 때문이죠."

"그건 제가 판단할 일이죠, 자작님." 성난 표정으로 라울을 노려보며 그녀가 말했다.

"남자가 그렇게 로맨틱한 방법으로 처녀의 사랑을 얻으려 한다면……."

"남자가 악당이거나 여자가 바보거나 둘 중 하나란 얘긴가요?"

"크리스틴!"

"라울, 생전 보지도 못한 남자를, 그리고 그 남자에 대해 하나도 모르면서 왜 그렇게 비난하죠?”

“좋아요. 크리스틴, 좋아요. 당신이 절대로 말하지 않겠다던 그 남자의 이름만은 알아요. 아가씨, 음악의 천사 이름은 에릭이에요!”

크리스틴은 경악을 감추지 못했다. 얼굴이 백짓장 같아진 그녀는 더듬거리며 물었다.

“어떻게 알았어요?”

“당신이 말해 줬죠!”

“무슨 소리예요?”

“가면 무도회 날 밤 그가 불쌍하다고 했잖소? 분장실에 가서 ‘불쌍한 에릭’이라고 하지 않았던가요? 그런데 말이죠, 크리스틴. 그 순간 불쌍한 라울이 그 말을 들어버렸거든요.”

“샤니 자작님, 문밖에서 내 말 엿들은 거 벌써 두 번째예요.”

“난 문밖에 있지 않았어요. 이번엔 분장실 안 내실에 있었답니다.”

“세상에, 그럴 수가!” 형용할 수 없는 공포가 그녀 얼굴에 떠올랐다. “그럴 수가! 죽고 싶어요?”

“그럴지도 모르죠.”

그럴지도 모른다는 라울의 말 속에는 사랑과 절망이 배어 있었고 크리스틴은 흐느낌을 참을 수가 없었다. 그녀는 라울의 두 손을 잡고 순수한 애정이 담긴 시선으로 그를 바라보았다.

“라울, 목소리의 주인공은 잊어버리고 이름도 기억하지 말아

요. 절대로 목소리의 비밀을 캐려 해서는 안 돼요." 그녀가 단호하
게 말했다. "내가 전갈을 보내기 전엔 내 분장실에 절대 오지 않는
다고 맹세해요."

"그럼 가끔 부르겠다고 약속하는 거죠?"

"약속해요."

"언제?"

"내일."

"그럼 맹세할게요."

그는 그녀의 손에 키스하고 에릭을 저주하며 방을 나왔다. 진득
하게 기다리자고 결심하면서.

제 11 장
문 위에서

다음날 라울은 오페라하우스에서 크리스틴을 보았다. 그녀는 아직도 아무 장식이 없는 금반지를 끼고 있었고, 그를 정중하고 친절하게 대했다. 그녀는 라울의 계획, 미래, 앞으로 할 일 등에 대해 물었다.

그는 북극 수색팀의 출발 일정이 앞당겨져 앞으로 3주, 적어도 한 달 안에 프랑스를 떠나야 한다고 말했다. 그녀는 이번 항해가 앞으로 얻을 명성을 향한 한 단계가 될 테니까 즐겁게 일하라고 명랑한 음성으로 말했다. 사랑 없는 명성에는 관심 없다고 말하는 라울을 그녀는 잠깐 슬퍼하다가 금방 도로 밝아지는 어린아이처럼 대했다.

"이런 중대한 문제를 어떻게 가볍게 말할 수 있어요?" 라울이 물었다. "다시는 못 만날지도 몰라요. 탐험 기간 중에 죽을 수도 있어요."

"그 사이에 내가 죽을 수도 있죠." 크리스틴이 간단히 대답했다.

그녀는 더 이상 웃지도 농담을 하지도 않았다. 그녀는 처음으로 떠오른 한 가지 생각에 완전히 빠져 있는 것 같았다. 그녀의 눈은 이 한 가지 생각으로 빛나고 있었다.

"크리스틴, 무슨 생각을 그렇게 해요?"

"우리가 다시 못 만날 거라는 거."

"그래서 그렇게 눈이 빛나요?"

"그리고 한 달 후면 영원히 작별해야 한다는 것도."

"우리가 영원히 서로를 기다리겠다고 맹세하지 않는다면 영원히 작별해야겠죠."

크리스틴이 그의 입에 손을 갖다 댔다.

"쉿! 우리는 당연히 서로를 기다리겠지만 결혼은 할 수 없어요. 알잖아요."

그녀는 갑자기 기쁨에 들떠 어린애처럼 손뼉을 마주쳤다. 라울은 놀라서 그녀를 바라보았다.

"하지만……. 하지만," 두 손을 마치 라울에게 선물로 주기로 결심한 양 내밀며 크리스틴이 말했다. "결혼은 못하더라도 우린……. 우린 약혼은 할 수 있어요! 우리밖에 모를 것 아니에요? 비밀 결혼을 하는 사람도 수두룩한데 비밀 약혼이 안 될 이유가 뭐예요? 우리 한 달 동안 약혼하는 거예요! 한 달 후면 당신은 갈 거고, 나는 평생 동안 그 한 달을 되새기며 행복할 수 있을 거예요!”

그녀는 자신이 낸 아이디어에 완전히 빠져 있었다. 그러다 갑자기 진지한 태도로 돌아왔다.

“이렇게 하면 아무도 다치지 않고 행복할 수 있어요.”

라울도 대찬성이었다. 그는 크리스틴에게 절을 하고 이렇게 말했다.

“아가씨, 당신의 손을 잡을 영광을 허락해 주십시오.”

“벌써 둘 다 당신 손 안에 있는 걸요. 라울, 우린 둘 다 너무 행복할 거예요. 오늘 하루 종일 약혼을 축하해요.”

‘약혼 놀이’는 지상에서 가장 아름다운 게임이었고 둘은 어린 애처럼 하루 종일 이 놀이를 즐겼다. 둘은 아름다운 사랑의 이야기와 영원한 맹세를 주고받았다. 그들은 마치 어린이들이 공을 가지고 노는 것처럼 서로의 심장을 가지고 놀았다. 다만 둘이 던지고 받은 것은 두 개의 진짜 심장이었으므로 매번 받을 때마다 다치지 않도록 아주 주의해야 했다.

놀이를 시작한 지 일 주일쯤 된 어느 날 라울은 너무나 마음이 상해서 놀이를 멈추고 이런 말을 내뱉었다.

“난 북극에 가지 않겠어!”

그가 안 갈 수도 있다는 걸 상상조차 해보지 못한 순진한 크리스틴은 이 놀이가 위험하다는 것을 깨닫고 스스로를 책망했다. 그녀는 라울의 말에 아무런 반응도 보이지 않은 채 곧장 집으로 돌아갔다.

　이 일은 오후에 분장실에서 일어났다. 둘은 분장실에서 매일 만났고 비스킷 세 개, 포트와인 두 잔, 바이올렛 한 다발로 식사를 대신하며 즐겼다. 그날 저녁 크리스틴은 무대에 서지 않았다. 그리고 한 달 동안 매일 서로 편지를 주고받기로 약속했는데 그날 저녁에는 그녀의 편지가 오지 않았다. 다음날 아침 그는 발레리우스 부인에게 달려갔고 노부인은 크리스틴이 이틀 동안 어디를 좀 갔다 올 것이라고 말했다. 크리스틴은 그 전날 5시에 떠났다.

　라울은 낙심했다. 그는 이런 얘기를 멍청하고 담담하게 하는 노부인이 미웠다. 라울은 그녀에게서 뭔가 얻어내려 했으나 노부인은 아무것도 모르는 눈치였다.

　크리스틴은 그 다음날 돌아왔다. 그리고 돌아온 날 저녁 대성공을 거두었다. 마치 갈라 공연 날을 재연한 것 같았다. '두꺼비' 사건 이후 카를로타는 무대에 서지 못했다. "꽥" 소리가 또 나올까 봐 두려워 노래 부를 엄두를 내지 못했던 것이다. 또한 그녀도 알지 못하는 이유로 이상한 소리를 내는 것을 본 오페라 청중은 그녀를 외면하기 시작했다. 그래서 카를로타는 계약을 취소하기에 이르렀고 오페라하우스 측은 남은 계약 기간 동안 빈자리를 채워줄 것을 다에에게 요청했다. 「유태인 여자」에서 크리스틴 다에는 우레와 같은 박수 갈채를 받았다.

　라울도 그 자리에 있었지만 천둥 같은 박수 소리 속에서 고통을 느끼는 사람은 그 하나뿐이었다. 크리스틴이 아직도 금반지를 끼고 있었기 때문이었다. 멀리서 그의 뒤로 이런 속삭임이 들려왔다.

"여자는 오늘 밤도 반지를 끼고 있군. 그건 당신이 준 반지가 아니야. 여자는 오늘 밤도 영혼을 바쳤지만 당신한테 바친 건 아니고. 지난 이틀 동안 여자가 뭘 했는지 말해 주지 않으면 에릭한테 가서 물어봐!"

그는 무대 뒤로 달려갔고 눈으로 라울을 찾고 있던 그녀는 그를 곧 찾아냈다.

"빨리 와요! 서둘러요!"

크리스틴이 라울을 분장실로 끌고 들어갔다.

라울은 곧장 그녀 앞에 무릎을 꿇었다. 라울은 북극에 가겠다고 말했고, 그녀가 약속한 행복한 시간을 한 시간이라도 빼앗지 말아 달라고 빌었다. 그녀는 흐르는 눈물을 참지 않았다. 둘은 부모의 죽음 앞에서 절망에 가득 차 슬픔을 나누는 남매처럼 키스했다.

갑자기 크리스틴이 부드럽고도 어색한 포옹에서 빠져나왔다. 뭔가가 들리는 모양이었다. 그녀가 재빨리 문을 가리켰다. 문을 나서려는 순간 그녀가 아주 낮은 목소리로 말했다.

"내일 만나요. 잘 지내요. 라울. 오늘 밤 당신을 위해 노래했어요!"

둘은 다음날도 만났지만 그녀가 이틀 동안 사라지는 바람에 놀이의 흥은 깨져버렸다. 둘은 슬픈 눈을 하고 입은 다문 채로 분장실에서 서로를 마주 보았다. 라울은 질투 때문에 미치겠다고 소리를 지르고 싶은 것을 참았다.

그러나 그녀는 마치 그 말을 들은 것처럼 이렇게 이야기했다.

"잠깐 걸어요. 시원한 바람을 쐬면 좀 나을 거예요."

라울은 그녀가 이 감옥 같은 오페라하우스에서 멀리 떨어진 교외로 산책하러 가자는 것으로 생각했다. 에릭이라는 간수가 벽 속을 돌아다니는 것이 느껴지는 이 끔찍한 감옥 말이다. 그런데 그녀는 무대로 가서 라울을 움푹하게 꺼진 곳 언저리에 앉혔다. 무대에는 그날 저녁의 제1막 장면이 준비되어 있었고 불안하지만 평화롭고 차분한 분위기가 감돌았다.

언젠가는 둘이 손을 잡고 어떤 장인이 정교한 솜씨로 덩굴 식물을 새겨놓은 인적 없는 정원을 걸은 적이 있었다. 그곳에선 마치 진짜 하늘, 진짜 꽃, 진짜 대지가 크리스틴에게만은 금지된 것처럼 보였고, 그녀는 오페라의 공기만을 마시도록 저주받은 게 아닌가 하는 생각도 들었다. 가끔 소방수가 멀찍이 지나가면서 둘의 우울한 데이트를 바라보기도 했다. 가끔 그녀는 쇠창살이 무질서하게 얽힌 오페라하우스 꼭대기로 라울을 끌고 가서는 앞장서서 아슬아슬한 다리와 도르래에 매달린 수천 개의 밧줄, 권양기捲揚機, 롤러 사이를 뛰어다녀 그를 아찔하게 만들기도 했다. 라울이 멈칫거리면 그녀는 귀여운 입술을 비죽 내밀며 이렇게 말했다.

"당신, 뱃사람이잖아!"

그러고 나서 둘은 '굳건한 대지'로 돌아왔는데 그 대지란 어린 소녀들의 무용 학교로 통하는 길이었다. 여기서는 6~10세의 소녀들이 언젠가 유명한 무용수가 되어 온몸을 '다이아몬드로 감쌀 날'을 기다리며 연습을 하고 있었다. 크리스틴은 아이들에게 다

이아몬드 대신 사탕을 주었다.

크리스틴은 의상실과 소도구실을 비롯하여 지상에서 17층에 이르는 거대한 그녀의 제국을 라울에게 안내했다. 제국에는 많은 '신하'가 살고 있었다. 그녀는 마치 여왕처럼 이들 사이를 다니며 격려해 주기도 하고, 주연의 의상을 만들 천을 마름질하면서 주저하는 일꾼들에게 조언을 하기도 했다. 오페라 안에는 모든 직종이 다 있었다. 구두 수선공도 있었고, 금세공사도 있었다. 크리스틴은 모든 사람들의 기쁜 일, 슬픈 일에 관심을 가져주었기 때문에 다들 그녀를 좋아했다.

그녀는 노부부가 차지하고 있는 구석진 곳도 알고 있었다. 크리스틴은 문을 두드려서는 사람들에게 라울을 자신에게 청혼한 왕자라고 소개했다. 그리고 둘은 좀먹은 '소품' 위에 올라앉아 어릴 때 브르타뉴 전설을 들을 때처럼 옛날 애기에 귀를 기울였다. 늙은이들은 오페라 밖의 일들을 전혀 알지 못했다. 그들은 언제부터였는지 기억도 나지 않을 만큼 오래 이곳에 살았다. 역대 관장들은 그들을 잊었다. 궁정 혁명도 그들을 비켜갔다. 프랑스의 역사는 그들 없이 흘러갔다. 아무도 그들의 존재를 기억하지 못했다.

소중한 날들이 이런 식으로 지나갔다. 라울과 크리스틴은 이런저런 일에 지나친 관심을 보이는 척하면서 어색하게 서로의 본심을 감추고 있었다. 그런데 한 가지는 분명했다. 그때까지 두 사람 중 강한 쪽이었던 크리스틴이 갑자기 예민해졌다. 그녀는 같이 걷다가도 아무 이유 없이 갑자기 뛰기도 하고 갑자기 서버리기도 했다. 라울은 한순간에 얼음처럼 차가워지는 그녀의 손 때문에 흠칫하기도 했다. 가끔 그녀의 눈은 상상 속의 그림자를 쫓는 것 같기도 했다. 그녀는 숨막히게 웃어대며 "이쪽으로", "이쪽이야" 하면서 뛰다가는 갑자기 눈물을 흘리기도 했다. 그럴 때면 라울은 약속을 깨고 그녀에게 묻고 싶었다. 하지만 그가 질문을 입에 올리기도 전에 그녀가 열심히 대답했다.

"아무것도 아니에요. 맹세코 아니에요."

한번은 둘이 무대 바닥에 있는 뚜껑 문이 열려 있는 것을 보았다. 라울은 멈춰 서서 어두운 지하를 내려다보았다.

"크리스틴, 당신의 왕국에서 지상 부분은 다 보여준 것 같아요. 그런데 아래쪽에 관해서도 이상한 이야기가 많거든. 한번 내려가 봅시다."

그녀는 라울이 마치 어둠 속으로 빨려들어가기라도 할까봐 두려운 것처럼 꼭 끌어안고는 떨리는 목소리로 속삭였다.

"절대 안 돼요! 못 가요! 게다가 지하는 내 왕국이 아니에요. 지하에 있는 것은 다 그의 것이에요."

라울은 그녀의 눈을 들여다보고 거칠게 말했다.

"그러니까 그 친구가 저 아래 있다는 거군요?"

"그 얘기가 아니구……. 어디서 그런 말을 들었어요? 물러서요! 라울, 가끔 제정신이 아닌 것 같아요. 항상 말도 안 되는 생각만 한다니까. 이리 와요, 빨리!"

그녀는 문자 그대로 라울을 잡아끌어야 했다. 왜냐하면 지하로 통하는 구멍을 넋을 잃고 들여다보며 버텼기 때문이다.

갑자기 뚜껑 문이 닫혔다. 워낙 빨리 닫혔기 때문에 두 사람은 닫는 손을 볼 겨를도 없었다. 둘은 멍해졌다.

"그가 나타난 모양이군." 얼마 후 라울이 말했다. 그녀는 어깨를 으쓱했지만 불안한 모양이었다.

"아니에요. '뚜껑 문지기'였어요. 이 사람들도 뭔가 일을 해야 하잖아요. 그러니까 아무 이유 없이 뚜껑 문을 열었다 닫았다 해요. '문지기'들도 그러잖아요. 어쨌든 시간을 보내야 하니까요."

"하지만 이번 것이 그의 소행이라면?"

"아니에요. 그는 지금 일에 몰두해 있어요."

"아, 그래요? 일을 한다구?"

"그렇다구요. 일을 하면서 동시에 뚜껑 문을 열고 닫고 할 수는 없어요." 그녀는 몸을 떨었다.

"무슨 일을 하는데요?"

"끔찍한 일이에요. 하지만 우리한테는 다행이죠. 일을 하고 있을 땐 아무것도 보지 못하거든요. 며칠씩 먹지도 마시지도 않고, 심지어 숨도 안 쉬고 일을 해요. 살아 있는 시체가 된다니깐요. 그러니까 뚜껑 문이나 여닫으며 즐길 시간이 없다는 거죠."

그녀는 다시 한 번 떨었다. 라울은 아직도 그녀의 품안에 있었다. 한숨을 쉬더니 크리스틴은 이렇게 말했다.

"그였으면 어쩌죠?"

"무서워요?"

"아니오. 물론 아니죠."

말은 그렇게 했지만 그 다음날부터 크리스틴은 조심스레 뚜껑 문을 피했다. 시간이 감에 따라 그녀의 불안감은 더해갔다. 어느 날 오후 그녀는 매우 늦게 나타났는데 얼굴은 백짓장 같았고 눈은 새빨갛게 충혈되어 있었다. 이것을 보고 라울은 무슨 수를 써서라도 비밀을 밝혀내야겠다고 결심했고, 목소리의 주인공에 대해 사실을 이야기하지 않으면 북극에 가지 않겠다고 버티는 것으로 이러한 결심을 드러내 보였다.

"쉿! 제발 조용히 해요. 그가 들으면 어쩌려구!"

크리스틴은 겁에 질린 눈으로 사방을 둘러보았다.

"크리스틴, 그의 힘으로부터 구해주겠어요. 맹세코. 다시는 그의 생각을 안 해도 되게 말이에요."

"그럴 수 있어요?"

크리스틴은 이 말에 용기를 얻었다. 그러고는 라울을 뚜껑 문에서 멀리멀리 떨어진 오페라하우스의 꼭대기 층으로 끌고 올라가기 시작했다.

"세상 어딘가 알려지지 않은 곳에 당신을 숨겨놓겠어요. 그가 당신을 찾지 못하게. 그럼 당신은 안전할 거예요. 그리고 당신이 나와 결혼하지 않겠다고 했으니 난 떠날게요."

크리스틴은 라울의 손을 잡더니 믿을 수 없는 힘으로 쥐기 시작했다. 그러다 갑자기 그녀는 두려움에 휩싸여 고개를 돌렸다.

"더 높이!" 그녀가 말했다. "더 올라가요!"

그녀는 라울을 꼭대기로 끌고 갔다.

라울은 크리스틴을 따라가기가 힘들었다. 얼마 후 그들은 목재가 미로처럼 얽혀 있는 지붕 밑까지 갔다. 둘은 버팀목, 서까래, 장선 사이를 미끄러져 지나갔다. 나무에서 나무로 건너뛰는 것처럼 대들보에서 대들보로 넘어가기도 했다.

그녀는 조심스럽게 뒤를 자주 돌아보았지만 그녀가 멈추면 멈추고, 움직이면 다시 움직이면서 소리 없이 그녀를 따라오는 그림자는 보지 못했다. 라울도 아무것도 보지 못했다. 크리스틴이 앞장서 가는데 뒤에서 일어나는 일에 신경을 쓸 이유가 없었기 때문이다.

제 12 장
아폴론의 리라

이렇게 둘은 지붕까지 갔다. 크리스틴은 제비처럼 가볍게 목재 사이를 날아다녔다. 둘은 세 개의 돔과 삼각형의 박공 벽 사이의 공간을 눈으로 훑었다. 그녀는 자유를 만끽하며 파리의 공기를 들이마셨고, 라울에게 바짝 다가오라고 말했다. 두 사람은 아연과 납으로 된 통로를 걸었다. 그들은 거대한 물탱크에 비친 자기들 모습을 바라보았다. 탱크에는 물이 가득 고여 있었고, 더운 날씨 속에 스무 명쯤 되는 발레단 소년들이 수영과 다이빙을 즐기고 있었다.

그림자는 두 사람의 발자국을 밟다시피 하며 따라왔다. 둘은 그림자를 느끼지 못한 채 거대한 아폴론 상 밑에 앉았다. 청동으로 된 아폴론 상은 황혼에 물든 하늘을 향해 큰 리라를 치켜들고 있었다.

아름다운 봄날 저녁이었다. 지는 해에게 황금색과 붉은색 의상을 방금 선물 받은 구름이 천천히 흘러가고 있었다. 크리스틴이 말했다.

"이제 우리는 구름보다 더 멀리, 더 빨리 세상의 끝까지 갈 거예요. 그리고 당신은 날 떠날 거고. 하지만 우리가 함께 떠나야 할 순간이 다가오면 난 안 가려고 할지도 몰라요. 난 안 가려고 할 거예요. 그러면 당신이 억지로 날 끌고 가야 해요."

"스스로 마음이 변할까봐 무서워요?"

"몰라요." 그녀가 머리를 흔들며 말했다. "그는 악마예요!" 몸을 떨며 그녀는 그의 팔에 안겼다. "돌아가서 그와 함께 지하에 살 걸 생각하니 무서워요!"

"왜 가야만 하죠, 크리스틴?"

"안 가면 끔찍한 일이 벌어져요. 하지만 못 가겠어요 땅속에 사는 사람들을 불쌍하게 생각해야 한다는 건 알아요. 하지만 그는 너무 끔찍해요. 시간이 다 됐어요. 남은 시간은 하루뿐이에요. 내가 안 가면 그가 와서 목소리로 나를 데려갈 거예요. 날 땅속으로 끌고 가서는 시체 머리가 달린 그가 내 앞에 무릎을 꿇을 거예요. 사랑한다고 말할 거고. 그러고는 울 거예요. 두 개의 시커먼 해골 눈구멍에서 쏟아지는 눈물! 그 눈물을 차마 다시는 볼 수 없어요!"

라울은 고뇌에 차서 손을 맞잡고 비트는 그녀를 품으로 끌어당졌다.

"아니야, 당신을 사랑한다는 그의 말을 다시는 안 듣게 될 거예요. 그의 눈물도 보지 않을 거고. 크리스틴, 도망갑시다. 지금 당장!"

이렇게 말하면서 그는 그 자리에서 그녀를 끌고 가려고 했다. 크리스틴이 그를 제지했다.

"안 돼요." 슬프게 머리를 흔들며 그녀가 말했다. "지금은 안 돼요. 너무 잔인해요. 내일 저녁에는 그에게 내 노래를 들려주고 싶어요. 그러고 나서 도망가요. 정확히 자정에 분장실로 와서 날 데려가요. 그 시간에 그는 호숫가에 있는 식당에서 날 기다리고 있을 거예요. 그때 우린 자유고 당신은 날 멀리 데려갈 수 있어요. 내가 버텨도 꼭 데려간다고 약속해 줘요. 이번에 또 땅속으로 들어가면 다시는 돌아올 수 없을 것 같은 느낌이 들어요."

이렇게 말하면서 한숨을 내쉰 그녀는 뒤에서 화답하는 듯한 한숨 소리를 들었다.

"들었어요?"

그녀의 이가 덜덜 떨렸다.

"아니, 아무것도 못 들었어요."

"끔찍해요. 이렇게 떨면서 살아야 하는 게. 하지만 여기는 괜찮아요. 하늘이 보이는 열린 장소에 빛이 비치고 있으니까. 해가 빛나고 있고. 부엉이는 태양을 감히 바라보지 못하죠. 난 그를 햇빛 속에서 본 적이 없어요. 밝은 데서 보면 더 끔찍할 거예요. 그를 처음 봤을 때가 생각나네요. 난 그가 곧 죽을 거라고 생각했어요."

"왜요?"

크리스틴의 기이한 고백으로 오싹해진 라울이 물었다.

"그를 봤기 때문이지!"

라울과 크리스틴은 동시에 뒤를 돌아보았다.

"누군가가 괴로워하고 있군요." 라울이 말했다. "상처를 받았나 봐요. 들었어요?"

"모르겠어요." 크리스틴이 말했다. "그가 없을 때도 내 귀는 그의 한숨 소리로 가득 차 있어요. 하지만 당신이 들었다면."

둘은 일어나서 주변을 둘러보았다. 나무로 된 거대한 지붕 위에 사람이라곤 둘뿐이었다. 둘은 다시 앉았고 라울이 다시 말했다.

"어떻게 만났는지 얘기해 봐요."

"처음엔 보진 못하고 석 달 동안 소리만 들었어요. 당신도 그렇게 느꼈지만 처음 그 목소리를 들었을 때는 딴 방에서 누가 아름다운 목소리로 노래하는 것 같았어요. 난 나가서 둘러보았죠. 하지만 당신도 알다시피 내 분장실은 외따로 떨어져 있잖아요. 방밖에는 아무것도 없는데 안에서는 계속 소리가 나는 거예요. 목소리는 노래만 하는 게 아니라 진짜 사람처럼 나한테 이야기도 하고 내 질문에 대답도 했어요. 진짜 사람과 다른 점이 있다면 천사의 목소리처럼 아름답다는 거죠. 나는 아빠가 돌아가실 때 보내주겠다고 약속하신 음악의 천사를 그때까지 못 만났어요. 여기에는 양어머니 책임도 좀 있어요. 이 얘기를 했더니 어머니가 대뜸 이러시는 거예요. '그게 천사로구나. 물어보기나 해라. 손해 날 것 없잖니?' 그래서 물었더니 목소리는 아빠가 약속한 천사의 목소리라는 거예요. 그때부터 목소리와 나는 좋은 친구가 됐어요. 그리고 매일 레슨을 해주겠다고 했구요. 나는 동의했고 분장실에서 하는 레슨 시간을 어긴 일이 없어요. 당신이 그 목소리를 듣긴 했지만 레슨 과정이 어떤 건지 상상도 못할 거예요."

"맞아요. 상상도 못하겠어요. 반주는 어떻게 했죠?"

"반주는 내가 모르는 음악이었어요. 벽 뒤에서 나왔는데 아주 정확했죠. 목소리는 아빠가 날 어디까지 가르쳤는지를 정확히 아는 것 같았어요. 몇 주 지나자 나는 노래를 하면서 내 자신을 거의 느끼지 못했어요. 무섭기까지 하더군요. 뭔가 배후에 마술 같은 게 있는 것 같아서 두려웠고. 하지만 양어머니가 확신을 주었어요. 어머니는 내가 워낙 순진한 애라서 악마가 희롱을 할 수 없다고 하셨어요. 목소리의 명령에 따라 내 실력이 향상되는 것은 목소리, 어머니, 나 사이의 비밀이 되었구요. 한 가지 이상한 일은 분장실을 벗어나면 난 보통의 목소리가 되었고 아무도 내 실력을 알지 못했어요. 나는 목소리가 시키는 대로 했어요. '기다려. 파리 전체가 놀랄 테니까.' 나는 일종의 황홀경에 빠져 기다렸어요. 그러던 어느 날 저녁 객석에 있는 당신을 발견했어요. 너무 기뻐서 난 신이 나서 분장실로 들어갔죠. 불행히도 목소리는 먼저 와 있었고 내가 들떠 있는 걸 보고는 뭔가가 있음을 눈치챘어요. 목소리는 무슨 일이냐고 물었고 나는 우리 이야기를 비밀로 할 필요가 없다고 생각했죠. 목소리는 말이 없었어요. 불러도 대답을 안 하더군요. 아무리 빌어도 소용이 없었어요. 난 목소리가 영원히 가버렸을까봐 무서웠어요. 하지만 그때 가버렸으면 좋았을 거예요. 그날 밤 나는 절망에 빠져 집으로 갔어요. 양어머니에게 이야기를 했더니 '목소리가 질투하는구나!' 하셨어요. 그리고 그 순간 내가 당신을 사랑한다는 사실을 깨달았구요."

크리스틴은 말을 멈추고 라울의 어깨에 머리를 기댔다. 둘은 그런 자세로 한동안 말없이 있었지만 몇 발자국 떨어진 곳에서 검은 물체가 움직이는 것을 보지는 못했다. 두 개의 커다란 검은 날개가 달린 그림자는 두 사람에게 너무 가까이 있어서 언제라도 둘의 목을 조를 수 있는 모습이었다.

한숨을 쉬며 크리스틴은 이야기를 계속했다. "다음날 난 생각에 잠겨 분장실로 들어갔어요. 목소리가 와 있더군요. 목소리는 내가 누군가에게 마음을 준다면 자신은 하늘나라로 돌아갈 수밖에 없다고 슬프게 말했어요. 정말 인간 같은 슬픔이 배어 나오는 어조였기 때문에 내가 착각에 빠진 게 아닌가 하는 생각이 들 정도였죠. 하지만 아빠의 추억과 깊이 얽혀 있는 목소리에 대한 나의 믿음은 흔들리지 않았어요. 목소리를 다시 들을 수 없는 것보다 더 무서운 것은 없었으니까. 그 순간 난 당신을 향한 나의 사랑을 생각했고, 우리가 사랑하면 위험을 겪어야 한다는 사실도 깨달았어요. 그리고 당신이 날 기억하는지조차 몰랐고. 우리 사이가 어떻게 되든 당신의 사회적 지위 때문에 결혼은 생각조차 할 수 없는 상황이잖아요. 그래서 난 목소리에게 당신은 오빠 이상의 존재가 아니며 앞으로도 그럴 것이라고 말하고, 나는 지상의 어떤 인간도 사랑할 수 없다고 맹세했어요. 그렇기 때문에 무대나 통로에서 당신과 마주쳤을 때 모른 척한 거예요. 어쨌든 레슨은 계속되었고 드디어 목소리가 나에게 이렇게 말했어요. ‘크리스틴 다에, 이제 너는 인간들에게 천상의 음악을 좀 들려줄 수 있게 되었다.’ 난 그날 밤 카를로타가 어떻게 못 오게 되었는지, 내가 왜 그녀 대신 무대에 서게 되었는지 몰라요. 그러나 난 단 한 번도 느껴보지 못한 황홀경 속에서 노래했고 어떤 순간엔 내 영혼이 몸에서 빠져나가는 것 같았어요.”

“크리스틴, 그날 밤 당신이 부른 노래의 음표 하나하나에 내 심장이 고동쳤어요. 당신 뺨에 흘러내리는 눈물을 보고 나도 울었어요. 어떻게 울면서 그렇게 노래할 수가 있어요?”

“내가 기절하는 걸 느꼈어요. 눈을 감았죠. 다시 눈을 뜨니 당신이 옆에 있더군요. 그런데 목소리도 거기 있었어요. 난 당신을 보호하려고 못 알아보는 척했고 당신이 바다에 빠진 스카프 애기를 하며 기억을 되살리려 할 때 웃어버렸어요. 하지만 목소리를 속일 수는 없더군요. 목소리는 당신을 꿰뚫어 보았고 질투하기 시작했어요. 내가 당신을 사랑하지 않았다면 당신을 피하지도 않았을 거고, 그냥 친구처럼 대했을 거라는 애기죠. 난리가 벌어졌어요. 결국 난 목소리에게 이렇게 말했어요. ‘그만해요! 내일 페로스로 가서 아빠 무덤 앞에서 기도하겠어요. 샤니 자작에게 같이 가자고 할 거구요.’ ‘마음대로 해.’ 목소리가 대답했어요. ‘나도 페로스로

갈 거야. 어디든 너 있는 곳에 있을 테니까. 그 젊은이에 관해 네가 거짓말을 한 게 아니라면 자정에 아버지의 무덤 앞에서 아버지의 바이올린으로 「라자로의 부활」을 연주할 거야.' 이렇게 해서 당신 한테 편지를 쓴 거고 당신이 페로스로 온 거예요. 난 왜 그리 순진 했을까요? 목소리의 이기적인 자세를 알고 나서도 사기꾼임을 의 심하지 않다니! 난 더 이상 나 자신의 주인이 아니었고 그의 노예 가 되었어요!"

"하지만 결국 사실을 알았잖아요. 그런데 왜 즉시 이 끔찍한 악 마를 떨쳐버리지 못했어요?"

"사실을 알았다구요? 악마를 떨쳐버리지 못했다구요? 그런데 말이에요, 정작 악마한테 잡힌 건 사실을 안 다음이죠. 카를로타 가 두꺼비 소리를 내고 갑자기 불이 꺼지면서 샹들리에가 떨어진 날을 기억하죠? 많은 사람이 죽거나 다쳤고 사람들의 비명이 오 페라하우스를 온통 채웠어요. 난 제일 먼저 당신과 목소리를 생각 했죠. 박스석을 보니 당신은 형과 함께 있었고 위험하지 않다는 걸 알았어요. 그러나 목소리도 공연을 보겠다고 했기 때문에 나는 마치 목소리도 보통 사람처럼 죽을 수 있을 것처럼 걱정했어요. '샹들리에가 목소리 위에 떨어질 수도 있다'는 생각이 든 거죠. 무대에 있던 나는 사람들 사이로 뛰어들어가 목소리를 찾아볼까 하다가 만약 목소리가 살아 있다면 분장실에 가 있을 것 같아 내 방으로 달려갔어요. 분장실에 없더군요. 난 문을 잠그고 눈물을 흘리며 살아 있다면 나에게 나타나라고 빌었어요. 목소리는 대답하진 않았지만 갑자기 귀에 익은 아름답고 긴 외침 소리가 들려왔어요. 그것은 그리스도의 목소리를 들은 라자로가 눈을 뜨고 빛을 보기 시작하면서 내는 소리였어요. 그리고 그것이 당신과 내가 페로스에서 들은 음악이었고요. 그러고 나서 목소리는 첫 소절을 노래하기 시작했어요. '오라! 그리고 믿으라! 나를 믿는 자는 살 것이다. 걸어라! 나를 믿는 자는 영원히 죽지 않을 것이다!' 그 음악의 효과가 어땠는지는 말로 설명할 수가 없어요. 목소리는 마치 일어나서 가까이 오라고 명령하는 것 같았어요. 목소리는 물러나기 시작했고 난 따라갔어요. '오라! 그리고 믿으라!' 나는 따라갔고 놀랍게도 내가 움직이는 데 따라 분장실이 늘어나는 것이었어요. 계속 늘어났죠. 물론 거울 효과였겠지만. 내 앞에 거울이 있었거든요. 그런데 갑자기 나도 모르게 방 밖으로 나갔어요."

"당신도 모르게? 크리스틴, 제발 꿈 좀 그만 꿔요!"

"꿈이 아니라니까요. 나도 모르는 사이에 방 밖으로 나갔다고요. 오히려 그날 내가 사라지는 걸 본 당신이 더 잘 알 거 아니에요? 하지만 난 모르겠어요. 갑자기 거울도 분장실도 없어졌고 난 어두운 통로에 서 있었어요. 무서워서 소리를 질렀죠. 아주 어두웠고 멀리 벽에서 희미한 빨간 불빛이 가물거리고 있을 뿐이었어요. 노랫소리와 바이올린 소리가 그쳤기 때문에 내가 지르는 소리만 들렸죠. 그런데 갑자기 내 손에 누군가의 손이 닿았어요. 손이라기보다는 뼈로 된 차가운 물건이었는데 이것이 내 손목을 잡더니 놓지를 않는 거예요. 또 소리를 질렀죠. 그는 팔로 내 허리를 안더니 부축해 줬어요. 난 잠시 반항했지만 포기했죠. 난 빨간 불빛 쪽으로 끌려갔고 거기서 큰 외투를 입고 가면으로 얼굴을 온통 가린 사람에게 잡혀 있는 걸 알았어요. 사지가 뻣뻣하게 굳어졌고, 소리를 지르려고 입을 벌리자 어떤 손이 내 입을 막았어요. 죽음의 냄새가 나는 손이었어요. 그러곤 기절했죠.

눈을 뜨니 아직도 어두웠어요. 바닥에 놓인 램프 불빛이 거품이 이는 우물을 비추고 있었고, 우물에서 솟아오른 물은 내가 검은 옷과 가면을 둘러쓴 사람의 무릎을 베고 누운 바닥 아래로 순식간에 사라졌어요. 그는 내 이마를 씻기고 있었는데 손에서 죽음의 냄새가 나더군요. 나는 그의 손을 밀치며 물었어요. '당신은 누구죠? 목소리는 어디 있어요?' 대답은 안 하고 한숨만 쉬더군요. 그 순간 뜨거운 숨결이 내 얼굴을 스쳤고 그 사람의 검은 형체 옆 어둠 속에서 흰 물체가 눈에 들어왔어요. 검은 물체는 나를 들어 흰 물체 위에 올려놓았어요. 말 울음 소리가 들려왔고 나는 '세자르!' 하고 중얼거렸어요. 말은 몸을 떨더군요. 안장에 반쯤 걸쳐진 채 나는 이 흰 말이 「예언자」에 나오는 그 말인 걸 알았어요. 난 세자르에게 설탕과 사탕을 자주 줬거든요. 그런데 어느 날 저녁 세자르가 사라졌고 오페라의 유령이 훔쳐 갔다는 소문이 돌았어요. 난 목소리는 믿었지만 유령은 믿지 않았어요. 그런데 그 순간 갑자기 무서워지면서 내가 유령의 포로가 된 게 아닌가 하는 생각이 들었어요. 난 목소리에게 도와달라고 했어요. 왜냐하면 목소리와 유령이 동일인이라고는 상상조차 해본 적이 없거든요. 당신도 오페라의 유령 얘기 들어봤죠?”

“들어봤어요. 그런데 세자르에 올라탄 뒤 어떻게 됐죠?”

“난 꼼짝 안 하고 내 몸을 맡겨버렸어요. 검은 물체가 날 들어올렸고 난 도망갈 생각도 안 했어요. 이상하게 마음이 평온해지면서 강심제라도 먹은 기분이었어요. 감각도 말짱했구. 눈도 어둠에 익숙해져서 둘러보니 여기저기 희미한 빛이 보이더군요. 오페라하우스를 빙 둘러 나 있는 원형의 거대한 지하 복도 같았어요. 언젠가 지하실에 가본 적이 있는데 지하 3층까지밖에는 못 갔어요. 밑에 마을 하나가 들어갈 정도로 거대한 두 층이 더 있었지만 말이에요. 깊이 들어가보지 못한 건 무서운 모습이 너무 많이 보였기 때문이에요. 땅속엔 새까만 악마들이 있어요. 보일러 앞에 서 있다가 삽이랑 쇠스랑으로 불을 쑤시며 불길을 살려내다가 사람이 너무 가까이 온다 싶으면 갑자기 보일러를 열어서 시뻘건 불길을 내보여 겁을 주죠. 세자르가 나를 태우고 조용히 걸어가는 동안 검은 악마들이 보였는데 워낙 멀리 있어 불 앞에 선 모습이 상당히 작아 보이더군요. 구불구불한 길을 돌아 나오는 동안 이들이 보이다 안 보이다 했어요. 결국 완전히 시야에서 사라졌고요. 검은 물체는 그때까지도 날 부축하고 있었고 세자르는 누가 끌고 가지 않는데도 길을 잘 아는 듯 자신 있게 걷더군요. 그런데 말을 얼마나 탔는지 대충으로도 짐작할 수가 없었어요. 그저 우린 돌고 또 돌았고 지구의 중심을 향하는 듯한 나선 계단을 자주 지나갔어요. 그때도 정말로 도는 건지 내 머리가 도는 건지 몰랐지만 아마

내 머리가 돌진 않았을 거예요. 오히려 의식이 상당히 또렷했어요. 걸음을 조금씩 빨리하던 세자르가 드디어 머리를 들고 킁킁거렸어요. 공기에서 습기가 느껴졌고 세자르는 멈췄어요. 어둠도 사라졌고요. 푸르스름한 빛이 우릴 둘러쌌어요. 거기는 호숫가였는데 납빛 물이 저 멀리 어둠 속으로 뻗어 있었어요. 하지만 푸른빛이 호숫가를 비추고 있었고 부두의 쇠고리에 조그만 보트가 매여 있는 게 보였어요."

"보트라구!"

"그래요. 하지만 그런 것들이 있다는 걸 알고 있었고 지하에 호수나 보트가 있는 게 전혀 신기한 일이 아니었어요. 그런데 내가 호숫가에 가게 된 이상한 과정을 생각해 봐요. 검은 물체가 나를 보트에 내려놓는 순간 강심제의 약효가 다했는지 어쨌는지 모르겠는데, 하여간 두려움이 다시 몰려왔어요. 물체는 내가 겁을 내는 걸 눈치챈 게 틀림없어요. 세자르는 돌려보냈는지 말발굽이 계단을 밟는 소리가 들렸고 그는 보트를 타더니 밧줄을 풀고 노를 움켜잡았어요. 그러고는 빠르고 힘차게 노를 젓기 시작했지요. 가면 뒤에 숨은 그의 시선은 내게 고정된 채였어요. 우리는 푸른빛이 감도는 고요한 물 위를 미끄러져 갔어요. 그러더니 다시 어둠이 덮였고 기슭에 닿았어요. 물체는 다시 나를 팔에 안았고 난 소리를 질렀죠. 그러다 갑자기 눈부신 빛이 쏟아져 입을 다물었어요. 그래요. 물체가 날 아주 밝은 빛 속에 내려놓은 거예요. 발딱 일어났죠. 어떤 분장실 한가운데였는데 꽃으로만 장식된 방이었어요. 아름다운 꽃들이었지만, 길가에서 파는 꽃바구니에서 볼 수 있는 실크 리본이 달려 있어서 촌스러워 보이기도 했어요. 공연이 끝난 날 밤 내 분장실에서 볼 수 있는 흔한 선물용 꽃들이었죠. 이 꽃들 한가운데 가면을 쓴 검은 물체가 팔짱을 끼고 서 있었어요. 이윽고 그가 말했어요. '겁내지 말아요, 크리스틴. 위험하지 않으니까.' 바로 그 목소리였어요!

놀란 만큼 화도 났어요. 그에게 달려가 가면을 벗기고 얼굴을 보려고 했죠. 그가 이러더군요. '가면에 손만 대지 않으면 당신은 안전하오.' 그러고는 내 손목을 부드럽게 잡고 나를 의자에 앉히고는 무릎을 꿇더니 아무 말도 안 하는 거예요. 이런 자세 때문에 나는 좀 용기를 얻었고 밝은 빛으로 현실감을 되찾았어요. 내가 아무리 이상한 일을 겪었어도 나를 둘러싼 것은 보고 만질 수 있는 현실의 것들이었거든요. 가구, 벽걸이, 촛불, 꽃병, 어디서 왔는지, 가격은 얼마인지까지 내가 훤히 아는 꽃바구니 같은 것들로 이곳이 오페라하우스의 지하실이 아니라 보통 분장실이라는 걸 알 수 있었어요. 하지만 내 앞에는 알 수 없는 방법으로 지하 5층에 거처를 정한 끔찍하고 이상한 사람이 있었어요. 가면 밑에서 울려 나오는 목소리의 주인공이 내 앞에서 무릎을 꿇고 있었고 그건 유령이 아니라 한 남자였어요. 난 울기 시작했고 무릎을 꿇고 있던 그 남자는 내가 우는 이유를 알았는지 이렇게 말했어요. '사실이오, 크리스틴. 난 천사도, 천재도, 유령도 아니고, 에릭이라오!'"

크리스틴의 이야기가 또 중단되었다. 두 사람 뒤에서 누군가가 그녀의 말을 반복했기 때문이다.

“에릭!”

웬 메아리? 둘은 뒤를 돌아보았고 밤이 내린 것을 알았다. 라울은 일어나려 했지만 크리스틴이 그를 잡았다.

“가지 말아요. 모든 걸 여기서 얘기해 줄 테니까.”

“왜 하필 여기죠? 감기 들면 어쩌려구.”

“뚜껑 문만 조심하면 돼요. 그리고 여긴 뚜껑 문에서 십 리나 떨어져 있어요. 난 오페라하우스 밖에서 당신을 만나면 안 돼요. 지금은 그를 건드릴 때가 아니에요. 의심을 사면 안 된다구요.”

“크리스틴, 내일 저녁까지 기다리면 안 될 거라는 생각이 들어요. 당장 떠나야겠소.”

“오늘 밤 내 노래를 듣지 못하면 그는 끔찍이도 괴로워할 거예요.”

“그에게서 영원히 떠나면 어차피 괴롭게 돼 있어요.”

“그건 맞아요. 내가 도망가면 분명히 죽을 테니까. 그렇지만 우리도 위험해요. 우릴 죽이려 들 거거든요.”

“그가 당신을 그토록 사랑해요?”

“날 위해서라면 살인이라도 할걸요.”

“하지만 어디 사는지 알아볼 수는 있어요. 가서 한번 찾아봅시다. 에릭이 유령이 아니라는 걸 알았으니 가서 말을 시키고 대답을 들어보자구요.”

크리스틴이 머리를 흔들었다.

“안 돼요. 에릭에 대해서는 다른 방법이 없어요. 도망가는 수밖에.”

"그러면 도망갈 수 있을 때 왜 그에게로 돌아갔죠?"

"그래야 했으니까요. 내가 어떻게 그에게서 떠났는지 얘기를 들으면 이해할 거예요."

"에릭이 정말 밉군!" 라울이 외쳤다. "크리스틴, 말해 봐요. 당신도 에릭이 미워요?"

"아니요." 크리스틴이 간단히 대답했다.

"당연히 아니겠지. 그를 사랑하니까! 당신의 공포와 그 모든 것은 아주 특이한 형태의 사랑이에요. 사람들은 그게 사랑이라는 걸 스스로에게도 인정하지 않지." 라울이 씁쓸하게 말했다. "생각만 해도 스릴이 넘치는 사랑, 지하의 왕국에 사는 남자!" 이렇게 말하며 라울은 그녀에게 눈을 흘겼다.

"그럼 돌아가란 말이에요?" 크리스틴이 잔인하게 말했다. "잘 있어요. 라울. 말했죠, 절대 안 돌아온다고!"

셋 사이에 정적이 감돌았다. 이야기를 하던 두 사람과 그들 뒤에서 엿듣던 한 사람.

"그 질문에 대답하기 전에 당신이 그에 대해 갖고 있는 감정이 어떤 건지 알아야겠어요. 밉지 않다면서요?" 라울이 천천히 말했다.

"난 그가 무서워요!" 그녀가 말했다.

"바로 그게 끔찍한 거예요. 무서워 죽겠는데도 밉지가 않아요. 라울, 어떻게 내가 그를 미워할 수 있겠어요. 지하 호숫가의 집에서 내 앞에서 무릎을 꿇은 에릭을 생각해 봐요. 자신을 저주하면서 내게 용서를 빌고, 날 속였다고 고백했어요. 그는 날 사랑해요.

그리고 엄청나고 비극적인 사랑으로 내게 다가왔어요. 그는 사랑 때문에 날 납치했고, 사랑 때문에 날 지하에 가뒀어요. 하지만 그는 날 존경해요. 내 앞에 무릎 꿇고 괴로워하며 울기도 해요. 내가 일어서서 그를 경멸한다고 말하고 날 풀어달라고 하니까 그대로 했어요. 비밀의 길을 가르쳐줬거든요. 그리고 에릭은 천사도 유령도 천재도 아니었지만 바로 그 목소리임에는 틀림없어요. 노래를 했거든요. 그 노래를 들으니 떠날 수가 없었어요. 그날 밤 우리는 아무 말도 안 했어요. 그의 노래를 들으며 내가 잠이 들었으니까.

눈을 뜨니 간단한 가구가 있는 조그만 침실 소파에 혼자 누워 있었어요. 흔히 보는 마호가니 침대 틀이 보였고 루이 필리프 식 서랍장의 대리석 꼭대기 위에서 램프가 빛나고 있었어요. 난 곧 갇혔다는 것을 알았고 이 방에서 빠져나가봐야 안락한 욕실밖에 갈 수 없음을 알았어요. 침실로 돌아오니 서랍장 위에 빨간 글씨로 쓴 메모가 보이더군요. '사랑하는 크리스틴, 걱정할 것 없어요. 이 세상에 나보다 낫고 존경할 만한 친구는 없습니다. 이 집은 당신 거고 당신은 지금 혼자 있어요. 당신에게 필요한 것들을 사러 나갔다 오겠소.' 난 꼼짝없이 미친 사람에게 걸렸다는 생각이 들었어요. 온 집 안을 돌아다니며 탈출구를 찾아보았지만 허사였어요. 난 어리석은 미신 때문에 함정에 빠진 스스로를 책망했어요. 혼자 웃기도 하고 울기도 했지요.

그렇게 미쳐 있는데 그가 돌아왔어요. 벽을 세 번 노크하더니, 나는 있는 줄도 몰랐던 문으로 조용히 들어오더군요. 그 문은 잠

거 있지도 않았어요. 한아름 안고 있던 상자랑 봉지들을 느긋하게 침대 위에 가지런히 내려놓더군요. 그동안 나는 욕을 퍼부으며 정직한 사람이라면 가면을 벗어보라고 했죠. 그는 침착하게 말하더군요. '당신이 나의 얼굴을 보는 일은 없을 거요.' 그러고는 이 시간까지 아직 옷도 제대로 안 입었다고 한마디 하더군요. 그때 오후 2시라는 걸 알려주기까지 했어요. 30분 여유를 주겠다고 말하고 그는 내 시계의 태엽을 감고 시간을 맞춰주었어요. 그러고 나서 그를 따라 식당으로 갔더니 잘 차려진 점심이 기다리고 있더군요.

난 엄청 화가 나서 문을 쾅 닫고는 욕실로 가버렸어요. 기분이 훨씬 나아져서 나오니 에릭은 나를 사랑하지만 내가 자기를 받아줄 때까지 사랑한다고 말하지 않겠으며 남은 시간은 음악 공부를 할 거라고 했어요. '남은 시간이라뇨?' 내가 물었어요. '5일간이오' 하고 그가 단호히 말했어요. 그럼 그 후에는 놔줄 거냐고 했더니 이렇게 말했어요. '자유의 몸이 될 거요. 크리스틴. 5일이 지나면 가면을 쓴 얼굴에도 익숙해질 거고 그 후로 가끔 당신의 불쌍한 에릭을 보러 오게 될 거요.' 그는 자기 맞은편에 있는 의자를 손가락으로 가리켰고 난 불안한 가운데 거기 앉았어요. 난 새우 몇 마리랑 닭 날개 하나를 먹고 토케이 백포도주 반 잔을 마셨어요. 그 포도주는 자기가 쾨니히스베르크의 저장고에서 가져온 거라고 하더군요. 에릭은 먹지도 마시지도 않았어요. 난 그에게 어디 출신인지, 에릭이라는 이름은 스칸디나비아 이름이 아니냐고 물었죠. 그는 자신이 이름도 국적도 없으며 에릭이란 이름은 우연히 얻었다고 했어요.

 점심을 먹고 나서 에릭은 내게 손을 내밀더니 자기 거처를 구경시켜 주겠다더군요. 하지만 난 손을 뿌리치며 소리를 질렀어요. 그의 손은 차가웠고 뼈만 남은 것 같았거든요. 그리고 그의 손에서 죽음의 냄새가 난다는 것을 기억해 냈어요. '아, 미안해요.' 그러더니 문을 하나 여는 것이었어요. '이게 내 침실이오. 보고 싶으면 봐요. 좀 이상하죠.' 그의 태도와 말씨가 믿음직했기 때문에 주저 없이 그 방으로 들어섰어요. 죽은 사람의 방으로 들어서는 기분이더군요. 벽은 모두 검은색이었지만 장례식에서처럼 흰색 장식이 있는 것이 아니라 그 대신 「진노의 날」(모차르트의 레퀴엠에 들어 있는 곡으로, 최후의 심판 날에 있을 징벌에 대한 경고를 담고 있음―역주)의 음표를 몇 번씩 반복해 놓은 거대한 악보가 붙어 있더군요. 방 한가운데는 천개天蓋가 있었는데, 황금색으로 수를 놓은 빨간 커튼이 천개에서부터 드리워져 있었고 그 밑에는 열린 관이 놓여 있었어요. '난 저기서 자요.' 에릭이 말했어요. '사람은 모든 것에 익숙해져야 하죠. 영원에도.' 그 광경이 너무 역겨워서 고개를 돌렸어요.

 한쪽 벽은 오르간의 건반으로 가득 차 있었어요. 책상 위에는 빨간 음표로 뒤덮인 악보가 있었구요. 그에게 허락을 받고 들여다 보았더니 「돈 후앙의 승리」라는 제목이었어요. '난 가끔 작곡을 해요. 저 작품은 20년 전에 시작했죠. 끝내고 나면 저걸 안고 관으로 들어가서 다시는 깨어나지 않을 생각이오.' '그럼 일에 자주 매달리면 안 되겠군요.' '가끔 2주 동안 밤낮을 가리지 않고 작곡을 할 때가 있어요. 그동안은 음악으로만 살죠. 끝나고 나서 몇 년씩 쉬고.' '당신 작품에서 뭔가 들려줄래요?' 비위를 맞추려고 그에게 이렇게 물었어요. '절대 그런 요구는 하지 말아요.' 그가 우울한 목소리로 말했어요. '내 작품은 모차르트의「돈 조반니」처럼 로렌초 다 폰테의 대본에 따른 것이 아니오. 그의 대본은 술, 하찮은 사람, 악 같은 것에서 영감을 얻었고 이 악은 나중에 천벌을 받지. 원한다면 모차르트의「돈 조반니」를 연주할 수 있지만 그걸 들으면 울 거요. 당연한 반응이죠. 하지만 내 돈 후앙은, 뭐랄까, 타올라요. 하지만「돈 조반니」에서처럼 천벌을 받진 않아요.' (돈 후앙은 스페인 전설에 등장하는 바람둥이로, 이것이 원래의 이름이며 돈 조반니는 이 이름의 이탈리아식 발음임—역주) 그러고 나서 우린 거실로 들어왔어요. 집 전체에 거울이 하나도 없다는 걸 알아차렸죠. 그 말을 하려는 순간 에릭이 피아노 앞에 앉아버렸어요. '크리스틴, 가까이 가는 사람을 모두 파멸시킬 정도로 끔찍한 작품이 있어요. 다행히도 당신은 아직 그 작품에 가까이 가지 않았지. 이걸 일단 접하면 당신의 모든 미모가 사라져버리고 시내로 나가도 아무도 당신을 못 알아볼 거요. 오페라 공연 때 들을 수 있는 곡을 불러봅시다, 크리스틴 다에 양.' 그의 마지막 말은 마치 나를 모욕하는 것 같았어요."

"그래서 어떻게 했어요?"

"그게 무슨 말인지 생각해 볼 겨를도 없이 에릭과 나는「오텔로」(셰익스피어의 희곡 「오셀로*Othello*」를 바탕으로 한 베르디의 오페라 제목. 희곡이 영어이므로 '오셀로'라고 부르는 것이 옳으나 베르디의 오페라 제목은 이탈리아어이므로 '오텔로'라고 읽음—역주)의 이중창을 부르기 시작했고 끔찍한 일은 이미 벌어져 있었어요. 난 과거엔 알지 못하던 절망감과 공포에 휩싸여 데스데모나의 아리아를 노래했죠. 에릭은 음표 하나하나에 복수심을 넣어 천둥 같은 목소리로 노래했어요. 사랑, 질투, 증오가 뿜어져나와 우리 주변을 온통 채우더군요. 에릭의 검은 가면을 보니 오셀로의 검은 얼굴이 생각나더군요. 그는 오셀로 그자체였어요. 갑자기 그의 진짜 얼굴을 보고 싶은 생각이 들었어요. 목소리의 얼굴을 알고 싶었던 거죠. 그러고는 나도 모르게 재빨리 그의 가면을 벗겨냈어요. 세상에, 그렇게 끔찍할 수가!"

크리스틴은 그 끔찍한 광경을 떠올리며 말을 멈추었고 아까 에릭의 이름을 반복하던 밤의 메아리가 크리스틴의 외침을 세 번 되풀이했다.

"끔찍해! 끔찍해! 끔찍해!"

라울과 크리스틴은 서로를 부둥켜안고 맑고 고요한 하늘에 빛나는 별들을 올려다보았다. 라울이 말했다.

"이상해요. 크리스틴. 이렇게 조용하고 부드러운 밤이 그토록 슬픈 소리로 가득 차 있다니. 밤도 우리와 함께 슬퍼하는 것 같아요."

"비밀을 알면 당신의 귀도 내 귀처럼 통곡으로 가득 찰 거예요."

그녀는 자신을 감싸는 라울의 손을 모아 잡고 한참을 떨더니 이렇게 말했다.

"백 살까지 살아도 나는 내 눈앞에 그의 처참한 얼굴이 드러났을 때 그가 내지른 슬픔과 분노의 비명을 기억할 거예요. 라울, 당신은 죽은 지 수백 년이 되어 시들고 마른 해골을 봤죠. 그리고 당신이 악몽을 꾼 게 아니라면 페로스에서 그의 시체 머리를 봤을 거예요. 그리고 얼마 전 가면 무도회에서 붉은 죽음이 돌아다니는 것도 봤을 거고. 그러나 지금 말한 모든 시체 머리는 움직이지 않는 것이었고 그들이 불러내는 공포는 생생한 것이 아니었어요. 하지만 붉은 죽음의 가면이 갑자기 생명을 얻어 두 개의 눈, 코, 입, 합해서 네 개의 검은 구멍에서 악마의 끔찍한 분노가 쏟아져 나온다고 상상해 봐요. 눈이 있어야 할 두 개의 구멍에서는 전혀 빛이 나지 않았어요. 나중에 안 일이지만 타오르는 그의 눈은 어둠 속에서만 보여요.

난 벽에 기대어 섰고 그는 이를 갈며 다가왔어요. 내가 허물어지며 무릎을 꿇자 그는 미친 듯이 씩씩거리며 알아들을 수 없는 말을 쏟아놓고 날 저주했어요. 날 향해 몸을 숙이며 이렇게 외치더군요. '잘 봐! 그렇게 보고 싶은 거. 그렇게 보고 싶으면 보라고! 실컷 즐겨! 저주받은 내 추악한 모습 싫증날 때까지 봐! 에릭의 얼굴을 보라구! 목소리의 주인공을 보니 속이 시원해? 목소리로는 만족을 못했어? 내가 어떻게 생겼나 궁금했겠지. 당신네 여자들은 왜 그렇게 호기심이 많아? 나 잘 생겼지? 당신처럼 내 얼굴을 본 여자는 내 꺼가 되는 거야. 날 영원히 사랑해야 돼. 난 일종의

돈 후앙이거든. 알다시피 말이야!' 그러곤 몸을 일으키더니 손을
허리에 짚고 머리를 흔들며 이렇게 외쳤어요. '날 봐! 내가 바로
승리하는 돈 후앙이야!' 내가 외면하며 잘못했다고 하자 그는 손
으로 내 머리를 잡고 잔인하게 얼굴을 자기 쪽으로 돌렸어요."

"그만! 그만!" 라울이 외쳤다. "죽여버릴 거야! 크리스틴, 제발
그 호숫가의 식당이 어디인지 알려줘요. 놈을 죽여야겠어!"

"라울, 좀 조용히 해요. 모든 걸 알고 싶으면."

"그래. 알고 싶어. 당신이 어떻게, 왜, 놈에게 돌아갔는지 알아야
해. 하지만 어쨌든 죽일 거야!"

"라울, 제발 좀 들어요! 머리채를 잡고 질질 끌고 가더니…….
그러더니……. 너무 끔찍해요!"

"그래서 어쨌어? 빨리 말하라구! 빨리!"

"이렇게 말했어요. '무섭지? 그렇겠지. 당신은 지금 이 머리가
가면이고 또 다른 가면이 있다고 생각할 거야. 그러면 다른 가면
을 벗겼듯이 이것도 벗겨보시지. 해봐! 해보라구! 손 뒀다 뭐 해!
손 이리로 줘봐!' 그러더니 내 손을 잡고 그 무서운 얼굴에 갖다
대는 것이었어요. 그러곤 내 손톱으로 자신의 시체 같은 살점을
뜯어냈어요. '봤어?' 그가 으르렁거렸어요. '난 머리끝에서 발끝
까지 죽음으로 만들어져 있고 당신을 사랑하는 이 몸뚱이는 시체
이며 당신을 결코 떠나지 않으리라는 걸 알아야 돼. 난 지금 웃고
있는 게 아니야. 울고 있어. 내 가면을 벗겼고 따라서 결코 내 곁을
떠날 수 없게 된 크리스틴 당신 때문에 울고 있단 말이야. 내가 잘

생겼다고 생각했으면 당신은 내게 돌아왔겠지만, 이제 처참한 몰골을 본 이상 달아나서 다시는 안 오겠지. 그러니까 여기 가둬둘 수밖에 없지. 왜 내 얼굴을 보려고 했어? 당신은 정말 미쳤군. 우리 아버지는 날 보지도 못했고 우리 어머니는 날 보지 않으려고 가면을 선물했어.'

　결국 에릭은 날 놓아주고는 처절하게 흐느끼며 방바닥을 기다가 뱀처럼 자기 방으로 기어 들어가서는 문을 닫았어요. 난 혼자 남아 생각에 잠겼구요. 오르간을 연주하기 시작하더군요. 그 소리는 이제까지 들어본 어떤 오르간 소리와도 달랐어요. 그의「돈 후앙」(끔찍한 사태를 잊으려고 자기의 작품에 매달렸을 게 틀림없으니까요)은 처음에는 길고 처절하면서도 우아한 흐느낌처럼 들렸어요. 그러나 조금씩 모든 종류의 감정, 인간이 느낄 수 있는 모든 고통이 배어 나오기 시작했죠. 난 완전히 빠져들었어요. 그의 방문을 열었죠. 내가 들어서자 에릭은 일어났지만 감히 내 쪽으로 돌아서진 못하더군요. '에릭, 당당하게 얼굴을 보여줘요! 맹세코 말하지만, 당신은 이 세상에서 가장 불행하고도 숭고한 사람이에요. 그리고 당신의 얼굴을 보고 내가 다시 한 번 몸을 떤다면 그것은 당신의 재능이 얼마나 찬란한가를 생각하기 때문이에요!' 에릭은 내 말을 믿었기 때문에 내 쪽으로 돌아섰고, 나는 자신이 있었어요. 그는 내 발 앞에 털썩 엎드리더니 사랑의 말을 쏟아놓기 시작했어요. 음악은 멈추었고 내 스커트 자락에 키스하던 그는 내가 눈을 감고 있다는 건 보지 못했어요.

이제 더 무슨 말을 하겠어요, 라울. 이제 비극의 전말을 다 얘기했어요. 이 비극은 2주간 계속되었어요. 그동안 나는 그를 속였죠. 내 거짓말은 거짓말을 할 수밖에 없도록 만든 괴물만큼이나 끔찍했어요. 하지만 풀려나기 위해 그럴 수밖에 없었어요. 난 그의 가면을 벗겼지만 워낙 처신을 잘해서 그는 노래하지 않고 있을 때에도 마치 주인 곁에 앉은 강아지처럼 내 시선을 잡으려고 했어요. 그는 나의 충실한 노예가 되었고 사소한 것까지 챙겨주었죠. 조금씩 그는 나를 믿게 되었고 그는 나를 호숫가로 데려가 배에 태우고 노를 젓기도 했어요. 풀려나기 직전엔 스크리브 거리에 있는 지하 통로를 향해 난 문으로 내보내주기까지 했어요. 여기서 마차가 기다리고 있었고 그걸로 우린 불로뉴 숲으로 갔던 거죠. 당신이 길에서 버티고 있던 날은 정말 위험했어요. 왜냐하면 그가 워낙 심하게 질투를 해서 당신이 곧 떠난다는 말로 달래야 했거든요. 동정, 실망, 공포 등으로 뒤범벅이 된 2주간의 끔찍한 포로 생활이 끝날 때쯤 난 그에게 '돌아오겠다'고 말했고 그는 드디어 내 말을 믿었어요."

"그래서 돌아갔군요. 크리스틴."

"맞아요. 내가 약속을 지킨 건 날 놓아주면서 그가 했던 협박 때문이 아니라 무덤 앞에서 그가 고뇌에 차서 흐느꼈기 때문이에요. 그에게 작별을 고하면서 내가 생각했던 것보다 더 강한 힘으로 나를 끌어당긴 것이 바로 그 흐느낌이었거든요. 불쌍한 에릭! 불쌍한 에릭!"

"크리스틴." 라울이 일어서며 말했다. "당신은 날 사랑한다고 말하죠. 하지만 풀려난 지 몇 시간 만에 에릭에게로 돌아갔잖아요. 가면 무도회 생각나요?"

"그래요. 그런데 당신과 함께 보낸 그 몇 시간이 생각나나요, 라울? 위험을 무릅쓰고 만난 그 시간 말이에요."

"그때 난 당신의 사랑을 의심했어요."

"지금도 의심해요? 그렇다면 에릭을 만날 때마다 그가 점점 무서워졌다는 것을 알아두세요. 갈 때마다 그는 조용해지기는커녕 나에 대한 사랑으로 미쳐갔어요. 나는 너무 무서웠고요."

"무서웠다고요? 그럼 날 사랑해요? 에릭이 잘생겼어도 날 사랑했을까요, 크리스틴?"

이번에는 크리스틴이 일어나 떨리는 팔을 라울의 목에 감고 말했다.

"하루짜리 약혼자님, 당신을 사랑하지 않았으면 당신에게 입술을 내주지 않을 거예요. 가져가세요, 처음이자 마지막으로."

그는 그녀의 입술에 키스했다. 그들을 둘러싼 어둠은 갈기갈기 찢겨 나가는 것 같았고 마치 다가오는 폭풍을 피해 달아나는 사람처럼 둘은 에릭에 대한 공포로 가득 차 그곳을 떠났다. 이때 그들의 눈에는 까마득히 높은 아폴론 청동상의 리라 줄에 매달린 것처럼 보이는, 번쩍이는 두 눈으로 둘을 노려보는 거대한 밤새가 들어왔다.

제 13 장

뚜껑 문 애호가의 탁월한 솜씨

라울과 크리스틴은 어둠 속에서만 보이는 두 개의 눈에서 벗어나기 위해 달아났다. 둘은 8층까지 단숨에 내려왔다.

그날 밤에는 오페라 공연이 없어서 통로는 텅 비어 있었다. 갑자기 이상한 사람이 그들 앞을 막아섰다.

"이쪽으로 가면 안 돼!"

이렇게 말하면서 그는 다른 통로를 가리켰다. 라울은 멈춰 서서 이유를 물으려고 했지만 긴 프록코트와 뾰족한 모자를 쓴 이 사람은 그저 "빨리 가!"라고 할 뿐이었다.

크리스틴은 라울을 잡아끌며 뛰라고 재촉했다.

"누구예요? 이 사람 누구죠?"

"페르시아인이에요."

"여기서 뭘 하죠?"

"아무도 몰라요. 항상 오페라하우스에 있어요."

"당신 때문에 태어나서 처음으로 도망이라는 걸 치는구려. 우리가 본 게 에릭이라면 놈을 아폴론의 리라에 못박아버려야 했어요. 옛날에 우리가 부엉이를 브르타뉴 농장 벽에 못박은 것처럼. 그러면 이 난리를 안 쳐도 될 텐데."

"라울, 그러면 아폴론의 리라를 타고 올라가야 하는데, 그거 쉬운 일 아니에요."

"에릭의 눈이 내려다보고 있었다니까요!"

"당신도 나를 닮아가는군요. 에릭이 여기저기서 보이니 말이에요. 내가 눈이라고 생각한 건 아마 리라의 줄 사이로 비치는 두 개의 별이었을 거예요."

크리스틴은 한 층을 더 내려갔고 라울이 그 뒤를 따랐다.

"떠나기로 작정했으니 당장 떠납시다. 내일까지 기다릴 이유가 뭐요? 오늘 밤 우리가 한 얘기를 에릭이 들었을지도 몰라요."

"아니에요. 지금 자기 작품에 빠져서 우리 생각은 하지도 않고 있을 거예요."

"그렇게 분명한데 왜 자꾸 뒤를 돌아보죠?"

"내 분장실로 와요."

"오페라하우스 밖에서 만나는 게 낫지 않겠어요?"

"안 돼요. 우리가 영원히 도망칠 때까지는. 약속을 안 지키면 액운이 따를 거예요. 당신을 오페라하우스에서만 만나겠다고 약속했거든요."

"만나는 걸 허락이라도 했으니 감지덕지해야겠구려." 라울이 말했다. "그런데 약혼자 놀이를 하기로 한 거 참 용감했어요. 알아요?"

"그게 아니라 에릭도 다 알고 있어요. 이러더군요. '크리스틴, 당신을 믿소. 샤니 자작은 당신을 사랑하고 있고 이제 외국으로 떠나요. 가기 전에 나만큼이나 행복하게 해주시오.' 사랑에 빠지면 다들 그렇게 불행해하나요?"

"그래요, 크리스틴. 누구를 사랑하는데 상대방도 날 사랑한다는 확신이 없으면."

둘은 크리스틴의 분장실에 도착했다.

"왜 당신은 무대보다 분장실에서 더 안전하다고 생각하죠?" 라울이 물었다. "벽을 통해 우리 애길 들을 수 있잖아요."

"아니에요. 다시는 분장실 벽 뒤에서 엿듣지 않겠다고 약속했고 난 그걸 믿어요. 이 방하고 호숫가에 있는 침실은 모두 내 것이고 에릭이 접근하지 못해요."

"어떻게 이 방에서 어두운 통로로 나갔죠? 그걸 또 한 번 해보면 안 돼요?"

"위험해요. 왜냐하면 거울이 나를 다른 곳으로 데려갈지 모르니까. 그리고 오늘 도망가면 안 되고 호수로 가는 비밀 통로 끝으로 가서 에릭을 불러야 해요.”

“부르는 소리를 들을 수 있을까?”

“어디서 부르든 에릭은 내 소리를 들어요. 그렇게 말했어요. 에릭은 특이한 천재예요. 라울, 에릭이 그저 재미로 땅속에 사는 사람이라고 생각하면 안 돼요. 그는 누구도 못하는 일을 해요. 누구도 모르는 일을 알고 있고.”

“조심해요. 크리스틴, 당신은 또 에릭을 유령으로 만들고 있어요.”

“에릭은 유령이 아니에요. 그는 천상의 사람이면서 지상의 사람이에요. 그뿐이죠.”

“천상의 인간과 지상의 인간, 그뿐이라! 참 좋게 말해 주는군요. 그런데도 도망갈 결심을 했어요?”

“그래요. 내일.”

“내일이 오면 도망밖에 다른 수는 없어요.”

“라울, 내가 반항해도 날 끌고 가요. 알았죠?”

“내일 밤 자정에 이리로 오겠소. 무슨 일이 있어도 약속을 지킬게요. 공연 후 에릭이 호숫가 식당에서 기다릴 거라고요?”

“맞아요.”

“거울을 통해서 나가는 방법을 모르면 어떻게 에릭한테 가죠?”

“호숫가로 곧장 가면 돼요.”

크리스틴은 상자를 열더니 커다란 열쇠를 꺼내 라울에게 보여 주었다.

“그게 뭐죠?” 라울이 물었다.

“스크리브 거리 쪽의 지하 통로 쪽으로 난 문의 열쇠예요.”

“알았어요. 크리스틴, 호수로 곧장 가는 길이군요. 그걸 내게 주지 않을래요?

“안 돼요!” 그녀가 말했다. “그건 배신이에요.”

갑자기 크리스틴의 안색이 변했다. 시체처럼 창백한 빛이 그녀의 얼굴에 번졌다.

“큰일났어요!” 그녀가 외쳤다. “에릭, 에릭! 날 용서해요!”

“말 조심해! 에릭이 듣는다면서.”

그러나 크리스틴의 태도는 점점 이상해져갔다. 그녀는 안절부절못하며 손바닥을 비볐다.

“어떡하지, 어떡하지?”

“왜 그래요? 대체 왜 그래?”

“반지, 에릭이 준 반지 말이에요.”

“아, 그 반지 에릭이 준 거였군.”

“알잖아요. 라울, 하지만 당신이 모르는 건 이거예요. 반지를 주면서 에릭이 ‘이 반지가 항상 당신의 손가락에 끼워져 있다는 조건으로 자유를 돌려주겠소. 반지를 끼고 있는 한 당신은 모든 위험으로부터 안전할 거고 에릭은 당신 친구요. 하지만 반지를 버리면 큰일 나요. 왜냐하면 내가 복수할 거니까’ 라고 했거든요. 라울, 큰일 났어요. 반지가 없어졌어요. 우리 어떡하죠?”

둘은 반지를 열심히 찾아보았지만 없었다. 크리스틴의 마음은 도통 가라앉지 않았다.

"저 위 아폴론의 리라 밑에서 당신에게 키스할 때 반지가 빠져 길에 떨어졌나봐요. 절대 못 찾을 거예요. 어떤 재앙이 닥칠지……. 무서워요."

"당장 달아납시다." 라울이 다시 한 번 우겼다.

크리스틴은 망설였다. 라울은 이번에는 그녀가 동의하리라고 생각했다. 그러나 밝게 빛나던 눈동자가 흐려지더니 크리스틴은 이렇게 말했다.

"안 돼요! 내일 가요."

크리스틴은 손가락을 문지르며 허겁지겁 떠났다. 마치 그렇게 하면 반지가 돌아오기라도 할 듯이.

라울은 크리스틴한테 들은 이야기 때문에 머릿속이 복잡해진 상태에서 집으로 갔다.

"그 사기꾼의 손에서 구해내지 못하면 크리스틴은 파멸이야. 내가 구해내야지."

이렇게 생각하며 그는 잠자리에 들었다.

불을 끄고 나서 라울은 어둠 속에서 에릭에게 모욕을 주어야겠다는 생각이 들었다. 그는 이렇게 외쳤다.

"사기꾼! 사기꾼! 사기꾼!"

갑자기 그는 팔꿈치로 몸을 받치고 일어났다. 관자놀이에서 식은땀이 솟아났다. 타오르는 석탄 같은 두 개의 눈이 침대 발치에 나타났다. 두 눈은 어둠 속에서 으스스한 모습으로 그에게 고정되어 있었다.

라울은 겁쟁이가 아니었지만 몸을 떨었다. 그는 침대 옆 협탁을 더듬어 성냥을 찾아 촛불을 켰다. 눈은 사라졌다.

불안감이 가시지 않은 라울은 이렇게 생각했다.

"에릭의 눈은 어둠 속에서만 보인다고 크리스틴이 말했지. 불을 켜서 안 보이지만 아직도 여기에 있을지 몰라."

라울은 침대에서 일어나 방을 한 바퀴 돌았다. 그러고는 어린애처럼 침대 밑을 들여다보았다. 스스로 우스꽝스럽다는 생각이 들어 다시 침대에 누워 불을 껐다. 눈이 다시 나타났다.

그는 일어나 있는 용기를 다 짜내어 눈을 노려보며 말했다.

"에릭, 너냐? 인간이냐, 천재냐, 유령이냐? 하여간 너냐?"

'그놈이라면 발코니에 있겠구나.' 라울은 생각했다.

그는 재빨리 서랍을 열고 권총을 꺼냈다. 발코니 창문을 열고 밖을 내다보았지만 아무것도 보이지 않아 창문을 닫았다. 추운 밤이었기 때문에 몸을 떨며 그는 침대로 돌아갔다. 권총은 손 닿는 곳에 두었다.

두 눈은 아직도 침대 발치에 있었다. 이 눈이 침대와 창문 사이에 있는지, 아니면 창문 밖, 그러니까 발코니에 있는지, 라울은 궁금했다. 그리고 그 눈이 인간의 눈인지, 모든 것이 궁금했다.

라울은 침착하게 조용히 권총을 집어 들어 조준을 했다. 그는 두 눈 약간 위의 한 점을 겨냥했다. 분명히 그곳이 눈이고 눈 위에 머리가 있고, 라울의 조준이 서투르지 않다면……

총소리는 조용히 잠든 집을 아수라장으로 만들었다. 라울은 통로를 달려오는 발자국 소리를 들으며 필요하면 한 방 더 쏠 자세로´팔을 뻗치고 있었다.

이번에는 두 개의 눈이 사라졌다.

하인들이 등불을 들고 나타났고, 라울의 형이 매우 걱정스러운 표정으로 들어왔다.

"왜 그러니?"

"꿈을 꾸었나봐요." 라울이 말했다. "별 두 개 때문에 잠이 안 와서 별에다 대고 쐈어요."

"너 정말 꿈꾸고 있구나. 어디 아프니? 제발 말 좀 해봐라. 왜 그러니?"

백작은 권총을 빼앗았다.

"아니, 난 꿈을 꾸는 게 아니에요. 좀 있으면 알게 돼요"

라울은 침대에서 나와 잠옷을 걸치고 슬리퍼를 신고 하인의 손에서 등불을 받아 들고는 창문을 열고 발코니로 나갔다.

백작은 창문의 사람 키 높이 지점에 총알 구멍이 난 것을 보았다. 라울은 촛불을 가지고 발코니에 기대어 아래쪽을 보고 있었다.

"아하! 피, 여기저기 피야! 거 잘됐군. 피 흘리는 유령은 덜 위험하지." 그가 씩 웃었다.

"라울! 라울!" 백작은 몽유병자를 깨우려는 것처럼 동생을 잡고 흔들었다.

"형, 나 안 자요!" 라울이 짜증스럽게 말했다. "핏자국을 직접 보세요. 난 꿈을 꾸고 있다고 생각했고, 두 개의 별에다 대고 방아쇠를 당겼어요. 그건 에릭의 눈이었는데 여기 피가 있군요. 어쨌든 쏜 게 잘못인지도 몰라요. 크리스틴이 결코 용서하지 않을 거고. 자기 전에 커튼을 닫았으면 이런 일이 없었을 텐데."

"라울, 너 갑자기 미쳤니? 정신 차려!"

"뭐가 어째서요? 에릭을 찾는 걸 도와주기나 해요. 하여간 피 흘리는 유령은 잡히게 돼 있어요."

백작의 하인이 말했다.

"백작님, 발코니에 핏자국이 있습니다."

또 다른 남자 하인이 등불을 가져왔고 그들은 발코니를 꼼꼼히 조사했다. 핏자국은 난간을 따라 홈통까지 갔고 홈통을 타고 올라갔다.

"얘야, 고양이를 쐈나보다."

"안타까운 건……." 라울이 씩 웃으며 말했다. "고양이일 수도 있다는 거죠. 그러나 상대가 에릭이라면 얘기가 다르죠. 에릭이였을까요? 고양이었을까요? 유령이었을까요? 상대가 에릭이니만큼 알 수 없죠!"

라울의 얘기는 그자신의 머릿속에서 돌아가는 생각과는 잘 맞아떨어지는 것이었지만 영문을 모르는 다른 사람들에게는 그가 좀 이상하다는 확신을 심어주는 것이었다. 백작도 동생이 이상하다는 생각에 사로잡혔다. 그리고 경찰관의 보고서를 받아 든 담당 판사도 같은 결론에 도달했다.

"에릭이 누구니?" 백작이 동생의 손을 꽉 잡으며 말했다.

"제 연적이죠. 놈이 안 죽었다면 유감인데."

그는 손짓으로 하인들을 물러가라고 했고 두 형제만 남았다. 그러나 백작의 하인은 나오면서 라울이 강조해서 말하는 것을 분명히 들었다.

"오늘 밤 크리스틴 다에를 데리고 도망갈 거예요."

그가 이런 말을 했다는 사실은 이 사건을 담당한 포르 판사한테도 보고되었다. 그러나 이날 형제 사이에 정확히 무슨 얘기가 오고갔는지는 아무도 모른다. 하인들은 형제 간의 말다툼이 처음이 아니었다고 말했다. 고함 소리가 벽을 뚫고 흘러나왔다. 그리고 문제는 항상 크리스틴 다에라는 여배우였다.

일찍 서재에서 아침을 먹으면서 백작은 하인에게 동생을 불러오라고 했다. 라울은 침울하고 조용한 모습으로 들어왔다. 만남은 아주 짧았다. 백작은 『에포크』지 한 부를 동생에게 건넸다.

"읽어봐."

오페라 여가수인 크리스틴 다에 양과 라울 드 샤니 자작이 결혼을 약속했다는 소식이다. 소문대로라면 샤니 백작은 처음으로 자신의 가문에서 약속을 지키지 못하는 일이 일어날 것이라고 했다고 한다. 그러나 오페라에서뿐만 아니라 어디에서든 사랑은 모든 것을 뛰어넘는데, 자신의 동생인 자작이 새로운 마르그리트로 떠오르기 시작한 그녀와 화촉을 밝히는 것을 백작이 막을 수 있을지 궁금하다. 두 형제는 사이가 아주 좋은 것으로 알려졌다. 그러나 형제애가 이성 간의 순수하고 무조건적인 사랑을 뛰어넘을 거라고 생각했다면 그건 백작의 오산이다.

"봐, 라울." 백작이 말했다. "너 땜에 우리 모두 우스워졌잖아! 그 아가씨 유령 얘기에 네 머리가 어떻게 됐나보다."

자작은 지난 밤 크리스틴이 한 얘기를 그대로 형에게 한 것이 틀림없다. 그러나 이 순간 라울이 한 말은 이것뿐이다.

"안녕히 계세요, 형님."

"너 결심했어? 오늘 밤에 떠날 거야? 아가씨랑?"

라울은 대답하지 않았다.

"바보짓 하지 않을 거지? 내가 널 막을 수도 있어!"

"안녕히 계세요, 형님." 자작은 한 번 더 말하고는 방을 떠났다.

이들의 대화는 백작 자신이 판사에게 한 얘기이다. 백작은 오페라하우스에서 그날 저녁 크리스틴이 사라지기 몇 분 전까지 동생을 보지 못했다.

라울은 하루 종일 도주 준비를 하며 보냈다. 말, 마차, 마부, 각종 생필품, 짐, 여비, 코스(라울은 유령의 추격을 떨쳐버리기 위해 기차로 가지 않기로 했다) 등 모든 것을 준비해야 했다. 그러다 보니 밤 9시가 되었다.

9시에 커튼을 내린 사륜마차가 오페라하우스 앞에 줄 이은 마차 행렬 뒤에 가서 섰다. 힘센 말 두 마리가 끄는 마차에는 머플러로 얼굴을 거의 다 가린 마부가 앉아 있었다. 이 마차 앞에는 세 대의 마차가 있었는데, 하나는 갑자기 파리로 돌아온 카를로타의 것이었고, 그 앞은 소렐리의 것, 맨 앞의 것은 백작의 마차였다. 사륜마차의 마부는 자리를 떠나지 않았고 나머지 세 마부도 제자리를 지켰다.

길고 검은 옷에 부드러운 검정 펠트 모자를 쓴 그림자 하나가 오페라하우스와 마차들 사이의 보도에 나타나 사륜마차를 주의 깊게 살핀 후 말과 마부 쪽으로 다가갔다가 아무 말도 하지 않고 사라졌다. 판사는 나중에 이것이 라울 드 샤니 자작이었을 것이라고 말했다. 그러나 나는 그렇게 생각하지 않는다. 그날도 평소와 다름없이 샤니 자작은 높은 모자를 쓰고 있었고 그 모자는 나중에 발견되었다. 오히려 나는 그것이 유령의 그림자였다고 생각한다. 독자도 곧 알게 되겠지만, 유령은 처음부터 모든 걸 알고 있었다.

오페라하우스에서는 「파우스트」를 공연하고 있었다. 객석은 가득 찼고 그날 아침 『에포크』지의 기사 때문에 모든 시선이 백작의 박스석으로 쏠렸다. 백작은 무관심하고 느긋한 모습으로 혼자 앉아 있었다. 관객 중 여성들은 뭔가 이상하다고 생각했다. 라울이 보이지 않자 부인네들은 부채로 얼굴을 가리고 여기저기서 속삭였다. 크리스틴 다에에 대한 청중의 반응은 싸늘한 편이었다. 지체 높은 대부분의 청중은 그렇게 높은 나무를 올려다본 그녀를 용서할 수 없었다.

크리스틴은 이러한 분위기를 알아차렸고 당황했다.

오페라하우스의 단골 청중은 라울의 러브 스토리 전모를 알고 있는 척하면서 마르그리트의 노래 여기저기서 의미 있는 미소를 교환했다. 그리고 마르그리트의 노래가 어떤 대목에 이르자 모두들 몸을 돌려 샤니 백작을 바라보았다.

"나에게 말을 건 그가

누군지 알기나 했으면

귀족인지 아닌지, 아니면 이름이라도."

백작은 손으로 턱을 받치고 앉아서 청중의 움직임에 아랑곳하지 않는 태도를 보였다. 그의 시선은 무대에 고정되어 있었지만 생각은 먼 곳으로 가 있었다.

크리스틴은 점점 자신을 잃었다. 그녀는 떨기 시작했다. 그녀는 쓰러질 것 같았다. 카롤루스 폰타는 크리스틴이 아픈 게 아닌지, 이번 막 끝까지 버틸 수 있을지가 걱정이 되었다. 청중은 지난번에 같은 대목에서 카를로타가 두꺼비 소리를 내고 한동안 무대에 서지 못한 것을 기억하고 있었다.

그 순간 무대가 정면으로 바라다보이는 박스석에서 카를로타가 화려한 모습을 드러냈다. 가엾은 크리스틴은 시선을 들어 누군가가 입장하는 것을 보았고 그것이 카를로타인 걸 알아보았다. 카를로타의 입가에는 비웃음이 떠오르는 것처럼 보였다. 이것이 크리스틴을 구해냈다. 크리스틴은 다시 한 번 청중을 압도하기 위해 모든 것을 잊었다.

그 순간부터 크리스틴은 영혼과 육신의 모든 능력을 쏟아 내기 시작했다. 그녀는 이제까지의 어떤 공연보다도 더 잘하려고 애썼고 그것은 이루어졌다. 맨 끝에 천사에게 호소하는 장면에서 그녀는 모든 청중에게 마치 자신에게도 날개가 달린 듯한 느낌을 심어 주었다.

일반 객석 한가운데서 어떤 사람이 일어서더니 크리스틴을 향한 채 계속 서 있었다. 라울이었다.

"하늘의 천사여."

크리스틴은 팔을 앞으로 뻗고 탐스러운 금발을 드러난 어깨 위로 늘어뜨린 채 마지막 구절을 토해냈다.

"내 영혼은 당신과 함께 쉬기를 갈망합니다."

바로 그 순간 무대가 캄캄해졌다. 그러나 청중이 놀라 소리를 지를 겨를도 없이 가스 불이 다시 들어왔다. 그러나 크리스틴 다에는 그곳에 없었다.

어떻게 된 것일까? 웬 기적이란 말인가? 모두들 시선을 교환했고 장내는 금방 흥분의 도가니가 되었다. 무대 위도 긴장의 도가니였다. 사람들이 바로 전까지 크리스틴이 노래하던 자리로 달려왔다. 장내는 아수라장이 되었고 공연은 중단되었다.

크리스틴은 어디로 갔을까? 어떤 마법의 힘이 수천 명의 청중 앞에서 카롤루스 폰타의 팔에 안겨 있던 그녀를 낚아채 갔을까? 마치 하늘의 천사들이 그녀를 "쉬게 하려고" 데려간 것 같았다.

아직도 객석 한가운데 서 있던 라울은 소리를 질렀다. 백작은 자기 자리에서 벌떡 일어났다. 사람들은 무대, 백작, 라울을 번갈아 보면서 이 사건이 오늘 아침 신문 보도와 관계가 있는 건지 궁금해했다. 그러나 라울은 서둘러 자리를 떠났고 백작도 자리를 떴으며 막이 내림과 동시에 청중 일부는 무대 뒤쪽으로 향하는 문으로 몰렸다. 나머지 청중은 대혼란에 빠졌다. 모든 사람이 일제히 입을 열었다. 모두가 일제히 이 기괴한 사건에 대한 자기 나름의 해석을 내놓았다.

드디어 막이 천천히 오르고 카롤루스 폰타가 지휘대에 서더니 슬프고도 심각한 음성으로 이렇게 말했다.

"신사 숙녀 여러분, 방금 전무후무한 사건이 일어났고 이것 때문에 우리는 매우 걱정하고 있습니다. 오늘 공연에 참여한 크리스틴 다에 양이 우리 눈앞에서 사라졌고 어떻게 사라졌는지는 아무도 모릅니다."

제 14 장
이상한 옷핀

내려진 막 뒤에서는 많은 사람이 움직이고 있었다. 미술 담당자, 무대 장치 담당자, 댄서, 합창단, 엑스트라, 단골 청중이 일제히 소리를 지르며 소동을 벌이고 있었다.

"크리스틴은 어떻게 됐죠?"

"달아났습니다."

"물론 자작과 함께 갔겠군요."

"아뇨. 백작과 함께 갔어요."

"아, 카를로타가 와 있었지! 카를로타 짓이야!"

"아니, 유령 짓이오!"

뚜껑 문과 나무판 등을 면밀히 조사한 결과, 사고의 가능성은 없음이 밝혀지자 몇몇 사람은 웃기도 했다.

흥분한 군중 속에서 세 사람의 남자가 나지막한 목소리와 다급한 몸짓으로 이야기를 나누고 있었다. 그들은 합창단장 가브리엘, 부관장인 메르시에, 관장 비서인 레미였다. 이들은 무대부터 발레단의 로비로 연결되는 넓은 통로로 나갔다. 거기서 그들은 엄청난 소도구들 뒤에 서서 이야기를 계속했다.

"노크를 해봤어요." 레미가 말했다. "대답을 안 하더군요. 사무실에 없었는지도 몰라요. 어쨌든 방법이 없었어요. 왜냐하면 열쇠를 그분들이 갖고 있었으니까."

여기서 '그분들'은 관장들을 말하는 것으로, 두 사람은 지난 막간에 어떤 이유로든 방해하지 말라는 지시를 해두었고 아무도 그 방에 들어가지 않았다.

"어쨌든 공연 중에 가수가 사라지는 건 흔한 일이 아니죠!" 가브리엘이 외쳤다.

"사라졌다고 문밖에서 소리를 질렀어요?" 메르시에가 안절부절못하며 말했다.

"내가 다시 가보죠." 레미가 달려갔다.

그때 무대 감독이 도착했다.

"메르시에 씨, 같이 가실래요? 여기서 뭘 해요? 메르시에 씨를 찾아요."

"경찰이 도착하기 전엔 아무것도 알려고 하지 않겠어요." 메르시에가 말했다. "미프루아 경위를 부르러 보냈어요. 오면 알게 되겠죠.”

“오르간 쪽으로 당장 내려가보셔야겠어요.”

“경위가 오기 전에는 안 된다니까요.”

“제가 벌써 내려갔다 왔어요.”

“아, 뭐가 있습디까?”

“아무도 없었어요.”

“그럼 왜 날더러 내려가보라는 거죠?”

무대 감독이 미친 듯 머리를 긁어대며 말했다. “그게 말이죠, 불이 갑자기 나간 이유를 오르간 쪽에 있던 사람들이 알 것 같아서요. 모클레르가 사라졌어요. 무슨 말인지 아시겠어요?”

모클레르는 가스 조명 담당자로, 밤낮을 가리지 않고 오페라 무대에서 일하는 사람이었다.

“모클레르가 사라졌다구?” 메르시에가 놀라서 말했다. “그럼, 모클레르 조수들은?”

“모클레르고 뭐고 아무도 없어요. 가스 조명 담당자는 다 사라졌다니까요.” 무대 감독이 외쳤다. “크리스틴은 누군가가 데려간 게 틀림없어요. 혼자 간 게 아니라구요! 누군가 일부러 불을 끈 거고 진상을 알아봐야 해요. 그런데 두 분 관장은 뭘 하는 거죠? 난 아무도 조명 쪽으로 내려가지 말라고 지시를 해두었고 오르간 옆의 가스팀 사무실 앞에 소방수를 배치해 두었어요. 잘한 일이죠?”

“맞아요, 맞아요, 아주 잘했어요. 일단 경찰을 기다립시다.”

무대 감독은 어깨를 으쓱하고는 이 난리 속에 한쪽 구석에 쭈그리고 있는 겁쟁이들에게 욕을 퍼부으며 걸어 나갔다.

가브리엘과 메르시에는 쭈그리고 앉아 있는 것만은 아니었다. 명령 때문에 꼼짝 못할 뿐이었다. 관장들은 어떤 이유로도 방해하지 말라고 했다. 레미가 그 지시를 어겼지만 성과가 없었다.

그 순간 놀란 표정을 한 레미가 돌아왔다.

"만났어요?" 메르시에가 물었다.

"몽샤르맹이 결국 문을 열었어요. 엄청 화가 났더군요. 날 때릴 기세였어요. 내가 입을 열기도 전에 뭐라고 소리쳤는 줄 알아요? '옷핀 있나?' '없습니다.' '그럼 꺼져.' 사건을 이야기하려는데 또 이렇게 외치더군요. '옷핀, 당장 옷핀 좀 가져와!' 고래고래 지르는 소리를 듣고 어떤 아이 하나가 핀을 갖다 줬어요. 받더니 그대로 문을 쾅 닫는 거예요."

"크리스틴 다에 얘기는 할 겨를도 없었군요."

"입에 게거품을 물고는 옷핀 생각뿐이었어요. 그 애가 즉시 핀을 갖다 주지 않았으면 발작이라도 일으켰을 걸요. 사건도 해괴하고 관장들도 미쳐가는 것 같아요. 그리고 이대로 둘 순 없어요. 난 이따위 대접에 익숙하지 않으니까요!"

갑자기 가브리엘이 속삭였다.

"유령의 장난이야."

레미는 씩 웃었고 메르시에는 한숨을 쉬더니 말을 하려다가 가브리엘과 눈이 마주치자 입을 다물었다.

그러나 관장들이 없는 상태에서 시간이 흘러가자 메르시에는 책임이 무거워지는 것을 느꼈다. 그는 더 이상 참을 수가 없어졌다.

"안 되겠군, 내가 가서 만나야겠어!"

가브리엘은 우울하고 심각한 표정이 되더니 그를 말렸다.

"조심하세요. 부관장님. 그분들이 사무실에 박혀 있는 데는 그럴 만한 이유가 있을 거예요. 유령은 별 짓을 다 할 수 있으니까."

그러나 메르시에는 고개를 좌우로 흔들었다.

"그건 관장들 사정이지. 난 가겠소! 내 말대로 했으면 경찰이 벌써 모든 걸 알았을 텐데!"

그러고는 사라졌다.

"'모든 것'이라니?" 레미가 물었다. "경찰한테 할 얘기가 뭐죠? 가브리엘 씨, 대답 좀 해봐요. 뭔가 아는 게 있는 모양이군요. 나한테 말하는 게 좋을 거예요. 말 안 하면 당신들 다 미쳤다고 소리지르겠어요. 그래요. 다들 미쳤어요!"

가브리엘은 멍청한 표정을 하고는 영문을 모르는 척했다.

"내가 안다는 '뭔가'가 뭐죠? 무슨 소린지를 모르겠구려."

레미는 화를 내기 시작했다.

"오늘 저녁 리샤르와 몽샤르맹은 미친 사람들 같았어요. 막간에 말이에요."

"난 아무것도 몰랐는데."

"다른 사람들은 다 알았어요. 난 두 사람을 봤고, 파라비즈 은행장, 라보르드리 대사도 아무 눈치 못 챌 만큼 바보들은 아니에요. 고정 회원들이 모두 우리 관장들을 이상하게 생각했다니까요!"

"그런데 대체 관장들은 뭘 하고 있었나요?" 가브리엘이 정말 모르겠다는 표정으로 물었다.

"뭘 하고 있었냐구요? 단장님이 더 잘 알잖아요. 거기 있었으니까. 부관장님과 함께 관장들을 보고 있었잖아요. 그리고 단장님과 부관장님만 웃지 않았어요."

"영문을 모르겠다니까!"

가브리엘은 두 팔을 들었다가 털썩 내려놓으며 관심 없다는 몸짓을 했다. 하지만 레미는 이야기를 계속했다.

"관장들이 왜 이러는 거죠? 왜 아무도 가까이 못 오게 하는 거죠?"

"뭐라고? 아무도 가까이 못 오게 한다구!"

"그래요, 그리고 아무도 자기를 만지지 못하게 해요!"

"그래요? 아무도 못 만지게 한다고? 그거 정말 이상하군."

"이제야 알아듣는군요. 게다가 관장들은 뒤로 걸어요!"

"뒤로! 우리 관장들이 뒷걸음질을 친다고요? 게들이나 그러는 줄 알았는데."

"웃지 마세요, 단장님."

"웃는 게 아니에요." 가브리엘이 판사처럼 엄숙한 표정으로 말했다.

"관장님들과 친하시니 얘기 좀 해봐요. 막간에 로비 바깥 쪽에서 내가 손을 벌리고 리샤르 씨에게 다가갔더니 몽샤르맹 씨가 허겁지겁 이렇게 속삭이는 거였어요. '저리 가, 리샤르한테 손대지 마!' 내가 전염병에라도 걸렸나요?"

"믿을 수가 없군!"

"얼마 후 라보르드리 대사가 리샤르 씨에게 다가가니까 몽샤르맹 씨가 두 사람 사이를 막아서며 '대사님, 리샤르 씨를 만지지 마세요' 하는 걸 못 들었단 말이에요?"

"정말 이상하군. 그때 리샤르가 뭘 하고 있었소?"

"뭘 하고 있었냐구요? 보셨잖아요! 돌아서더니 앞에 아무도 없는데 절을 하고는 뒷걸음질치며 물러났어요."

"뒷걸음질로?"

"몽샤르맹 씨도 리샤르 씨 뒤에서 반 바퀴 돌더니 뒷걸음질치기 시작했어요! 두 사람은 그 모습으로 관장실로 올라오는 계단 앞까지 갔죠. 계속 뒷걸음질로 말이에요. 미치지 않았다면 이유가 뭐라고 생각하세요?"

"발레단의 누군가를 흉내내고 있었겠지." 가브리엘이 자신 없는 목소리로 중얼거렸다.

레미는 이 바보 같은 농담에 화가 났다. 그는 입술을 오므리고 미간을 찌푸렸다가 가브리엘의 귀에 대고 말했다.

"얕은 꾀 부리지 마세요. 단장님과 부관장님이 일정 부분 책임져야 할 일들이 벌어지고 있으니까."

"무슨 소리요?"

"오늘 밤에 사라진 건 크리스틴 다에뿐만이 아니에요."

"말도 안 돼!"

"말이 돼요. 지리 부인이 현관으로 내려왔을 때 부관장님이 그 여자 손을 잡고 허겁지겁 끌고 간 이유가 뭐죠?”

“그랬소? 난 못 봤는데.”

“봤어요. 단장님이 지리 부인과 함께 부관장님 사무실로 갔잖아
요. 그 후로 두 분은 보였는데 지리 부인은 자취 없이 사라졌어요.”

“우리가 그 여자를 먹기라도 했단 말이오?”

“그게 아니라 가둬놨단 얘기죠. 부관장 사무실 앞으로 지나는
사람은 누구나 ‘나쁜 놈들’이라고 외치는 그 여자의 소리를 들었
으니까요.”

그 순간 메르시에가 숨이 턱에 차서 돌아왔다.

“갈수록 더해져. 내가 이렇게 말했지. ‘큰일 났어요! 문 좀 열어
요. 나 부관장이에요.’ 발자국 소리가 들리더니 문이 열리고 몽샤
르맹이 나타났어요. 창백하더군요. ‘뭐요?’ 하길래 ‘누가 크리스
틴 다에를 데리고 도망쳤어요’ 했죠. 그랬더니 뭐라는 줄 알아요?
‘잘했군.’ 그리곤 이걸 내 손에 건네고는 문을 닫았어요.”

메르시에가 손을 펴 보였다.

“옷핀이네!” 레미가 외쳤다.

“정말 이상하군.” 가브리엘이 중얼거리며 몸을 떨었다.

갑자기 누군가가 말을 거는 바람에 셋은 돌아섰다.

“죄송합니다, 여러분. 크리스틴 다에가 어디 있는지 아십니까?”

심각한 상황이었지만 세 사람은 이 바보 같은 질문에 웃음을 터
뜨렸을 것이다. 그들 앞에 서 있는 사람의 슬픔에 찬 표정 때문에
동정심이 일지 않았더라면 말이다. 그는 라울 드 샤니 자작이었다.

제 15 장
크리스틴! 크리스틴!

크리스틴이 감쪽같이 사라지자 라울은 당장 에릭을 생각했다. 그는 오페라하우스 안에 자신의 왕국을 건설한 에릭의 거의 초자연적인 힘을 의심하지 않았다. 라울은 사랑과 절망으로 뒤범벅이 되어 무대로 달려갔다.

"크리스틴! 크리스틴!" 라울은 괴물이 크리스틴을 끌고 간 어두운 지하에서 그녀가 자신을 부르고 있다고 생각하며 크리스틴의 이름을 외쳐댔다.

무대 바닥 판을 통해 그녀의 외침 소리가 들려오는 것 같았다. 그는 몸을 앞으로 굽히고 듣다가 무대 위를 미친 사람처럼 맴돌았다. 저 어둠 속으로 내려가야 하는데 모든 통로가 차단되어 있었다. 왜냐하면 그날 무대 밑으로 내려가는 통로를 완전히 봉쇄하라는 지시가 있었기 때문이다.

"크리스틴! 크리스틴!"

사람들이 웃으며 그를 밀쳤다. 사람들은 라울을 놀림감으로 만들었다. 그를 미쳤다고 생각한 것이다.

자기만 아는 어떤 비밀 통로로 에릭은 순진한 처녀를 땅속으로 끌고 간 것일까?

"크리스틴! 크리스틴! 왜 대답이 없어? 살아 있어?"

거의 미쳐버린 라울의 머릿속에 끔찍한 생각들이 스쳐갔다. 에릭은 우리 비밀을 알아버린 것이다. 크리스틴이 속였다는 것을 안 거지. 얼마나 끔찍한 복수를 할까?

라울은 그 전날 밤 자기 집 발코니에 나타난 두 개의 노란 눈을 생각했다. 왜 죽여버리지 못했을까? 어둠 속에서 별이나 고양이 눈처럼 빛나고 있던 것은 인간의 눈이었다. 백화증(멜라닌 색소가 합성되지 않는 병으로, 망막에 멜라닌 색소가 없어 눈조리개가 밤색이나 푸른색이 아니라 분홍색이 됨―역주) 환자의 눈은 낮에는 토끼 눈 같다가 밤에는 고양이 눈처럼 변한다. 그건 누구나 안다. 그가 방아쇠를 당긴 상대는 틀림없이 에릭이었다. 그런데 왜 안 죽었을까? 에릭은 홈통을 타고 고양이처럼 위로 올라갔을 것이다. 그때 에릭은 라울을 해치려고 했지만, 상처를 입자 도망쳐서 대신 불쌍한 크리스틴을 노린 것일 게다.

이런 생각을 하면서 라울은 분장실로 달려갔다.

"크리스틴! 크리스틴!"

함께 달아나면서 입고 갈 그녀의 옷들이 가구 위에 여기저기 널려 있는 것을 보고 눈시울이 뜨거워졌다. 왜 빨리 가자는 말을 안 들었을까?

그녀는 왜 이런 끔찍한 일을 가지고 장난을 쳤을까? 왜 괴물의 마음을 갖고 놀았을까? 악마의 영혼에게 바치는 마지막 흐느낌처럼 이 노래를 꼭 들려주고 싶었던 것일까?

"하늘의 천사여,

내 영혼은 당신과 함께 쉬기를 갈망합니다."

흐느낌 속에 간간이 맹세와 저주를 내뱉으며 라울은 크리스틴을 통과시킨 커다란 거울을 이리저리 더듬거리고 있었다. 밀어도 보고 눌러도 보고 이리저리 만져도 봤지만 거울은 에릭의 말만 듣는 모양이었다. 이런저런 동작만으로는 움직이지 않는 게 아닐까? 뭔가 주문이라도 외워야 하나? 어릴 때 그는 말을 해야 움직이는 것들이 있다는 얘기를 들은 적이 있다.

갑자기 라울은 호수에서 스크리브 거리로 곧장 통하는 문 같은 게 있음을 떠올렸다. 맞아, 크리스틴이 그런 말을 했어. 커다란 열쇠는 상자 안에 없었는데도 불구하고 스크리브 거리로 달려갔다.

바깥 거리에서 그는 떨리는 손으로 커다란 돌들을 만져보면서 입구를 찾았다. 쇠창살로 막아놓은 곳도 있었다. 여긴가? 아니면 저기? 아니면 저기 환기구? 소용 없는 일인 줄 알면서도 그는 쇠창살에 들러붙어 안을 들여다보려고 했다. 속은 캄캄했다. 가만히 귀를 기울여보기도 했지만 조용하기만 했다. 건물을 돌아서니 더 굵은 쇠창살, 더 큰 문이 가로막았다. 그 문은 오페라 관리실 입구였다.

라울은 관리인 여자에게로 달려갔다.

"아주머니, 죄송한데요. 스크리브 거리 쪽으로 나가는 쇠창살 문이 어디죠? 그리고 호수로 가는 문은요? 호수 아세요? 지하 호수. 오페라하우스 밑에 있는 거요."

"네, 오페라 밑에 호수가 있는 건 알지만 어느 문이 호수 쪽으로 가는 건지는 모르겠군요. 가본 적이 없거든요."

"그럼 스크리브 거리는요? 스크리브 거리에는 가보셨어요?"

관리인 여자는 배꼽이 빠지도록 웃었다. 라울은 화가 머리끝까지 나서 계단을 네 칸씩 뛰며 오페라하우스 관리실 쪽의 모든 곳을 돌아다녔다. 이윽고 그는 무대로 나갔다.

라울은 멈춰 섰다. 가슴이 마구 방망이질했다. 사람들이 크리스틴을 찾았다면? 몇 사람이 이야기하는 것이 보여 라울은 이들에게 물었다.

"죄송합니다, 여러분. 크리스틴 다에가 어디 있는지 아십니까?"

그리고 누군가가 웃었다.

그 순간 무대가 소란스러워졌고 저마다 떠드는 사람들을 헤치고 침착한 표정을 한 사람이 나타났다. 통통하고 얼굴이 온통 분

홍빛인 그는 곱슬머리였고 눈은 푸르고 고요했다. 부관장이 샤니 자작에게 그를 소개했다.

"자작님, 질문이 있으면 이분에게 하십시오. 미프루아 경위입니다."

"아, 샤니 자작님, 만나서 반갑습니다." 경위가 말했다. "이쪽으로 오시지요. 관장님들은 어디에 있죠?"

메르시에 부관장은 대답하지 않았고 비서 레미가 관장들은 사무실에 틀어박혀 있다는 것, 뭘 하는지 모른다는 것 등을 말해 주었다.

"그럴 리가! 같이 올라가봅시다."

점점 불어나는 사람들을 이끌고 경위는 관리실 쪽을 향했다. 혼란한 틈을 타서 부관장은 가브리엘 손에 열쇠를 하나 쥐어 주었다.

"골치 아파지는군. 지리 부인을 꺼내줘요."

가브리엘은 무리를 떠났다.

사람들은 관장실 문 앞에 도착했다. 메르시에가 문을 마구 두드렸지만 허사였다.

"문 열어요, 경찰이오!" 경위가 크지만 초조한 목소리로 말했다.

결국 문이 열렸다. 모두들 경위를 따라 사무실로 몰려들어갔다.

라울은 맨 뒤에 따라갔다. 그가 사무실로 들어서려는 순간 누군가가 어깨에 손을 얹더니 귀에 대고 이렇게 속삭였다.

"에릭의 비밀에 다른 사람들은 상관없어요!"

놀라 돌아보니 방금 말을 한 자는 손가락을 입술에 갖다대고 있

었다. 새까만 피부, 녹색 눈, 양모피로 만든 모자를 쓴 페르시아인
이었다!

그는 몸짓으로 조심하라고 이르더니 라울이 뭔가를 물어보려
는 순간 고개를 숙여 보이고는 이내 사라졌다.

제 16 장
지리 부인과 오페라의
유령의 각별한 관계

The Phantom of the Opera

경위를 따라 사무실로 들어가기 전에 우선 레미와 메르시에가 그토록 들어가려고 했지만 들어갈 수 없었던 사무실에서 어떤 이상한 일이 일어났는가를 설명해야겠다. 문을 걸어 잠그고 두 관장은 독자가 아직 모르는 어떤 물건을 가지고 있었는데 역사가로서 나는 더 이상 지체하지 않고 이를 독자에게 알릴 의무를 느낀다.

앞서서 관장들의 기분이 나빠졌다는 얘기를 했고, 이것은 샹들리에가 떨어진 것 때문만은 아니라는 이야기도 했다.

독자 여러분은 유령에게 2만 프랑이 조용히 전달되었음을 알아야 한다. 물론 주지 않으려고 몸부림도 치고 이도 갈았지만 말이다! 그러나 돈은 간단히 전달되었다.

어느 날 아침 관장들은 "오페라의 유령 귀하(친전)"라고 쓴 봉투와 오페라의 유령이 보낸 쪽지를 책상 위에서 발견했다.

계약서상의 의무를 이행할 때가 되었습니다. 1천 프랑짜리 지폐 스무 장을 이 봉투에 넣고 봉인을 해서 지리 부인에게 주십시오. 그러면 그녀가 알아서 할 겁니다.

관장들은 지체하지 않았다. 항상 잠겨 있는 사무실에 어떻게 이 편지가 도착했는지를 알아보려고 시간을 낭비하는 대신 이들은 협박장의 주인공을 잡을 기회가 왔다고 생각했다. 그러고는 가브리엘과 메르시에에게 비밀을 지킬 것을 다짐받고 모든 이야기를 해주고 두 관장은 2만 프랑을 봉투에 넣은 후 아무 설명 없이 지리 부인에게 건넸다. 그녀는 좌석 관리인으로 복직되어 있었다. 지리 부인은 놀라지 않았다. 그녀가 감시당하고 있었음은 말할 필요도 없다. 그녀는 곧장 유령의 박스석으로 가서 봉투를 선반 위에 놓았다. 두 관장과 가브리엘, 메르시에는 봉투가 잘 보이는 곳에 숨어 공연 중에는 말할 것도 없고 공연이 끝난 뒤까지 한순간도 놓치지 않고 감시하고 있었다. 봉투가 없어지지 않았기 때문에 그들도 꼼짝하지 않았다. 지리 부인은 네 사람이 숨어 있는 동안 박스석 밖으로 나갔다. 기다리기 지친 그들은 봉인이 그대로 있나 확인한 후 봉투를 열었다.

처음에는 돈이 그대로 있는 것처럼 보였다. 그러나 두 사람은 뭔가 달라졌다는 것을 알았다. 진짜 돈 스무 장은 없어졌고, 그 안에는 위조 지폐 스무 장이 들어 있었다.

두 관장은 화도 났고 두렵기도 했다. 몽샤르맹은 경찰을 부르자고 했지만 리샤르가 반대했다. 리샤르는 뭔가 계획이 있는 듯 이렇게 말했다.

"우스운 꼴 보이지 맙시다. 파리 시민 전체가 웃어댈 거요. 첫번째 게임은 유령이 이겼소. 두 번째는 우리가 이길 거요." 리샤르는 다음 달 수당을 생각하고 있었다.

그렇지만 이들은 워낙 철저히 당했기 때문에 매우 낙심했다. 이해할 만한 일이었다. 처음에 두 관장은 이 모든 사건이 전임 관장들의 장난이며, 진실을 괜히 일찍 드러낼 필요가 없다는 생각을 하고 있었음을 기억하자. 반면 몽샤르맹은 리샤르가 좀 의심스러웠다. 리샤르는 가끔 엉뚱한 생각을 하곤 했으니까 말이다. 어쨌든 두 사람은 지리 부인을 감시하면서 다음 사건을 기다리기로 했다. 리샤르는 아무도 그에게 말을 걸지 말라고 명령했다.

"그녀가 공범이라면 돈은 벌써 사라졌어야 했어요. 그런데 내가 보기에 이 여자는 멍청할 뿐이야."

"이 사건에서 멍청한 사람은 지리 부인뿐만은 아니지." 몽샤르맹이 생각에 잠겨 말했다.

"이런 일을 누가 생각이나 했겠소? 하지만 겁낼 것 없어요. 다음번엔 충분히 주의할 테니까."

문제의 다음번은 크리스틴 다에가 사라진 바로 그날 다가왔다. 아침에 유령은 지불 날짜가 되었음을 편지로 알렸다.

지난번처럼 하시오. 지난번에는 잘 했습니다. 2만 프랑을 봉투에 넣어 지리 부인에게 주시오.

이번에도 봉투가 같이 왔고 돈을 거기 넣기만 하면 되었다.

두 관장은 「파우스트」의 막이 오르기 30분쯤 전에 이 작업을 했다. 리샤르가 몽샤르맹에게 봉투를 보여주었다. 그는 천 프랑짜리 스무 장을 몽샤르맹 앞에서 센 후 봉투에 넣고는 봉투를 닫지 않았다.

"이제 지리 부인을 부르자고."

사람이 지리 부인을 부르러 갔다. 그녀는 예의를 갖추고 방으로 들어왔다. 그녀는 아직도 검은 타페타 천 치마를 입고 있었는데 색이 갈색으로 바랬고 낡아빠진 모자는 말할 것도 없었다. 그녀는 기분이 좋은 듯했다.

"두 관장님, 안녕하세요. 봉투 때문에 부르셨나요?"

"맞아요." 리샤르가 친절하게 받았다. "봉투 때문이오. 다른 것도 있고."

"말씀만 하세요. 관장님. 다른 건 뭐죠?"

"지리 부인, 우선 물어볼 게 있소."

"뭐든지 물어보세요. 관장님. 대답해 드릴게요."

"유령과는 요즘도 잘 지내나요?"

"아주 잘 지내죠. 이렇게 좋을 수가 없어요."

"그거 다행이구려. 그런데 말이요." 리샤르가 마치 큰 비밀이라도 알려주는 듯한 목소리로 말했다. "우리끼리 얘긴데 부인한테도 말해 두는 게 좋을 것 같아서……. 알 만한 사람이니까."

지리 부인은 머리를 신나게 까딱거리던 것을 멈추고 말했다. "물론이죠. 내가 알 만한 사람이라는 걸 의심하는 사람은 아무도 없어요!"

"말이 통하겠구려. 그런데 유령 얘기 다 거짓말이죠? 우리끼리 얘기지만 이만하면 된 거 아니오?"

지리 부인은 중국어라도 들은 것 같은 표정으로 두 관장을 건너다보았다. 그녀는 리샤르의 책상 앞으로 다가가 긴장된 목소리로 물었다.

"무슨 말씀이죠? 못 알아듣겠네요."

"알면서 왜 그래요? 우선 이름을 얘기해 줘요."

"누구 이름요?"

"당신의 공범 말이오, 지리 부인."

"내가 유령의 공범이라구요? 무슨 사건의 공범이죠?"

"그가 하라는 대로 하잖소."

"아, 유령은 별로 말썽을 일으키지 않아요."

"유령은 아직도 당신에게 팁을 줍니까?"

"네."

"봉투 심부름 한 번에 얼마 받소?"

"10프랑이요."

"안됐구려. 푼돈 아니오?"

"왜요?"

"이제 알려주겠소. 우선 어떤 이유로 당신이 유령에게 몸과 마음을 바쳐 봉사하는지를 알고 싶소. 이 정도 서비스를 5프랑이나 10프랑으로 살 수는 없을 텐데."

"맞는 말씀이에요. 이유를 말씀드리죠. 찝찝한 짓을 한 건 아니에요. 그 반대죠."

"물론 그럴 거요."

"그러니까 이런 거예요. 유령은 자기 일을 내가 말하고 다니는 걸 싫어해요."

"아, 그래요?" 리샤르가 비웃으며 말했다.

"그러나 이건 나한테만 관련된 일이에요. 어느 날 저녁 5번 박스석에서 나한테 온 편지를 발견했어요. 빨간 잉크로 썼더군요. 편지를 보여드릴 필요도 없어요. 내용을 다 외우니까. 그리고 죽을 때까지 안 잊을 거예요."

지리 부인은 일어서더니 감동에 차서 편지를 낭송했다.

부인,

1825년. 수석 발레리나 메네트리에 양, 퀴시 후작과 결혼.

1832년. 댄서 마리 탈리오니 양, 질베르 데 부아쟁 백작과 결혼.

1846년. 댄서 라 소타, 스페인 국왕의 동생과 결혼.

1847년. 댄서 롤라 몽트, 바이에른의 루트비히 왕과 결혼, 나중에 란츠벨트 백작 부인으로 봉해짐(신분이 낮은 여성이 귀족과 결혼할 수는 있으나 재산과 신분을 상속받지는 못함. 그럼에도 불구하고 작위를 받았다는 뜻임—역주).

1848년. 댄서 마리아 양, 에네르빌 남작과 결혼.

1870년. 댄서 테레자 에시에, 포르투갈 왕의 동생인 돔 페르난도와 결혼.

지리 부인은 귀족들의 결혼 얘기를 죽 읊어대다가 마지막으로 자존심을 세운 듯한 목소리로 맨 끝 줄의 예언을 낭송했다.

1885년. 메그 지리, 왕비!

완전히 지친 지리 부인은 의자에 털썩 주저앉으며 이렇게 말했다.

"여러분, 편지에는 '오페라의 유령'이라고 서명이 되어 있었어요. 그때까지 유령 얘기는 많이 들었지만 반신반의했죠. 그런데 내가 열 달 배 아파 낳아 키운 우리 꼬마 메그가 왕비가 된다는 말을 들은 날부터 나는 그를 백 퍼센트 믿기 시작했어요."

이 정도의 지능을 가진 사람에게 무엇을 얻어낼 수 있는가는 오래 생각해 보지 않아도 알 수 있다.

그런데 문제는 누가 이 꼭두각시 여인의 줄을 잡아당기고 있는가였다.

"유령을 본 적도 없으면서 그가 당신에게 말하는 것만 듣고 다

믿는단 말이오?" 몽샤르맹이 물었다.

"그래요. 우선, 우리 메그가 줄반장으로 승진한 것도 그 사람 덕이에요. 내가 유령에게 이렇게 말했거든요. '1885년에 왕비가 되려면 시간이 없어요. 우선 반장이라도 돼야죠.' 그가 이러더군요. '그렇게 될 거요.' 유령이 폴리니 씨에게 한마디 하자 그대로 되었어요."

"그럼 폴리니 씨가 놈을 봤다는 얘기군!"

"내가 못 본 것처럼 폴리니 씨도 못 봤죠. 하지만 그의 목소리를 들었어요. 아시겠지만 폴리니 씨가 하얗게 질려서 5번 박스석에서 나가던 날 저녁, 유령이 그의 귀에 대고 말한 거예요."

몽샤르맹이 한숨을 내쉬었다. "갈수록 태산이군!"

"전 항상 유령과 폴리니 씨 사이에 비밀이 있다고 생각했어요. 유령이 폴리니 씨한테 한마디만 하면 그대로 하거든요. 그는 유령 말이라면 안 듣는 게 없었어요."

"리샤르 씨, 들었소? 폴리니 씨는 유령 말은 다 듣는데요."

"그래요, 들었소. 폴리니 씨는 유령의 친구요. 지리 부인은 폴리니 씨의 친구고. 하지만 난 폴리니 씨에겐 관심 없소." 그가 거칠게 말했다. "내가 관심 있는 사람은 지리 부인뿐이야. 지리 부인, 이 봉투 안에 뭐가 들었는지 알아요?"

"물론 모르죠."

"그럼, 한번 봐요."

지리 부인은 게슴츠레한 눈으로 봉투 속을 보다가 눈을 빛내기 시작했다.

"천 프랑짜리네요!"

"맞소. 이게 돈인 줄 알고 있었잖소."

"제가요? 제, 제가? 맹세코."

"맹세할 필요 없소. 당신을 불러온 두 번째 이유를 말해 주겠소. 지리 부인, 당신을 체포하겠소."

초라한 모자에 달린 두 개의 검정 깃털이 흔들렸다. 쪽진 머리에 얹힌 모자 자체도 좌우로 흔들렸다. 놀람, 분노, 저항, 당혹감 등이 뒤섞인 표정으로 꼬마 메그의 어머니는 자존심이 상해 반은 뛰어서, 반은 미끄러져서 리샤르의 턱밑까지 다가갔고, 관장은 앉은 채로 뒤로 물러날 수밖에 없었다.

"날 체포한다구요?"

이 말을 내뱉으면서 지리 부인은 남아 있는 이 세 개를 리샤르의 얼굴에 대고 뱉을 태세였다.

리샤르는 영웅적으로 대처했다. 그는 더 이상 물러나지 않았다. 그의 손가락은 있지도 않은 판사에게 늙은 여인을 고발하듯 그녀를 향해 있었다.

"당신을 절도죄로 체포하겠소!"

"헛소리 말아요!"

지리 부인은 몽샤르맹이 미처 말릴 새도 없이 리샤르의 따귀를 때렸다. 그러나 리샤르의 얼굴에 닿은 것은 분노한 여인의 주먹이 아니라 모든 문제의 원인이 된 마법의 봉투였다. 후려치는 바람에 열린 봉투는 지폐를 쏟아놓았고 지폐들은 나비처럼 너울너울 춤을 추며 날아다녔다.

두 관장은 소리를 지르며 바닥에 무릎을 꿇고 황급히 지폐를 한 장 한 장 확인했다.

"이거 진짜 돈 맞소, 몽샤르맹 씨?"

"이거 진짜 돈 맞소, 리샤르 씨?"

"아직 진짜 돈이군!" 머리 위에서 지리 부인은 세 개의 이를 딱딱 마주치며 사이사이에 알 수 없는 소리를 질러대고 있었다. 그러나 이 소리의 주제는 분명했다.

"내가 도둑? 내가, 도둑, 내가?"

그녀는 분노에 목이 메었다.

"평생 나한테 그런 소리를 한 사람은 없었어요!"

갑자기 그녀는 다시 리샤르에게 달려들었다.

"어쨌든 리샤르 씨, 2만 프랑이 어디 갔는지 나보다 당신이 더 잘 알 거 아니에요!"

"내가?" 리샤르가 놀라서 물었다. "내가 어떻게 알아?"

몽샤르맹은 즉시 지리 부인에게 설명을 요구했다.

"그게 무슨 뜻이오, 지리 부인? 왜 리샤르 씨가 2만 프랑의 행방을 안다고 하는 거요?"

얼굴이 시뻘게진 리샤르는 지리 부인의 손목을 잡고 마구 흔들었다. 그리고는 이렇게 으르렁거렸다.

"2만 프랑의 행방을 내가 어떻게 당신보다 더 잘 알아? 어째서?

대답해 봐!"

"당신 주머니 속으로 들어갔으니까!" 악마의 화신을 보듯 리샤르를 바라보며 지리 부인이 말했다.

몽샤르맹이 만류하면서 부드럽게 그녀의 대답을 재촉하지 않았으면 리샤르는 지리 부인에게 달려들었을 것이다.

"어떻게 리샤르 씨가 2만 프랑을 자기 주머니에 넣었다고 의심할 수 있소?"

"난 그렇게 말 안 했어요. 내가 2만 프랑을 내 손으로 리샤르 씨의 주머니에 넣었으니까 하는 얘기예요." 그러고는 이렇게 덧붙였다. "그래요, 유령이 날 용서하기를!"

리샤르가 다시 씩씩거리기 시작했으나 몽샤르맹이 위엄 있게 그를 제지했다.

"제발! 이 여자가 얘기를 끝내게 해주자고. 내가 물어볼게." 몽샤르맹이 계속 물었다. "그런 얘기를 하다니 놀랍소. 우린 의문을 거의 다 풀었는데. 화가 났구려. 그렇게 행동하면 안 돼요."

지리 부인은 순교자 같은 모습으로 고개를 들었다. 그녀의 얼굴은 자신의 결백에 대한 확신으로 빛났다.

"내가 리샤르 씨 주머니에 넣은 봉투 속에 2만 프랑이 들어 있었다고 하셨어요. 하지만 난 속에 뭐가 들었는지 정말 몰랐어요. 리샤르 씨도 물론 몰랐구요."

"아하! 나도 몰랐다고! 당신이 내 주머니에 2만 프랑을 찔러 넣는 동안 난 아무것도 몰랐다고! 고맙구려, 지리 부인!"

"그래요. 사실이에요. 우린 둘 다 아무것도 몰랐어요. 하지만 결국 당신은 주머니에 돈이 들어왔다는 걸 알았을 것 아니에요!"

몽샤르맹이 그 자리에 없었으면 리샤르는 지리 부인을 산 채로 삼켰을 것이다. 몽샤르맹이 그녀를 살려냈고 질문을 계속했다.

"리샤르 씨의 주머니에 어떤 봉투를 넣었소? 우리가 당신에게 준 봉투는 아니었소. 당신이 우리 눈앞에서 5번 박스석에 갖다 놓은 그 봉투가 아니었단 말이오. 그런데 2만 프랑은 그 봉투에 들어 있었소."

"미안하지만, 리샤르 씨가 나에게 준 봉투는 내가 그의 주머니에 넣은 봉투와 같은 거였어요." 지리 부인이 설명했다. "내가 5번 박스석에 갖다놓은 봉투는 똑같이 생겼지만 다른 거였고. 유령이 준 그 봉투를 소매에 숨기고 있었어요."

이렇게 말하면서 지리 부인은 소매 속에서 2만 프랑이 들어 있는 봉투와 겉봉이 비슷한 봉투를 하나 꺼냈다. 두 관장은 그녀에게서 이것을 받아 들여다보았다. 그 봉투는 관장들 자신의 봉인으로 봉해져 있었다. 열어보니 거기에는 지난달 두 사람을 대경실색하게 했던 스무 장의 위조 지폐가 들어 있었다.

"간단하군!" 리샤르가 말했다.

"간단하군!" 몽샤르맹이 받았다. 그리고 그는 마치 최면이라도 걸 것처럼 시선을 지리 부인에게 고정시켰다.

"그러니까 유령이 이 봉투를 당신에게 주고 우리가 당신에게 준 것과 바꿔치기 하라고 시켰단 말이오? 그리고 돈이 든 봉투를 리샤르 씨의 주머니에 넣으라고 시킨 것도 유령이고?"

"맞아요. 유령이 시켰어요."

"그러면 당신의 탁월한 재주를 한번 보여주지 않겠소? 봉투 여기 있소. 우리가 마치 아무것도 모르는 것처럼 실연을 해봐요."

"원하신다면 얼마든지."

지리 부인은 돈이 든 봉투를 들고 문 쪽으로 걸어갔다. 그녀가 나가려는 순간 두 관장이 그녀를 덮쳤다.

"안 돼! 안 돼! 또 당할 순 없어! 자라 보고 놀란 가슴 솥뚜껑 보고 놀라는 격이지."

"미안하지만 관장님들, 두 분은 아무것도 모르는 것처럼 행동하라면서요? 여러분이 아무것도 모르니 난 봉투를 가지고 갈 수밖에요."

"그러면 어떻게 내 주머니에 봉투를 넣을 작정이었소?" 이렇게 외치는 리샤르를 몽샤르맹은 왼쪽 눈으로 제지하면서 오른쪽 눈으로 지리 부인을 보고 있었다. 눈이 힘들었지만 진실을 알기 위해서는 무슨 짓이라도 할 수 있었다.

"관장님이 전혀 모르게 봉투를 넣을 수 있어요. 저녁에 제가 항상 무대 뒤쪽을 돌아다니는 거 아시죠? 전 자주 딸애와 함께 발레단 로비로 가요. 발레가 시작될 때쯤 발레 슈즈를 갖다 주기도 하고, 사실 전 자유로이 돌아다녀요. 두 분도 그렇지만. 고정 회원들도 왔다갔다하고 사람이 많은 편이죠. 관장님 뒤로 가서 윗옷 뒷주머니에 봉투를 살짝 넣는 거죠. 마술도 아무것도 아니에요!"

"마술이 아니라고!" 리샤르가 눈을 굴리며 으르렁거렸다. "마술이 아니라고! 방금 거짓말하는 걸 잡아냈어. 이 늙은 마녀 여편네야!"

지리 부인은 화가 나서 세 이빨을 드러내며 물었다.

"무슨 말씀이신가요?"

"그날 저녁 나는 당신이 갖다 놓은 가짜 봉투가 놓여 있는 5번 박스석을 감시하고 있었소. 발레단 로비 따윈 근처도 안 갔었다고."

"물론 그날은 안 가셨죠. 봉투를 그날 넣은 게 아니에요. 그 다음 공연 때 넣었지. 문화예술부 차관이 오신 날."

이 대목에서 리샤르는 지리 부인의 말허리를 잘랐다.

"맞소. 이제 기억나는군! 차관이 무대 뒤로 왔지. 날 찾아서. 그래서 발레단 로비에 잠깐 내려갔지. 난 로비 계단에 있었고 차관과 수행원은 로비 안에 있었고 난 갑자기 돌아섰지. 당신이 내 뒤로 지나가더군. 날 미는 것 같았어. 그래, 당신을 봤어!"

"맞아요. 바로 그때였어요. 작업을 막 끝냈을 때 관장이 날 보셨죠. 관장님 주머닌 뭘 넣기 좋더라고요!"

지리 부인은 그것을 실연해 보였다. 그녀는 리샤르 뒤로 지나가면서 능숙하게 봉투를 리샤르의 주머니에 찔러 넣었고 몽샤르맹조차도 이에 감탄했다.

리샤르가 약간 창백해져서 말했다. "유령은 머리가 꽤 돌아가는군. 그런데 놈이 풀어야 할 문제는 이거지. 2만 프랑을 주는 사

람과 받는 사람 사이에 위험한 중개 과정을 어떻게 처리하는가 하
는 거요. 방법은 내가 다가와서 내가 모르는 사이에 봉투를 빼가
는 거지. 내가 들어오는 것을 몰랐던 것처럼 나가는 것도 모르게
말이야. 대단해!"

"정말 그래!" 몽샤르맹이 말했다. "리샤르 씨, 한 가지 잊은 게
있는데, 2만 프랑 중 1만 프랑은 내가 냈는데도 내 주머니에는 아
무것도 안 들어왔다는 거요!

제 17 장
두 번째 옷핀 사건

몽샤르맹의 마지막 말은 리샤르에 대한 의심을 너무도 분명히 드러냈기 때문에 한바탕 소란스러운 설명을 하지 않을 수 없었고, 설명 끝에 리샤르는 자신들을 괴롭히고 있는 악한을 찾아내는 일에 도움이 되리란 생각에 몽샤르맹의 원대로 해주어야 한다는 데 합의했다.

이렇게 해서 우리는 정원 장면 후의 막간에 두 사람이 관장으로서의 체신을 잃은 기이한 행동을 하는 것을 레미를 통해서 들을 수 있었다. 리샤르와 몽샤르맹은 이렇게 합의했다. 첫째, 리샤르는 처음 2만 프랑이 사라진 그날 밤에 했던 동작들을 그대로 반복해야 하며, 둘째, 몽샤르맹은 리샤르의 윗옷 뒷자락 호주머니에서 한시도 시선을 떼지 않으며 지리 부인은 그 속으로 2만 프랑을 집어넣는 것이다.

리샤르는 문화예술부 차관에게 인사할 때 서 있던 바로 그 자리로 갔다. 몽샤르맹은 리샤르 뒤쪽에서 몇 걸음 정도 떨어진 곳에 있었다.

지리 부인은 지나가다 리샤르와 접촉하면서 그의 윗옷 뒷자락 호주머니에서 2만 프랑을 꺼내어 사라졌다. 아니면 마법에 의해 사라졌거나. 몇 분 전 몽샤르맹의 지시에 따라 메르시에는 지리 부인을 부관장실로 데려가 문을 잠가버려 더 이상 유령과 소통하지 못하도록 했다.

그러는 동안 리샤르는 문화예술부 장관과 차관이 바로 눈앞에 있기라도 한 것처럼 몸을 굽혀 절하면서 오른발을 뒤로 빼고 굽신거리는 제스처를 취했다. 물론 리샤르 앞에 정말 차관이 있었다면 이런 정중한 태도가 전혀 놀랍지 않았겠지만 앞에 아무도 없는데 그토록 자연스럽게 절을 하는 모습을 보고 사람들은 매우 놀랐다.

리샤르는 이렇게 아무도 없는데 절을 하고 허리를 굽히고 뒷걸음질을 쳤다. 몇 발자국 뒤에 서 있던 몽샤르맹도 레미를 밀어내며 라보르드리 대사와 은행장에게 "리샤르 씨를 만지지 마세요" 하며 간곡히 부탁하면서 아까 했던 행동을 그대로 재연하고 있었다.

나름대로의 생각이 있는 몽샤르맹은 2만 프랑이 사라진 후 리샤르가 자기에게 다가와서는 "어쩌면 대사가 그랬거나 은행장, 아니면 레미가 그랬을지도 모르겠소"라는 식의 얘기를 듣고 싶지 않았다.

더구나 첫번째 장면에서 리샤르 자신이 인정했듯이 그는 지리 부인과 마주친 후 그곳에서 아무도 만난 사람이 없었기 때문에 더더욱 그랬다.

절을 하느라 뒷걸음질을 시작했던 리샤르는 관장실로 이어지는 통로에 닿을 때까지 똑같은 자세를 유지했다. 이렇게 함으로써 뒤에 있는 몽샤르맹이 계속 그를 주시할 수 있었고 리샤르 자신은 전방에서 누가 다가오는지를 감시할 수 있었다. 무대 뒤의 이처럼 특이한 걸음걸이는 또 한 번 음악원 경영자들의 눈에 띄어 주목을 끌었으나 두 관장들은 2만 프랑 외에는 아무 생각도 없었다.

어두컴컴한 통로에 이르자마자 리샤르는 몽샤르맹에게 낮은 목소리로 이렇게 말했다.

"지금까지 분명히 아무도 날 건드리지 않았어요. 이제 사무실에 도착할 때까지는 좀 떨어져서 오는 게 좋겠소. 의심을 사지 않는 편이 좋을 테고 그렇게 해도 무슨 일이 일어나는지 다 볼 수 있으니까."

그러나 몽샤르맹은 대답했다. "아니, 안 됩니다! 당신은 앞에서 걷고 나는 바로 뒤에 붙어서 가겠소! 딱 한 걸음만 떨어져서!"

"하지만 그렇게 하면 놈들은 절대 2만 프랑을 못 훔쳐요!" 리샤르가 소리쳤다.

"당연히 그런 일이 없기를 바래야죠!" 몽샤르맹이 선언하듯 말했다.

"그렇다면 우리는 바보 짓을 하는 거요!"

"지난번과 똑같이 행동하는 겁니다. 아까 난 당신이 무대를 떠날 때 당신과 합류했고 뒤에 바짝 붙어서 이 통로를 내려갔소."

"맞아요." 리샤르는 머리를 저으며 체념한 듯 말했다.

2분 후 관장들은 사무실에 들어가 문을 잠갔다. 몽샤르맹은 열쇠를 호주머니에 넣었다.

"지난번에도 우린 이렇게 문을 잠그고 있었죠." 그가 말했다. "당신이 오페라하우스를 떠나 집에 갈 때까지 말이오."

"그래요. 찾아온 사람도 없었죠?"

"그래요."

"그렇다면 난 분명 집에 가는 길에 도둑을 맞은 거군." 리샤르는 기억을 되살리려 애쓰며 말했다.

"아뇨." 몽샤르맹은 어느 때보다 메마른 어조로 말했다. "그건 불가능합니다. 내 마차로 내가 직접 데려다주었으니까. 2만 프랑은 당신 집에서 사라진 겁니다. 그 점에 대해선 의심의 여지가 없어요."

"말도 안 돼요!" 리샤르가 이의를 제기했다. "난 내 하인들을 믿어요. 그리고 하인들 중에 누군가 그런 짓을 했다면 훔친 즉시 사라졌을 거요."

몽샤르맹은 그런 세세한 부분까지는 얘기하고 싶지 않다는 듯 어깨를 으쓱했고 리샤르는 몽샤르맹이 자신을 정말 참을 수 없는 태도로 대하고 있다는 생각이 들기 시작했다.

"몽샤르맹 씨, 이런 짓은 이제 신물이 나요!"

"나도 마찬가지요!"

"감히 나를 의심하는 거요?"

"그렇소, 그 어리석은 농담에 대해서요."

"2만 프랑 갖고 농담하는 사람은 없소."

"나도 그렇게 생각해요." 이렇게 말하고 몽샤르맹은 신문을 펼치더니 보란 듯이 읽기 시작했다.

"지금 뭐 하는 겁니까?" 리샤르가 물었다. "지금 그 신문을 읽을 건가요?"

"그래요, 리샤르 씨. 당신을 집에 데려다줄 때까지."

"지난번처럼?"

"그래요, 지난번처럼."

리샤르는 몽샤르맹의 손에서 신문을 낚아챘다. 어느 때보다 짜증이 난 몽샤르맹이 자리에서 벌떡 일어났고 그 못지않게 격분한 리샤르가 팔짱을 낀 채 그를 마주 보았다.

"이봐요, 난 이런 생각이 듭니다. 지난번처럼 저녁 내내 당신과 있다가 당신이 날 집까지 데려다주고 헤어지는 순간 지난번처럼 또 내 주머니에서 2만 프랑이 사라진 걸 알게 되면 내가 어떤 생각을 하게 될지 말이죠."

"그게 어떤 생각이오?" 몽샤르맹은 분노로 얼굴이 시뻘개졌다.

"이런 생각이 들겠지. 당신은 내 옆에 바짝 붙어 있었고 또 당신이 요구한 대로, 지난번처럼 당신 말고 아무도 내 옆에 가까이 온 사람이 없으니 내 호주머니에서 2만 프랑이 사라진다면 그 돈은 당신한테 있을 가능성이 아주 높다는 생각 말이오!"

몽샤르맹은 리샤르의 말에 펄쩍 뛰었다.

"오!" 그는 소리쳤다. "옷핀!"

"옷핀은 왜 찾소?"

"주머니를 막아놓으려구! 옷핀! 옷핀!"

"주머니를 막는다?"

"그래요, 2만 프랑이 든 주머니를 핀으로 고정시키는 거요! 그럼 여기 있든, 집에 가는 길이든, 당신 집에서든, 누군가 주머니를 만지는 것 같으면 당신이 직접 내 손인지 아닌지 확인해 보면 될 거 아뇨! 세상에, 나를 의심하다니! 옷핀 좀 가져와!"

몽샤르맹은 통로쪽 문을 열고 소리쳤다.

"옷핀! 누가 가서 핀 좀 가져와!"

그때 핀이 없었던 레미가 몽샤르맹에게서 어떤 대접을 받았는지 우리는 알고 있다. 그러는 사이 한 소년이 몽샤르맹이 애타게 찾던 옷핀을 가져왔다. 핀을 받아 든 몽샤르맹은 다시 문을 잠근 다음 리샤르 뒤로 가 무릎을 꿇었다.

"돈이 아직 여기 있어야 할 텐데." 몽샤르맹이 말했다.

"그러게 말이오." 리샤르가 말했다.

"진짜 돈일까?" 이번만은 결코 당하지 않겠다고 마음먹은 몽샤르맹이 의심스러운 듯 말했다.

"직접 확인해 봐요." 리샤르가 말했다. "난 건드리기 싫으니까."

몽샤르맹은 리샤르의 호주머니에서 봉투를 꺼내 떨리는 손으로 돈을 꺼냈다. 이번에는 돈이 들어 있는지 자주 확인하기 위해서 그는 봉투에 봉인을 하거나 심지어 봉해놓지도 않았다. 돈이 모두 제자리에 있고 진짜 지폐임을 확인한 몽샤르맹은 안도했다. 그는 다시 호주머니에 봉투를 넣고는 꼼꼼히 조심해서 핀으로 고정시켰다. 그리고 리샤르의 외투 뒷자락 앞으로 가 앉아 두 눈을 고정시켰고 리샤르는 탁자 앞에 앉아 미동도 하지 않았다.

"조금만 참아요, 리샤르 씨." 몽샤르맹이 말했다. "몇 분만 더 기다리면 돼요. 곧 12시가 될 테니까. 지난번에 우리는 12시를 알리는 마지막 순간에 떠났소."

"잘 참을 테니 걱정 말아요."

시간은 천천히, 무겁게, 숨막히듯 흘러갔다. 리샤르는 애써 웃으려 했다.

"나는 결국 유령이 존재한다고 믿게 될 것 같소." 리샤르가 말했다. "바로 지금, 이 방 공기에서 뭔가 불편하고 불안한 기운이 느껴지지 않아요?"

"정말 그래요." 몽샤르맹이 전적으로 동의했다.

"유령!" 보이지 않는 누군가가 들을까 겁내는 사람처럼 리샤르가 낮은 목소리로 계속했다. "유령! 그 마술 봉투를 탁자 위에 놓고 5번 박스석에서 말을 하고 조제프 뷔케를 죽이고 샹들리에를 끊어버리고 또 우리 돈을 훔쳐간 것이 유령이었다고 생각해 봐요! 결국, 결국 당신과 나 말고 여긴 아무도 없소. 그런데도 그 돈이 사라진다면, 당신과 나 두 사람 다 아무 상관도 없다면, 그럼, 우린 유령을, 유령의 존재를 믿어야만 할 거요."

바로 그 순간 벽로 선반 위의 시계가 경고하듯 째깍거리는 소리를 내며 12시를 알리는 첫번째 소리를 냈다.

두 관장은 몸을 부르르 떨었다. 이마 위로 땀이 비오듯 흘렀다. 두 사람의 귀에 12시를 알리는 마지막 소리는 왠지 이상하게 들렸다.

시계가 멈추자 그들은 한숨을 내쉬고 의자에서 일어났다.

"이제 가도 될 것 같은데." 몽샤르맹이 말했다.

"그런 것 같군요." 리샤르도 동의했다.

"가기 전에 호주머니를 좀 살펴봐도 되겠소?"

"아, 물론이오, 몽샤르맹 씨, 당연히 그래야겠죠! 어떻소?" 몽샤르맹이 호주머니를 뒤적이자 그가 물었다.

"핀은 그대로군요."

"물론이죠. 당신 말처럼 우리 모르게 도둑맞을 수는 없죠."

그러나 양손으로 계속 호주머니를 뒤지던 몽샤르맹이 크게 소리쳤다.

"핀은 있는데 돈이 없어!"

"이봐요, 농담 말아요! 지금 그럴 때가 아니잖소."

"그럼 직접 만져봐요."

리샤르는 급히 외투를 벗었다. 두 관장은 호주머니를 뒤집어보았다. 호주머니는 텅 비어 있었다. 신기하게도 핀은 그 자리 그대로였다.

리샤르와 몽샤르맹은 하얗게 질렸다. 이제 더 이상 유령을 의심할 수는 없었다.

"유령이야!" 몽샤르맹이 더듬거리듯 말했다.

그러나 리샤르는 갑자기 벌떡 일어나 몽샤르맹에게 소리쳤다.

"내 주머니를 만진 사람은 당신밖에 없어! 내 2만 프랑 내놔! 2만 프랑 내놓으라구!"

금방이라도 쓰러질 것 같은 몽샤르맹이 한숨을 쉬며 말했다. "맹세코, 맹세코 난 안 가져갔소!"

그때 누군가 문을 두드렸다. 몽샤르맹은 반사적으로 문을 열었다. 그는 부관장 메르시에를 거의 알아보지도 못하는 것 같았고 무슨 말을 하는지도 모르는 채 몇 마디 말을 주고받고는 무의식적인 움직임으로 이제 더 이상 쓸모없어진 옷핀을 놀란 메르시에의 손에 올려놓았다.

제 18 장
경위와 자작, 페르시아인

오페라 관장실에 들어서자마자 경위가 내뱉은 첫마디는 사라진 가수를 찾는 것이었다.

"크리스틴 다에, 여기 있습니까?"

"크리스틴 다에가 여기 있냐구요?" 리샤르가 따라 하듯 말했다.

"여기 없어요. 왜 그러죠?"

몽샤르맹은 말할 기운조차 없었다.

경위와 경위를 따라 관장실까지 몰려온 사람들이 이상하게도 침묵을 지키고 있었기 때문에 리샤르는 다시 질문했다.

"크리스틴 다에가 여기 있는지 왜 묻는 겁니까, 경위님?"

"찾아야 하니까요." 경위가 준엄하게 말했다.

“찾아야 하다니 무슨 말씀이시죠? 사라졌단 말인가요?”

“공연 도중에 사라졌어요!”

“공연 중에? 그런 이상한 일이!”

“그렇지요? 그런데 관장인 당신이 나한테서 처음 그 사실을 알았다는 것도 그것만큼이나 이상한 일이군요!”

리샤르는 두 손으로 머리를 감싸 쥐며 중얼거렸다. “이건 또 무슨 일이야? 아, 이 정도면 사표를 쓰고도 남겠군!”

리샤르는 자신도 의식하지 못한 채 수염을 쥐어뜯었다.

리샤르는 되물었다. “그러니까 크리스틴이…… 공연 도중에 사라졌단 말이죠?”

“그렇소. ‘감옥’ 장면에서 천사에게 도움을 청하는 순간 납치됐죠. 물론 천사들이 납치한 건 아니겠지만.”

“아니, 분명 그랬을 겁니다!”

모두가 돌아보았다. 창백한 얼굴에 흥분으로 몸을 떨고 있는 한 젊은이가 다시 말했다.

“분명해요!”

“뭐가 말이오?” 미프루아가 물었다.

“크리스틴이 천사한테 납치된 거 말입니다, 경위님. 난 그 천사의 이름도 알아요.”

“아하, 샤니 자작님! 그러니까 지금 크리스틴을 납치한 게 분명 오페라의 천사라고 주장하시는 겁니까?”

“그렇습니다. 오페라의 천사죠. 그가 어디 사는지도 말해 드리죠. 경위님과 단둘이 있게 되면요."

"알았습니다."

경위는 라울에게 의자를 청하며 관장들만 빼고 방에서 모두 나가도록 했다.

라울이 말했다.

"경위님, 그 천사의 이름은 에릭이고, 이 오페라하우스에 살고 있으며 그자가 바로 음악의 천사입니다!"

"음악의 천사라구요! 그래요! 정말 재미있군요! 음악의 천사라!"

그렇게 말하고 미프루아는 관장들을 돌아보며 물었다. "이 오페라하우스에 음악의 천사가 있습니까?"

리샤르와 몽샤르맹은 말도 하지 않고 머리만 저었다.

자작이 말했다. "아, 이분들도 오페라의 유령에 대해 들은 적이 있습니다. 오페라의 유령과 음악의 천사는 동일 인물이고 진짜 이름은 에릭입니다."

미프루아는 일어나더니 라울을 미심쩍은 듯 주의 깊게 바라보았다.

"미안하지만, 자작님. 지금 법을 우롱하려는 겁니까? 그게 아니라면 오페라의 유령은 도대체 무슨 얘기죠?"

"이분들이 그 유령에 대해 이미 알고 있다고 말하는 겁니다."

"두 분께서 오페라의 유령에 대해 알고 있나본데요."

리샤르는 자리에서 일어났다. 손에는 뽑힌 수염이 여전히 쥐어져 있었다.

"아뇨, 경위님, 우린 그 유령을 모릅니다. 우리도 알았으면 좋겠어요. 바로 오늘 저녁 그 유령이 2만 프랑을 훔쳐갔으니까요!"

그렇게 말하고 리샤르는 몽샤르맹을 잡아먹을 듯한 표정으로 돌아보았다. 마치 이렇게 말하는 것 같았다.

'2만 프랑을 내놓지 않으면 다 말해 버리겠어.'

리샤르의 의중을 읽은 몽샤르맹도 괴롭다는 듯한 몸짓을 하며 이렇게 말했다.

"아, 모두 다 말해 버려요!"

미프루아 경위는 관장들과 라울을 번갈아 보다가 자신이 정신병원에 잘못 와 있는 게 아닌가 하는 생각이 들었다. 그는 손으로 머리를 빗어 넘기며 말했다.

"같은 날 저녁에 오페라 가수 한 명을 납치하고 2만 프랑을 훔쳐가느라 그 유령은 오늘 굉장히 바빴겠군! 괜찮다면 사건들을 순서대로 해결하기로 하죠. 우선 그 가수부터 찾고 2만 프랑은 다음에……. 자작님, 진지하게 얘기해 봅시다. 크리스틴 양이 에릭이라는 자에게 납치됐다고 보고 있는데 그 사람을 아는 겁니까? 본 적이 있소?"

"네."

"어디서요?"

"성당 묘지에서요."

미프루아는 다시 한 번 라울을 꼼꼼히 살피듯이 바라보며 말했다.

"그렇군요. 유령들은 대개 그런 데서 나타나죠. 그럼 당신은 묘지에서 뭘 하고 있었죠?"

라울이 말했다. "경위님. 내 말이 얼마나 이상하게 들릴지 잘 압니다. 하지만 내가 분명히 제정신이라는 점을 제발 믿어주시기 바랍니다. 세상에서 내게 가장 소중한 사람이 지금 위험에 처해 있습니다. 시간은 없고 일분일초가 소중하니 몇 마디 설명으로 여러분을 납득시켜야 하는군요. 하지만 불행히도 이 이야기를 처음부터 하지 않으면 여러분은 날 믿지 않을 겁니다. 그래서 오페라의 유령에 대해 알고 있는 모든 것을 얘기하겠습니다. 아, 하지만 그렇게 많이 알지는 못해요!"

"그건 걱정 말고 어서, 어서 얘기해요!" 리샤르와 몽샤르맹이 갑자기 커다란 관심을 보이며 재촉했다.

두 관장은 자신들을 골탕 먹인 자를 추적할 단서가 될 만한 세부적인 내용을 알고 싶었지만 불행히도 얼마 안 가 라울이 완전히 돌아버렸다는 사실을 인정하지 않을 수 없었다. 페로스 기레크와 시체의 머리, 마법에 걸린 바이올린에 관한 그 모든 이야기는 사랑에 미친 한 젊은이의 뒤죽박죽이 돼버린 머릿속에서 만들어진 가공의 이야기에 불과한 것이었다. 미프루아 경위도 관장들과 같은 의견이었고 상황에 의해 라울의 이야기가 중단되지 않았더라면 아마 자신이 직접 앞뒤가 맞지 않는 라울의 이야기를 도중에 잘라버렸을 것이다.

문이 열리더니 매우 큰 외투에 허름하지만 윤이 나면서 귀까지 내려오는 긴 모자를 쓴 흥미로운 복장을 한 남자가 들어섰다. 그는 경위에게 다가가더니 귀에다 대고 뭔가를 속삭였다. 중요한 정보를 전하러 온 형사가 분명했다.

그 와중에도 미프루아 경위는 라울에게서 시선을 떼지 않았다. 마침내 경위는 라울에게 말했다.

"자작님, 지금까지 우린 그 유령에 대해 얘기했소. 이의가 없다면 이제 당신에 대한 얘기를 좀 할까 하는데. 오늘 밤 크리스틴을 데려갈 예정이었죠?"

"그렇습니다."

"공연 후에요?"

"네, 경위님."

"모든 준비가 다 돼 있었죠?"

"네, 그래요."

"두 사람은 당신이 타고 온 마차로 떠날 예정이었고 기운 넘치는 말들을 대기시켜 놨지요?"

"맞습니다."

"그 마차는 아직도 당신의 지시를 기다리며 건물 밖에 있나요?"

"네."

"그런데 그곳에는 자작님 마차 말고도 마차 세 대가 더 있었다는 사실을 알고 있었습니까?"

"전혀 신경 쓰지 않아서 몰랐습니다."

"그곳에는 관리사무소에 자리가 없었던 소렐리 씨의 마차와 카를로타의 마차, 그리고 당신 형인 샤니 백작의 마차, 이렇게 세 대가 있었습니다.”

“그럴지도 모르죠.”

“확실한 것은 당신 마차와 소렐리, 카를로타의 마차는 길가에 아직 있는데 백작의 마차만 사라졌다는 겁니다.”

“그 일과 이건 아무 관계가…….”

“실례지만, 백작이 당신과 크리스틴의 결혼을 반대하지 않았나요?”

“그건 우리 가족 문젭니다.”

“당신은 이미 대답했소. 백작이 결혼을 반대하자 당신은 크리스틴을 형의 손길이 미치지 못하는 곳으로 데려가려 했던 겁니다. 자작님, 형이 당신보다 더 영리했다는 점을 알려드려야겠군요! 크리스틴을 납치한 건 바로 당신 형이오!”

“말도 안 돼요!” 라울은 손으로 가슴을 누르며 신음하듯 말했다. “확실합니까?”

“그 오페라 가수가 어떤 방법으로 실종됐는지에 대해서는 아직 조사를 해봐야 알겠지만 그녀가 실종된 직후, 백작은 급히 마차를 타고 미친 듯이 속력을 내며 파리를 가로질러 갔어요.”

“파리를 가로지르다니?” 갈라진 목소리로 라울이 물었다. “그게 무슨 뜻입니까?”

“파리를 빠져나갔어요. 브뤼셀 거리를 통과해서.”

“아, 두 사람을 잡아야 해요!” 라울이 소리쳤다.

그러고는 황급히 관장실을 빠져나갔다.

"그녀를 이리 데려와요." 경위가 즐거운 듯 소리쳤다. "자작 덕분에 두 가지 사건이 다 해결되겠군."

그러고는 사람들을 돌아보며 경찰 수사 방식에 대해 강의를 늘어놓았다.

"난 샤니 백작이 정말 크리스틴 다에를 납치했는지 현재로선 모릅니다. 하지만 나도 정말 알고 싶습니다. 지금 이 순간 백작의 동생만큼 우리에게 열심히 정보를 주려는 사람도 없습니다. 그리고 자작은 이제 막 형을 찾아 나섰지요. 그는 내 수사에 가장 큰 조력자입니다. 여러분, 이것이 바로 경찰의 기술이지요. 대단히 복잡할 것 같지만 결국 수사라는 것이 경찰과 아무런 관계도 없는 사람들이 진척시키도록 한다는 점을 이해하게 되면 아주 단순해 보일 겁니다."

그러나 그렇게 급히 서둘러 나가던 자신의 가장 큰 조력자가 첫 번째 복도로 나가는 입구에서 걸음을 멈춘 사실을 알았다면 미프루아 경위는 그렇게 즐거워하지는 못했을 것이다. 키 큰 남자가 갑자기 라울의 길을 가로막았다.

"어딜 그렇게 급히 가시죠, 자작님?" 그 목소리가 물었다.

라울이 급히 눈을 들어보니 한 시간 전에 보았던, 양모피로 만든 모자를 쓴 남자였다. 라울은 걸음을 멈추었다.

"당신이군요!" 흥분한 목소리로 라울이 소리쳤다.

"에릭의 비밀을 아는 사람, 그 비밀을 발설하지 말라고 내게 말한 사람이군요. 당신은 누구죠?"

"누군지 알 텐데요. 내가 그 페르시아인이오!"

제 19 장

자작과 페르시아인

라울은 그제야 형이 예전에 한 번 보여주었던 그 신비로운 남자를 기억해 냈다. 하지만 그가 페르시아인이며 리볼리 거리의 낡은 집에 산다는 것 외에는 아무것도 알지 못했다.

흑단처럼 검은 피부에 녹색 눈동자를 하고 양모피로 만든 모자를 쓴 이 남자가 라울을 내려다보며 말했다.

"자작님, 혹시 에릭의 비밀을 발설하지는 않았겠지요?"

"내가 왜 그 괴물에 대한 얘기를 숨겨야 합니까?" 라울은 오만하게 대꾸하며 이 침입자를 얼른 쫓아버리려 했다. "혹시, 그자가 당신 친구라도 됩니까?"

"에릭에 대해 아무 얘기도 하지 않았기를 바랍니다. 에릭의 비밀은 곧 크리스틴의 비밀이므로 어느 한쪽의 비밀을 얘기하는 건 곧 다른 쪽의 비밀을 말하는 것이 되니까요."

"선생님!" 라울은 점점 인내심을 잃어가며 말했다. "내가 관심이 갈 만한 얘기들을 많이 알고 있는 것 같군요. 하지만 지금은 당신 얘기를 들을 시간이 없어요."

"다시 묻지요. 자작님, 어딜 그리 급히 가시죠?"

"모르겠습니까? 크리스틴을 도우러……."

"그렇다면 여기 계십시오. 크리스틴은 여기 있으니까요!"

"에릭과 함께 있나요?"

"그렇소."

"어떻게 알죠?"

"난 공연 때 그곳에 있었고 에릭 외에는 이 세상 그 누구도 그런 납치를 생각해 낼 자가 없어요! 아!" 그는 깊은 한숨을 쉬며 말했다. "난 그 괴물의 손길을 느꼈어요!"

"그를 아십니까?"

페르시아인은 대답하지 않고 다시 한 번 깊은 한숨을 내쉬었다.

"선생님." 라울이 말했다. "난 당신의 의도는 모르겠습니다만 절 좀 도와주실 수 있겠습니까? 그러니까 크리스틴 다에를 도와줄 수 있을까요?"

"그럴 겁니다. 그래서 당신한테 말을 한 겁니다."

"어떻게 하시려구요?"

"자작님을 크리스틴에게, 그에게 데려다드리죠."

"그렇게 해주실 수 있다면, 선생님, 내 목숨을 맡기도록 하지요! 그런데 경위 말로는 크리스틴 다에가 우리 형한테 납치를 당했다던데요."

"자작님, 난 그 말 조금도 안 믿습니다."

"그건 불가능한 일이겠지요?"

"가능한지 아닌지는 모르겠습니다만 사람을 납치하는 방법은 수도 없이 많지요. 그리고 내가 아는 한 필리프 백작은 절대 마법과는 아무 관계가 없는 분입니다."

"당신의 얘기는 매우 설득력이 있군요. 내가 너무 어리석었어요! 아, 어서 서두릅시다! 모든 걸 당신 손에 맡기겠어요! 내 말을 믿어주는 유일한 분이고 또 에릭의 이름을 말해도 웃지 않는 유일한 분인데 어떻게 내가 당신 말을 믿지 않을 수 있겠습니까?"

그러더니 청년은 페르시아인의 손을 덥석 잡았다. 그의 손은 얼음처럼 차가웠다.

"조용히!" 오페라하우스 멀리서 들리는 소리에 귀를 기울이며 페르시아인이 말했다. "여기서 그 이름을 언급해선 안 됩니다. '그'라고 말합시다. 그렇게 하면 그의 주의를 끌 위험이 적을 테니."

"그자가 우리 가까이 있다고 생각하는군요."

"그럴 가능성이 높지요. 만약 아니라면 지금 이 순간 크리스틴과 함께 호숫가 집에 있겠죠."

"그럼 그 집도 알고 있군요."

"거기 없으면 아마 여기 있을 겁니다. 여기 벽이나 이 바닥, 바로 저 천장에! 자, 갑시다!"

페르시아인은 그에게 발자국 소리를 내지 말라고 한 뒤 어떤 통로로 라울을 이끌었다. 그곳은 예전에 크리스틴이 산책 삼아 복잡한 미로 속으로 데려가곤 했을 때에도 한 번도 본 적이 없는 통로였다.

"다리우스가 와야 할 텐데!" 페르시아인이 말했다.

"다리우스가 누구죠?"

"내 하인입니다."

두 사람은 아무도 없는 완전히 버려진 공간의 한가운데 있었다. 그곳은 작은 램프의 불빛이 희미하게 비치는 거대한 방이었다. 페르시아인은 라울을 세우더니 최대한 나지막한 목소리로 물었다.

"경위에게는 뭐라고 했습니까?"

"크리스틴 다에의 납치범은 음악의 천사, 혹은 오페라의 유령으로 알려진 자이며 그의 진짜 이름은……."

"쉿! 경위가 그 말을 믿던가요?"

"아니오."

"당신이 한 말을 전혀 중요하게 생각하지 않았나요?"

"네."

"당신을 미친 사람 취급했습니까?"

"네."

"잘됐군요!" 페르시아인은 안도의 한숨을 내쉬었다.

두 사람은 계속 걸었다. 라울은 여태까지 한 번도 본 적 없는 여러 개의 계단을 올라갔다 내려갔다 한 끝에 마침내 어떤 문 앞에 도착했다. 페르시아인이 마스터키로 그 문을 열었다. 페르시아인과 라울 모두 예복을 입고 있었지만 라울은 높은 모자를 쓴 반면 페르시아인은 이미 앞에서 언급했던 양모피로 만든 모자를 쓰고 있었다. 무대 뒤에서는 반드시 높은 모자를 써야 한다는 규정에 어긋난 것이지만 프랑스에서는 외국인들에게 모든 것이 허용됐다. 영국인은 여행용 모자를 쓰고 페르시아인은 양모피로 만든 모자를 쓰는 것처럼.

페르시아인이 말했다. "자작님, 높은 모자는 방해가 될 테니 그 모자는 분장실에 두는 편이 좋을 겁니다."

"무슨 분장실요?" 라울이 물었다.

"크리스틴 다에의 분장실 말입니다."

페르시아인은 자신이 방금 연 문으로 라울을 들여보낸 다음 그 방의 반대편을 보여주었다.

라울은 크리스틴의 분장실을 찾을 때 지나다니던 그 긴 통로의 끝에 서 있었다.

"오페라하우스 내부 구조에 훤하시군요!"

"'그'자 만큼은 아니지요." 페르시아인은 겸손하게 말했다.

페르시아인은 라울을 크리스틴의 분장실로 들어가게 했다. 분장실은 라울이 몇 분 전에 나왔을 때 그대로였다.

방문을 닫은 페르시아인은 분장실과 옆에 있는 커다란 창고를 분리해 주는 매우 얇은 칸막이 쪽으로 갔다. 그는 귀를 기울이더니 큰 소리로 기침을 했다.

그러자 창고 안에서 뭔가 움직이는 소리가 나더니 잠시 후 손가락으로 문 두드리는 소리가 들렸다.

"들어와." 페르시아인이 말했다.

페르시아인처럼 양모피 모자를 쓰고 긴 외투를 입은 한 남자가 들어섰다. 그는 인사를 하고 외투에서 화려한 조각이 새겨진 케이스를 꺼내 분장실 탁자 위에 올려놓더니 다시 한 번 절을 하고 문으로 갔다.

"자네가 들어오는 걸 본 사람이 있나, 다리우스?"

"없습니다, 주인님."

"나갈 때도 아무도 보지 못하도록 하게."

하인은 통로를 흘끗 보더니 재빨리 사라졌다.

페르시아인이 케이스를 열자 권총 두 자루가 있었다.

"크리스틴 다에가 납치됐을 때 하인에게 이걸 가져오라고 시켰죠. 오랫동안 지녀온 것인데 믿을 만한 물건들이지요."

"결투를 의미하는 건가요?" 라울이 물었다.

"우리가 반드시 싸워야 할 결투지요." 권총의 뇌관을 점검하며 페르시아인이 말했다. "결투라!" 권총 한 자루를 라울에게 건네주며 그는 덧붙였다.

"이 결투에서 우리 두 사람은 하나가 되어야 합니다. 하지만 만반의 준비를 갖춰야만 해요. 우린 당신이 상상할 수 있는 가장 무시무시한 적과 싸우게 될 테니까요. 자작님은 크리스틴 다에를 사랑하죠?"

"그녀가 서 있는 땅까지도 숭배하지요! 하지만 크리스틴을 사랑하지도 않는 당신은 왜 그녀를 위해 목숨을 걸려는지 그 이유를 얘기해 주시죠. 에릭을 증오하나 보죠?"

"아닙니다." 페르시아인이 슬프게 말했다. "그를 증오하지 않아요. 내가 그를 증오했다면 그는 이미 오래전에 이런 나쁜 짓을 그만두었겠죠."

"당신에게 나쁜 짓을 했나요?"

"그가 나한테 했던 나쁜 일은 이미 용서했습니다."

"이해를 못하겠군요. 당신은 그를 괴물 취급하고 그의 죄에 대해 얘기하며 또 그는 당신에게 해를 끼쳤는데도 동시에 그에 대해 이해할 수 없는 동정심을 갖고 있군요. 크리스틴도 지금 당신처럼 그에 대해 동정심을 보였고 그때문에 난 여러 번 절망했었죠!"

페르시아인은 대답하지 않았다. 그는 의자를 가져와 한쪽 벽면 전체를 차지하고 있는 커다란 거울을 마주하고 있는 벽에 세웠다. 그리고 의자 위로 올라가더니 코를 벽지에 대고 뭔가를 찾는 듯했다.

한참을 그러다가 그가 말했다. "아, 여기 있군!"

그는 손가락을 머리 위로 들어 벽지 무늬 한쪽을 지긋이 눌렀다. 그러고는 돌아서서 의자에서 내려왔다.

페르시아인은 "30초 후면 그가 다니는 길로 들어서게 될 겁니다" 하고는 분장실을 가로질러 맞은편 벽에 걸린 커다란 거울을 만지기 시작했다.

"아직 아니군." 그가 중얼거렸다.

"거울을 통해 나가는 겁니까?" 라울이 물었다. "크리스틴 다에
처럼?"

"그럼 크리스틴 다에가 거울을 통해 빠져나간 사실을 알고 있
었습니까?"

"바로 내 눈앞에서 그랬죠! 난 내실 커튼 뒤에 숨어 있었는데
거울을 통해서가 아니라 거울 속으로 사라지더군요!"

"그래서 어떻게 했습니까?"

"잠시 내가 정신 착란에 빠졌거나 말도 안 되는 꿈이라도 꾼 거
라 생각했지요."

"아니면 유령의 새로운 장난이었겠죠!" 페르시아인이 껄껄 웃
으며 말했다. "아, 자작님." 거울에 여전히 손을 댄 채 그가 말했다.
"진짜 유령을 상대하는 것 같으면 케이스에 총을 놔두고 갈 수 있
을 텐데……. 모자를 내려놓으세요. 거기요. 셔츠 앞부분은 최대
한 외투로 가리시고. 나처럼 말입니다. 외투 옷깃을 앞으로 여미
고 깃은 높이 세우세요. 가능한 한 눈에 띄지 않게 해야 합니다."

거울에 기댄 채 잠시 말을 멈추었다가 페르시아인이 다시 말했다.

"이 방 안쪽에서 스프링을 누르면 평형추를 맞추는 데 시간이
좀 걸립니다. 하지만 벽 뒤에서 평형추를 직접 건드리면 다르죠.
그럼 거울이 눈 깜짝할 사이에 반대편으로 돌아가죠."

"평형추라뇨?" 라울이 물었다.

"평형추를 축으로 이 벽 전체를 들어올리는 겁니다. 벽이 저절로 움직인다는 건 불가능하니 무슨 마법에 의한 거라고 생각하시겠지만 가만히 지켜보면 거울이 처음에는 약간 위로 올라갔다가 왼쪽에서 오른쪽으로 움직이는 걸 볼 수 있을 겁니다. 그러면 축을 중심으로 회전하게 되죠."

"안 도는데요!" 라울이 성급하게 말했다.

"좀 기다려요! 인내심을 좀 가져요. 앞으로도 초조할 일은 얼마든지 있어요. 이 장치가 녹이 슬었거나 스프링이 고장 나면 그럴 수 있죠. 아니면 다른 이유 때문이거나." 페르시아인이 불안하게 말했다.

"다른 이유?"

"그가 평형추에 연결된 선을 끊어 이 장치를 완전히 막아버렸을 수도 있다는 거죠."

"왜 그런 짓을 하죠? 그는 우리가 이 길로 가는 걸 모르는데!"

"의심은 하고 있을 겁니다. 내가 안다는 걸 아니까."

"돌아가질 않잖아! 아, 크리스틴!"

페르시아인이 냉정하게 말했다.

"우린 인간의 힘으로 할 수 있는 모든 일을 하겠지만 그는 처음부터 우리를 저지할 수도 있어요. 그는 벽과 문, 뚜껑 문을 자유자재로 사용하죠. 우리나라에서 그는 '뚜껑문 애호가'라는 뜻의 이름으로 통하지요."

"하지만 왜 이 벽들이 그의 말만 듣는 겁니까? 그자가 만든 것도 아닌데!"

"아니, 바로 그자가 만들었어요!"

라울은 놀라서 그를 바라보았다. 하지만 페르시아인은 조용히 하라는 몸짓을 하고 거울을 가리켰다. 뭔가 흔들리듯 비치는 것이 있었다. 수면 위로 잔물결이 일듯 거울에 비친 두 사람의 모습이 흔들리더니 다시 잠잠해졌다.

"봐요, 돌아가지를 않잖아요! 다른 길로 갑시다!"

"오늘 밤, 다른 길은 없어요!" 페르시아인이 이상하게 신음하는 듯한 목소리로 선언하듯 말했다. "지금부터 조심해요! 그리고 총 쏠 준비를 해요."

그러면서 거울 반대편으로 총을 쳐들었다. 라울도 그의 동작을 따라 했다. 총을 들지 않은 팔로 페르시아인은 라울을 자신의 가슴 쪽으로 가까이 끌어당겼고 그때 갑자기 눈부신 빛이 엇갈리는 속에서 거울이 돌아가기 시작했다. 거울은 최근 대부분의 식당 입구에 설치된 회전문처럼 돌아갔고 라울과 페르시아인은 문과 함께 순식간에 환한 빛에서 깊은 어둠 속으로 들어가 있었다.

제 20 장
오페라하우스 지하실에서

"손을 높이, 사격 준비!" 페르시아인이 재빨리 말했다. 두 사람 뒤에서 벽은 완전히 회전한 다음 다시 닫혔고 둘은 잠시 꼼짝 않고 숨을 죽인 채 그 자리에 서 있었다.

마침내 페르시아인이 움직이기 시작했다. 라울은 그가 무릎으로 기며 어둠 속에서 손으로 뭔가 더듬어 찾는 듯한 소리를 들었다. 갑자기 작고 어두운 등불이 켜지며 주위가 밝아지자 라울은 본능적으로 숨어 있는 적의 감시로부터 도망치려는 듯 뒷걸음질 쳤다. 그러나 그는 곧 그 불빛이 자신이 일거수일투족까지 주시하고 있는 페르시아인의 것임을 알아차렸다. 작고 붉은 불빛이 사방을 밝히자 라울은 주변의 바닥과 벽, 천장이 모두 판자로 되어 있음을 알아차렸다. 이 길은 에릭이 크리스틴의 분장실을 찾아갈 때 다니던 길이 틀림없었다. 페르시아인이 했던 말을 떠올리며 라울은 유령이 만든 그 길이 정말 신기하게 만들어졌다는 생각을 했다. 나중에 라울은 에릭이 오래전부터 혼자만 알고 있던 비밀 통로를 발견했으며, 그 비밀 통로는 파리 코뮌 당시 간수들이 죄수들을 지하에 건설한 감옥으로 곧장 이동시키기 위해 만든 것이라는 사실을 알게 됐다. 국민군은 3월 18일 직후 오페라하우스를 점령한 뒤 프랑스 각 지방에 선동적인 포고문을 날려보낼 열기구 이륙장을 오페라하우스 꼭대기에 만들었고 지하에는 감옥을 건설한 것이다.

페르시아인은 무릎을 꿇고 등불을 바닥에 내려놓았다. 그는 바닥에서 뭔가를 하는 것 같더니 갑자기 불을 껐다. 라울은 희미하게 찰칵 하는 소리를 들었고 통로 바닥으로 아주 희미하게 비치는 네모 반듯한 공간을 보았다. 그것은 마치 어두운 오페라하우스 지하실에 창문이 열린 것과도 같았다. 페르시아인의 모습은 더 이상 보이지 않았다. 라울은 갑자기 옆에 그의 존재를 느꼈고 낮게 속삭이는 목소리를 들었다.

"따라와요. 그리고 내가 하는 대로만 해요."

라울은 그 어슴푸레한 구멍 쪽으로 몸을 돌렸다. 그리고 아직도 무릎을 굽히고 있는 페르시아인이 총을 이빨 사이에 긴 채 그 구멍의 가장자리에 매달려 아래 지하실 쪽으로 미끄러져 들어가는 것을 보았다.

　이상하게도 라울은 이 페르시아인에 대해 아무것도 모르면서 그를 절대적으로 신뢰하고 있었다. '괴물'에 대해 얘기할 때 그의 감정은 진실하게 와 닿았고, 만약 페르시아인이 어떤 사악한 음모를 품고 있었다면 자기 손으로 직접 라울을 무장시키지는 않았을 것이다. 게다가 라울은 어떤 희생을 치르더라도 크리스틴에게 가야만 한다. 그래서 라울은 똑같이 무릎을 꿇고 양손으로 그 구멍에 매달렸다.

　"손을 놓아요!" 그의 목소리가 들렸다.

　그는 페르시아인의 품으로 떨어졌다. 그는 라울에게 납작 엎드리라고 하고는 머리 위의 뚜껑 문을 닫고 자신도 자세를 낮추었다. 라울은 질문을 하려 했으나 페르시아인이 손으로 그의 입을 막았고 이어 경위의 것으로 생각되는 목소리가 들려왔다.

　라울과 페르시아인은 나무 칸막이 뒤에 완전히 숨은 상태였다. 그들 가까이 작은 계단은 조그만 방으로 이어졌는데 그 방에서는 경위가 이리저리 왔다갔다하며 질문을 하고 있는 것 같았다. 희미한 불빛으로도 라울은 주변 사물의 형태를 충분히 분간할 수 있었다. 그는 희미하게 터져나오는 비명을 참을 수가 없었다. 시체 세 구가 눈앞에 있었던 것이다.

　시체 한 구는 작은 계단의 좁은 층계참에 놓여 있었고 나머지 두 구는 계단 바닥에 있었다. 손가락으로 칸막이를 더듬다가 라울은 시체 한 구를 만질 뻔했다.

　"조용히 해요!" 페르시아인이 속삭였다.

그도 시체를 보았고 단 한마디로 모든 걸 설명했다.

"그자야!"

경위의 목소리는 이제 더욱 또렷하게 들렸다. 그는 무대 감독에게 조명 시설에 대해 질문을 하고 있었다. 따라서 경위는 지금 '오르간'에 있거나 바로 그 옆에 있는 것이 분명했다.

사람들의 일반적인 생각과는 달리, 특히 오페라하우스와 연관 지어 생각할 때 '오르간'은 악기가 아니다. 당시 전기는 매우 드물게 극적 효과를 위해서나 벨 소리를 낼 때만 사용되었다. 거대한 건물과 무대는 가스로 조명을 밝혔고 각 무대 장치의 조명을 관리하고 조절하는 데는 수소를 사용했다. 이 과정에서 특별한 장치를 사용했는데 이 장치는 파이프가 많아서 '오르간'이라고 불렀던 것이다. 배우에게 대사를 알려주는 프롬프터 박스석 옆의 박스석은 가스 조명 담당자의 자리로 그는 이곳에서 조수들에게 지시를 내리고 작업 진행을 지켜보았다. 모클레르는 공연 내내 이 박스석에 머물렀다. 하지만 지금 그는 그곳에 없었고 조수들도 마찬가지였다.

"모클레르! 모클레르!"

무대 감독의 목소리가 지하실을 통해 메아리쳤다. 그러나 모클레르는 대답이 없었다.

지하 2층으로 이어지는 작은 계단 위 문이 열렸다고 나는 앞에서 얘기했다. 경위가 그 문을 밀었으나 문은 열리지 않았다.

경위가 무대 감독에게 말했다. "이 문이 안 열리는데, 평소에도 이런가요?"

무대 감독이 어깨로 억지로 밀어 문을 열었다. 동시에 그는 자신이 사람의 몸을 밀고 있음을 깨닫고 비명을 내질렀다.

"모클레르! 세상에! 죽었잖아!"

하지만 결코 놀라는 법이 없는 미프루아 경위는 커다란 체구의 몸을 내려다보며 말했다.

"아뇨, 죽은 듯이 취했군요. 죽은 것과 취한 건 다르죠."

"그렇다면 이건 처음 있는 일입니다." 무대 감독이 말했다. "누군가가 그에게 약을 먹인 거죠. 그럴 가능성이 높아요."

미프루아 경위는 몇 계단 더 내려가더니 말했다.

"이거 봐요!"

불그스름한 작은 등불 아래 계단 발치에서 그들은 또 다른 두 구의 시체를 발견했다. 무대 감독이 모클레르의 조수들을 알아보았다. 미프루아 경위는 몸을 굽히고 그들의 숨소리를 들어보았다.

"완전히 잠들었군요." 그가 말했다. "정말 흥미로운 일이군! 누군가 가스 조명 담당자와 그의 조수들에게 농간을 부린 게 틀림없어. 그리고 그 누군가는 분명 납치범을 도와주고 있었고……. 하지만 무대 위의 공연자를 납치한다는 건 정말 재미있는 아이디어야! 극장 의사를 좀 불러주세요." 미프루아 경위는 다시 한 번 말했다. "흥미로워, 정말 흥미로운 일이야!"

그런 다음 그는 작은 방 쪽을 보며 사람들에게 말했다. 라울과 페르시아인 쪽에서는 그 사람들이 보이지 않았다.

"이 모든 사건들에 대해 어떻게들 생각하십니까? 지금까지 의견을 말하지 않은 사람은 여러분뿐인데 뭔가 나름대로 의견이 있으시겠지요."

그때 라울과 페르시아인은 층계참 위로 오페라하우스 관장들의 놀란 얼굴을 보았다. 몽샤르맹의 격앙된 목소리가 들렸다.

"여기선 말이죠 경위님, 우리도 납득할 수 없는 일들이 벌어집니다."

그러고는 두 사람의 얼굴은 더 이상 보이지 않았다.

"알려주셔서 감사합니다." 미프루아 경위는 야유하듯 말했다.

그러나 오른손으로 턱을 괸 채 깊은 생각에 잠겨 있던 무대 감독은 이렇게 말했다.

"모클레르가 극장에서 곯아떨어진 건 이게 처음이 아닙니다. 어느 날 저녁에는 모클레르가 그의 작은 휴게실에서 담뱃갑을 옆에 둔 채 코를 골며 잠든 걸 본 기억이 있어요."

"오래된 일인가요?" 미프루아 경위는 안경을 꼼꼼히 닦으며 물었다.

"아니, 그렇게 오래되진 않았어요 잠깐! 그날 밤이었어요. 그래, 맞아. 카를로타, 경위님도 아시죠? 카를로타의 그 유명한 '꽥' 사건이 일어난 밤이었어요."

"확실합니까? 카를로타의 '꽥' 사건이 일어난 밤이?"

미프루아 경위는 반짝반짝 윤이 나는 안경을 고쳐 쓰고는 응시하듯 무대 감독에게 시선을 고정시켰다.

"그러니까 모클레르가 담배를 피우는군요?" 그는 가볍게 물었다.

"네, 경위님. 보세요, 저 작은 선반 위에 그의 담뱃갑이 있잖아요. 지독한 골초지요!"

"나도 그렇소." 그렇게 말하며 미프루아 경위는 모클레르의 담뱃갑을 자신의 주머니에 집어넣었다.

라울과 페르시아인은 몸을 숨긴 채로 무대 장치 담당자들이 잠든 세 사람을 치우는 것을 지켜보았다. 경위와 같이 있던 사람들도 그들을 따라갔다. 위쪽 무대에서 들려오는 그들의 발걸음 소리는 몇 분 동안이나 계속됐다. 마침내 두 사람만 남게 되자 페르시아인은 라울에게 일어나라는 몸짓을 했다. 라울은 그대로 했으나 눈높이까지 손을 들어 총을 쏠 준비를 하지 않자 페르시아인은 자세를 취하도록 하고 무슨 일이 있어도 그 자세를 유지하라고 말했다.

"하지만 그러면 팔이 너무 아픈데요." 라울이 낮은 목소리로 말했다. "그런 상태에서 총을 쏘아도 제대로 조준이나 할지 자신이 없어요."

"그럼 총을 다른 손으로 옮겨 들어요." 페르시아인이 말했다.

"전 왼손으로는 총을 못 쏘는데요."

그러자 페르시아인은 또 이상한 설명을 늘어놓기 시작했는데 그건 분명 라울의 어지러운 머릿속을 명쾌하게 해주는 얘기는 아니었다.

"오른손이든 왼손이든 총을 쏘는 게 중요한 게 아닙니다. 한쪽 손을 마치 금방이라도 방아쇠를 당길 것처럼 들고 있는 게 중요해요. 총은 사실 주머니에 넣어버려도 돼요!" 페르시아인은 계속 말했다. "이건 분명히 하고 넘어갑시다. 아니면 난 어떤 질문에도 대답하지 않겠소. 이건 생사가 달린 문젭니다. 이제 조용히 하고 따라와요!"

오페라하우스의 지하실은 믿을 수 없을 만큼 넓고 그 안은 모두 다섯 층에 걸쳐 있다. 라울은 페르시아인을 따라가며 이 기이한 미로 속에서 지금 옆에 그가 없었다면 어떻게 했을지 잠시 생각해보았다. 그들은 지하 3층으로 내려갔다. 두 사람이 지나가는 길은 줄곧 어디선가 멀리서 비쳐오는 등불로 밝혀져 있었다.

아래로 내려갈수록 페르시아인은 더욱더 조심하는 것 같았다. 그는 걸어가면서도 계속 라울을 돌아다보며 팔을 제대로 들고 있는지 확인했고 자신이 어떤 자세를 취하고 있는지 시범을 보이듯 보여주었다. 그는 총은 주머니에 넣었지만 마치 금방이라도 총을 발사할 것처럼 팔을 들고 있었다.

갑자기 들려온 커다란 목소리에 두 사람은 걸음을 멈추었다. 위에서 누군가가 소리치고 있었다.

"문지기들은 모두 무대 위로 모이세요! 경위님이 찾습니다!"

발소리가 들리고 어둠 속에서 그림자들이 이리저리 움직였다. 페르시아인은 세트 뒤로 라울을 끌고 갔다. 두 사람은 나이도 들고 과거에 오페라 무대 장치를 운반하느라 고생해서 허리가 휜 노인들이 이리저리 지나가는 모습을 보았다. 어떤 노인은 제대로 걷지도 못했고, 또 어떤 이는 구부정한 자세로 손을 쭉 뻗어 습관적으로 닫을 문을 찾았다.

이 노인들은 예전에는 무대 장치 담당자로 일했으나 이제는 노쇠한 문지기들로, 오페라하우스의 전 관장들 중 하나가 이들을 불쌍히 여겨 무대 위아래 문을 닫는 일자리를 만들어준 것이다. 그들은 건물 꼭대기부터 바닥까지 끊임없이 이리저리 돌아다니며 문을 닫았다. 또 그들은 적어도 당시에는 '외풍막이꾼'으로도 불렸는데 나는 지금쯤 그들이 모두 죽었을 것으로 거의 확신한다. 외풍은 그것이 어디서 오는 것이든 가수들의 목소리에 대단히 해롭다. (페드로 가이야르 씨는 나이 든 무대 목공들을 해고하는 것이 내키지 않아 문지기 일자리를 추가로 몇 개 만들어주었다고 내게 직접 얘기한 적이 있다.)

페르시아인과 라울로서는 불편한 목격자와 마주칠 위험이 줄었기 때문에 '문지기 소집'이 잘된 일이라 생각했다. 할 일이 없거나 잘 곳이 없는 문지기들 중 일부는 게으르거나 또는 필요에 의해 오페라하우스에 머무르면서 밤새 그곳에서 시간을 보냈다. 두 사람이 그들과 마주친다면 설명을 늘어놓아야 할 수도 있다. 그런데 미프루아 경위의 조사로 인해 두 사람은 문지기들과 마주칠 위험이 없어진 것이다.

그러나 두 사람만의 시간은 오래가지 못했다. 문지기들이 불려 올라간 길로 또 다른 그림자들이 내려왔던 것이다. 그림자들은 각각 작은 등불을 하나씩 들고 있었고 그 불빛은 마치 무엇인가를,

또는 누군가를 찾는 것처럼 위, 아래, 사방으로 움직였다.

"서요!" 페르시아인이 말했다. "저들이 뭘 찾는지는 모르겠지만 우릴 금방 찾아낼 겁니다. 어서 갑시다! 손은 그대로 들고, 사격 자세로! 팔은 구부려요. 좀더, 됐어요! 손은 눈높이에, 결투할 때 '발사'라는 말을 기다리는 것처럼! 총은 주머니에 넣어둬요. 빨리, 아래쪽 계단으로 가요. 눈높이에 맞춰요! 이건 생사가 걸린 문젭니다! 여기, 이쪽, 여기 계단으로!" 두 사람은 지하 5층에 이르렀다. "이런 싸움을 해야 하다니요!"

지하 5층에 일단 도착하자 페르시아인은 숨을 내쉬었다. 그는 지하 3층에 있을 때보다는 안전하다고 생각하는 것 같았다. 하지만 그는 손 모양만큼은 결코 바꾸지 않았다. 그리고 라울은 "이 총들은 믿을 만한 물건"이라던 페르시아인의 얘기를 떠올리며 사용하지도 않을 총에 왜 그토록 의지하며 또 감사해 하는지 갈수록 궁금하고 놀라운 생각이 들었다

그러나 페르시아인은 라울에게 생각할 시간을 주지 않았다. 라울에게 그 자리에 있으라고 하더니 페르시아인은 막 내려왔던 계단을 몇 개 올라갔다가 다시 내려왔다.

"멍청한 짓을 했군!" 그가 낮게 말했다. "곧 등불을 든 사람들과 마주치게 될 겁니다. 순찰 도는 소방관들이죠." (당시에는 무대 외에 오페라하우스의 안전을 살피는 것도 소방관들의 의무에 속했다. 그러나 이런 순찰 업무는 그 이후에는 금지되었는데 페드로 가이야르 씨에게 그 이유를 묻자 그는 이렇게 대답했다. "그건 오페라하우스 경영진이 오페라 지

하실에 대해 전혀 모르는 소방관들이 건물에 불을 낼까 두려워서 그랬던 거지요.")

두 사람은 5분 정도 더 기다렸다. 그런 다음 페르시아인은 라울을 데리고 다시 계단을 올라갔다. 그러나 그는 갑자기 라울에게 서라는 몸짓을 했다. 두 사람 앞 어둠 속에서 무엇인가가 움직였던 것이다.

"엎드려요!" 페르시아인이 속삭였다.

두 사람은 바닥에 납작 엎드렸다.

마침 타이밍이 절묘했다. 등불을 들지 않은 그림자 하나가 희미한 어둠 속에서 지나갔다. 그림자는 두 사람에게 닿을 만큼 가까이 스치듯 지나갔다.

바닥에 엎드린 두 사람은 그림자의 망토 끝에서 전해지는 온기를 느낄 수 있었다. 어둡긴 했지만 그 그림자가 머리에서 발끝까지 몸을 완전히 감싸 망토를 둘렀다는 정도는 분간할 수 있었다. 그림자는 머리에 부드러운 펠트 모자를 쓰고 있었다.

그림자는 가끔씩 모퉁이를 차며 발을 질질 끌듯이 걸어 사라져 갔다.

"휴우!" 페르시아인이 안도의 한숨을 내쉬며 말했다. "아슬아슬하게 피했군. 저 그림자는 날 알고 있고 두 번이나 날 관장실로 데려갔죠."

"극장 경비대 소속인가요?" 라울이 물었다.

"그보다 훨씬 더 나쁘죠!" 페르시아인은 그렇게만 말하고 더 이상 자세한 설명을 하지 않았다. (페르시아인처럼 나도 이 유령 같은 그림자에 대해 더 이상 자세히 설명할 수가 없다. 역사에 기초한 이 글에서 아무리 비정상적으로 보이는 사건들도 모두 다 합리적으로 설명이 되겠지만 페르시아인이 "그보다 훨씬 더 나쁘죠!"라고 한 말이 무슨 의미였는지 나는 독자들이 분명히 이해하도록 설명해 줄 수가 없다. 이 말은 독자 스스로 추측해 보아야 할 것이다. 왜냐하면 나는 오페라 관장을 지냈던 페드로 가이야르 씨에게 대단히 흥미롭고도 오페라에 쓸모 있는 이 인물, 망토를 입고 이리저리 어슬렁거리는 그림자에 대한 비밀을 지키겠다고 약속했기 때문이다. 그는 오페라 지하실에 은둔하면서 갈라 공연이 있거나 하는 밤에 감히 무대를 벗어나 오페라하우스를 어슬렁거리는 사람들에게 엄청난 서비스를 제공했다. 여기서 서비스란 법률 집행 서비스를 말하는 것이다. 내 명예를 걸고 한 약속 때문에 더 이상은 말할 수 없다.)

"혹시 그는 아니죠?"

"그라뇨? 만약 그가 뒤쪽에서 오지 않는다면 우린 항상 그의 노란 눈을 먼저 보게 될 겁니다! 그게 오늘 밤 우리에게 어느 정도의 안전 장치인 셈이죠. 하지만 뒤쪽에서 몰래 올 수도 있어요. 그때는 총을 쏠 것처럼 손을 정면 눈높이로 들고 있지 않으면 죽은 목숨이죠!"

페르시아인이 말을 마치기가 무섭게 이상한 얼굴이 보이기 시작했다. 불타는 듯한 얼굴에 방금 애기한 노란색 눈이었다!

그랬다. 머리 아래 몸통은 없이 사람 키 높이 정도에서 불타는 머리가 두 사람을 향해 다가오고 있었다. 불꽃을 흘리는 그 얼굴은 어둠 속에서 마치 불꽃이 사람 얼굴 모양을 하고 있는 것처럼 보였다.

페르시아인이 이빨 사이로 말했다. "오, 이런 건 한 번도 본 적이 없어! 파팽은 미친 게 아니었어. 정말로 본 거야! 저 불꽃이 도대체 뭐지? '그'는 아니지만 그가 보낸 건지도 모르지! 조심해요! 조심! 손을 눈높이에, 제발 눈높이로 올려요! 그자가 부리는 술책은 대부분 알고 있는데 하지만 이건 모르겠군. 어서 와요, 도망갑시다. 그게 안전해요. 손을 눈높이로 하라니까요!"

그러고 나서 두 사람은 앞에 놓인 긴 통로로 도망쳐 내려갔다.

몇 분처럼 길게 느껴진 몇 초가 지난 후 둘은 멈춰 섰다.

"그는 이 길로는 자주 안 와요." 페르시아인이 말했다. "이쪽은 그와는 아무 관계도 없죠. 이 길은 호수나 호숫가 집 쪽으로 연결돼 있지 않아요. 하지만 어쩌면 우리가 쫓고 있다는 걸 알고 있을지도 모르죠. 내가 다시는 그의 일에 끼어들지 않겠다고 약속하긴 했지만."

그렇게 말하고 페르시아인이 고개를 돌려 뒤를 보자 라울도 따라 돌아보았다. 그 불타는 머리가 다가오고 있었다. 여태 두 사람을 따라온 것이다. 그 불덩이도 같이 뛴 것이 분명했다. 그리고 아주 가까이 와 있는 걸 보면 어쩌면 그들보다 더 빨리 뛰었을지도 모른다.

동시에 두 사람은 무엇인지 짐작도 할 수 없는 어떤 소리를 들었다. 단지 그 소리가 이리저리 움직이며 그 불덩어리 얼굴 쪽으로 가까워지고 있다는 것만 알아차릴 수 있었다. 그건 마치 수천 개의 손톱이 칠판을 긁어대는 듯한, 분필 속에 든 작은 돌가루가 칠판을 그을 때 나는 것처럼 도저히 참을 수 없는 그런 소리였다.

두 사람은 계속 뒤로 물러났으나 그 불덩이 얼굴은 조금씩 조금씩 바짝 다가오고 있었다. 이제 불타는 얼굴의 이목구비가 분명히 눈에 들어왔다. 눈은 둥그렇고 어딘가를 응시하는 듯했고, 약간 매부리코에 입은 커다랗고 아랫입술이 처져 마치 아주 환한 붉은 달의 눈, 코, 입 같았다.

어떻게 밑에서 받쳐주는 몸체도 없는 붉은 달이 어둠 속에서 사람 키 높이로 미끄러지듯 움직일 수 있을까? 어쩌면 그렇게 빠른 속도로 흔들림 없이 꼿꼿한 자세로, 뭔가를 응시하는 눈으로 움직일 수 있을까? 또 그 물체와 함께 뭔가를 긁는 듯한 그 참을 수 없는 소리는 무엇이었을까?

페르시아인과 라울은 더 이상 물러날 곳이 없어 벽에 납작하게 달라붙었다. 두 사람은 정체를 알 수 없는 불타는 머리, 어둠 속 그 불타는 머리 아래 움직이고 있는 수백 개의 작은 소리로 이루어진 그 소리, 이제 더욱 강렬하고 생생하게 들려오는 그 수많은 소리 때문에 무슨 일이 벌어질지 짐작도 할 수 없었다.

마침내 그 불타는 얼굴이 그 소리와 함께 그들에게 다가왔다!

두 사람은 벽에 바짝 붙어 공포로 머리끝이 서는 것을 느꼈다. 이제 그 수많은 소리가 무엇을 의미하는지 알았기 때문이다. 수없이 작은 쥐 떼의 물결이 순식간에 밀려들었다. 달처럼 불타는 머리 아래 그 물결은 모래사장을 덮치는 파도보다 더 빨랐고 마치 달빛 아래 작은 파도가 거품을 일으키는 것 같았다. 이제 그 작은 물결이 두 사람의 다리 사이를 지나 위로 기어올라오자 라울과 페르시아인은 더 이상 공포와 충격, 고통의 비명을 억제할 수가 없었다. 더 이상 눈높이로 손을 들고 있을 수도 없었다. 다리 위로 기어올라오는 작은 다리와 손톱, 갈고리 발톱과 이빨의 물결을 쫓아버리기 위해 손을 내리지 않을 수 없었기 때문이다.

라울과 페르시아인은 이제 그 소방수 파팽처럼 기절하기 일보직전이었다. 그 순간 불타는 머리는 비명을 지르는 두 사람을 돌아보며 이렇게 말했다.

"움직이지 마! 움직이지 말라구! 너희들이 무슨 짓을 하든 난 따라오지 마! 난 쥐잡이야! 이제 난 내 쥐와 함께 가겠어!"

그러더니 불타는 머리는 어둠 속으로 사라졌다. 그가 들고 있던 흐릿한 등불의 방향을 바꾸자 앞쪽 통로가 밝아졌다. 아까는 자기보다 앞서 가는 쥐들이 불빛에 놀라지 않게 하려고 등불을 자기 쪽으로 향하게 했고 그래서 그의 머리만 환하게 보였던 것이다. 갈 길을 재촉하려고 그는 다시 앞쪽으로 향해 등불을 비추었다. 아까처럼 칠판을 긁어대는 듯한 소리를 내는 쥐의 물결과 함께 그는 황급히 사라져갔다.

라울과 페르시아인은 안도의 숨을 내쉬었으나 여전히 몸을 떨고 있었다.

"에릭이 전에 쥐잡이에 대해 해주었던 얘기를 잊고 있었군." 페르시아인이 말했다. "하지만 에릭은 그가 어떤 모습을 하고 있는지 한 번도 말한 적이 없었는데, 또 지금껏 내가 한 번도 저자와 마주친 적이 없었다는 것도 이상하군. 그렇지, 에릭은 이쪽 길로는 다니지 않아!"

"호수까지는 아직 멀었나요?" 라울이 물었다. "언제쯤 도착하게 되죠? 그 호수로 데려다주십시오, 제발 부탁입니다! 호수에 도착하면 소리를 치는 겁니다! 크리스틴이 우리 목소리를 듣겠죠! 그도 물론 들을 거구요! 하지만 당신이 그자를 아니까 얘기로 설득해 보는 겁니다!"

"순진하시기는!" 페르시아인이 말했다. "우린 절대 그 호숫가의 집으로 들어갈 수가 없어요! 나도 그 집이 있는 둑으로 한 번도 간 적이 없어요. 그 집에 가려면 우선 호수를 건너야 하는데 감시가 철저하죠. 나이 든 무대장치 담당자나 문지기들 중에 저 호수를 건너려다 다시는 볼 수 없게 된 사람이 한두 명이 아닙니다. 정말 끔찍해요. 나도 저기서 죽을 뻔했죠. 그 괴물이 날 제때 알아본 덕에 살았지요! 충고 한마디만 하죠, 자작님. 저 호수 근처에는 절대 가지 마십시오. 그리고 저 호수에서 노랫소리가 들려오거든 귀를 막고 듣지 마세요. 사람을 홀리는 사이렌의 목소리니까!"

"그렇다면 우린 여기 왜 온 겁니까?" 두려움과 초조함, 분노를 드러내며 라울이 물었다. "크리스틴을 위해 아무것도 할 수 없다면 그녀를 위해 죽게라도 해주시죠!"

페르시아인은 젊은이를 진정시키려 했다.

"크리스틴 다에를 구할 수 있는 방법은 딱 한 가지뿐입니다. 괴물이 알지 못하게 저 집에 들어가는 것이죠."

"성공할 희망은 있는 겁니까?"

"희망이 없다면 자작님을 데려오지도 않았을 겁니다!"

"그럼 호수를 건너지 않고 어떻게 저 집으로 들어갈 수 있다는 겁니까?"

"지하 3층을 통해서요. 안타깝게도 거기서 좀 멀어지긴 했지만 지금부터 다시 그곳으로 돌아갈 겁니다. 그리고 말이죠," 페르시아인은 갑자기 어조를 바꿔 말했다. "난 정확한 장소도 말해 줄 수 있어요. 그건 농가 세트와 '라호르의 왕' 세트 중간에 있지요. 조제프 뷔케가 죽었던 바로 그곳 말입니다. 자, 용기를 내고 날 따라와요! 손은 눈 높이에 올리고! 그건 그렇고 여기가 어디쯤이지?"

페르시아인이 다시 램프를 켜자 서로 직각으로 교차되는 두 개의 거대한 통로가 불빛에 드러났다.

"보일러에서 나오는 불꽃이 안 보이는 걸 보니 우린 지금 상수도로 사용되는 지역에 있는 게 분명해요." 페르시아인이 말했다.

그는 길을 찾으며 앞장서 가다가 급수 담당자와 부딪힐 것 같은 생각이 들면 갑자기 멈춰 서곤 했다. 그리고 둘은 지하 대장간 불빛에 모습이 드러나지 않도록 조심해야 했다. 사람들은 대장간의 불을 끄는 중이었고, 남은 불빛 속에서 라울은 크리스틴이 처음 에릭에게 잡혀가던 때 본 악마들을 보았다.

이런 식으로 두 사람은 무대 아래 거대한 지하실 밑 세계로 조금씩 내려갔다. 오페라하우스가 들어선 곳 지하에 호수가 있었고 그 아래 15미터 깊이까지 땅을 파헤친 걸 생각하면 그들은 이때쯤 아마 '욕조'(그러니까 기초 공사를 위해 흙을 파낸 뒤 생긴 거대한 지하 공간)의 가장 밑바닥, 짐작할 수 없을 만큼 깊은 곳에 있는 것이 틀림없다. (공사 당시 오페라하우스 건축 작업 현장에서 물을 모두 빼내야 했다. 빼낸 물의 양을 대충 설명하자면 루브르박물관 마당 면적에 노트르담 탑 높이 절반 정도의 깊이라고 말할 수 있다. 하지만 엔지니어들은 호수가 하나 생기는 것은 막을 수 없었다.)

페르시아인은 격벽을 만지며 말했다.

"내가 잘못 안 게 아니라면 이건 호숫가 그 집에 속한 벽일 겁니다."

그는 '욕조'의 격벽을 두드렸다. 욕조의 바닥과 격벽이 어떤 구조로 되었는지 아는 것이 독자들에게도 좋을 것이다. 건물을 둘러싼 물이 극장 설비 전체를 떠받치는 벽과 맞닿지 않도록 하기 위해 건축가는 사방으로 이중 틀을 건설해야 했다. 이런 이중 틀을 건축하는 작업에만 꼬박 1년이 걸렸다. 라울에게 호숫가 집에 대해 얘기하면서 페르시아인이 두드렸던 그 격벽은 이중 틀의 안쪽에 있는 첫번째 벽이었다. 이 건물의 구조를 이해하는 사람이라면 페르시아인의 행동을 통해 에릭의 신비로운 집이 이중 틀 안에 세워졌으며, 이 틀은 제방이나 댐의 역할을 하는 두터운 벽과 벽돌 벽 위에 또 엄청난 두께의 시멘트를 바르고, 그 위에 또다시 수 미터나 되는 두께의 벽으로 만들었음을 알 수 있을 것이다.

페르시아아인의 설명에 라울은 벽에 몸을 대고 신중히 들어보았다. 그러나 아무 소리도 들리지 않았다. 단지 극장 위쪽 부분 바닥에서 나는 발자국 소리만 희미하게 들릴 뿐이었다.

페르시아아인은 등불을 어둡게 했다.

"조심해요!" 그가 말했다. "사격 자세! 그리고 조용히 해요! 이제부터 다른 길로 가볼 겁니다."

그러더니 그는 그들이 방금 내려왔던 곳 옆의 작은 계단으로 라울을 이끌었다.

그들은 한 계단씩 올라갈 때마다 멈춰 서서 어둠과 침묵 속을 노려보았고 그렇게 해서 결국 지하 3층에 도착했다. 페르시아아인은 라울에게 무릎을 꿇으라는 몸짓을 했다. 두 사람은 한 손으로 몸을 버티며 무릎으로 기어서 벽 끝까지 갔다. 다른 한 손은 항상 눈높이로 유지해야 했기 때문이다.

그 벽이 바로 '라호르의 왕' 장면의 커다란 무대 세트가 있는 곳이었다. 이 세트 가까이 농가 세트가 있었다. 두 세트 사이로 사람 하나가 들어갈 만한 공간이 있었다. 그곳이 바로 어느 날 목매단 시체, 조제프 뷔케가 발견됐던 곳이다.

페르시아아인은 여전히 무릎을 꿇은 채 멈춰 서서 귀를 기울였다. 한순간 그는 망설이는 것 같았고 라울을 돌아보았다. 그러더니 지하 2층을 향해 시선을 들었다. 두 개의 판자 사이 갈라진 틈으로 지하 2층에서 희미한 불빛이 새어 나오고 있었다. 그 희미한 불빛이 페르시아아인의 마음에 걸리는 것 같았다.

마침내 그는 고개를 들고 결심한 듯 움직이기 시작했다. 그는 농가 세트와 '라호르의 왕' 세트 사이를 빠져나갔고 라울도 그의 뒤를 바짝 따랐다. 자유로운 한 손으로 페르시아인은 벽을 만져보았다. 라울은 그가 크리스틴의 분장실 벽을 밀었을 때처럼 벽을 힘껏 누르는 것을 보았다. 그러자 돌이 밀려나더니 벽에 구멍이 드러났다.

이번에는 주머니에서 총을 꺼내더니 라울에게도 똑같이 하라는 몸짓을 했다. 라울은 총을 꺼내 들었다.

여전히 무릎을 꿇은 채로 그는 구멍으로 몸을 비틀어 빠져 나갔다. 라울은 먼저 통과하고 싶었지만 그의 뒤를 따라야 했다.

구멍은 매우 좁았다. 페르시아인이 갑자기 동작을 멈췄다. 라울은 그가 주위의 돌을 만지는 소리를 들었다. 페르시아인은 등불을 꺼내 몸을 앞으로 굽혀 밑에 있는 뭔가를 살피더니 바로 등불을 껐다. 라울은 그가 속삭이는 소리를 들었다.

"몇 미터 더 가야 해요. 소리는 내지 말고 신발을 벗어요."

페르시아인은 자기 신발을 벗어 라울에게 건네주었다.

"이걸 벽 바깥쪽에 놔둬요." 그가 말했다. "나갈 때 찾으면 되니까." (페르시아인의 문헌에 따르면 농가 세트와 '라호르의 왕' 세트 사이, 즉 조제프 뷔케가 목매단 채 발견됐던 장소에 놓아둔 이 두 켤레의 신발은 후에 결국 발견되지 않았다. 틀림없이 무대 목수나 문지기가 가져갔을 것이다.)

그는 무릎으로 좀더 앞으로 기어가더니 오른쪽을 돌아보며 말했다.

"이 바위 가장자리에 매달려 그의 집 안으로 떨어질 겁니다. 당신도 똑같이 따라 해야 합니다. 겁내지 마세요. 내가 밑에서 받을 테니."

라울은 곧 페르시아인이 밑으로 떨어지면서 내는 둔탁한 소리를 들었고 이어 자신도 아래로 떨어졌다.

그는 페르시아인의 팔이 자신을 꽉 잡는 것을 느꼈다.

"쉿!" 페르시아인이 말했다.

두 사람은 꼼짝 않고 선 채로 귀를 기울였다.

두 사람 주변은 칠흑 같은 어둠뿐이었고 무겁고 두려운 침묵이 흐르고 있었다.

페르시아인은 다시 희미한 등불을 머리 위로 이리저리 비추며 방금 통과한 구멍을 찾았으나 찾을 수가 없었다.

"이런!" 그가 말했다. "바위가 닫혀버렸어!"

그리고 등불로 벽과 바닥을 비추었다.

페르시아인은 몸을 구부려 무슨 끈 같은 것을 주워 들고 잠시 살펴보더니 공포에 사로잡혔다.

"올가미 밧줄!" 그가 중얼거렸다.

"그게 뭐죠?" 라울이 물었다.

페르시아인은 몸을 떨며 말했다. "사람들이 오랫동안 찾아 헤맸던 그 밧줄, 뷔케가 목을 맬 때 썼던 그 밧줄인 것 같소."

그러고 나서 그는 갑자기 새롭게 엄습하는 불안감에 사로잡혀 등불을 벽 쪽으로 향했다. 그러자 흥미로운 물체가 눈에 들어왔다. 그건 나무 둥치였는데 진짜처럼 보였고 나뭇잎도 있었다. 나뭇가지는 벽 위로 쭉 뻗어 있었고 천장 부분에서 사라졌다.

등불의 불빛이 너무 작아 처음에는 형체를 제대로 분간하기가 어려웠다. 등불을 서서히 움직이자 한쪽 구석에 나뭇가지가 있었고 나뭇잎이 하나둘 눈에 들어오다가 더 이상 아무것도 보이지 않더니 페르시아인이 들고 있는 등불 빛이 보였다. 라울은 그 불빛에 손을 대어보았다.

"세상에!" 그가 말했다. "이 벽은 거울이잖아!"

"그래요, 거울이죠!" 페르시아인이 깊은 감정이 담긴 어조로 말했다. 그러고 나서 그는 총을 쥐고 있던 손을 땀에 젖은 이마로 가져가며 덧붙였다. "우리는 고문실로 떨어진 겁니다!"

고문실에 대해 페르시아인이 알고 있던 것과 두 사람이 그곳에서 겪었던 일에 대해서는 페르시아인이 직접 얘기하게 될 것이다. 그의 기록을 내가 그대로 소개할 것이기 때문이다.

제 21 장
오페라하우스 지하실에서
페르시아인이 겪은 끔찍한 사건들

페르시아인의 기록

　　　　　내가 호숫가 그 집에 들어간 것은 그때가 처음이었다. 우리나라에서 에릭은 '뚜껑 문 애호가'라는 이름으로 통했는데 나는 그에게 그 신비로운 문들을 열어달라고 자주 간청하곤 했었다. 하지만 그는 언제나 내 청을 거절했다. 나는 그 문을 통과하기 위해 수없이 시도했으나 허사였다. 그가 오페라하우스에 거처를 정했다는 사실을 알게 된 후 그를 지켜보았지만 항상 짙은 어둠 때문에 호숫가 벽의 그 문을 어떻게 여는지 제대로 볼 수가 없었다. 어느 날, 혼자 생각을 하다가 배에 올라탄 뒤 예전에 에릭이 통과해 사라지는 것을 보았던 그 벽 쪽으로 배를 저어 갔다. 그때 나는 사람들의 접근을 감시하는 사이렌을 처음 접했고 그때 사이렌의 마법에 걸려 거의 죽을 뻔했다.

둑에서 떠나자마자 고요하던 배 주위로 속삭이는 듯한 노랫소리가 흐르기 시작했다. 그 노랫소리는 반쯤은 숨소리, 반쯤은 음악이었는데 호수의 물에서 부드럽게 흘러나왔다. 어떻게 해서 그렇게 되었는지는 모르겠지만 나는 그 노랫소리에 휩싸였다. 그 소리는 나를 따라와 나와 함께 움직였고 너무나 감미로워 경계하는 마음조차 생기지 않았다. 오히려 나는 그 달콤하고 유혹적인 선율이 들리는 곳으로 더 가까이 가려는 욕구에 사로잡혀 조그만 배 밖으로 몸을 기울여 수면을 바라보았다. 당연히 그 노랫소리가 호수에서 들려온다고 생각했던 것이다. 이때 나는 호수 한가운데 배 안에 홀로 있었다. 분명 목소리로 생각되는 그 소리는 바로 내 곁에, 물 위에서 들려오고 있었다. 나는 몸을 더욱더 수면 가까이 기울였다. 호수는 너무나 고요했고 스크리브 거리의 환기구 사이로 들어온 달빛을 통해 본 그 매끈하고 칠흑처럼 새까만 호수 표면 위로는 아무것도 보이지 않았다. 나는 노랫소리를 떨쳐버리기 위해 머리를 흔들었으나 나를 따라와 마법을 걸어버린 그 속삭이는 듯한 노랫소리만큼 아름다운 소리는 이 세상에 없다는 사실을 곧 인정해야 했다.

내가 미신을 믿었다면 그때 호수에 감히 배를 띄우는 사람들의 정신을 혼미하게 하는 사이렌을 만난 것이라고 생각했을 것이다. 다행히 난 희한한 일들을 너무 좋아해서 그런 것들을 훤히 알아야

직성이 풀리는 나라 출신이다. 난 분명 에릭의 새로운 발명품과 정면으로 부딪쳤다고 생각했다. 그러나 이건 너무나 완벽해서 배 밖으로 몸을 기울일 때의 나는 그 수법을 알아내겠다는 욕망보다는 그 마법을 즐기려는 욕망에 더 압도되어 있었다. 그렇게 몸을 계속 기울이다 타고 있던 배가 거의 뒤집힐 뻔했다.

그때 갑자기 물속에서 거대한 두 팔이 튀어 나와 내 목을 움켜쥐고는 저항할 수 없는 힘으로 깊은 심연 속으로 끌고 갔다. 내가 얼른 비명을 질러 에릭이 날 알아보지 못했다면 난 분명 그날 이후 사라졌을 것이다. 그는 나를 물에 빠뜨리지 않고 나를 데리고 헤엄쳐 나와 둑 위에다 내려놓았다.

"왜 그렇게 경솔하지!" 그는 내 앞에 서서 물을 뚝뚝 떨어뜨리며 말했다. "왜 내 집에 들어오려고 하는 거야? 난 당신을 초대한 적이 없는데! 당신이건 누구건 내 집에 오는 걸 원치 않아! 날 못 살게 하려고 내 목숨을 구했나? 당신이 아무리 큰 은혜를 베풀었다 해도 나는 잊어버리고 끝낼 수 있어. 그리고 아무것도, 나 자신조차도 스스로를 억제할 수 없다는 걸 당신도 알고 있지 않나!"

하지만 난 그 사이렌의 수법을 알고 싶다는 생각밖에 없었다. 그는 내 호기심을 해소해 주었다. 진짜 괴물(난 그가 페르시아에서 한 일을 알고 있다)인 에릭도 어떤 면으로는 우쭐거리고 허영심 강한 보통 아이 같아서 사람들이 기겁을 하고 놀라게 한 뒤에 그것이 모두 자기 머릿속에서 나온 기막힌 생각이었음을 증명하는 놀이를 다른 무엇보다도 즐겼다.

그는 소리 내어 웃더니 기다란 갈대를 보여주었다.

"세상에서 가장 단순한 속임수지." 그가 말했다. "하지만 물속에서 숨쉬고 노래하는 데는 아주 유용한 방법이야. 통킹의 해적들에게 배웠지. 그들은 강바닥에서 몇 시간이고 숨어 있을 수 있어."

(1909년 7월 말 파리에서 입수한 통킹의 공식 보고서는 그 유명한 해적 두목 드 탐이 자신의 부하들과 함께 프랑스 군에게 추격당한 과정을 서술하고 있는데, 이 보고서에는 그들 모두 이 갈대 속임수 덕분에 도망치는 데 성공했다는 내용도 담겨 있다.)

난 그에게 무섭게 말했다.

"그 속임수 때문에 난 거의 죽을 뻔했어! 다른 사람들도 그랬을 거고! 나와 약속한 거 잊었나, 에릭? 더 이상 살인은 안 돼!"

"내가 정말 살인을 저지른 적이 있나?" 그는 짐짓 온화한 태도로 말했다.

"야비한 인간!" 난 소리쳤다. "마장데랑 시절을 잊었나?"

"그래." 그는 다소 슬픈 듯한 어조로 대답했다. "난 잊는 쪽을 좋아해. 그래도 그 시절 난 그 왕비를 꽤 즐겁게 해주었지!"

"그건 모두 지난 일이야." 나는 말했다. "지금은 현재라구. 자네의 현재는 내 덕분이야. 내가 그러려고 하기만 했으면 자네에게 현재 같은 건 없었을 테니까. 기억하게, 에릭. 난 자네 목숨을 구해줬어!"

나는 대화가 내게 유리한 쪽으로 반전된 것을 이용해 오랫동안 마음속에 있었던 얘기를 꺼내보기로 했다.

“에릭.” 나는 물었다. “에릭, 맹세해 주게.”

“뭐?” 그가 말했다. “난 결코 맹세 같은 거 하지 않는다는 거 알잖나. 맹세는 얼간이들을 속일 때나 하는 일이지.”

“말해 보게. 나한테는 얘기할 수 있을 거야.”

“뭘 말인가?”

“저기, 샹들리에, 그 샹들리에 말이야, 에릭.”

“샹들리에가 뭐?”

“무슨 말인지 알잖나.”

“아.” 그가 킬킬거리며 말했다. “샹들리에 얘기라면 기꺼이 하지! 그건 내가 아니었어! 그 샹들리에는 굉장히 오래됐고 줄은 닳았지.”

에릭이 웃자 어느 때보다 더 무시무시했다. 그가 배에 올라타며 너무 소름 끼치게 웃었기 때문에 나도 모르게 몸이 떨려왔다.

“아주 낡았던 거야, 이 다로가(‘다로가’는 경찰서장을 뜻하는 페르시아어) 친구야! 너무 오래돼서 저절로 떨어진 거라구! 와장창 떨어졌지! 다로가 친구, 이제 내 충고 접수하고 가서 몸이나 말려. 안 그러면 감기 걸릴 테니까! 그리고 다시는 내 배에 타지 말고. 무슨 일을 해도 좋지만 내 집에 들어오려고는 하지 말게. 내가 항상 거기 있는 건 아니거든, 다로가! 그리고 내가 자네 진혼미사를 바치게 된다면 내 마음이 얼마나 슬프겠나!”

그렇게 말하고는 여전히 그 소름 끼치는 웃음과 함께 원숭이처럼 몸을 앞뒤로 흔들더니 호수의 어둠 속으로 이내 사라져버렸다.

그날부터 나는 호숫가 집으로 침입하려는 생각은 완전히 포기해 버렸다. 입구는 감시가 너무도 철저했고, 특히 내가 그것을 안다는 사실을 에릭이 알게 된 후로는 더욱 그랬다. 하지만 난 다른 입구가 있을 것이라고 생각했다. 방법이야 도저히 모르겠지만 내가 지켜보고 있을 때 종종 에릭이 지하 3층에서 사라지는 것을 봤기 때문이다.

에릭이 오페라하우스 안에 살고 있다는 사실을 알게 된 후로 나는 그의 끔찍한 장난에 대한 끊임없는 공포 속에 살게 됐다. 나와 관련해서가 아니라 다른 사람들에게 무슨 일이 있을까봐 너무나 불안했던 것이다. (페르시아인은 에릭의 운명이 자신의 이익과도 직접적인 관계가 있었다고 쉽게 얘기할 수도 있었을 것이다. 왜냐하면 페르시아 정부 측에서 에릭이 아직 살아 있음을 알게 되면 전 경찰서장의 얼마 안 되는 연금이나마 모두 취소해 버릴 것임을 그도 잘 알고 있었기 때문이다. 그러나 우리의 페르시아인은 고결하고 관대한 마음을 가졌다는 점을 덧붙이는 것이 공정할 것이다. 그리고 나는 다른 사람들에게 두려운 재앙이 일어날까 그가 심히 걱정했다는 점을 한순간도 의심하지 않는다. 그의 행동은 이 사건 내내 그 사실을 증명하고 있으며 이루 다 칭찬할 수 없을 정도이다.)

그리고 뭔가 치명적인 사건이 일어나면 난 이렇게 생각하곤 했다. "범인이 에릭이라도 놀랄 건 없지." 아무것도 모르는 다른 사람들은 그냥 "유령이야!"라고 말했다. 웃으며 "유령"을 입에 담는 사람을 난 많이도 봤다. 가엾은 멍청이들! 유령이 실제로 존재한다는 사실을 알았다면 그들은 절대 그렇게 웃지 않았을 것이다!

에릭은 자신이 사랑 받게 된 이후로(이 말을 처음 들었을 때 난 극
도로 당황했다) 완전히 달라졌으며 누구보다 고결한 사람이 되었다
고 대단히 엄숙하게 내게 선언했지만 그 괴물 생각을 할 때 몸서
리를 치게 되는 것은 어쩔 수 없었다. 비할 데 없이 끔찍하고 혐오
스러운 그의 추한 외모가 인간다움을 앗아가버렸다. 그 때문에 에
릭은 인간에 대한 존경심 따위는 더 이상 믿지 않는 것으로 보였
다. 자신의 연애에 대한 애기는 내 경계심만 높였을 뿐이다. 나는
그가 그토록 자랑스럽게 애기하는 연애 사건에서 앞으로 닥칠 소
름 끼치는 새로운 비극을 이미 예견했기 때문이다.

한편으로 나는 곧 그 괴물과 크리스틴 다에 사이에 흥미로운 정
신적 교류가 이뤄지고 있음을 알게 됐다. 그 젊은 프리마돈나의
분장실 옆 창고에 숨어서 나는 크리스틴을 경이로운 극치감에 빠
뜨리는 놀라운 노랫소리를 들었다. 그는 마음만 먹으면 천둥처럼
큰 소리로, 아니면 천사의 목소리처럼 감미롭게 노래할 수 있었
다. 그렇다 해도 나는 크리스틴이 에릭의 목소리 때문에 그의 끔
찍한 외모를 잊을 수도 있다는 생각은 꿈에도 할 수 없었다. 그래
서 크리스틴이 그의 모습을 아직 보지 못했다는 사실을 알았을 때
난 모든 것을 이해할 수 있었다! 나는 기회를 봐서 그 분장실을 찾
아갔다. 에릭이 옛날에 가르쳐준 것을 기억하고 있었기 때문에 거
울이 있는 벽이 돌아가도록 하는 데는 별 어려움이 없었다. 그리
고 크리스틴에게 바로 옆에서 애기하는 듯한 착각을 불러일으키
는 데 에릭이 사용했던 수법(텅 빈 벽돌 같은 것)도 직접 확인할 수

있었다. 이렇게 해서 나는 그 우물과 국민군의 지하 감옥, 또 에릭이 무대 아래 지하실로 곧장 빠져나갈 때 사용하는 뚜껑 문으로 가는 길도 발견했다.

며칠 뒤, 크리스틴이 에릭의 모습을 보았고 그가 국민군의 길에 있는 작은 우물에서 몸을 굽혀 기절해 버린 크리스틴 다에의 이마에 물을 뿌려주는 것을 내 눈으로 직접 보았지만 나는 전혀 놀라지 않았다. 그리고 그곳에는 오페라하우스 아래 마구간에서 사라졌던 '예언자'의 백마가 두 사람 옆에 조용히 서 있었다. 나는 그들 앞에 모습을 드러냈다. 끔찍했다. 나는 그 노란 눈에서 불꽃이 일렁이는 것을 보았는데 미처 무슨 말을 하기도 전에 머리를 얻어맞고 쓰러졌다.

정신을 차리자 에릭과 크리스틴, 백마는 사라지고 없었다. 나는 그 가엾은 아가씨가 호숫가 집에 갇혔음을 확신했다. 어떤 위험이 닥칠지 몰랐지만 나는 주저 없이 그 둑으로 가기로 했다. 꼬박 24시간을 에릭이 나타나기를 기다리며 둑에 누워 있었다. 필요한 물건들을 구하기 위해 그는 밖으로 나올 것이라고 생각했기 때문이다. 아마도 이렇게 그가 거리에 나서거나 감히 대중 앞에 모습을 드러낼 때면 실제로는 텅 비어 있는 코 부분에 인조 코를 갖다 붙이고 그 위에다 콧수염을 붙였을 것이다. 그렇게 해도 시체 같은 분위기야 어쩌지 못했겠지만 그래도 참고 봐줄 만은 했다.

그렇게 나는 호숫가 둑에 앉아 그를 기다렸으나 너무 오래 기다린 나머지 그가 지하 3층에 있는 다른 문으로 이미 빠져나갔다는 생각이 들기 시작했다. 바로 그때 어둠 속에서 작게 물 튀기는 소리가 나더니 촛불처럼 빛나는 두 개의 노란 눈이 보였고 곧 배가 물가에 닿았다. 에릭이 튀어나오더니 내게로 걸어왔다.

"24시간 내내 거기 있더군." 그가 말했다. "자넨 날 정말 귀찮게 하고 있어. 내 분명히 말하는데, 이렇게 나오면 자네한테 아주 안 좋을 거야. 그리고 이 모든 건 자네가 자초한 셈이 될 거야. 난 아주 특별한 인내심으로 자넬 대해왔어. 자네는 날 쫓고 있다고 생각하지, 멍청한 친구. 하지만 나야말로 자네 뒤를 쫓고 있어. 자네가 나와 이 장소에 대해 알고 있다는 사실도 다 알고 있어. 어제 국민군의 길에서도 자넬 살려줬지. 하지만 내 진지하게 경고하는데, 앞으로 두 번 다시 거기서 얼쩡거리다가 나한테 걸리는 일이 없도록 해! 자넨 말이야, 눈치라고는 눈곱만큼도 없더군, 그래!"

그는 너무 화가 나 있어서 나는 그의 말을 중단시켜야겠다는 생각조차 하지 못했다. 그는 마치 바다표범처럼 헐떡거리며 숨을 몰아쉬더니 무시무시한 생각을 말하기 시작했다.

"그래, 자네는 눈치에 대해 제대로 좀 배워야만 해! 자네의 그 '눈치 없음'에 대해 한번 얘기해 볼까? 자넨 펠트 모자 쓴 그림자 사나이에게 이미 두 번이나 잡힌 적이 있지. 그는 자네가 지하실에서 뭘 하는지도 모르고 관장들에게 데려다줬어. 그들은 자네를 무대 장치와 무대 뒤쪽 생활에 관심이 많은 특이한 페르시아인 정도로 생각했었지. 난 다 알고 있어. 거기 있었거든, 바로 그 관장실에. 내가 사방 어디에나 있다는 건 자네도 알고 있지. 하여간 자네

가 계속 그렇게 눈치 없이 굴면 그들도 자네가 여기서 뭘 찾고 있
나 궁금해하겠지. 그러다 결국 자네가 에릭을 쫓고 있다는 걸 알
게 될 거야. 그렇게 되면 그들도 직접 에릭을 찾아 나설 것이고 언
젠가 호숫가 집도 발견하겠지. 그렇게 되는 날엔 친구, 자네 앞날
은 아주 끔찍하게 될 거야! 무슨 일이 있을지 나도 장담 못 해.”

그는 그렇게 말하고 이번에도 바다표범처럼 헐떡거렸다.

“무슨 일이 벌어질지 난 장담 못 한다구! 에릭의 비밀이 드러나
는 날에는 수많은 인간들에게 아주 끔찍한 일이 벌어질 거야! 내
가 해줄 얘기는 그게 다야. 정말 바보 천치가 아니라면 이 정도면
충분히 알아들었겠지. 아무리 눈치가 없어도 말이야⋯⋯.”

그는 배 고물에 앉아 발뒤꿈치로 판자를 차며 내가 뭔가 대꾸하
기를 기다렸다. 난 그냥 이렇게 말했다.

“내가 찾고 있는 건 에릭이 아니야!”

“그럼 누구야?”

“자네도 잘 알 텐데. 크리스틴 다에.”

“난 얼마든지 그녀를 내 집에서 볼 권리가 있어. 그녀는 날 사랑
해.”

“그렇지 않아.” 내가 말했다. “자넨 그녀를 납치해서 가둔 거
야.”

“이봐.” 그가 말했다. “내가 사랑 받고 있다는 걸 증명하면 다시
는 내 일에 참견하지 않겠다고 약속해 주겠나?”

“그래, 약속하지.” 그런 괴물에게 그런 일은 불가능하다고 확신

했기 때문에 나는 주저 없이 대답했다.

"그럼 간단히 해결됐군. 크리스틴 다에는 이곳을 떠났다가도 언제든지 다시 돌아올 거야! 그래, 돌아오고말고. 왜냐하면 그녀가 그걸 원하니까. 날 사랑하니까 스스로 돌아올 거야!"

"글쎄, 그녀가 다시 돌아올지 난 의심스러운데! 하지만 그녀를 보내는 건 자네 의무야."

"내 의무라구? 멍청하긴! 그녀를 보내주는 건 내 뜻이야. 그리고 그녀는 다시 돌아올 거야. 날 사랑하니까! 우린 결국 결혼할 거야. 마들렌 성당에서 식을 올릴 거라구, 멍청이! 이제 날 믿겠나? 내 혼례 미사곡이 완성되면 우린 결혼할 거야. 키리에." (키리에 엘레이손은 미사의 시작 부분에 쓰이는 기도문으로 "주여, 우리를 불쌍히 여기소서"라는 뜻임—역주)

그는 발뒤꿈치로 박자를 맞추며 노래를 시작했다.

"키리에! 키리에! 키리에 엘레이손! 혼례 미사를 들을 때까지 기다려."

"이봐." 내가 말했다. "크리스틴 다에가 호숫가의 저 집에서 나와 제 발로 돌아가는 걸 내 눈으로 보고 나면 자네 말을 믿어주지."

"그럼 더 이상 내 일에 참견하지 않겠나?"

"물론이지."

"좋아, 오늘 밤에 보여주지. 가면 무도회에 오게. 크리스틴과 난 가서 한번 둘러볼 거야. 자네는 창고에 숨어 있다가 보라구. 크리스틴은 분장실에 갔다가 국민군의 길로 기꺼이 돌아올 테니. 그럼 이만 꺼져, 난 뭔가를 좀 사야 하니까!"

너무나 놀랍게도 모든 일은 에릭의 말대로 진행됐다. 크리스틴 다에는 분명 강제로가 아니라 자발적으로 호숫가 집을 나왔다가 몇 번이고 되돌아갔다. 그렇지만 에릭에 대한 생각을 깨끗이 지워 버리기는 매우 어려웠다. 하지만 난 극도로 신중하기로 결심했고 그 호숫가나 국민군의 길을 다시 찾아가는 실수는 하지 않았다. 그래도 지하 3층 어딘가에 있을 비밀 입구에 대한 궁금증은 떨쳐 버릴 수가 없어 '라호르의 왕' 세트를 몇 번이고 찾아가 그 뒤에 서 여러 시간을 기다리곤 했다. 그 세트는 어떤 이유에선지 버려 진 상태였다. 마침내 내 인내심은 보상을 받았다. 어느 날, 나는 그 괴물이 무릎을 꿇은 채 내 쪽으로 다가오는 것을 보았다. 그는 나 를 보지 못했다. 그는 내가 몸을 숨기고 서 있는 세트와 또 다른 무 대 세트 사이를 통과해 벽 쪽으로 가더니 어떤 스프링을 눌렀다. 그러자 바위가 움직이고 입구가 나타났다. 그는 입구 안으로 사라 졌고 바위는 그가 지나간 뒤 다시 닫혔다.

나는 최소한 30분 정도 기다렸다가 그 스프링을 눌러보았다. 에 릭이 했을 때와 똑같았다. 그러나 그 안에 에릭이 있다는 사실을 알았기 때문에 혼자 구멍 안으로 들어가지는 않았다. 오히려 나는 에릭한테 붙잡힐지도 모른다는 생각을 하자 갑자기 조제프 뷔케 의 죽음이 생각났다. 에릭이 말한 것처럼 '수많은 인간들에게' 유 용할지도 모르는 이 중대한 발견을 물거품으로 만들고 싶지는 않왔다. 그래서 나는 조심스럽게 바위를 제자리에 갖다놓은 다음 오페라하우스 지하실을 떠났다.

나는 에릭과 크리스틴 다에의 관계에 커다란 관심을 갖고 있었는데 그건 어떤 병적인 호기심에서가 아니라 에릭의 생각과는 달리 크리스틴이 자신을 사랑하고 있는 것이 사실이 아님을 알게 되면 그가 무슨 짓을 저지를지 모른다는 끔찍한 생각이 마음속에서 떠나지 않았기 때문이다. 나는 대단히 신중하게 오페라 주변을 계속 돌아다녔고, 곧 그 괴물의 서글픈 사랑에 대한 진실을 알게 되었다.

에릭이 크리스틴에게 불러일으킨 감정은 오직 공포였으며 이 어린 아가씨의 마음은 온전히 라울 드 샤니 자작에게 가 있었다. 두 사람은 그 괴물을 피하기 위해 오페라하우스 위층을 이리저리 돌아다니며 약혼한 연인들처럼 즐기면서도 누군가 자신들을 지켜보고 있다는 생각은 거의 하지 못했다. 나는 뭔가 조처를 취하기 위해 준비를 갖추었다. 필요하다면 그 괴물을 죽이고 나중에 경찰에 경위를 설명하는 것이다. 그러나 에릭은 모습을 드러내지 않았고 나는 그 점 때문에 조금도 마음이 편치 않았다.

내가 세운 계획을 설명해야겠다. 나는 에릭이 질투에 사로잡혀 집 밖으로 나가는 때를 기다려 지하 3층 그 통로를 통해 안전하게 집에 들어갈 수 있을 것이라 생각했다. 모두를 위해 괴물의 집 안에 무엇이 있는지 정확히 알아두는 것이 중요했기 때문이다. 어느 날, 기회를 노리며 기다리다 지친 나는 그 바위를 한번 움직여 보았고 그 순간 깜짝 놀랄 만한 음악을 들었다. 그 괴물이 집 문을 모조리 활짝 열어놓은 채 「돈 후앙의 승리」 작곡에 몰두하고 있었던 것이다. 나는 이것이 그의 필생의 역작이라는 것을 알았다. 나는 소리 나지 않게 조심하며 어두운 구멍 속에 가만히 있었다.

그는 한순간 음악을 멈추고 미친 사람처럼 집 안을 이리저리 걸어다니기 시작했다. 그러고는 목청껏 큰 소리로 외쳤다.

"이 모든 걸 먼저 끝내야 해! 끝내야 한다구!"

이 말에 나는 불안해졌고, 음악이 다시 시작되자 나는 조용히 바위로 입구를 닫았다.

크리스틴 다에가 납치된 날, 나는 두려움에 떨며 더 이상 나쁜 소식을 접하지 않으려고 그날 저녁 꽤 늦게까지 극장으로 가지 않았다. 조간 신문을 통해 크리스틴 다에와 샤니 자작의 결혼이 임박했다는 기사를 읽고 나는 결국 그 괴물을 이기지 못하는 것이 아닌가 하는 생각이 들어 끔찍한 하루를 보냈다. 그러나 곧 정신을 차리고 이런 행동은 재앙을 재촉할 뿐이라는 생각을 하게 됐다.

마차를 타고 오페라하우스 앞에 도착한 나는 그곳이 아직도 무사한 것을 보고 소스라치게 놀랐다. 하지만 모든 훌륭한 동양인이 다 그렇듯이 나도 약간은 숙명론자의 자세로 오페라하우스에 들어섰다.

'감옥' 장면에서 크리스틴 다에가 납치된 것에 모두들 당연히 놀랐지만 나는 이미 마음의 준비를 하고 있었다. 나는 크리스틴이 '마술의 왕자' 에릭에게 납치된 것이 분명하다고 생각했다. 그리고 크리스틴과 아마 다른 모든 사람도 다 끝장이라고 거의 확신했기 때문에 극장 안에 있는 모든 사람들에게 빨리 도망치라고 충고할까 생각했다. 그러나 그렇게 하면 분명 나를 미친 사람 취급할 것 같아서 그만두었다.

나는 더 이상 지체하지 않고 나대로 움직이기로 했다. 에릭은 지금 오직 자신의 포로에 대한 생각에 사로잡혀 있을 가능성이 높았다. 지금이 바로 지하 3층을 통해 그의 집으로 들어갈 순간이었다. 나는 절망에 빠진 불쌍한 자작을 데려가기로 했다. 자작은 함께 가자는 내 제안을 바로 수락했고 내가 그에게 보여준 신뢰감에 깊이 감동했다. 나는 하인을 시켜 총을 가져오게 했다. 한 자루는 자작에게 주고 언제라도 발사할 수 있도록 총을 들고 있도록 일러주었다. 에릭이 벽 너머에서 우리를 기다리고 있을지도 몰랐기 때문이다. 우리는 국민군의 길로 가서 그 뚜껑 문을 통과할 예정이었다.

권총을 보더니 자작은 우리가 싸움을 해야 하느냐고 물었다. 나는 이렇게 말했다.

"그래요, 대단한 싸움이지요!"

그러나 나는 그에게 이것저것 설명할 시간이 없었다. 젊은 자작은 용감한 친구이지만 자신의 적이 어떤 인물인지 거의 아는 바가 없었고 차라리 그게 더 나았다. 나는 에릭이 올가미 밧줄을 준비하고 이미 근처 어딘가 와 있을까봐 너무나 두려웠다. 올가미 밧줄을 그보다 더 잘 던지는 사람은 없다. 에릭은 마법을 부리는 데

왕자라면 교살 기술에서는 왕의 경지였다. '마장데랑 시절', 에릭이 어린 왕비를 한바탕 즐겁게 해주고 나면 왕비는 뭔가 스릴 있는 놀이로 재미있게 해달라고 조르곤 했다. 그러면 그 올가미 밧줄 놀이를 시작했다.

그는 한때 인도에 살면서 놀라운 교살 기술을 배웠다. 그는 자신을 마당에 가두게 하고 전사 한 명을 집어넣게 했다. 상대방은 대개 사형 선고를 받은 자들로 긴 창과 날이 넓은 칼로 무장했으나 에릭에게는 올가미 밧줄뿐이었다. 전사가 무시무시한 공격으로 에릭을 쓰러뜨리려고 하는 순간 우리는 언제나 올가미 밧줄이 공중으로 휙 날아가는 소리를 들었다. 단 한 번 손목을 움직여 에릭이 상대의 목에 감긴 올가미를 조인 채 왕비와 시녀들 앞에까지 끌고 가면 여인들은 창가에 앉아 이런 광경을 내려다보며 환호를 보내는 것이었다. 왕비는 올가미 밧줄 부리는 법을 직접 배워 자신의 시녀들과 심지어 놀러 온 친구들의 시녀들까지 몇 명 죽이기도 했다. 마장데랑 시절의 이 끔찍한 이야기는 이제 그만하고 싶다. 난 단지 샤니 자작과 함께 오페라 지하실에 도착했을 때, 내가 왜 그렇게 자작을 교살의 위험으로부터 보호하기 위해 노력했는지 그 이유를 설명하기 위해 이 얘기를 언급한 것뿐이다. 에릭이 모습을 드러낼 가능성은 없었기 때문에 총은 별 소용이 없는 것이었다. 그러나 에릭은 언제든 우리를 목 졸라 죽일 수 있다. 나는 이 모든 상황을 자작에게 설명할 시간이 없었다. 게다가 일을 복잡하게 해서 득이 될 것도 없었다. 그래서 자작에게 사격 명령을 기다리는 것처럼 팔을 구부리고 손을 눈높이에 두라고만 했다. 이런 자세를 하고 있으면 아무리 뛰어난 교살 전문가라도 완벽하게 상대의 목에 밧줄을 걸기는 불가능하다. 그런 자세에서 밧줄을 던지면 밧줄은 목뿐만 아니라 팔과 손에 모두 걸리게 된다. 그러면 쉽게 밧줄을 빠져나와 목숨을 건질 수 있는 것이다.

경위와 수많은 문지기, 소방수들을 피하고 나서 쥐잡이와 마주친 다음 펠트 모자를 쓴 남자를 지나친 후에야 자작과 나는 마침내 지하 3층, 농가 세트와 '라호르의 왕' 세트 사이에 무사히 도착했다. 나는 바위를 움직여 오페라하우스의 이중 틀로 된 기초 벽 안쪽에 에릭이 마련해 놓은 그의 집 안으로 뛰어들어갔다. 이곳에 거처를 마련하는 것은 그에겐 아마 세상에서 가장 쉬운 일이었을 것이다. 에릭은 오페라하우스 건축가인 필리프 가르니에 밑에서 일하던 주요 하청업자 가운데 하나였고, 또 파리 함락과 코뮌 전투 당시 공사가 공식적으로 중단됐을 때도 혼자 작업을 계속 진행했기 때문이다.

에릭을 너무도 잘 아는 나로서는 그의 집에 뛰어들면서도 전혀 마음이 편치 않았다. 나는 마장데랑의 궁을 어떻게 해놓았는지 알고 있다. 그는 세상에서 가장 평범하고 단순한 건물을 악마의 집으로 바꿔놓았다. 그곳에서는 한마디만 해도 누군가 소리를 엿듣고 메아리도 생긴다. 에릭은 또 뚜껑 문도 만들어 온갖 끔찍한 비극을 일으켰다. 그는 여러 가지 무시무시한 발명품을 생각해 냈는데 그중에서도 가장 흥미롭고 끔찍하고 위험한 것은 이른바 고문실이라는 것이다. 왕비는 무고한 시민에게 고통을 주는 데서 즐거움을 찾았는데, 특별한 경우를 제외하면 고문실에는 사형 선고를 받은 자들 외에는 아무도 들여놓지 않았다. 그리고 왕비가 '충분히' 즐긴 후에는 죄수가 고문실 안의 철로 된 나무 아래 놓아둔 올가미 밧줄이나 활줄로 언제든 스스로 목을 매 목숨을 끊을 수 있도록 해놓았다.

따라서 샤니 자작과 함께 떨어진 그 방이 마장데랑 시절의 고문실과 흡사한 것을 보았을 때 나는 극도의 경계심이 발동했다. 발치에서 나는 그날 저녁 내내 걱정했던 그 올가미 밧줄을 발견했다. 나는 이 밧줄이 나처럼 어느 날 저녁 지하 3층에서 그 바위를 움직이다 에릭에게 잡힌 조제프 뷔케의 목숨을 끊는 데 사용됐음을 확신했다. 그는 아마도 바위를 열어보려다 고문실에 떨어져 교살 당했을 것이다. 에릭은 시체를 치우기 위해, 아니면 야수의 소굴에 다른 사람이 접근하는 것을 감시하는 데 도움이 될 미신적인 공포감을 증폭시키기 위해 그의 시체를 '라호르의 왕' 세트로 끌고 가서 본보기 삼아 매달아놓은 거라고 충분히 상상할 수 있다. 그런 다음 생각 끝에 에릭은 다시 돌아와 기이하게도 고양이 내장으로 만든 그 올가미 밧줄을 가져갔고 이는 조사를 하던 경위를 고민에 빠뜨렸을 것이다. 밧줄은 이렇게 해서 사라졌던 것이다.

그런데 지금 그 올가미 밧줄을 고문실에서 발견했다. 나는 겁쟁이는 아니지만 작은 등불의 불빛을 벽으로 가져가는 내 이마에는 식은땀이 맺혔다.

자작이 그것을 보고 물었다.

"왜 그러시죠?"

나는 격렬한 몸짓으로 조용히 하라고 했다.

제 22 장
고문실에서

페르시아인의 기록

우리는 위에서 아래까지 온통 거울로 덮인 육면체 모양의 작은 방 한가운데 있었다. 구석에는 이음새가 또렷이 보였는데, 이것을 통해 방을 움직이는 장치가 작동되는 것 같았다. 그 외에도 한쪽 모퉁이에 철로 된 나무가 있는 것을 보았다. 사람들을 매달기 위한 철나무와 철로 된 나뭇가지를.

나는 샤니 자작의 팔을 잡았다. 그는 사시나무 떨듯 떨고 있었고 자신의 약혼자에게 소리치려고 안달이었다. 나는 그가 자신을 억제하지 못할까봐 겁이 났다.

갑자기 왼편에서 소리가 들려왔다. 옆방에서 문이 열렸다 닫히는 소리가 나더니 다음에는 희미한 신음 소리가 들렸다. 나는 자작의 팔을 더욱 단단히 붙잡았다. 이번에는 또렷하게 말소리가 들려왔다.

"당신은 선택해야 해! 혼례 미사와 진혼 미사 둘 중에!"

괴물의 목소리임을 알 수 있었다.

또 다시 신음 소리가 들리고 이어 긴 침묵이 이어졌다.

나는 우리가 그의 집에 들어온 것을 괴물이 눈치채지 못한 것으로 판단했다. 그렇지 않다면 분명 우리가 그의 애기를 듣지 못하도록 조처를 취했을 것이기 때문이다. 소리를 차단하려면 고문을 즐기는 자들이 고문실을 내려다보는 데 쓰는 작은 불투명 창을 닫기만 하면 된다. 게다가 우리의 존재를 알았다면 즉각 고문이 시작됐을 것이다.

그가 알지 못하도록 하는 것이 중요했다. 그리고 나는 크리스틴 다에를 향해 벽으로 뛰쳐나가고 싶어하는 샤니 자작의 충동적 행동이 무엇보다도 두려웠다. 그녀의 신음 소리가 간헐적으로 우리 귀에 들려왔다.

"진혼 미사는 결코 즐겁지 않지." 에릭의 목소리가 다시 들렸다. "하지만 혼례 미사는 말이야, 내가 장담하는데 정말 굉장하지! 당신은 이제 마음을 정하고 결정을 내려야 해! 난 굴 속의 두더지처럼 계속 이렇게 살 수는 없다구! 「돈 후앙의 승리」가 드디어 완성됐어. 이제는 나도 다른 사람들처럼 살고 싶어. 나도 다른 사람들처럼 아내를 갖고 싶고 일요일이면 아내와 함께 외출하고 싶다구.

얼굴에 쓰면 보통 사람들처럼 보이는 가면도 만들어놓았어. 길거리를 다녀도 아무도 날 돌아보지 않을 거야. 당신은 세상에서 가장 행복한 여자가 될 거고. 그리고 우린 단둘이서 기쁨에 취할 때까지 노래를 부르겠지. 당신 울고 있군! 내가 두려운 거야! 하지만 난 사악한 인간이 아니야. 날 사랑하면 당신도 알 수 있을 거야! 내가 원하는 건 그냥 사랑 받는 것뿐이라구. 당신이 날 사랑해 준다면 난 양처럼 순해질 거야. 그리고 당신은 나와 함께 원하는 건 뭐든지 할 수 있어."

이런 식의 사랑의 애원에 이어 신음 소리는 점점 더 길어졌다. 나는 이보다 더 절망적인 탄식은 들어본 적이 없다. 자작과 나는 이 무서운 비탄의 신음 소리가 에릭의 것임을 알았다. 크리스틴은 공포에 마비되어 소리를 지를 힘조차 없이 그 자리에 서 있는 것 같았고 괴물은 그녀 앞에 무릎을 꿇고 있었다.

에릭은 자신의 운명을 격렬하게 비탄했다.

"당신은 날 사랑하지 않는군! 날 사랑하지 않아! 날 사랑하지 않는다고!"

그러더니 좀더 부드러운 소리로 말했다.

"왜 우는 거요? 당신이 우는 모습을 보면 내가 고통스럽다는 걸 알잖소!"

침묵이 흘렀다.

침묵이 흐를 때마다 우리는 새로운 희망을 얻었다. 우리는 서로에게 말했다.

"아마 크리스틴을 남겨두고 나갔나봐요."

우리는 에릭에게 들키지 않고 크리스틴 다에에게 우리의 존재를 알릴 가능성에 대해서만 생각했다. 크리스틴이 문을 열어주지 않으면 우리는 이제 고문실을 나갈 수가 없었다. 우리는 문이 어디 있는지조차 몰랐기 때문에 그녀가 문을 열어주어야만 우리가 그녀를 도울 희망이 있었다.

옆방에서 갑자기 전기 벨 소리가 나며 침묵이 깨졌다. 벽 저편에서 갑작스런 움직임과 함께 에릭의 천둥 같은 목소리가 들렸다.

"누군가 벨을 울리고 있어! 어서 들어오시지!"

사악한 웃음소리가 들렸다.

"이번에는 또 누가 방해하러 왔지? 여기서 기다리고 있어요. 난 사이렌에게 문 열어주라고 얘기하고 올 테니."

발자국 소리가 사라지더니 문이 닫혔다. 하지만 난 에릭이 또 어떤 끔찍한 짓을 하려는지 생각할 겨를이 없었다. 그 괴물이 새로운 범죄를 저지르러 나가는 것이라는 사실도 잊고 난 오직 한 가지만 생각했다. 크리스틴이 저 벽 너머에 홀로 있다는 것 말이다!

샤니 자작은 이미 그녀를 부르고 있었다.

"크리스틴! 크리스틴!"

우리가 옆방에서 나는 말소리를 들었듯이 샤니 자작이 부르는 소리를 그쪽에서 듣지 못할 이유가 없었다. 그런데 자작이 몇 번이고 소리를 쳤는데도 대답이 없었다.

마침내 희미한 목소리가 우리에게 들렸다.

"난 지금 꿈을 꾸고 있는 거야!" 그 목소리는 그렇게 말했다.

"크리스틴, 크리스틴, 나요, 라울!"

침묵이 흘렀다.

"대답 좀 해요, 크리스틴! 제발, 혼자 있으면 대답 좀 해줘요!"

크리스틴의 목소리가 라울의 이름을 속삭였다.

"그래, 맞아요. 나예요! 이건 꿈이 아니에요, 크리스틴. 날 믿어요. 당신을 구하러 왔으니 조금만 참아요! 괴물의 소리가 들리면 우리에게 미리 알려줘요!"

크리스틴은 공포에 사로잡혔다. 그녀는 라울이 숨어 있는 곳을 에릭이 발견할까 두려워 몸을 떨었다. 그녀는 에릭이 사랑에 눈이 멀어 제정신이 아니며 아내가 되는 데 동의하지 않으면 그 자신은 물론이고 모두 다 죽여버리기로 결심했다고 서둘러 말해 주었다. 에릭은 다음날 밤 11시까지 생각할 시간을 주었다. 그것이 마지막 시한이었다. 그가 말했듯이 그녀는 혼례 미사와 진혼 미사 간에 선택을 해야만 했다.

그리고 크리스틴은 에릭이 이해할 수 없는 말을 했다고 했다.

"당신의 대답이 부정적일 경우 모두 죽어 묻히게 될 거야!"

그러나 그 말은 내가 늘 두려워해왔던 생각과 정확히 일치하고 있었기 때문에 난 에릭의 말을 완벽하게 이해할 수 있었다.

"에릭이 어딨는지 말해 줄 수 있겠습니까?" 내가 물었다.

그녀는 그가 집 밖으로 나간 것이 분명하다고 대답했다.

"확인해 볼 수 있나요?"

"아뇨. 난 묶여 있어요. 난 지금 꼼짝도 할 수 없어요."

이 말을 듣자 자작과 나는 분노에 찬 소리를 질렀다. 우리 세 사람의 안전은 자유롭게 움직일 수 있는 크리스틴에게 달려 있었던 것이다.

"그런데 두 사람은 지금 어디 있나요?" 크리스틴이 물었다. "이 방에는 문이 두 개밖에 없어요. 라울, 내가 전에 말했던 그 루이 필리프 방이에요. 하나는 에릭이 드나들 때 사용하는 문이고 다른 문은 사용하는 걸 본 적이 없어요. 그 문은 사용하지 못하게 했어요. 가장 위험한 문이라고 하더군요. 고문실 문이라고!"

"크리스틴, 우린 바로 그 방에 있소!"

"고문실에 있다고요?"

"그래요, 그런데 문을 찾을 수가 없어요."

"아, 문이 있는 데까지 움직일 수만 있다면 좋으련만! 그럼 내가 문을 두드려서 어디 있는지 알려줄 수 있을 텐데."

"그 문에 자물쇠가 있나요?" 내가 물었다.

"네, 있어요."

"아가씨." 내가 말했다. "그 문을 꼭 좀 열어주셔야겠습니다."

"하지만 어떻게요?" 가엾은 그녀는 울먹이며 물었다.

몸을 묶고 있는 밧줄을 풀려고 이리저리 몸을 비트는 소리가 들려왔다.

"열쇠가 어디 있는지 알아요." 밧줄을 풀려고 애쓰느라 지친 목소리로 그녀가 말했다. "하지만 너무 세게 묶여 있어서, 아, 몹쓸 인간!"

그녀는 흐느끼기 시작했다.

"열쇠가 어디 있죠?" 나는 자작에게 아무 말 말고 나한테 맡기라는 몸짓을 하며 말했다. 우린 낭비할 시간이 없었다.

"옆방, 오르간 근처에 동으로 된 작은 열쇠 옆에요. 그것도 만지지 못하게 했죠. 둘 다 작은 가죽 가방에 들어 있어요. 생사의 가방이라고 부르는 것이죠. 라울! 라울! 도망가요! 여기 있는 건 모든 게 이상하고 무서워요. 에릭은 이제 완전히 돌아버릴 거예요. 그런데 당신은 고문실에 있다니! 왔던 길로 다시 돌아가요. 그 방을 고문실이라고 부르는 데는 분명 이유가 있을 거예요!"

"크리스틴, 우린 다 같이 이곳을 빠져나가든지 아니면 다 같이 죽게 될 거요!" 라울이 말했다.

"다들 침착해야 해요!" 내가 속삭이듯 말했다. "왜 에릭이 당신을 묶어놓았죠, 아가씨? 당신은 여기서 도망칠 수 없고 그도 그 사실을 아는데."

"스스로 목숨을 끊으려고 했거든요! 괴물은 어젯밤 밖에 나갔어요. 날 여기 데려온 다음에요. 난 반쯤 기절했고 반쯤은 클로로포름에 마취된 상태였죠. 그는 둑에 간다고 하더군요! 그가 돌아왔을 때 내 얼굴은 피투성이였죠. 벽에 이마를 찧어서 자살하려고 했거든요."

"크리스틴!" 라울이 고통스럽게 신음하더니 흐느끼기 시작했다.

"그래서 날 묶어놓았어요 내일 밤 11시까지는 죽으면 안 되니까."

"아가씨, 그 괴물이 지금은 묶어놓았지만 분명 풀어줄 겁니다. 아가씨가 할 일이 있어요! 그가 당신을 사랑한다는 걸 잊지 말아요!"

"아! 그걸 잊을 수만 있다면!"

"그 점을 잊지 말고 그에게 미소 지어요. 그리고 밧줄 때문에 아프니까 풀어달라고 간청하세요."

그때 크리스틴 다에가 말했다.

"쉿! 호수 쪽 벽에서 무슨 소리가 들려요! 그가 왔어요! 어서 가세요! 가요! 어서 가!"

"가고 싶어도 갈 수가 없어요." 나는 최대한 호소하듯 말했다. "이곳을 떠날 수가 없어요! 우린 지금 고문실에 있단 말입니다!"

"쉿!" 크리스틴이 다시 속삭였다.

무거운 발걸음 소리가 천천히 벽 너머에서 들려오다가 멈추더니 바닥이 다시 한 번 삐걱거렸다. 커다란 한숨 소리에 이어 크리스틴의 공포에 찬 외침이 들리고 에릭의 목소리가 들렸다.

"이런 얼굴을 보게 해서 정말 미안하오! 내 꼴이 말이 아니지? 그놈 잘못이었어! 벨은 왜 울리는 거야? 나라면 지나가는 사람에게 몇 시냐고 묻는 짓은 하지 않지. 그는 다시는 아무에게도 시간을 묻지 못할 거야! 사이렌의 잘못이야."

한층 더 깊고 커다란 한숨 소리가 흘러나왔다.

"아까 왜 소릴 질렀지, 크리스틴?"

"아파서요, 에릭."

"난, 나 때문에 무서워서 그런 줄 알았소."

"에릭, 이거 좀 풀어주세요. 난 당신의 포로 아닌가요?"

"또 목숨을 끊으려구."

"내일 밤 11시까지는 내게 시간을 주었잖아요, 에릭."

끌리는 듯한 발자국 소리가 바닥을 따라 다시 들려왔다.

"하긴 우린 같이 죽을 테니까. 그리고 나도 그래, 난 이런 생활
은 정말 신물이 나! 가만있어요, 풀어줄 테니. 당신의 '노!' 한마
디면 다 같이 끝장나게 될 거야! 당신이 맞아, 그래. 내일 밤 11시
까지 기다릴 거 뭐 있겠어? 그러면 더 근사하겠지, 더 멋지겠지.
하지만 어리석은 짓이야. 우린 지금 우리 자신, 우리 죽음에 대해
서만 생각해야 해. 나머진 중요하지 않아. 그런데 내가 흘딱 젖어
서 날 그렇게 보는 거요? 사랑하는 크리스틴, 밖에 비가 억수같이
오고 있어서 그런 거요. 그건 그렇고, 크리스틴, 난 환각에 빠진 것
같아. 방금 사이렌의 문을 울린 그자 말이야, 그가 호수 바닥에서
아직 벨을 울리고 있나 가서 한번 봐요. 그자는 마치 자, 돌아봐요.
이제 만족하오? 당신은 이제 자유요. 오, 가엾은 크리스틴, 이 손
목 좀 봐. 내가 그런 거요? 그것만으로도 난 죽어 마땅하오. 참, 죽
음 애기를 하니 내가 그 친구 진혼곡을 불러줘야겠군!"

　이런 소름 끼치는 애기를 듣고 있자니 난 끔찍한 생각이 들었
다. 나 역시 한때 저 벨을 울렸던 적이 있다. 벨을 울리는지 알지도
못한 채 어떤 경고 전류를 작동시켰음이 틀림없다. 그리고 칠흑처

럼 새까만 물속에서 튀어나왔던 두 팔이 기억났다. 이번에는 또 어떤 가엾은 자가 저 호숫가를 어슬렁거렸단 말인가? 지금 우리가 듣고 있는 저 진혼곡의 주인공은 누구였을까?

에릭은 천둥의 신처럼 노래를 불렀다. 그가 부르는 「진노의 날」노랫소리는 마치 천둥의 한가운데 있는 것처럼 우리를 압도했다. 폭풍우가 우리 주위에서 사납게 날뛰는 것 같았다. 그런데 벽 저편에서 들려오던 오르간과 에릭의 목소리가 너무 갑자기 뚝 끊어지는 바람에 자작은 스프링처럼 벌떡 튀어올랐다. 그리고 돌변한 그 목소리는 이빨 사이로 금속처럼 차갑게 말했다.

"내 가방에다 무슨 짓을 했지?"

제 23 장
고문이 시작되다

페르시아인의 기록

그 성난 목소리는 다시 물었다. "내 가방에다 무슨 짓을 한 거야? 풀어달라고 한 건 가방을 가져가려고 한 수작이었군!"

벽 너머에서 피신처를 찾는 듯 루이 필리프 풍의 방 뒤쪽으로 도망치는 크리스틴의 급한 발소리가 들렸다.

"어디로 도망가려는 거지?" 분노에 가득 찬 목소리가 그녀를 따라와 물었다. "내 가방 돌려주겠어? 그게 생사의 가방이라는 걸 몰라?"

"들어봐요, 에릭." 여자가 한숨을 쉬며 말했다. "우린 같이 살기로 했는데 그게 무슨 상관이죠?”

“그 안에는 열쇠가 딱 두 개 있다는 거 당신도 알고 있지.” 괴물이 물었다. “뭘 하려는 거지?”

“당신이 늘 가까이 못 가게 해서 아직 한 번도 보지 못한 이 방을 보고 싶어요. 여자들의 호기심 같은 거죠!” 그녀는 애써 쾌활한 듯 말했다.

하지만 그 수법은 에릭을 속여넘기기엔 너무 유치했다.

“난 호기심 많은 여자는 좋아하지 않아.” 그가 말했다. “그리고 당신은 ‘푸른 수염(6명의 아내를 차례로 죽인 잔혹한 남자–역주)’ 이야기를 기억하고 조심하는 게 좋을 거야. 자, 가방을 돌려줘요! 가방을 달라구! 열쇠는 그냥 두고, 호기심 많은 꼬마 아가씨!”

에릭은 껄껄거리며 웃었고 크리스틴은 고통의 비명을 질렀다. 에릭이 그녀에게서 가방을 다시 빼앗은 것이 분명했다.

바로 그 순간 자작은 무기력한 분노의 외마디 소리를 뱉고 말았다.

“잠깐, 저게 뭐지?” 괴물이 말했다. “못 들었나, 크리스틴?”

“아뇨, 못 들었어요.” 가엾은 그녀가 대답했다. “난 아무 소리도 못 들었어요.”

“비명 소리 같았는데.”

“비명이라니! 미쳐가는군요, 에릭! 이 집에서 누가 비명을 지르겠어요? 내가 그랬어요. 당신이 날 아프게 하니까! 난 아무 소리도 못 들었다고요.”

“당신 말하는 태도가 맘에 안 드는군! 떨고 있군 그래. 상당히 흥분해 있어. 거짓말을 하는 거야! 그건 비명 소리였어, 비명 소리가 들렸다고! 고문실에 누군가 있군 그래! 아, 이제야 알겠어!"

"거긴 아무도 없어요, 에릭!"

"알았어!"

"아무도 없다니까!"

"당신이 결혼하고 싶은 그 남자겠지, 아마도!"

"난 아무하고도 결혼하고 싶지 않아요, 당신도 알잖아요."

또다시 비열하게 낄낄거리는 웃음소리가 들렸다.

"그걸 알아내는 데 오래 걸리진 않을 거야. 사랑하는 크리스틴, 고문실에서 무슨 일이 벌어지는지 보려면 저 문을 열 필요는 없어. 당신도 보고 싶은가? 보고 싶어? 여기를 봐! 저기 누가 있다면, 정말 저기 누가 있다면 천장 가까이 저 위에 불투명 창문에 불이 들어오게 되지. 저 검은 커튼을 당기고 이 방 불만 끄면 돼. 자, 됐어. 불을 끄자구! 남편과 함께 있는데 어둠이 두렵진 않겠지!"

그리고 우리는 괴로움에 가득 찬 크리스틴의 목소리를 들었다.

"아뇨! 난 무서워요! 난 어둠이 무섭다고요! 그 방은 이제 관심 없어요. 당신은 어린애처럼 항상 날 두렵게 해요, 저 고문실로! 호기심이 생긴 건 사실이지만 이젠 관심 없어요. 조금도, 정말 조금도!"

그리고 내가 가장 두려워하던 일이 벌어지기 시작했다. 우린 갑자기 환한 빛에 휩싸였다! 벽 쪽에 모든 것들이 불타듯 이글거리는 것 같았다. 샤니 자작은 너무나 놀라서 비틀거렸다. 그리고 화난 목소리가 들렸다.

"저기 누군가 있다고 내가 말했지! 저 창문 보이나? 바로 저 위에 불이 들어온 저 창문 말이야! 저쪽 방에서는 볼 수가 없지! 그 접는 계단 위로 한번 올라가 봐. 그러라고 거기 놓아둔 거니까! 그게 뭐냐고 종종 물었었지. 이제 알았을 거야! 고문실을 들여다보라고 있는 거야. 호기심 많은 아가씨!"

"무슨 고문요? 누가 고문 당하고 있죠? 에릭, 에릭, 날 그냥 겁주려는 거라고 말해 주세요! 제발, 날 사랑한다면, 에릭! 고문 같은 건 없는 거죠?"

"창문으로 가서 직접 봐요, 자기!"

자작은 불이 들어오면서 눈앞에 드러난 놀라운 광경에 완전히 넋이 나갔기 때문에 크리스틴의 목소리가 점점 약해지는 것을 제대로 들었는지는 모르겠다. 하지만 나는 마장데랑 시절 저 작은 창문을 통해 이런 장면을 너무도 많이 보았다. 그래서 나는 두 사람의 대화를 듣고 어떻게 대처할지 판단하려고 옆방에서 오가는 얘기에만 신경을 곤두세우고 있었다.

"가서 저 창문으로 들여다보라구! 그가 어떻게 하고 있는지 얘기해 주구려!"

우리는 벽 쪽으로 끌리는 듯한 발자국 소리를 들었다.

"같이 올라가지. 아냐! 나 혼자 올라가겠어."

"좋아요. 내가 올라가죠. 내가 갈게요!"

"오, 크리스틴! 친절하기도 하지. 나이 든 나를 위해 수고를 덜어주다니 착하기도 해라! 그럼 그가 어떻게 하고 있나 얘기해 줘요!"

그 순간 자작과 내 머리 바로 위에서 이렇게 말하는 그녀의 목소리가 또렷하게 들려왔다.

"아무도 없어요."

"아무도? 정말 아무도 없어?"

"그럼요. 아무도 없어요!"

"그래, 좋아! 왜 그래요, 크리스틴? 금방 기절할 것 같군. 저 방에 아무도 없어서 그런가? 이리 내려와요. 이런, 정신 차려요. 거긴 아무도 없으니까. 그런데 그 방 경치는 어땠소?"

"아, 좋아요!"

"좀 낫군! 이제 좀 괜찮아졌군 그래. 흥분할 거 없어요! 그런데 집 안에 저런 것들이 있다니 참 웃기는 집이지 않소?"

"그래요, 그르뱅 박물관(유명 인사들의 모습을 밀랍으로 만들어 전시한 박물관—역주) 같아요. 그런데 에릭, 저 방에 고문 같은 건 없었어요! 난 얼마나 무서웠는지!"

"저 방에 아무도 없어서?"

"당신이 저 방을 설계했나요? 아주 근사해요. 당신은 굉장한 예술가예요, 에릭."

"맞아요, 내 나름으론."

"그런데 에릭, 왜 저 방을 고문실이라고 하죠?"

"그건 아주 간단해요. 저 방에서 뭘 봤소?"

"숲이요."

"숲에 뭐가 있었죠?"

"나무들이요."

"나무에는 원래 뭐가 있소?"

"새요."

"새를 봤소?"

"아뇨, 새는 못 봤어요."

"뭘 봤을까? 생각해 봐요! 나뭇가지를 봤지! 그 나뭇가지들이 뭘까?" 무시무시한 그 목소리가 물었다. "그게 바로 교수대지! 그래서 저 숲을 고문실이라고 하는 거라구! 아니, 다 농담이오. 난 전혀 다른 사람들처럼 살지 않아. 하지만 이제 정말 지쳤어! 집 안에 숲과 고문실, 가짜 바닥을 만들어놓고 사기꾼처럼 사는 게 이제 정말 신물이 난다고! 정말 지쳤어! 나도 다른 사람들처럼 평범한 문과 창문이 있고 그 안에 아내가 살고 있는 예쁘고 조용한 집에서 살고 싶어! 사랑할 수 있고 일요일이면 함께 외출하고 평일에는 항상 즐겁게 해주고 싶은 그런 아내. 카드 마술 보여줄까? 그럼 내일 밤 11시까지 시간 보내는 데 도움이 될 텐데. 사랑하는 크리스틴! 내 말 듣고 있는 거요? 날 사랑한다고 말해 줘요! 아니, 당신은 날 사랑하지 않지. 하지만 상관없어, 그렇게 될 테니까! 한때 당신은 가면 뒤의 내 모습을 알게 되고 나서 가면을 똑바로 볼 수 없었지. 하지만 이젠 가면 뒤의 내 모습은 잊고, 가면 쓴 날 바라보는 걸 꺼리지 않게 됐어! 사람은 뭐든지 익숙해질 수 있어. 바라기만 하면 결혼하기 전에 서로 좋아하지 않던 수많은 젊은이들도 결혼하고 나면 서로 사랑하게 돼! 아, 내가 무슨 얘기를 하고 있는지 모르겠군! 하지만 나와 함께 있으면 정말 재미있는 일이 많을 텐데. 가령 난 세상 누구보다도 뛰어난 복화술사지. 난 세계 최초의 복화술사라고! 당신 웃는군, 내 말을 못 믿나보지? 그럼, 들어보라고."

정말 세계 최초의 복화술사인 그는 오직 크리스틴의 관심을 고문실에서 돌리기 위해 노력하고 있었다. 그러나 그건 어리석은 일이었다. 크리스틴은 오로지 우리 생각밖에 없었으니까! 그녀는 최대한 부드러운 어조로 그에게 거듭 간청했다.

"저 창문의 불을 꺼주세요! 에릭, 창문의 불 좀 꺼줘요!"

크리스틴은 불이 너무 갑자기 켜졌고, 또 에릭이 그 불에 관해 너무도 위협적인 목소리로 얘기했기 때문에 이 불이 뭔가 끔찍한 일을 의미하는 것이라 생각했다. 그러나 눈부신 불빛 속에서 우리 두 사람의 무사한 모습을 본 것은 한순간이나마 그녀의 마음을 진정시켜 주었음이 틀림없다. 그래도 불을 끄면 그녀는 훨씬 더 마음이 편했을 것이다.

그러는 동안 에릭은 이미 복화술사 놀이를 시작하고 있었다.

"여기, 가면을 조금만 들어볼게, 아주 조금만! 내 입술 보여? 움직이지 않지! 난 입을 꼭 다물고 있어. 그런데 목소리가 들리지. 어디서 들릴까? 왼쪽 귀? 오른쪽 귀? 이 탁자? 아니면 저 벽로 선반 위에 있는 까맣고 조그만 상자들? 잘 들어봐, 크리스틴, 벽로 선반 오른쪽 작은 상자에서 나오는 소리야. 그게 뭐라고 하지? '전갈을 돌려볼까?' 뚝딱! 그럼 왼쪽 상자에서는 뭐라고 하지? '메뚜기를 돌려볼까?' 뚝딱! 저 조그만 가죽 가방 안에선 뭐라고 하지? '난 생사의 작은 가방이야!' 뚝딱! 이번엔 카를로타의 목구멍, 그녀의 황금색 목구멍, 크리스탈 같은 목구멍에서 나오는 거야! 뭐라고 하지? '나예요, 두꺼비 씨, 난 지금 노래하고 있어요! 난 두렵지 않아요. 꽥! 음악이 날 감싸고 있어요. 꽥!' 뚝딱! 이번엔 의자 위에 놓인 유령의 상자 안이야. 이렇게 말하지. '카를로타가 오늘 밤 노래할 때 머리 위에서 샹들리에가 떨어질 거야!' 뚝딱! 아하! 그럼 지금 에릭의 목소리는 어디 있지? 들어봐, 크리스틴, 들어보라고! 저 고문실 문 앞에 있지. 잘 들어봐! 난 고문실 안에 있어. 내가 뭐라고 하지? 이렇게 말해. "아, 가엾구나! 진짜 코가 달린 인간들, 내 고문실을 구경하러 온 저자들이! 아하하하!"

복화술을 하는 괴물의 끔찍한 목소리라니! 그 목소리는 사방에서 들렸다. 조그만 불투명 창문 너머, 벽을 뚫고 들려오는 그 소리는 우리를 에워쌌다. 에릭은 바로 우리에게 말하고 있었다! 우리는 마치 그에게 덤비려는 것처럼 몸을 움직였다. 그러나 에릭의 목소리는 자신의 메아리보다 더 빠르고 가볍게 이미 벽을 건너 넘어왔다.

그러다 더 이상 아무 소리도 들리지 않았다.

"에릭! 에릭!" 크리스틴의 목소리였다. "당신 목소리 때문에 피곤해져요. 이제 그만하세요, 에릭! 그런데 여긴 너무 덥지 않아요?”

“아, 그래!” 에릭의 목소리가 대답했다. “뜨거워서 참을 수 없을 정도지!”

“왜 이렇게 더운 거죠? 벽이 정말 뜨거워지고 있어요! 마치 벽이 불타는 것 같아요!”

“말해 주지, 크리스틴, 내 사랑. 그건 옆방에 있는 숲 때문이야.”

“그게 무슨 상관이죠? 숲이라니?”

“아까 본 숲이 아프리카의 숲이라는 거 몰랐소?”

그렇게 말하고 괴물은 너무나 큰 소리로 사악하게 웃기 시작했기 때문에 크리스틴의 애원하는 외침은 그 소리에 파묻혀버렸다. 샤니 자작은 미친 사람처럼 소리치며 벽에 몸을 부딪쳤다. 난 그를 억제시킬 수가 없었다. 괴물의 웃음소리 외에는 아무것도 들리지 않았고 괴물 자신도 그랬을 것이다. 그러더니 누군가 바닥에 쓰러지고 몸이 질질 끌리는 소리가 나더니 쾅 하고 문 닫는 소리가 들렸다. 그러고는 아무 소리도 들리지 않았다. 우리를 둘러싼 것은 열대 숲 한가운데 타는 듯한 침묵뿐!

제 24 장

물통! 물통 파실 분 안 계세요?

페르시아인의 기록

샤니 자작과 내가 갇힌 방은 벽면이 완전히 거울로 된 육면체라는 점은 앞에서 이미 언급했다. 나는 박람회에서 이런 방을 수없이 보아왔고, '환각의 궁전'인가 뭐 그런 이름으로 불렸다. 하지만 이 방은 전적으로 에릭의 작품으로, 마장데랑 시절 처음으로 이런 종류의 방을 만들어냈다. 가령 기둥 같은 장식물을 모퉁이 한 곳에 세우면 즉각 수많은 기둥이 생겨났다. 그 거울 덕분에 실제 방은 6개의 방이 되고 이렇게 늘어난 각 방은 또 무한하게 늘어났다. 그러나 이런 유아적인 환각 놀이에도 왕비가 금방 싫증을 내자 에릭은 자신의 발명품을 '고문실'로 개

조했다. 이런 용도에 맞게 그는 한쪽 구석에 철로 만든 나무를 세웠다. 나뭇잎이 그려진 이 나무는 실제 나무와 흡사했고 고문실에 감금되는 '환자'의 모든 공격을 버티도록 철로 만들었다. 우리는 그러한 풍경이 각 구석에 있는 드럼이나 롤러의 자동 회전에 의해 순식간에 두 개의 다른 풍경으로 연이어 바뀌는 과정을 보게 될 것이다. 이 장치는 세 부분으로 되어 있는데 거울 각도에 꼭 들어맞으며 각 부분은 롤러가 축을 중심으로 회전하면서 나타나는 장식 장치를 떠받치고 있다.

이 이상한 방의 벽에는 감금되는 환자가 붙잡을 만한 것이 전혀 없었다. 그 견고한 장식물 외에는 벽면의 거울뿐이었고, 그 거울은 빈손에 맨발인 상태로 방 안에 던져지는 희생자의 어떠한 공격에도 충분히 견딜 만큼 두꺼웠다.

가구도 없었다. 천장에는 조명 장치가 있었다. 이 방의 독창적인 전기 난방 시스템은 후에 다른 사람들에게 모방의 대상이 될 정도였는데 벽과 방 안 온도를 마음대로 높일 수 있었다.

그림으로 그려넣은 겨우 몇 개의 나뭇가지로 뜨거운 태양 아래 적도의 숲에 와 있는 듯한 환각을 불러일으키는 이 완벽한 발명품에 대해 내가 이토록 소상히 설명하는 것은 이 글을 읽는 사람이 내 정신 상태를 의심하거나 내가 미쳤다거나 거짓말을 하거나 아니면 내가 그들을 놀린다고 생각할지도 모른다는 노파심 때문이다. (페르시아인이 이 글을 쓸 당시에는 자신의 글을 읽는 사람들의 입장에서 이 글이 꾸며낸 이야기라는 생각이 들지 않도록 하기 위해 극도로 신경을 써야 했다는 것은 매우 당연한 일이다. 하지만 이제 우리는 모두 그런 방을 본 경험이 있기 때문에 그의 조심은 쓸데없는 것이 돼버린 셈이다.)

다시 고문실로 돌아가보자. 천장에 불이 들어와 숲이 모습을 드러내자 자작의 놀라움은 대단했다. 수많은 둥치와 나뭇가지로 둘러싸여 도저히 뚫고 지나갈 수 없는 숲은 그를 극도의 혼란 상태에 빠뜨렸다. 그는 마치 꿈을 쫓아버리려는 듯 양손을 머리 위로 휘저었다. 눈을 끔벅거리고 잠시 동안 소리를 듣는 것도 잊었다.

하지만 나는 앞에서도 얘기했지만 숲을 보고도 전혀 놀라지 않았다. 나는 옆방에서 벌어지는 일에 귀를 기울였다. 그러다가 나는 환각 효과를 연출하는 그 방의 거울에 특별히 관심이 쏠렸다. 거울이 부분적으로 깨져 있었다. 여기저기 흠집과 긁힌 자국이 있었다. 그렇게 견고한데도 손상된 곳이 있었던 것이다. 이 사실은 우리가 지금 갇혀 있는 고문실에서 누군가 이미 고문을 당했음을 증명하는 것이었다.

그렇다. 마장데랑 시절의 희생자들처럼 맨발이 아니었던 어느 불쌍한 자가 이 '죽음의 환상' 속으로 떨어진 뒤 분노로 미쳐버린 상태에서 저 거울들을 발로 마구 찼던 것이다. 그러나 거울은 깨지지 않고 그의 고통만 고스란히 비춰주었을 것이다. 그러고는 저 나뭇가지에 목을 매달아 고통을 끝냈으며 죽어가면서 몸부림치는 수천 개의 자신의 모습을 거울을 통해 지켜보았을 것이다.

조제프 뷔케는 분명 이 모든 일들을 겪었던 것이다! 우리도 그렇게 죽게 될까? 난 그렇게 생각하지 않았다. 우리에겐 아직 몇 시간의 여유가 있고 또 조제프 뷔케보다는 이 방을 더 잘 이용할 수 있을 것이기 때문이다. 나는 에릭이 쓰는 속임수 대부분을 속속들이 알고 있다. 내가 알고 있는 지식에 의지할 마지막 기회가 왔다.

우선 나는 저주받은 이 방으로 오게 된 길로 다시 돌아간다는 생각은 완전히 포기했다. 통로를 막아버린 그 바위를 안쪽에서 어떻게 해볼 가능성에 대해서도 굳이 생각하지 않았다. 그렇게 하는 것은 도저히 불가능하다는 것이 그 이유다. 그 바위 입구와 우리가 떨어진 고문실은 거리상 너무 멀었다. 철나무의 가지에서도 너무 멀었고 한 사람이 다른 사람의 어깨 위에 올라서도 어림없었다.

나가는 길은 오직 하나, 에릭과 크리스틴 다에가 있는 저 루이 필리프 풍의 방으로 연결된 문이었다. 그 문은 크리스틴 쪽에서는 평범한 문처럼 생겼지만 우리 쪽에서는 완벽하게 감춰져 있었다. 따라서 우리는 어디 있는지도 모르는 그 문을 열어야 했다.

고문에 방해가 되지 않도록 에릭이 가엾은 크리스틴을 루이 필리프 풍의 방에서 끌고 나가는 소리를 듣고 크리스틴 쪽에서 우리를 도와줄 희망은 없다는 생각이 들자 나는 지체 없이 작업에 착수하기로 마음먹었다.

그러나 그 전에 나는 자작부터 진정시켜야 했다. 그는 앞뒤도 맞지 않는 소리를 지껄이면서 미친 사람처럼 이리저리 어슬렁거리고 있었다. 크리스틴과 에릭이 나누는 대화를 엿들은 그는 거의 제정신이 아니었다. 더구나 마법의 숲을 본 충격과 타는 듯한 열기로 그의 관자놀이에 땀이 비오듯 흐르기 시작했다. 그의 정신 상태를 이해하는 것은 그리 어렵지 않을 것이다. 그는 크리스틴의 이름을 소리쳐 부르며 총을 이리저리 휘두르고 환영에 지나지 않는 숲 사이의 빈터를 달려나가려다 유리에 이마를 부딪쳤다. 간단히 말해, 고문이 시작된 것이며 고문실에 전혀 준비가 되어 있지 않은 사람의 머리에 마법이 힘을 발휘하기 시작한 것이었다.

나는 가엾은 자작이 정신을 차리도록 최선을 다했다. 그 방의 거울, 철로 된 나무, 나뭇가지를 직접 만져보게 하고, 우리를 에워싸고 있는 이 모든 빛나는 허상들에 대해 광학적 법칙에 따라 설명한 뒤 다른 무지한 사람들처럼 이런 것에 희생돼서는 안 된다고 말했다.

"우린 지금 작은 방에 있는 겁니다. 그 점을 항상 상기하세요. 문을 발견하자마자 이 방을 나가게 될 겁니다."

또한 소리를 지르고 우왕좌왕하며 날 방해하지 않는다면 한 시간 내에 방문을 열 수 있는 장치를 찾아낼 것이라고 약속했다.

그러자 그는 사람들이 숲에서 하는 것처럼 바닥에 털썩 주저앉더니 내가 문을 찾아낼 때까지 자신은 기다리겠다고 했다. 그러더니 "경치 좋구나!" 하는 것이었다. 내가 그렇게 설명했건만 그는 이미 고문에 지배되고 있었다.

하지만 나는 숲에 대해서는 잊어버리고 유리판에 달라붙어 손가락을 더듬어 사방으로 문을 열 수 있는 곳을 찾아보았다. 그 부분을 누르면 에릭의 회전축 시스템에 따라 문이 회전하는 것이다. 그 부분은 완두콩 크기보다 작아 유리판 위의 아주 작은 한 점으로 보일 수도 있다. 뒤에 스프링이 숨겨져 있는 작은 장치를 나는 찾고 또 찾았다. 손이 닿을 수 있는 최대한까지 찾아보았다. 에릭은 키가 나와 비슷해서 자기 신장보다 높은 곳에 스프링을 장치하지는 않았을 것이라 생각했기 때문이다.

최대한 신중하게 유리판을 더듬어 찾는 동안 나는 일 분도 낭비하지 않으려고 노력했다. 시간이 갈수록 열기가 점점 더 심해졌고 우리는 문자 그대로 타는 듯한 숲속에서 통 구이가 되고 있었던 것이다.

이렇게 30분 정도 시간이 흐르는 동안 나는 겨우 유리판 세 개 정도를 조사한 상태였다. 바로 그때, 재수가 나쁘면 으레 그렇듯이 나는 자작이 뭐라고 하는 소리를 듣고 돌아섰다.

"목이 말라요." 그가 말했다. "저 거울 사방에서 지옥처럼 열기가 뿜어져 나오고 있어요! 스프링을 곧 찾을 수 있겠소? 더 오래 걸리면 우린 산 채로 통구이가 될 겁니다!"

난 그런 얘기를 들어도 그가 딱하다고 생각하지 않았다. 그는 숲에 대해서는 한마디도 하지 않았고 나는 자작의 이성이 고문보다 좀더 오래 버티기를 바랐다. 그러나 그는 이렇게 말했다.

"에릭이 내일 밤 11시까지 크리스틴에게 시간을 준 것이 위안이 되는군. 여기서 빠져나가 그녀를 돕지 못하면 적어도 그녀 앞에서라도 죽겠지! 그럼 에릭의 진혼 미사는 우리 모두를 위한 것이 되겠군!"

그러고는 뜨거운 공기를 한껏 들이마셨고 그 때문에 거의 기절할 지경이었다.

하지만 나로서는 샤니 자작처럼 죽음을 받아들일 절실한 이유가 없는지라 그에게 격려의 말을 해준 뒤에 살펴보던 유리판 쪽으로 몸을 돌렸다. 그러나 나는 말을 하면서 몇 발자국 움직이는 실수를 저지르고 말았다. 환각의 숲 한가운데서 나는 살펴보던 유리판이 정확히 어떤 것이었는지 알 수 없게 돼버렸다! 유리판을 더듬어 찾는 과정을 처음부터 다시 시작해야 할 판이었다.

이제 내게도 열기가 엄습하기 시작했다. 이제껏 아무것도 찾지 못한 것이다. 옆방은 침묵뿐이었다. 우리는 숲에서 길을 잃고 출구도 나침반도 안내자도 아무것도 없었다. 아, 누군가 우리를 도와주러 오거나 내가 그 스프링을 찾아내지 못한다면 어떤 일이 기다리는 것인지 나는 잘 알고 있었다! 아무리 열심히 살펴보아도 내 앞에 곧게 서 있는, 머리 위로 우아하게 펼쳐진 아름다운 나뭇가지 말고는 아무것도 찾을 수가 없었다. 하지만 그 나뭇가지들은 그림자도 만들어주지 못했다. 우리가 적도의 숲, 태양이 머리 바로 위에 있는 아프리카 숲에 있는 것이기 때문에 당연한 일이었다.

샤니 자작과 나는 계속해서 외투를 벗었다 입었다 했다. 옷을 입고 있다가 너무 더워서 벗어버렸다가도 열기로부터 몸을 보호하기 위해 다시 입었다. 나는 아직 정신으로 버티고 있었지만 자작은 이제 상당히 '맛이 간' 상태 같았다. 그는 크리스틴 다에를 찾아 3일 밤낮을 쉬지 않고 숲에서 걸어 다닌 사람처럼 행동했다. 가끔씩 그는 나무 둥치 뒤에서 크리스틴을 보거나 나뭇가지 사이로 그녀가 지나갔다고 생각하고는 애원하며 그녀의 이름을 불렀고, 그 모습을 보는 내 눈에는 눈물이 맺혔다. 그는 마침내 말했다.

"아, 너무나 목이 말라!" 마치 헛소리를 하는 듯했다.

나도 목이 말랐다. 목구멍이 타는 듯했다. 그러나 나는 여전히 바닥에 쭈그리고 앉아 보이지 않는 문을 열 스프링을 찾고 찾고 또 찾았다. 밤이 가까워지면 숲에 남아 있는 것이 더욱 위험한 일이었다. 이미 어스름이 우리 주위를 감싸기 시작했다. 순식간에 그렇게 돼버렸다. 하긴 열대 지역에서는 밤이 빨리 찾아오는 법이다. 갑자기, 황혼도 없이.

적도의 숲에서 밤은 언제나 위험하다. 특히 우리처럼 야수를 쫓아버릴 수 있도록 불을 지필 만한 물건이 없는 경우에는. 나는 정말이지 한순간 그 나뭇가지를 부러뜨려 갖고 있던 등불로 불을 붙이려 했다. 하지만 거울에 몸을 부딪치고서야 나뭇가지가 그냥 환영에 불과하다는 것을 깨달았다.

열기는 밤이 되어도 가실 줄을 몰랐다. 오히려 푸른 달빛 아래 더욱더 뜨거워졌다. 나는 자작에게 언제든지 쏠 수 있도록 총을 들고 있으라고 하고 스프링 찾는 일을 계속했다.

갑자기 근처에서 사자의 포효 소리가 들렸다.

자작이 속삭이듯 말했다. "아주 가까이 있어! 안 보이세요? 저기 저 나무 사이 저 덤불 속에! 한 번만 더 으르렁거리면 쏠 테다!"

또다시 포효 소리가 들렸고 이번에는 아까보다 소리가 더 컸다. 자작이 총을 발사했으나 물론 나는 그가 사자를 쏘았다고는 생각하지 않는다. 다음날 아침 새벽녘에 안 것이지만 그는 거울을 박살냈을 뿐이었다. 그날 밤 우린 꽤 먼 거리를 이동했는지 눈앞에는 갑자기 모래와 돌, 바위로 된 거대한 사막이 펼쳐졌다. 숲을 벗어나 사막을 만나다니 정말 맥빠지는 일이었다. 완전히 지친 나는 자작 옆에 털썩 주저앉았다. 그토록 열심히 스프링을 찾았지만 결국 아무리 해도 찾을 수가 없었다.

난 그날 밤 다른 위험한 동물들을 만나지 않은 것에 꽤 놀랐다. 자작에게도 그 얘기를 했다. 대개 사자 다음에는 표범이 나타나고 때로는 체체파리 떼가 나타났다. 이런 동물의 음향 효과는 손쉽게 연출할 수 있다. 나는 에릭이 기다란 작은북이나 탬버린 한쪽 끝에 당나귀 가죽을 입혀 사자의 으르렁거리는 소리를 만드는 것이라고 자작에게 설명해 주었다. 이 가죽 위에 고양이 창자로 된 줄을 묶은 다음, 이 줄의 중간 부분을 북 길이 전체를 통과하는 또 다른 비슷한 줄로 단단히 묶어준다. 그런 다음 송진을 바른 장갑을 끼고 이 줄을 문지르기만 하면 문지르는 방식에 따라 완벽하게 사자나 표범, 심지어 체체파리 떼의 소리를 모방할 수 있는 것이다.

에릭이 그런 속임수를 쓰면서 그 방 어딘가 우리 옆에 있을지도 모른다는 생각이 들자 나는 갑자기 협상을 해야겠다는 생각이 들었다. 이제 우리 쪽에서 그를 기습 공격한다는 생각은 분명히 포기해야 하기 때문이다. 에릭은 이제 고문실의 포로들이 누군지 잘 알고 있음이 틀림없다. 나는 소리쳤다. "에릭! 에릭!"

사막 너머로 최대한 큰소리로 외쳤지만 아무도 대답이 없었다.

주위로는 침묵과 돌투성이의 거대한 사막뿐이었다. 이 끔찍한 사막 한가운데서 우리는 어떻게 되는 걸까?

우리는 이제 열기와 배고픔, 갈증으로 정말 죽어가고 있었다. 특히 갈증이 심했다. 마침내 나는 자작이 팔꿈치를 들어 수평선의 한 점을 가리키는 것을 보았다. 그는 오아시스를 발견한 것이다!

그랬다. 멀리 오아시스가 있었다. 맑고 투명한 물이 샘솟는 오아시스, 그 물에 철로 된 나무가 비쳤다! 그건 물론 신기루 장면이었던 것이다. 난 즉각 그 사실을 알아차렸다. 세 가지 중 가장 최악의 고문! 아무도 이 고문에 맞서 이기지 못했다. 난 제정신을 유지하려고 최선을 다했고 물에 대한 헛된 희망을 갖지 않으려 했다. 애타게 물을 갈망하던 사람이 철나무가 비치는 물을 찾아갔는데 거울에 맞닥뜨리게 되면 그가 할 수 있는 행동은 한 가지뿐이기 때문이다. 철나무에 목을 매는 것 말이다!

이 사실을 아는 나는 자작에게 소리쳤다.

"그건 신기루예요! 신기루라구요! 물이 있다고 믿지 말아요! 거울의 또 다른 속임수일 뿐이에요"

그러자 자작은 단호하게 내게 입을 닥치라고 했다. 그는 거울의 속임수니 스프링, 회전문, 환각의 궁전 등등 내가 한 얘기가 모두 거짓말이라고 했다. 내가 장님이거나 미쳐버려서 저기 샘솟는 물이, 저기 근사한 수많은 나무들 사이로 샘솟는 저 물이 진짜 물이 아니라고 상상하는 것이라며 화가 나서 선언하듯 말했다! 그리고 저 사막도 진짜며 숲도 진짜라는 것이다! 속이려 해봤자 소용없

다, 자신은 여행 경험이 풍부하며 전세계를 돌아다닌 사람이라는
것이었다!

"물! 물!" 그렇게 말하며 그는 몸을 질질 끌면서 앞으로 나아갔다.
마치 물을 마시는 것처럼 입을 벌렸다.

나 역시 물을 마시는 것처럼 입이 벌어졌다.

우리는 물을 본 것뿐만 아니라 물소리도 들었다. 물이 흐르는,
물이 찰싹거리는 소리를 말이다. '찰싹거린다'는 게 무슨 뜻일까?
그건 바로 자기 혀로 듣는 소리다. 우리는 물소리를 더 잘 들으려
고 혀를 내밀었다.

마침내 빗소리까지 들었는데 물론 비는 오지 않았다! 이것은
모든 고문 중에서도 가장 무자비한 것이었다. 이건 정말 악마적인
발명이었다. 아, 나는 에릭이 어떻게 이런 효과를 연출했는지 너
무도 잘 알고 있다. 그는 아주 길고 가느다란 상자에 작은 돌을 가
득 채워 넣는데, 상자 속에는 나무와 금속으로 된 돌출 부분이 있
어 돌이 떨어지면서 이 부분에 부딪쳐 튀어오른다. 그러면 폭풍우
가 칠 때처럼 빗방울이 후두둑 떨어지는 소리가 나는 것이다.

혀를 쭉 빼고 철썩거리는 강둑을 향해 질질 끌며 다가가는 우리
의 모습은 정말 가관이었다. 눈과 귀는 온통 물로 가득했으나 혀
는 딱딱한 뿔처럼 바싹 말라붙었다.

마침내 거울에 이르자 자작은 거울을 혀로 핥았다. 나도 마찬가
지였다. 혀가 탈 듯이 뜨거웠다.

우리는 날카로운 절망의 비명을 지르며 바닥을 굴렀다. 자작은

장전된 총을 자신의 관자놀이로 가져갔다. 나는 철나무 아래 있는 올가미 밧줄을 뚫어지게 바라보았다. 나는 왜 철나무가 이 세 번째 풍경에서 다시 등장하는지 알고 있다. 그 철나무는 날 기다리고 있었던 것이다!

하지만 밧줄을 뚫어지게 바라보다 다른 뭔가를 발견한 나는 자작의 자살을 막기 위해 재빨리 움직였다. 나는 그의 팔을 잡고 총을 거두었다. 그러고 나서 무릎을 꿇은 채 내가 본 것을 향해 앞으로 기어갔다.

나는 그 올가미 밧줄이 놓여 있는 곳 근처 바닥의 홈에서 검은 못을 발견했던 것이다. 난 그것이 어디에 쓰이는지 알고 있었다. 마침내 스프링을 찾은 것이다! 못을 만져보았다. 나는 자작을 향해 환하게 빛나는 얼굴을 들었다. 힘을 가하자 검은 못이 휘었다.

그러자 벽에서 문이 열린 것이 아니라 바닥에서 지하실로 연결되는 뚜껑 문이 나타났다. 차가운 공기가 아래의 검은 구멍으로부터 올라왔다. 우리는 투명한 우물을 내려다보듯 네모난 검은 구멍을 내려다보았다. 차가운 어둠 속에 턱을 내민 채 우리는 찬 공기를 한껏 들이마셨다.

우리는 그 뚜껑 문을 향해 몸을 점점 더 깊이 구부렸다. 우리 앞으로 활짝 열린 지하실에 무엇이 있을까? 물? 마실 물?

손을 어둠 속으로 쑥 내밀자 돌이 하나둘 만져졌다. 계단 같았다. 지하실로 이어지는 어두운 계단 말이다. 자작은 구멍 속으로 얼른 내려가고 싶어했지만 나는 이것이 에릭의 새로운 속임수일지도 몰랐기 때문에, 그를 제지하고 등불을 켠 다음 내가 먼저 내려가보았다.

계단은 나선식으로 캄캄한 어둠 속에서 휘감기듯 이어졌다. 그러나 그 어둠과 계단은 얼마나 시원하던지! 호수가 멀지 않은 것이다.

우리는 곧 바닥에 닿았다. 눈은 어둠에 익숙해지기 시작해 주변의 형체를 분간할 수 있었다. 둥근 모양의 물체 위로 등불을 비춰보았다.

물통이었다!

우리는 에릭의 지하실에 있었다. 에릭이 와인과 어쩌면 마실 물을 저장하는 곳이 틀림없었다. 에릭이 대단한 고급 와인 애호가라는 사실을 나는 알고 있었다. 그곳에는 마실 것 천지였다!

자작은 둥근 통을 손으로 더듬어보며 거듭 외쳤다.

"물통! 물통이야! 사방이 물통이군!"

사실이었다. 두 줄로 대칭을 이룬 물통이 수도 없었다. 모두 작은 통이었는데 호숫가 집까지 쉽게 운반하기 위해 에릭이 그 정도 크기를 일부러 택한 것이 분명했다.

혹시 깔때기가 달린 통이 있지 않나 하고 하나하나 살펴보았다. 깔때기가 달려 있으면 최근에 그 통에서 물을 꺼내 썼음을 알 수 있기 때문이다. 그러나 통들은 모두 단단히 밀봉돼 있었다.

통을 반쯤 들어 안이 꽉 차 있는지 확인한 다음 나는 갖고 있던 작은 나이프로 통에 구멍을 뚫으려 했다.

그 순간 아주 멀리서, 파리의 거리에서 종종 들어서 잘 알고 있는 그런 단조로운 소리를 들은 것 같았다.

"물통! 물통 파실 분 안 계세요?"

나는 동작을 멈췄다. 자작도 그 소리를 듣고 말했다.

"재밌네요! 물통이 노래하는 소리 같군요!"

그 소리는 다시 들렸다가 멀리 사라져갔다.

"물통! 물통 파실 분 안 계세요?"

"저 소리는 분명히 물통에서 나고 있어요!" 자작이 말했다.

우리는 일어나 물통 뒤를 돌아보았다.

"소리는 통 안에서 나요." 자작이 소리쳤다. "안에서 난다구요!"

그러나 거기선 아무 소리도 나지 않았고 우린 너무 지친 나머지 환청을 들었나보다 생각했다. 그러고는 통으로 다시 돌아왔다. 자작은 통 주둥이 밑에 양손을 갖다 대고 마침내 나는 마개를 땄다.

"이게 뭐지?" 자작이 소리쳤다. "이건 물이 아니잖아!"

자작은 내가 들고 있던 등불 쪽으로 양손을 가까이 가져왔다. 나는 그게 뭔지 보려고 몸을 일으켜 세웠다. 자작의 손을 보자마자 놀란 나는 너무 거칠게 등불을 내동댕이쳤고 그 바람에 등불이 부서지며 불이 꺼져 우리는 완전히 어둠 속에 갇혀버렸다.

내가 자작의 손에서 본 것은 화약이었다!

제 25 장
전갈이냐 메뚜기냐

페르시아인의 기록

화약을 발견한 우리는 지금까지의 모든 고생을 잊은 채 즉각 경계 상태에 돌입했다. 우린 이제 에릭이 크리스틴 다에에게 한 말의 의미가 무엇인지 완전히 이해하게 되었다.

"예스냐 노냐! 만약 노라고 대답하면 모두 다 죽어 묻히게 될 거야!"

그랬다. 파리 그랜드 오페라하우스 폐허 밑에 모두 다 매장된다는 의미였다.

에릭은 그녀에게 밤 11시까지 시한을 주었다. 그는 적절한 시간을 택한 셈이었다. 그때쯤이면 눈부시게 빛나는 저 극장 안은 수

많은 인간들로 가득할 것이다. 그의 장례식에 이보다 더 멋진 수행원들이 어디 있겠는가? 그는 세상에서 가장 아름다운 여인들, 가장 화려한 보석과 함께 무덤 속으로 들어가게 되는 것이다.

내일 밤 11시!

우리는 공연 도중 모두 폭파되어 날아가는 것이다. 크리스틴이 '노'라고 대답하면! 내일 밤 11시에!

크리스틴으로서는 '노' 외에 달리 뭐라고 답하겠는가? 살아 있는 시체와 함께 사느니 차라리 죽음을 택하는 편이 낫지 않겠는가? 하지만 그녀는 자신의 대답 한마디에 수많은 사람들의 운명이 달려 있다는 사실을 모르고 있었다!

내일 밤 11시!

우리는 어둠 속에서 돌계단을 더듬어 거울의 방과 연결된 뚜껑문의 빛을 향해 나아갔다. 우리는 자꾸만 중얼거렸다.

"내일 밤 11시!"

마침내 나는 계단을 찾았다. 하지만 첫번째 계단에 이른 나는 갑자기 끔찍한 생각이 들었다.

"지금 몇 시죠?"

아, 지금이 몇 시지? 어쩌면 내일 밤 11시는 지금, 바로 지금 이 순간일지도 모르는 일이었다! 누가 우리에게 시간을 알려줄 수 있었겠는가? 우리는 그 지옥 속에 몇 날 며칠, 아니 몇 년, 세상이 시작된 직후부터 갇혀 있었던 것만 같았다. 어쩌면 우리는 이미 거기서 폭파되어 날아갔는지도 모른다! 아, 소리가 들린다! 뭔가 부서지는 소리!

"저 소리 들었어요? 저기, 저 모퉁이, 세상에! 기계 소리 같아! 또 들려! 아, 빛이 있다면! 어쩌면 모두 다 날려버릴 기계 소리인지도 모르지! 봐요, 뭔가 깨지는 소리, 당신은 안 들려요?"

자작과 나는 미친 사람처럼 소리를 지르기 시작했다. 공포가 우리를 엄습했다. 우리는 어둠을 벗어나려고, 거울의 방에서 비치는 그 두려운 빛으로 다시 돌아가려고 이리저리 넘어지며 미친 듯이 계단을 올라갔다.

뚜껑 문은 아직 열려 있었으나 거울의 방은 지하실만큼이나 어두웠다. 우리는 그 화약고 바로 위의 고문실 바닥을 따라 질질 끌듯이 나아갔다. 몇 시야? 우리는 마구 외쳤다. 자작은 크리스틴을, 나는 에릭을 불렀다. 외치며 나는 예전에 에릭의 목숨을 살려주었던 사실을 상기시켰다. 그러나 우리 두 사람의 절망과 광기 어린 외침 외에는 아무 대답이 없었다. 몇 시지? 우리는 그곳에서 머문 시간을 계산하며 논쟁을 벌였으나 도무지 헤아릴 수가 없었다. 시계를 볼 수만 있다면! 내 시계는 멈춰버렸지만 자작의 시계는 아직 가고 있었다. 그는 오페라에 가려고 옷을 입기 전에 시계 태엽을 감았다고 말했다. 그러나 성냥도 없었다. 하지만 어떻게든 시간을 알아내야만 했다. 자작은 시계 유리를 깨서 시계 테두리의 위치를 따라 손가락 끝으로 시계 바늘을 더듬어보았다. 두 바늘 사이의 공간으로 미루어 그가 판단한 시간은 11시 정도였다.

하지만 그건 그 11시가 아닌지도 몰랐다. 어쩌면 아직 12시간이 남아 있는 것일 수도 있다!

갑자기 나는 소리쳤다. "쉿!"

옆방에서 발자국 소리가 들리는 것 같았다. 누군가가 벽을 더듬고 있었다. 크리스틴 다에의 목소리가 들렸다.

"라울! 라울!"

우리는 벽 양편에서 한꺼번에 서로를 향해 뭐라고 떠들어 대기 시작했다. 크리스틴은 자작이 살아 있는지 몰라 흐느껴 울고 있었다. 괴물은 이제까지 그녀에게 끔찍하게 군 모양이었다. 크리스틴이 "예스"라는 대답을 하기를 기다리며 줄곧 사납게 소리를 질러 댄 것 같았다. 그녀는 고문실로 다시 데려다주면 원하는 대답을 하겠다고 했지만 에릭은 고집스럽게 거부했고 모든 인간들을 상대로 무시무시한 협박의 말을 할 뿐이었다. 그런 지옥 같은 시간이 끝없이 계속되다 마침내 에릭이 자리를 비우며 마지막으로 그녀에게 생각할 시간을 준 것이었다.

"시간, 시간! 지금이 몇 시요? 도대체 지금이 몇 시지, 크리스틴?"

"11시예요, 11시! 5분밖에 안 남았어요!"

"도대체 어느 11시란 말이오?"

"생사가 결정되는 그 11시요! 에릭은 그렇게 말하고 방금 나갔어요. 그는 너무나 무서워요. 거의 제정신이 아니에요. 가면을 벗어 던지자 그의 노란 눈이 불꽃처럼 날 노려봤어요! 그는 웃기만 했어요! 이러더군요. '지금부터 5분의 시간을 주지! 이거 받아.'

그리고 그 작은 생사의 가방에서 열쇠를 꺼내며 말했죠. '이건 여기 루이 필리프 풍의 방 벽로 선반 위에 있는 두 개의 검은색 상자를 여는 청동 열쇠야. 두 상자 중 하나에는 전갈이 들어 있고 다른 하나에는 메뚜기가 들어 있지. 둘 다 일본산 청동으로 대단히 정교하게 만든 것이지. 전갈과 메뚜기가 당신의 대답을 대신해 줄 거야. 당신이 전갈을 돌리면 '예스'라는 대답을 하는 것이고 메뚜기는 '노'라는 뜻이야.' 그러더니 그는 술에 만취한 악마처럼 웃어댔어요. 난 고문실 열쇠를 달라고 애원하고 호소했지요. 그렇게만 해준다면 그의 아내가 되겠다고 약속했어요. 하지만 그는 고문실 열쇠는 이제 필요없다며 호수에 던져버리겠다고 했어요! 그러고는 다시 술 취한 악마처럼 웃고는 나가버렸어요. 오, 그는 마지막으로 이렇게 말했어요. '메뚜기! 메뚜기를 조심해! 메뚜기는 회전만 하는 게 아니지. 메뚜기는 폴짝폴짝 점프를 하지! 신나게 높이 점프!'"

그러는 사이 그 5분이 거의 지나가고 이제 전갈과 메뚜기 이야기가 온통 내 머릿속을 어지럽혔다. 그럼에도 나는 크리스틴이 메뚜기를 선택하여 그게 튀어오르면 수많은 인간들도 함께 날아가 버릴 거라는 사실쯤은 충분히 알 수 있었다! 그 메뚜기가 화약고를 폭파하는 전류를 작동하는 장치임이 분명했다.

크리스틴의 목소리를 듣고 이제 완전히 정신을 차린 듯한 자작은 오페라하우스와 우리 모두가 어떤 상황에 처해 있는지를 서둘러 간략히 설명했다. 그는 즉각 전갈을 돌리라고 말했다.

잠시 동안 아무 소리도 들리지 않았다.

"크리스틴!" 내가 소리쳤다. "어디 있어요?"

"전갈 옆에요!"

"만지지 말아요!"

에릭을 잘 아는 나는 갑자기 그런 생각이 들었다. 그 괴물이 크리스틴을 또 한 번 속였을지도 모른다는 생각 말이다. 어쩌면 전갈이 폭파 장치일지도 모른다. 그렇지 않다면 에릭은 왜 이 자리에 없는가? 5분은 이미 오래전에 지났다. 그런데 그는 아직 돌아오지 않고 있다. 어쩌면 그는 이미 피신한 다음 폭발을 기다리고 있는지도 모른다! 왜 그는 돌아오지 않는 걸까? 그는 정말 크리스틴이 희생하는 쪽을 선택하지는 않을 것이라 생각했을까? 왜 그가 돌아오지 않지?

"전갈에 손대지 마세요!" 내가 말했다.

"그가 와요!" 크리스틴이 소리쳤다. "소리가 들려요! 그가 왔어요!"

우리는 루이 필리프 풍의 방으로 가까워지는 그의 발자국 소리를 들었다. 그는 크리스틴에게로 왔지만 아무 말도 하지 않았다. 그때 나는 목소리를 높여 말했다.

"에릭! 나야! 누군지 알겠나?"

너무나 침착하게 그는 즉각 대답했다.

"아직 안 죽었군, 그래? 그럼 입 닥치고 있어."

내가 뭔가 말을 하려 했으나 그가 차갑게 가로막았다.

"입 다물게, 다로가 친구. 아니면 다 날려버릴 테니." 그가 말을 이었다. "하지만 그 영광은 아가씨에게 있지. 그런데 전갈은 건드리지 않았더군." 그는 너무도 유유히, 너무도 침착하게 말했다. "그리고 메뚜기도 건드리지 않았지. 하지만 옳은 일을 하기엔 아직도 늦지 않았어. 봐, 난 열쇠가 없어도 이 상자들을 열 수 있어. 난 뚜껑 문 애호가인데다 내가 원하는 건 무엇이든 열었다 닫았다 할 수 있거든. 이제 상자를 열었어. 아가씨, 이 귀여운 것들을 봐요. 정말 예쁘잖아? 크리스틴, 당신이 메뚜기를 돌리면 우리 모두 날아가버릴 거야. 우리 발 아래에는 파리의 4분의 1쯤은 거뜬히 날려버리기에 충분한 화약이 있거든. 전갈을 돌리면 화약은 모두 물에 잠길 거야. 그럼 당신은 이 순간 마이어베어의 형편없는 작품에 박수 갈채를 보내고 있는 수백 명의 파리 시민들에게 대단히 근사한 선물을 하는 것으로 우리 결혼을 기념하게 되겠지. 그들은 목숨을 선물 받게 될 거야. 당신의 그 고운 손으로 전갈을 돌리면 우린 즐겁게, 즐겁게 결혼할 거야!"

잠깐 침묵이 흘렀다.

"2분 후에 당신이 전갈을 돌리지 않으면 내가 메뚜기를 돌릴 거야. 내가 말했지. 메뚜기는 높이 점프한다고!"

무시무시한 침묵이 다시 시작됐다. 샤니 자작은 이제 기도 외에는 달리 할 일이 없다는 걸 깨닫고는 무릎을 꿇고 기도를 시작했다. 나는 너무나 격렬히 요동치는 심장이 터져버릴까봐 두 손으로 가슴을 움켜쥐어야 했다. 마침내 에릭의 목소리가 들렸다.

"2분 지났어. 안녕, 폴짝, 메뚜기!"

"에릭!" 크리스틴이 소리쳤다. "전갈을 돌리면 되는 거라고 맹세할 수 있어요?"

"그럼 결혼으로 점프하는 거지."

"방금 점프라고 했어요?"

"우리의 결혼으로 점프한다는 뜻이지, 순진하긴! 전갈을 돌리면 무도회가 열릴 거야. 그럼 된 거고! 하지만 전갈을 택하진 않겠지? 그럼 내가 메뚜기를 돌리지!"

"에릭!"

"됐어!"

나는 크리스틴과 한 목소리로 소리를 질렀다. 자작은 여전히 무릎을 꿇은 채 기도를 하고 있었다.

"에릭! 내가 전갈을 돌렸어요!"

그리고 우린 영원처럼 생각되는 다음 순간을 기다렸다!

우리는 기다렸다. 거대한 폭발음과 함께 폐허 더미 속에 산산조각 난 우리 모습을 상상하며!

그때 발 밑에서 뭔가가 부서지는 듯하더니 열려 있는 뚜껑 문을 통해 '쉿' 하는 섬뜩한 소리가 들렸다. 마치 로켓이 발사될 때 나는 소리 같았다.

그 소리는 처음에는 부드럽게 조금씩 커지더니 나중에는 아주 크게 들렸다. 그러나 폭발 소리는 아니고 오히려 물소리에 가까웠다. 그 소리는 이제 분명히 '콸콸콸콸' 하는 물소리로 들렸다.

우리는 뚜껑 문으로 달려갔다. 공포심 때문에 생겼던 갈증이 물소리와 함께 되살아난 것이다.

지하실의 화약통 위로 물이 차오르기 시작했다. "물통! 물통 파실 분 안 계세요?" 우리는 타는 듯한 갈증을 느끼며 지하실로 내려갔다. 물은 턱까지, 입까지 올라왔다. 우리는 지하실 바닥에 서서 물을 마셨다. 그런 다음 어둠 속에서 다시 한 계단 한 계단 위로 올라왔고 물도 따라서 계속 차올라왔다.

물은 이제 지하실을 다 채우고 고문실 바닥까지 적셨다. 이런 식으로 계속 물이 차오르면 호숫가 집 전체가 물에 잠길 판이었다. 고문실 바닥은 이제 작은 호수처럼 변해버렸고 발까지 물이 올라왔다. 사방이 물에 잠기고 있었다! 에릭이 물을 잠가야만 한다!

"에릭! 에릭! 화약이 물에 다 젖었어! 물을 잠가! 전갈을 잠그라구!"

하지만 에릭은 대답하지 않았다. 물이 차오르는 소리 외에는 아무것도 들리지 않았다. 이제 물은 무릎까지 올라왔다.

"크리스틴!" 자작이 소리쳤다. "크리스틴! 무릎까지 물이 찼어!"

하지만 크리스틴도 대답이 없었다. 물소리밖에 들리지 않았다.

아무도, 우리 옆방에는 그 전갈을 돌려 물을 잠글 사람이 아무도 없었다!

우리는 어둠 속에서 서서히 불어오르며 몸을 휘감아오는, 차가운 물속에 홀로 있었다.

"에릭! 에릭!"

"크리스틴! 크리스틴!"

이제 우리는 더 이상 바닥에 발을 디딜 수조차 없었고 저항할 수 없는 소용돌이에 휩쓸려 이리저리 빙빙 돌고 있었다. 거센 소용돌이에 휩쓸려 거울에 몸을 부딪쳤고 거울은 다시 우리를 밀어냈다. 자작과 나는 소용돌이 위로 얼굴을 내밀고 힘껏 소리를 질렀다.

이 고문실에서 결국 익사하게 되는 것일까? 그런 건 한 번도 본 적이 없었다. 마장데랑 시절의 에릭은 저 작은 창문으로 내게 이런 장면을 보여준 적은 없었다.

"에릭! 에릭!" 나는 소리쳤다. "내가 목숨을 구해줬잖아! 기억하라구! 넌 사형 선고를 받았었지! 나 아니었으면 넌 벌써 죽었을 거야! 에릭!"

우리는 마치 난파선처럼 물속에서 빙빙 돌고 있었다. 그런데 갑자기 내 손에 철나무가 잡혔다! 나는 샤니 씨를 불렀고 우리는 철나무 가지에 매달렸다.

물은 계속 차오르고 있었다.

"아! 기억나요? 이 나뭇가지와 둥근 지붕 모양의 천장 사이 공간이 어느 정도나 됐는지? 기억해 보세요! 물은 어느 정도에서 멈출 겁니다! 이제 멈추는 것 같아요! 안 돼, 안 돼, 오, 끔찍해! 헤엄쳐요! 죽을 힘을 다해 헤엄쳐요!"

살기 위해 마구 헤엄을 치다 우리 둘의 팔이 엉켰다. 숨이 막혔다. 우리는 어두운 물속에서 몸부림쳤다. 컴컴한 물 위로 공기도 들이마실 수가 없을 지경이었다. 환기구 같은 곳으로 공기가 빠져 나가는 소리가 들렸다.

"빙빙 돌다가 공기 구멍을 찾게 되면 거기 입을 갖다 댑시다!"

그러나 나는 힘이 없었다. 벽을 잡으려 했지만 잡을 수가 없었다. 손가락으로 잡으려 했지만 그 유리벽은 얼마나 미끄러운지! 우린 또다시 빙빙 돌고 있었다! 점점 물속으로 가라앉기 시작했다! 마지막 필사의 몸부림! 마지막 비명 소리…….

"에릭! 크리스틴!"

"콸콸콸콸!" 귀에 들리는 소리는 그것뿐이었다. 어두운 물속 밑바닥에서 오직 그 소리만 들렸다.

완전히 정신을 잃기 전, 그 물소리 중간에 나는 이런 소리를 들은 것 같다.

"물통! 물통 파실 분 안 계세요?"

제 26 장
유령의 사랑 이야기의 끝

　　여기까지가 페르시아인이 남긴 글의 전부이다. 샤니 자작과 페르시아인은 분명 죽을 수밖에 없는 끔찍한 상황에 빠졌으나 결국 크리스틴 다에의 숭고한 희생으로 목숨을 건지게 됐다. 이 이야기의 나머지 부분은 페르시아인의 입을 통해 직접 전해 들을 수 있었다.

　　페르시아인을 만나러 갔을 때 그는 여전히 튈르리 정원 맞은편 리볼리 거리의 작은 아파트에 살고 있었다. 그는 건강이 매우 좋지 않았지만 나는 진실을 찾겠다고 약속한 역사가로서 모든 노력을 동원해 그 믿기 어려운 비극을 다시 한 번 되새기도록 그를 설득해야 했다. 충직한 늙은 하인 다리우스가 주인에게 나를 안내해

주었다. 페르시아인은 튈르리 정원이 내려다보이는 창가에서 나를 맞이했다. 그의 눈빛은 여전히 당당했으나 얼굴은 매우 초췌해 보였다. 머리를 한 가닥도 남김없이 말끔히 깎은 그는 거의 항상 양모피로 만든 모자를 쓰고 있었다. 길고 소박한 윗옷을 입은 그는 무의식적으로 소매 안에서 엄지손가락을 비틀고 있었다. 그러나 정신은 대단히 또렷했고 모든 일을 어제 일처럼 생생하게 이야기해 주었다.

정신을 잃었던 페르시아인이 눈을 떠보니 침대 위에 누워 있었다. 샤니 자작은 옷장 옆 소파에 있었다. 천사와 악마가 그들을 내려다보고 있었다.

고문실에서의 그 수많은 속임수와 환각을 겪고 나서, 이렇게 작고 조용한 방에서 보는 평범한 물건 하나하나의 모습은 죽음의 문턱까지 다녀온 사람에게 생생한 악몽을 꾸고 있다는 혼란을 불러일으키기 위해 만들어진 것만 같았다. 나무로 된 침대를, 왁스 칠을 한 마호가니 의자, 서랍장, 놋쇠 제품들, 의자에 조심스럽게 놓인 정사각형의 조그만 의자 등받이 덮개, 벽난로 선반 위의 시계, 선반 양쪽 끝에 아무렇지도 않게 놓인 작은 검정 상자, 그리고 조가비와 붉은 바늘방석, 진주모로 만든 배 모형, 엄청나게 큰 타조알 같은 물건들로 가득한 장식 선반이 있었고 작은 원형 탁자 위에 세워둔 램프의 불빛이 이 모든 것들을 차분히 비추고 있었다. 오페라하우스 지하실 밑바닥에서 이렇게 촌스럽고 소박하며 평범한 물건들을 보는 것은 지금까지 겪었던 그 모든 기이한 사건들보다 더 놀라웠다.

그리고 이런 고풍스럽고 말쑥한 작은 방에서 가면을 쓴 에릭의 모습은 더더욱 무시무시해 보였다. 그는 페르시아인 쪽으로 몸을 구부려 귀에 대고 말했다.

"좀 괜찮은가, 다로가 친구? 내 가구를 보고 있군. 어머니가 남긴 것들이지."

크리스틴 다에는 아무 말도 하지 않았다. 그녀는 침묵의 서약을 한 수녀처럼 소리 없이 움직였다. 그녀가 감로주인지 뜨거운 차인지를 한 잔 가져왔는데 정확히 무엇이었는지는 기억나지 않는다. 에릭이 크리스틴에게 그 잔을 받아 페르시아인에게 주었다. 자작은 여전히 잠들어 있었다.

에릭은 페르시아인의 잔에 럼주를 한 방울 떨어뜨리고 자작을 가리키며 이렇게 말했다.

"그는 자네보다 이미 오래전에 정신이 들었어. 그는 괜찮아. 자고 있어. 깨워선 안 돼."

에릭은 잠시 방을 나갔고 페르시아인은 팔꿈치로 몸을 일으켜 주위를 둘러보다 벽난로 옆에 앉아 있는 크리스틴을 보았다. 그는 그녀에게 말을 걸고 싶었으나 아직 너무 기운이 없어 다시 베개 위로 쓰러졌다. 크리스틴이 다가와서 그의 이마에 손을 대보고는 다시 사라졌다. 페르시아인은 그녀가 방을 나가면서 자작에게는 눈길도 주지 않았던 것을 기억하고 있다. 자작은 정말 평화롭게 잠들어 있었고 그녀는 다시 벽난로 옆 모퉁이 의자에 앉아 침묵의 서약을 한 수녀처럼 조용히 있었다.

에릭은 작은 병을 몇 개 가지고 돌아와 벽로 선반 위에 갖다 놓았다. 그리고 페르시아인 쪽으로 와 맥을 짚어보고는 잠든 자작을 깨우지 않으려고 낮은 목소리로 말했다.

"이젠 살았어, 자네들 둘 다. 아내가 기뻐하도록 자네를 곧 지상으로 데려다주지."

그렇게 말하고는 일어나 더 이상 아무런 설명도 하지 않고 또다시 사라졌다.

페르시아인은 램프 아래 크리스틴의 조용한 모습을 보았다. 그녀는 가장자리에 금박을 입힌, 종교 서적으로 보이는 조그만 책을 읽고 있었다. 그는 에릭이 너무나 자연스러운 어조로 "아내가 기뻐하도록"이라고 하던 말이 아직도 귓가에 맴돌았다. 아주 조용히 크리스틴의 이름을 불렀지만 그녀는 책에 열중한 나머지 소리를 듣지 못했다.

에릭이 돌아와 그에게 뭔가 마실 것을 만들어주면서 '아내'나 다른 누구에게도 다시는 말을 걸지 말라고 충고해 주었다. 그런 행동은 모두의 건강에 굉장히 위험할 수도 있다는 것이었다.

마침내 페르시아인도 자작처럼 잠이 들었다. 잠에서 깼을 때 그는 자신의 집에서 하인 다리우스의 간호를 받고 있었다. 다리우스의 설명에 따르면 그는 지난밤 자신의 아파트 문 앞에 쓰러진 채로 발견됐으며 어떤 낯선 사람이 그를 아파트까지 데려다놓고 벨을 누른 뒤 사라졌다는 것이다.

기력을 회복하자마자 페르시아인은 자작의 건강을 살피려 필리프 백작의 집으로 찾아갔다. 그가 들은 대답은 젊은 자작은 실종됐고 백작은 죽었다는 것이었다. 백작의 시체는 스크리브 거리 쪽, 오페라하우스의 호숫가 둑에서 발견됐다. 페르시아인은 고문실 벽 너머에서 들었던 에릭의 진혼곡이 생각났으며 이 범행, 그리고 범인이 누군지 너무도 분명히 알 수 있었다. 에릭의 소행임을 아는 그로서는 이 비극의 전말을 손쉽게 재구성할 수 있었다. 동생이 크리스틴 다에와 도망쳤다고 생각한 필리프 백작은 브뤼셀 거리를 따라 동생을 찾아 나섰다. 백작은 그곳에 도피를 위한 모든 것이 준비되어 있다고 생각했던 것이다. 그러나 두 사람을 찾지 못한 백작은 동생 라울이 그 괴이한 연적에 대해 이상한 확신을 가졌던 사실과 그가 어떻게든 극장 지하실에 들어가려 했던 점, 또 라울이 크리스틴의 분장실에 텅 빈 권총 케이스와 그 옆에 놓인 모자만 남겨두고 사라져버린 사실을 떠올리고 오페라하우스로 다시 급하게 돌아왔다. 동생이 미쳐버렸다고 확신한 백작은 직접 그 악마의 지하 미로로 들어간 것이다. 페르시아인이 보기에는 이 정도로도 샤니 백작의 시체가 호숫가에서 발견된 점을 설명하기에 충분했다. 호수는 물론 에릭의 충실한 사이렌이 감시를 하는 곳이기 때문이다.

페르시아인은 주저하지 않았다. 그는 경찰에 알리기로 결심했다. 이제 사건은 포르라는 판사의 손으로 넘어갔다. 의심 많고 진부하며 천박한(이건 내 생각이다) 그는 한마디로 이런 종류의 사건을 진실로 받아들일 정신적 자세가 되어 있지 않은 인물이다. 포르 씨는 페르시아인의 진술을 받은 다음 그를 미친 사람 취급했다.

페르시아인은 결국 청문회가 열릴 가능성에 대해서는 단념하고 직접 글을 쓰기 시작했다. 아마도 언론에서는 좋아했겠지만 경찰은 그의 증언을 원하지 않았기 때문이다. 어쨌든 그는 바로 앞장에서 내가 인용했던 그 부분까지 글을 쓴 상태였다. 바로 그때 다리우스가 낯선 남자의 방문을 알려왔다. 이 방문객은 이름도 밝히지 않고 얼굴도 보여주지 않으면서 주인과 직접 얘기하기 전에는 떠나지 않겠다는 것이다.

페르시아인은 즉각 이 이상한 방문객이 누구인지 직감했고 들여보낼 것을 지시했다. 그가 옳았다. 그것은 유령, 에릭이었다!

에릭은 극도로 약해 보였고 쓰러질 듯 벽에 몸을 기댔다. 모자를 벗자 밀랍처럼 하얀 이마가 드러났다. 무시무시한 얼굴의 나머지 부분은 가면에 가려 보이지 않았다.

페르시아인은 에릭이 들어서자 몸을 일으켰다.

"필리프 백작을 죽인 살인자, 자작과 크리스틴 다에한테는 무슨 짓을 했지?"

에릭은 이 말에 몸을 휘청거렸으나 잠시 입을 다물고 기둣이 의자로 다가가더니 깊은 한숨을 내쉬었다. 그러고는 짧은 문장으로 말을 이어가며 단어 사이사이로 숨을 헐떡였다.

"다로가, 필리프 백작에 대해 말하지 말게. 그는 죽었어. 그러니까 내가 집을 떠날 때쯤 죽었지, 사이렌이 노래할 때. 그건 사고였어. 슬픈 사고, 아주 슬픈 사고였어. 백작은 기이한 모습으로 빠지긴 했지만 그냥 자연스럽게 호수에 빠진 거였어!"

"거짓말!" 페르시아인이 소리쳤다.

에릭은 고개를 떨구며 말했다.

"여기 온 건 필리프 백작 때문이 아니야. 난 곧 죽게 될 거야. 그 말을 해주러 왔어."

"라울 샤니와 크리스틴 다에는 어딨지?"

"난 죽을 거야"

"라울 샤니와 크리스틴 다에 어딨어?"

"사랑 때문에 난 죽어가고 있어. 사랑 때문에 그렇게 된 거야. 난 그녀를 너무도 사랑했어! 지금도 사랑하고 있지. 다로가, 난 지금 그녀에 대한 사랑 때문에 죽어가고 있어. 그녀가 얼마나 아름다웠는지……. 살아 있는 그녀가 키스를 허락했을 때. 처음이야, 처음! 다로가, 처음이라구. 여자에게 키스한 건. 살아 있는 그녀에게 키스를 했어. 그녀는 마치 죽은 듯 아름다웠지!"

페르시아인은 에릭의 팔을 잡아 흔들며 말했다.

"그녀가 살았는지 죽었는지 말해 주게."

"왜 그렇게 날 흔드는 건가?" 에릭은 좀더 또박또박 말하려고 애쓰며 물었다. "난 곧 죽을 거라네. 그래, 난 살아 있는 그녀에게 키스했어."

"지금은 죽었단 말인가?"

"난 그녀의 이마에 키스했지. 그녀는 내 입술이 닿았지만 고개를 돌리지 않았어! 오, 그녀는 정말 착한 여자야! 그녀가 죽었냐구? 아닐 거야. 하지만 그건 나와 아무 관계도 없어. 아니, 그녀는 죽지 않았어! 아무도 그녀의 털끝 하나 건드리지 못할 거야! 그녀는 착하고 정직한 여자야. 자네 목숨을 구한 것도 그녀 덕이지. 나 같으면 자네의 몸뚱이에 동전 두 닢도 주지 않았을 텐데 말이야. 사실 아무도 자네에 대해 관심 없어. 그 어린 친구와 거긴 왜 온 건가? 자네도 죽을 뻔했어! 오, 그 젊은 친구를 위해 그녀가 얼마나 애원하던지! 하지만 그녀가 전갈을 돌렸을 때, 자유 의지에서 나온 그 행동을 통해 그녀는 나와 약혼한 것이며 두 남자와 약혼할 수는 없다고 내가 말했지.

자네는 존재하지도 않았어, 더 이상 이 세상에 없는 인물이었지. 자넨 그놈이랑 같이 죽게 돼 있었어! 그런데 잘 듣게, 다로가, 자네가 물에 빠져 미친 듯이 소리칠 때 크리스틴이 아름다운 푸른 눈을 크게 뜨고 내게로 와서 맹세했지. 살고 싶으니 내 아내가 되겠다고 말이야! 그때까지 그녀의 깊은 눈동자에서 난 언제나 죽은 여자의 모습을 보았어. 그런데 난 그때 처음으로 그 눈동자에서 살아 있는 여자를 보게 된 거야. 살고 싶다는 건 진심이었어. 자살 같은 건 하지 않았지. 일종의 거래 같은 거였어. 30분쯤 지나자 물은 호수로 빠져나갔지. 하지만 자네 때문에 애 먹었어. 난 자네가 죽었다고 생각했지! 그런데 말야! 살아 있더군! 두 사람을 지상으로 데려다줘야 한다고 생각했어. 그래서 루이 필리프 풍의 방에서 자네를 꺼내주고 난 혼자 돌아왔지."

“샤니 자작은 어떻게 했나?” 페르시아인이 말을 자르며 물었다.

“아, 그렇지, 자작은 곧장 데려다줄 수가 없었어, 그는 인질이었
거든. 하지만 호숫가 집에도 둘 수가 없었지, 크리스틴 때문에 말
야. 그래서 그를 아주 얌전히 묶어서 편안한 상태로 가뒀어. 마장
데랑의 향기를 맡은 그는 아주 축 늘어졌지. 그는 국민군 지하 감
옥에 있어. 지하 5층 아래, 오페라하우스에서 가장 멀리 떨어져 있
고 철저히 버려진 곳이지. 그곳엔 아무도 가지 않고 그곳의 소리
는 아무도 들을 수 없지. 그런 다음 난 크리스틴에게 돌아갔어. 날
기다리고 있더군.”

에릭은 여기서 엄숙하게 일어났다. 그러고는 말을 이었으나 말
을 하면서 자신이 겪었던 그 모든 감정에 압도되어 나뭇잎처럼 몸
을 떨기 시작했다.

“그래, 그녀가 날 기다리고 있었어. 살아 있는 채로, 정말 살아
있는 신부가 날 기다리고 있더군. 그녀가 바랐던 것처럼 말이야.
어린아이보다 더 두려워하며 내가 다가섰지만 그녀는 달아나지
않았어. 아니, 그 자리에 있었어, 날 기다렸어. 난 말이야, 그녀가
이마를 내밀었다고 생각해. 많이는 아니고 아주 조금. 살아 있는
신부처럼 말이야. 그리고 난 그녀에게 키스했어! 내가! 내가 말이
야! 그녀는 죽지 않았어! 오, 얼마나 기분 좋은 일인지……. 다로
가, 누군가의 이마에 입 맞춘다는 게 말이야! 자네는 모를 거야!
하지만 난 알지, 난 알아! 어머니, 내 불쌍하고 불행했던 어머니는
한 번도 허락하지 않았지. 입 맞추는 거 말야. 어머니는 도망갔어.

그리고 내게 가면을 던졌어! 다른 여자들도 허락하지 않았지. 한 번도, 단 한 번도! 아, 이해할 수 있을 거야, 난 너무나 행복해서 울어버렸지. 그리고 그녀의 발아래 쓰러져 울었어. 그리고 발에 입 맞췄지. 그녀의 작은 발에, 울면서 말야. 자네도 울고 있군, 다로가. 그녀도 울었다네. 그 천사도 울었어!"

에릭은 큰 소리로 흐느껴 울었고 페르시아인도 가면을 쓴 그 앞에서 눈물을 참을 수가 없었다. 에릭은 어깨를 들썩이며 두 손으로 가슴을 움켜쥔 채 고통과 사랑으로 신음했다.

"그래, 다로가. 그녀의 눈물이 내 이마로 흐르는 걸 느꼈어. 내 이마에! 너무나 부드러웠어. 너무나 달콤했지! 눈물이 내 가면 밑으로 떨어져 내 눈물과 섞였지. 눈물은 내 입술을 적셨어. 들어봐, 다로가. 내가 어떻게 했나 들어봐. 난 그녀의 눈물을 한 방울도 놓치지 않으려고 가면을 벗어버렸어. 그런데도 그녀는 도망가지 않았어! 죽지도 않았지! 그녀는 나와 함께, 나를 위해 눈물을 흘렸어. 우린 함께 울었다고! 난 이 세상 모든 행복을 맛보았어!"

그러고는 숨이 막히는 듯 의자에 쓰러졌다.

"아, 아직은 죽지 않을 거야, 곧 그렇게 되겠지만. 하지만 울게 내버려두게! 다로가, 내 얘길 들어봐. 그녀의 발아래 엎드려 난 그녀의 목소리를 들었어. '불쌍하고 불행한 에릭!' 그러더니 그녀가 내 손을 잡더군! 난 그녀를 위해서라면 언제든지 죽을 수 있는 한 마리 개에 지나지 않았어. 정말이야, 다로가! 난 손에 반지를 들고 있었어. 이전에 그녀에게 주었던 소박한 금반지였지. 그녀가 잃어버린 걸 내가 다시 찾아냈던 거야. 결혼 반지였지. 난 그걸 그녀의 작은 손에 끼워주며 말했어. '자! 받아요! 당신을 위해 그리고 그를 위해 받아요! 내 결혼 선물이 될 거요. 당신의 불쌍하고 불행한 에릭이 주는 선물. 당신이 그 녀석을 사랑하는 거 알아. 이제 울지 말아요!' 그녀는 부드러운 목소리로 묻더군, 그게 무슨 소리냐고. 그래서 난 이제 그녀를 위해서라면 언제든지 죽을 수 있는 한 마리 불쌍한 개일 뿐이라는 것과 그녀가 나와 함께 울어주었고 우리의 눈물이 하나로 섞였기 때문에 이제 그녀가 원한다면 그 젊은 남자와 결혼할 수 있다고 말해 주었지!"

에릭은 감정이 너무 격해져서 페르시아인에게 자신을 쳐다보지 말라고 했다. 숨이 막힐 것 같아 가면을 벗어야 했기 때문이다. 다로가는 창가로 가서 창문을 열었다. 그의 마음은 연민으로 가득 찼지만 괴물의 얼굴을 보지 않도록 튈르리 정원에 있는 나무에 시선을 고정시켰다.

"난 그 젊은이를 풀어주었어." 에릭이 계속했다. "크리스틴이 있는 데로 함께 가자고 했지. 두 사람은 루이 필리프 풍의 방으로 들어가 내가 보는 앞에서 키스하더군. 크리스틴은 내 반지를 긴 채 키스했어. 난 크리스틴에게 맹세해 달라고 했어. 내가 죽으면 스크리브 거리에서 호수를 건너 밤에 날 찾아오겠다고. 금반지를 긴 채 아무도 모르게 날 묻어달라고. 반지는 그때까지만 끼면 된다고 했어. 내 시체를 어디서 찾을 건지, 어떻게 처리할지에 대해서도 다 얘기해 줬어. 크리스틴은 내게 키스했지, 처음으로, 자진

해서, 여기, 이마에 말야. 보지 말게, 다로가! 그녀는 내 이마에 키스했어! 보지 마, 다로가! 그리고 두 사람은 함께 사라졌어. 크리스틴은 더 이상 울지 않았어, 난 혼자 울었지. 다로가, 크리스틴이 약속을 지킨다면 그녀는 곧 다시 돌아올 거야!"

페르시아인은 아무것도 묻지 않았다. 그는 이제 라울 샤니와 크리스틴 다에의 운명에 대한 확신이 들었다. 아무도 그날 밤 흐느끼며 고백한 에릭의 말을 의심할 수는 없었을 것이다.

에릭은 다시 가면을 쓰고 기력을 되찾아 다로가의 집을 떠났다. 그는 죽음이 임박했다는 생각이 들면 페르시아인이 한때 자신에게 보여준 친절에 대한 감사의 뜻으로 세상에서 가장 소중히 간직해 온 물건들을 그에게 보내겠다고 말했다. 그건 크리스틴이 라울을 위해 썼던 글과 에릭에게 남긴 글 등 크리스틴이 쓴 편지와 장갑, 구두 장식, 두 장의 손수건 같은 그녀의 물건 몇 가지였다. 페르시아인의 이런저런 질문에 대해 에릭은 두 사람이 자유로이 남들 눈에 띄지 않고 행복하게 살 수 있는 외딴 곳의 신부를 찾아가기로 했으며 그러기 위해 '파리 북역'에서 기차를 타고 떠났다고 말했다. 마지막으로 에릭은 페르시아인에게 유품과 서류를 받는 즉시 이 젊은 커플에게 자신의 죽음을 알리고 『에포크』지에도 게재해 줄 것을 당부했다.

이게 전부였다. 페르시아인은 자신의 집 문 앞까지 에릭을 바래다주었고 다리우스가 거리까지 나가는 것을 도왔다. 마차 한 대가 그를 기다리고 있었다. 창가로 돌아가 있던 페르시아인은 마차에 올라탄 에릭이 마부에게 지시하는 소리를 들었다.

"오페라하우스로 가세."

그리고 마차는 밤의 어둠 속으로 사라졌다.

페르시아인은 그때 불쌍하고 불행한 에릭을 마지막으로 보았다. 3주 후『에포크』지에는 다음과 같은 사망 기사가 실렸다.

"에릭 사망"

실제로 존재했던 오페라의 유령에 관한 이야기는 여기까지다. 이 작품의 처음에서 밝혔듯이 에릭이 실존했던 사실을 이제 더 이상 부인할 수는 없다. 지금도 에릭의 존재를 입증할 수 있는, 누구나 확인할 수 있는 증거들이 너무나 많아 샤니 가문의 비극이 시작된 처음부터 끝까지 에릭의 행동을 논리적으로 추적할 수 있다.

이 사건으로 파리가 얼마나 크게 들끓었는지 여기서 새삼 반복할 필요는 없다. 오페라 가수의 납치, 너무도 기이한 상황에서 일어난 샤니 백작의 죽음, 동생인 샤니 자작의 실종, 오페라 가스 조명 담당자와 두 조수가 약물에 취했던 일 등등, 라울과 상냥하고 매력적인 크리스틴의 사랑을 둘러싸고 얼마나 많은 비극과 범죄가 일어났던가! 세상 사람들이 다시는 목소리를 듣지 못하게 됐던 그 멋지고 신비로운 가수는 어떻게 됐을까? 사람들은 그녀가 두 형제 간의 다툼 속에 희생된 것으로 생각했고 아무도 실제로 어떤 일이 일어났는지 의심하지 않았다. 필리프 백작의 설명할 수 없는 죽음 이후 라울과 크리스틴이 사라졌을 때, 두 사람이 남들 눈에 띄지 않는 곳에서 둘만의 행복을 찾기 위해 세상과 멀리 떨어진 곳으로 떠나버린 사실은 아무도 알지 못했다. 둘은 어느 날 파리 북역에서 기차를 타고 떠났다. 어쩌면 나도 언젠가 그 역에서 기차를 타고 노르웨이와 고요한 스칸디나비아의 호수들을 떠돌며 라울과 크리스틴, 그리고 두 사람이 사라진 시기와 같은 시기에 사라졌던 발레리우스 부인의 자취를 찾아 떠날지도 모른다! 어쩌면 언젠가 저 북쪽 하늘에서 한때 음악의 천사를 알았던 크리스틴이 부르는 노랫소리의 외로운 메아리를 듣게 될지도 모른다!

멍청한 포르 판사에 의해 사건이 묻혀버리고 오랜 시간이 흐른 뒤에도 신문들은 가끔씩 이 신비로운 사건을 파헤쳐보려는 노력을 보이곤 했다. 오페라하우스에 대한 모든 소문을 알고 있던 한 석간지는 이렇게 쓰기도 했다.

"오페라의 유령의 발자취를 찾았다."

논조에는 약간의 조소가 섞여 있었다.

온전한 진실을 알고 있으며 그와 관련된 중요한 증거물까지 갖고 있는 사람은 페르시아인뿐이었다. 그 증거물은 물론 유령이 약속했던 소중한 유품과 함께 그에게 전달된 것이다. 페르시아인의 자발적인 도움으로 이러한 증거들을 짜맞추는 역할은 내게 떨어졌다. 매일 나는 조사의 진전 상황을 그에게 알렸고 그는 조사의 방향을 잡아주었다. 그는 오페라하우스에 가지 않은 지 이미 여러 해가 지났으나 건물 구조에 대해서는 완벽할 정도로 세세히 기억하고 있어 건물의 가장 은밀한 곳을 발견하는 데 그보다 나은 길잡이는 없었다. 그는 또 추가 정보는 어디서 얻을 수 있는지, 누구에게 물어보면 되는지도 알려주었다. 페르시아인의 충고에 따라 나는 폴리니 씨를 방문했는데 그 불쌍한 사람은 이제 살날이 얼마 남지 않은 상태였다. 하지만 나는 그가 그렇게 아픈지 전혀 몰랐으며 유령에 대한 내 질문을 듣고 그가 보인 반응을 나는 결코 잊지 못할 것이다. 그는 마치 내가 악마라도 되는 것처럼 날 쳐다보았고 앞뒤가 맞지 않는 몇 마디 말로 짧게 대답했다. 이것만 봐도 그 당시 분주하던 그의 삶에 오페라의 유령이 얼마나 큰 충격을 주었는지 알 수 있다(폴리니 씨는 쾌락을 쫓는 사람으로 알려져 있었다).

폴리니 씨를 방문하고 돌아온 나는 페르시아인에게 별 성과가 없었다고 얘기하자 그는 희미하게 미소 지으며 이렇게 말했다.

"폴리니 씨는 그 사악한 에릭이 자신을 얼마나 기만했는지 결코 몰랐지요."

그런데 페르시아인은 때로 에릭이 무슨 신이나 되는 것처럼 얘기하다가도 어떤 때는 그를 밑바닥 중의 밑바닥 인간으로 취급했다. "폴리니 씨는 미신을 믿는 인물이었고 에릭은 그걸 알았지요. 에릭은 오페라하우스에서 일어나는 공적이고 사적인 일들에 대해 거의 다 알고 있었어요. 5번 박스석에서 그 신비로운 목소리가 폴리니 씨에게 다가와 그가 평소에 어떻게 시간을 보내는지, 파트

너의 신뢰를 어떻게 이용하는지 그런 얘기를 했을 때 폴리니 씨는
더 이상 들으려고 하지 않았죠. 처음에는 하늘의 목소리라고 생각
하고 자신이 저주받았다고 생각했지요. 그러다 목소리가 돈을 요
구하기 시작하자 드비엔 씨도 당한 적이 있는 간악한 협박범한테
희생되고 있다고 생각했고요. 두 사람 다 이런저런 이유로 오페라
경영에 이미 지쳐 있던 터라 그 이상한 계약을 강요한 오페라의
유령이라는 인물에 대해 더 이상 조사해 보려고도 하지 않고 그만
둬버렸어요. 그들은 그 모든 미스터리를 후임자들에게 고스란히
넘겨주고 여태껏 자신들을 괴롭혀온 짐을 벗어버린 데 대해 크게
안도했던 거죠."

나는 페르시아인에게 두 후임자에 대해 얘기하며 몽샤르맹이
『오페라 관장의 회상록』 첫 부분에서는 오페라의 유령의 행동을
그렇게 자세하게 묘사하다가 그 다음부터는 거의 언급이 없는 점
이 놀랍다고 말했다. 이 점에 대해, 마치 직접 쓴 것처럼 회상록의
내용을 속속들이 알고 있는 페르시아인은 회상록 후반부에서 몽
샤르맹이 유령에 대해 쓴 글을 떠올린다면 그 점에 대한 설명을
찾아볼 수 있을 것이라고 지적했다. 여기 그 글을 인용하고자 한
다. 그 글은 그 유명한 2만 프랑 사건을 극히 단순하게 다루고 있
기 때문에 더욱더 흥미롭다.

회상록 첫 부분에서 오페라의 유령의 몇 가지 흥미로운 속임수에 대해
언급한 적이 있는데 나는 여기서 그가 자발적으로 단 한 번 훌륭한 행

동을 해서 나와 리샤르의 모든 걱정을 해소해 주었다는 점만 말해 두겠다. 그 역시 농담에도 한계가 있음을 깨달은 것이다. 더구나 그 농담이 너무나 거액이 걸린 일이었고 더욱이 경위가 그 사실을 듣게 되었으니 말이다. 크리스틴 다에가 사라지고 며칠 뒤 우린 모든 얘기를 털어놓으려고 미프루아 경위와 관장실에서 만나기로 했었는데 리샤르의 탁자 위에서 붉은 잉크로 "오페라의 유령으로부터"라고 적힌 커다란 봉투를 발견했다. 봉투 안에는 유령이 장난 삼아 금고에서 가져갔다 한동안 갖고 있었던 거액의 돈이 들어 있었다. 리샤르는 즉각 이 정도 선에서 만족하고 조사를 중단해야 한다는 의견을 제시했다. 나도 리샤르의 의견에 동의했다. 끝이 좋으면 다 좋은 법이다. 안 그런가, 오페라의 유령?

물론 몽샤르맹은 돈을 되찾은 후에는 특히, 리샤르의 장난기에 잠시 당했던 것이라고 생각했고, 리샤르는 또 리샤르대로 자기가 몇 번 농담한 걸 가지고 복수를 하기 위해 몽샤르맹이 그 모든 오페라 유령 소동을 벌여 장난을 친 것이라고 확신했다.

나는 옷핀으로 막아놓은 리샤르 씨의 주머니에서 유령이 어떻게 2만 프랑을 훔쳐갈 수 있었는지 페르시아인에게 물어보았다. 그는 그런 자세한 부분까지는 알아보지 않았다고 말했다. 하지만 내가 현장 조사를 원한다면, 에릭이 뚜껑 문 애호가라는 별명을 그냥 얻은 것이 아니라는 점을 기억하고 관장실에 가보면 그 수수께끼에 대한 해답을 분명히 찾을 수 있을 것이라고 말했다. 나는 시간이 되는 대로 그렇게 하겠다고 페르시아인에게 약속했다. 또 조사 결과가 만족스러우면 독자들에게도 즉시 이야기해 줄 것이다. 하지만 난 유령의 독창적인 수법을 증명할 그 수많은 증거를 모두 발견할 수 있을 것으로는 거의 생각하지 않는다.

페르시아인의 원고, 크리스틴 다에의 서류, 꼬마 메그(안타깝지만 지리 부인은 이제 고인이 되었다)나 은퇴해서 지금도 루브시엔느에 살고 있는 소렐리 등 리샤르와 몽샤르맹 씨 밑에서 일했던 사람들이 내게 한 진술, 그리고 유령의 존재와 관련한 이 모든 서류들(나는 이것을 오페라의 서고에 보관할 것을 제안한다)은 내가 직접 알아낸 수많은 중요한 증거로 인해 재차 사실임이 확인되었다. 에릭이 비밀 통로를 다 막아버려 호숫가 집은 찾을 수가 없었다. (그렇다 해도 호수의 물을 빼면 쉽게 그곳에 갈 수 있을 것으로 나는 확신한다. 그래서 프랑스 문화예술부에 그러한 조처를 취해주도록 여러 번 요청한 바 있다. 이 책이 출판되기 48시간 전에도 문화예술부 차관 뒤자르댕 보메츠 씨에게 이 문제에 대해 다시 한 번 이야기했다. 호숫가 집에서 「돈 후앙의 승리」악보라도 발견될지 누가 알겠는가?) 하지만 국민군의 비밀 통로는 발견했는데 통로의 널빤지는 이제 부분 부분 부서져내리고 있었다. 나는 라울과 페르시아인이 오페라하우스의 지하실로 잠입할 때 통과한 뚜껑 문도 찾아냈다. 국민군의 지하 감옥에서 나는 거기 갇혔던 불운한 사람들이 벽에다 남긴 수많은 이니셜을 볼 수 있었는데 그중에는 'R'과 'C'도 있었다. 그건 물론 라울 샤니의 이니셜이었다. 그 글자는 지금도 그 자리에 그대로 남아 있다.

독자 여러분도 언젠가 아침에 오페라하우스를 방문하게 되면 가이드를 동반하지 말고 원하는 대로 자유롭게 둘러보는 데 허락을 얻어 5번 박스석에 가서 무대 쪽 박스석을 분리하는 거대한 기둥을 주먹으로 치거나 몸을 가까이 대보라. 안이 텅 빈 듯한 소리가 날 것이다. 그리고 기둥 안에서 유령의 목소리가 들리는 듯해도 놀라지 말기 바란다. 기둥 안에는 남자 두 명이 너끈히 들어갈 만한 공간이 있으니까. 그렇게 많은 사건이 일어났는데 아무도 이 기둥을 돌아보지 않았다는 점이 이상하게 생각된다면 이 기둥의 외부는 아주 견고한 대리석이라는 점과 그 안에서 나온 목소리는 반대편에서 들리는 것 같다는 점을 감안해야만 한다. 이미 우리가 보았듯이 유령은 전문 복화술사였던 것이다. 그리고 기둥은 조각가가 대단히 정교하게 조각하였다. 나는 지리 부인과 유령 간의 신비로운 의사 소통을 가능하게 해주고, 또 유령이 관대함의 표시로 부인에게 돈을 건네주는 데 사용한, 마음대로 올렸다 내렸다 할 수 있는 장식물을 어느 날, 그 기둥에서 발견할 수 있으리라 생각한다.

그러나 이 모든 것은 부관장이 보는 앞에서, 관장실의 의자에서 몇 센티미터 정도 떨어진 곳에서 내가 발견한 것과 비교하면 아무 것도 아니었다. 그것은 바닥에 설치된 뚜껑 문으로, 가로는 판자 하나 길이, 세로는 남자 팔 길이 정도였으며 상자 뚜껑처럼 젖혀지는 문이었다. 그 뚜껑 문으로 손을 내밀어 연미복 호주머니를 손쉽게 뒤질 수 있었던 것이다.

4만 프랑은 바로 이렇게 해서 사라졌고 또 돈이 돌아온 곳도 바로 이곳을 통해서였다.

페르시아인에게 이 일을 이야기하며 나는 이렇게 말했다.

"4만 프랑이 돌아왔으니 에릭은 그 이상한 계약서로 그냥 장난을 친 것으로 생각할 수도 있겠군요?"

"그렇지 않아요!" 페르시아인이 대답했다. "에릭은 돈을 원했어요. 스스로 인간미라고는 눈곱만큼도 없다고 생각하는 그가 비범한 재주와 상상력으로 사람들을 괴롭히면서 양심의 가책 같은 걸 느꼈을 리 없지. 그가 가진 재능은 지독하게 추한 외모에 대한 일종의 보상이었던 게지요. 자발적으로 4만 프랑을 돌려준 것은 더 이상 그 돈이 필요하지 않아서일 뿐이오. 크리스틴 다에와의 결혼을 포기했던 거죠. 지상의 모든 것을 포기했던 겁니다."

페르시아인의 설명에 따르자면 에릭은 프랑스의 루앙에서 멀지 않은 작은 마을에서 일급 석공의 아들로 태어났다. 그러나 그는 어린 나이에 집을 떠나 도망쳤다. 추한 그의 외모는 공포의 대상이자 부모에게조차 두려움의 대상이었기 때문이다. 한동안 그는 장터에 자주 다녔는데 쇼를 벌이는 사람은 에릭을 '살아 있는 시체'로 전시하곤 했다. 에릭은 이렇게 장이 열리는 곳을 따라 전 유럽을 옮겨 다니며 예술과 마법의 원천이라 할 수 있는 집시들 사이에서 예술가이자 마술사로서 기이한 교육을 받은 것으로 보인다. 에릭 인생의 한 시기는 베일에 가려져 있다. 그러나 니즈니 노브고로드 장에 모습을 드러냈을 때 에릭은 그 모든 사악한 재능을 한껏 과시하고 있었다. 이미 그는 지구상의 그 누구도 흉내 내지 못할 만큼 뛰어난 노래 솜씨를 갖추고 있었다. 복화술도 구사했을 뿐 아니라 눈속임 기술이 너무 뛰어나 아시아로 돌아가는 사막의 대상들은 여행 내내 그의 이야기를 하고 또 할 정도였다. 이렇게 해서 에릭의 명성은 마장데랑 궁전으로까지 흘러들어갔다. 이 궁전에는 술탄인 샤안 샤(페르시아의 지배자—역주)의 총애를 받는 어린 왕비가 살고 있었는데 그녀는 하루하루가 따분해 죽을 지경이었다. 그런데 니즈니 노브고로드에서 사마르칸드로 돌아가던 한 모피 장사가 에릭의 텐트에서 본 놀라운 일들에 대해 얘기했고 이 때문에 상인은 마장데랑 궁에 불려갔다. 그리고 이 궁의 다로가, 즉 그 페르시아인이 상인에 대한 심문을 맡았고 이어 에릭을 찾아내라는 지시가 내려왔다. 페르시아인은 에릭을 페르시아로 데려왔고 이후 몇 달간 에릭의 의지가 곧 법이었다. 그는 수많은 끔찍한 범죄를 저지른 장본인이었고 마치 선과 악의 차이를 모르는 것 같았다. 에릭은 수많은 정치적 암살에도 관여했고 당시 페르시아 제국과 교전 중이던 아프가니스탄의 토후에게 불리한 쪽으로 자신의 악마적인 창의력을 사용했다. 샤는 에릭을 총애하게 되었다.

이것이 페르시아인의 글에서도 잠깐씩 언급되었던 바로 그 마장데랑 시절이다. 에릭은 건축에 대해 기발한 아이디어가 넘쳤으며 마술사가 작은 요술상자를 만들어내듯 간단하게 궁전을 고안해 냈다. 샤는 마법의 건물을 세우라고 명령했다. 에릭은 시키는 대로 했다. 그 건물은 너무도 독창적이어서 황제는 아무도 모르는 방법으로 궁전 안에서 남의 눈에 띄지 않게 다니거나 사라질 수 있었다. 궁전의 모든 비밀을 터득한 후 그는 에릭의 노란 눈을 도려내라고 명령했다. 그러나 장님이 되어도 다른 국가를 위해 그런 건물을 세울 수 있으며 또 에릭이 살아 있는 한 누군가는 그 놀라운 궁전의 비밀을 알게 될 것이라는 데 생각이 미쳤다. 결국 에릭을 비롯해 함께 일했던 모든 인부를 죽이라고 했다. 이 극악한 명령을 집행하는 임무는 마장데랑의 다로가에게 맡겨졌다. 하지만 에릭은 그에게 사소하지만 몇 가지 도움을 준 일이 있었고 그를 정말 즐겁게 해준 적도 많았다. 페르시아인은 그런 에릭에게 도피 수단을 제공하여 목숨을 구해주었으나 그런 관대함 때문에 자신의 목이 달아날 뻔했다.

다행히 새 먹이가 되어 반쯤 형체가 사라진 시체가 카스피해 연안에서 발견되었고 다로가의 친구들이 그 시체에 에릭의 옷을 입혀두었기 때문에 에릭의 시체인 것으로 판단되었다. 다로가는 황제의 총애를 잃어 재산을 몰수당하고 영구 추방 명령을 받아 쫓겨나게 됐다. 그러나 페르시아인은 왕족의 일원으로서 페르시아 국고에서 매달 몇 백 프랑 정도의 연금은 계속해서 받을 수 있었고 그 돈으로 파리에 와서 살게 되었다.

한편 에릭은 소아시아를 거쳐 콘스탄티노플로 갔으며 그곳 술탄에게 고용되어 일했다. 끊임없는 공포에 시달리는 콘스탄티노플 술탄에게 에릭이 어떻게 해주었는지 설명하자면, 그 유명한 뚜껑 문들과 비밀의 방, 신비로운 금고를 만든 이가 에릭이었다는 점만 얘기하면 충분할 것이다. 뚜껑 문과 비밀의 방, 금고들은 마지막 터키 혁명 이후 일디즈 키오스크에서 발견되었다. 에릭은 술탄의 옷을 입히고 모든 면에서 술탄과 꼭 닮은 자동 인형을 만들어냈다. 이 인형들은 실제 술탄이 다른 곳에서 자고 있어도 깨어 있는 것으로 착각하게 했다. (살로니카 군이 콘스탄티노플에 입성한 다음 날 『마탱』의 특파원이 모하메드 알리 베이와 한 인터뷰를 참조하기 바란다.)

물론 에릭은 페르시아를 떠나야 했던 것과 같은 이유로 콘스탄티노플에서도 일을 그만둬야 했다. 그는 너무 많이 알았던 것이다. 이제 모험이 넘치고 무시무시한 괴물 같은 삶에 지칠 대로 지친 에릭은 '다른 사람들처럼' 되기를 갈망했다. 그래서 그는 다른 사람들처럼 평범한 건설업자가 되어 평범한 벽돌로 평범한 집을 지었다. 그는 오페라하우스 기초 공사에 입찰했고 제출한 견적서도 승인을 받았다. 하지만 그 거대한 오페라 지하실에서 에릭은 예술적이고 환상적인, 마술사로서의 기질이 다시 발동했다. 게다가 에릭의 외모는 여전히 추하지 않았겠는가? 그는 지상 어느 누구도 모르는, 사람들의 눈을 피해 언제나 숨을 수 있는 자기만의 거처를 마련할 것을 꿈꿨다.

나머지는 독자들 모두가 알고 또 짐작하는 대로다. 불쌍하고 불행한 에릭! 우리는 그를 가엾어해야 할까? 아니면 저주해야 하나? 그는 다른 모든 사람처럼 '평범한 사람'이 되기를 원했을 뿐이었다. 그러나 그는 너무나 추했다! 그는 자신의 천재성을 숨기거나 아니면 남을 속이는 데 이용해야 했다. 평범한 얼굴이었다면 인류 역사상 가장 뛰어난 인물이 될 수도 있었을 것이다! 그는 이 세상의 제국을 거느릴 만한 용기를 가졌지만 결국 지하실로 만족해야만 했다. 아, 그렇다. 우리는 오페라의 유령을 불쌍히 여겨야 한다.

나는 에릭의 유해를 보며 그가 저지른 그 모든 죄에도 불구하고 그에게 자비를 베풀어달라고 신께 기도했다. 나는 확신한다. 얼마 전 이런 기도를 올릴 때 내가 본 것이 분명 에릭이었음을. 인부들이 크리스틴 다에의 축음기를 묻기 위해 땅을 파헤쳤는데 바로 그곳에서 유골이 발견된 것이다. 그건 에릭의 해골이었다. 해골이 너무 추했기 때문에 알아본 것이 아니다. 모든 인간은 죽고 나면 다 그렇게 추한 법이니까. 그 유골이 에릭임을 알 수 있었던 것은 에릭이 끼고 있던 그 소박한 금반지 때문이었다. 그 반지는 분명 크리스틴 다에가 약속대로 그를 매장하러 왔을 때 그의 손가락에 끼워주었던 것이 틀림없다.

그 해골은 작은 우물 근처에서 발견됐는데 그곳은 음악의 천사가 기절하여 쓰러지는 크리스틴 다에를 떨리는 두 팔로 처음 안았던 곳이다. 크리스틴을 오페라하우스의 지하실로 데려갔던 바로 그날 밤에 말이다.

이제 그들은 이 해골을 어떻게 할까? 분명 평범한 무덤에 묻지는 않을 것이다! 내 생각에 오페라의 유령의 해골에게 가장 적합한 장소는 프랑스 국립음악원 서고이다. 그건 분명 평범한 해골이 아니니까.

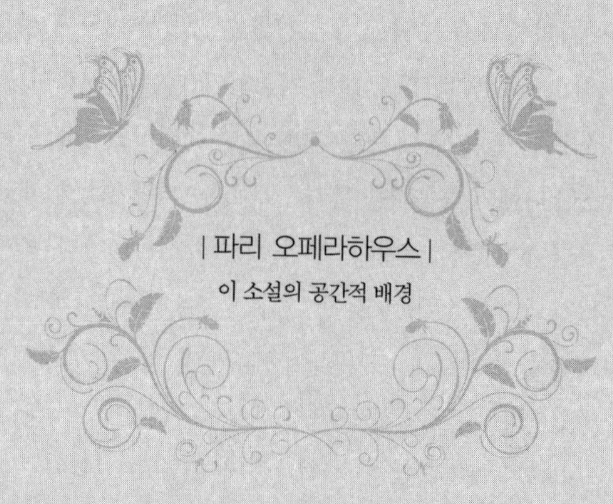

| 파리 오페라하우스 |

이 소설의 공간적 배경

작가 가스통 르루는 상상력을 동원하지 않고 실제 파리 오페라 하우스를 이 소설의 무대 배경으로 삼았다. 파리 오페라하우스가 완공되고 얼마 되지 않은 1879년 『스크리브너』지에 이 건물에 대한 다음과 같은 흥미로운 기사가 실렸다.

제정 시대에 착공하여 공화정 시대에 완공된 새 오페라하우스는 오페라 건물로서는 세상에서 가장 완벽하고 또 가장 아름다운 건물이다. 유럽의 어느 수도에도 설계와 시공 면에서 이렇게 종합적인 오페라하우스는 없으며 어떤 도시에서도 이토록 웅대하고 화려한 건물은 찾아볼 수가 없다.

오페라하우스를 지을 곳은 1861년에 결정됐다. 기초 공사는 대단히 깊고 튼튼하게 해야 했다. 지하수가 나오리라는 것은 충분히 예측되었지만 어느 정도 깊이에서 얼마나 나올지는 알 수 없었다. 기초 공사가 특히 깊어야 할 이유는 또 있었다. 최대 15미터 정도 높이의 세트가 위아래로 오르락내리락할 수 있어야 했기 때문이다. 따라서 완전히 물에 젖은 땅 위에 1만 톤의 무게를 지탱할 만큼 충분히 견고하며, 지하실에 세트나 소품을 보관할 수 있을 만큼 완벽하게 방수를 하는 기초 공사를 해야 했다. 공사가 진행되는 도중 여덟 개의 펌프를 동원해 물을 빼는 작업을 계속했으므로 물이 없는 공간에서 작업을 할 수 있었다. 이 펌프는 증기로 작동하며 3월 2일부터 10월 13일까지 잠시도 멈추지 않았다. 지하실 바닥에 콘크리트 층을 만든 후 시멘트를 두 겹 바르고 또 한 번 콘크리트를 붓고 아스팔트를 입혔다. 벽은 댐 역할을 하는 외벽, 벽돌벽, 시멘트 한 층, 벽 본체 등을 합해 전체 두께가 1미터가 좀 넘었다. 이렇게 한 다음 벽 전체를 물로 채웠는데, 이는 가장 작은 틈까지 물을 침투시켜 손으로 하는 것보다 더 확실하고 완벽하게 침전물이 쌓이면서 빈틈을 메우도록 하기 위한 것이었다. 이 같은 예방 조처 덕분에 건물 완공 후 12년이 지난 지금까지 건물은 전혀 새지 않고 견고함을 과시하고 있다.

1870년 사건으로 인해 본격적인 단계로 접어들던 공사는 중단됐고 새 오페라하우스는 예상치 못한 용도로 쓰이게 되었다. 포위 기간 동안 오페라하우스는 거대한 군용 창고로 바뀌어 갖가지 물품으로 가득했다. 점령 이후 오페라하우스는 국민군 손으로 넘어갔고 지붕은 기구 이륙장으로 바뀌어버렸다. 그러나 그로 인한 손상은 경미한 정도였다.

건축 자재로 사용된 좋은 석재는 스웨덴, 스코틀랜드, 이탈리아, 알제리, 핀란드, 스페인, 벨기에, 프랑스의 채석장에서 실어온 것이다. 외장 공사가 진행되는 동안 건물은 나무판으로 보호되었으나 수

천 개의 작은 유리판을 끼워 공사 진행 과정을 들여다볼 수 있게 했다. 1867년 망치와 도끼를 가진 사람들이 오페라하우스의 외피를 벗겨내자 그 장대한 구조물의 웅대함이 그대로 드러났다. 어떤 그림도 이 건축물의 화려한 색채나 갖가지 자재를 솜씨 있게 사용하여 만들어낸 조화로운 분위기를 따를 수 없을 정도다. 전면은 청중석의 둥근 돔으로 완성되었고 이 지붕의 꼭대기는 부분적으로 금도금을 한 청동으로 씌웠다. 또 노트르담 성당의 탑과 같은 높이에 무대 지붕의 박공 끝 부분이 있는데 지붕 양쪽 끝에는 레켄의 '페가수스'가 솟아 있고 '황금 리라를 들고 있는 아폴론'을 나타내는 밀레의 조각이 꼭대기를 차지하고 있다. 아폴론은 장식 효과만큼이나 실용적인데 금속으로 된 리라의 끝 부분이 피뢰침 역할을 하여 전류를 아폴론의 몸에서 밑부분으로 흘려 보내는 것이다.

열 계단을 올라 문을 뒤로하고 현관에 이르면 륄리, 라모, 글루크, 헨델 등의 동상이 늘어서 있다. 녹색 스웨덴 대리석을 열 계단 올라가면 입장권 판매자들이 있는 두 번째 현관이 나온다. 마차를 세워두는 공간 옆으로 들어서는 방문객들은 매표소가 있는 홀을 지나가게 된다. 공연장에 들어가기 전에 청중들은 정확히 공연장 아래 있는 거대한 원형 현관을 가로질러 간다. 이 원형 현관의 천장은 세로로 홈을 새긴, 쥐라 산맥에서 캐온 바위로 된 열여섯 개의 기둥이 떠받치고 있는데 하얀 대리석 받침대의 기둥들이 주랑 현관을 이루고 있다. 하인들은 여기서 대기하며 관객은 마차가 올 때까지 여기서 기다리기도 한다. 세 번째 입구는 다른 입구와 꽤 다른데 이는 정부

관리 전용이다. 나폴레옹 3세를 위해 따로 마련된 구역에는 경호원 대기실도 있으며 시종 무관을 위한 응접실, 황후를 위한 대형 응접실과 소형 응접실, 모자와 외투 보관실 등이 있었다. 더구나 이런 방들은 입구에서뿐만 아니라 4두 대형마차 세 대, 마차의 옆과 앞의 기마 시종의 말과 호위대 역할을 하는 21명의 기병들을 위한 마구간, 31명의 보병대와 10개의 100인대가 대기할 수 있는 공간, 그리고 이들을 위한 마구간, 15명에서 20명 정도의 하인들을 위한 응접실에서도 가까이 있어야 했다. 따라서 오페라하우스의 이 구역은 사람 100여 명, 말 50필, 마차 대여섯 대 정도를 수용할 수 있도록 만들어야 했다. 황제의 몰락으로 약간의 변화가 있었지만 넉넉한 공간은 지금도 비상 사태를 대비해 남겨두었다.

참신한 설계, 완벽한 기술, 보기 드물게 화려한 건축 자재로 그 웅장한 계단은 의심할 여지없이 오페라하우스의 가장 훌륭한 장소 가운데 하나가 됐다. 이 계단은 매표소 건물을 막 지나온 사람들에게 기가 막힌 모습을 보여주었다. 여기서 청중은 중앙 층계참으로 만든 천장, 천장을 떠받치는 기둥 같은 것들이 아라베스크 문양과 육중한 장식들과 어우러진 모습을 볼 수 있다. 계단은 하얀 대리석이며 고풍스런 붉은 대리석 난간 기둥이 녹색 대리석 홈에 세워져 얼룩 마노로 된 난간을 떠받치고 있다. 층계참의 왼쪽과 오른쪽에는 공연장 바닥으로 이어지는 계단이 있고, 이는 첫째 줄 박스석과 같은 평면이다. 공연장 바닥에는 사라콜랭 대리석으로 된 30개의 거대한 기둥이 서 있고 기둥 받침과 주두는 하얀 대리석으로 되어 있다. 자홍색과 보라색 석재로 된 벽 기둥은 각 해당 벽과 마주보고 있다. 30개의 완벽한 기둥을 만들기 위해 채석장에서 50개 이상의 바윗덩이를 가져와야 했다.

무용수의 로비는 특별히 오페라의 고정 회원들을 위해 만든 것이다. 이 로비는 일주일에 세 번 열리는 공연을 보러 오는 오페라 고정 회원들이 1870년에 확립된 관행에 따라 공연 막간에 입장이 허용되는 장소이다. 세 개의 거대한 거울이 로비의 뒤쪽 벽을 덮고 있으며, 백일곱 개의 버너가 있는 샹들리에가 사방을 밝히고 있다. 이곳에는 프랑스에 오페라하우스가 세워진 이후 가장 유명한 발레리나 스무 명의 초상을 그린 20개의 원형 부조와 '전쟁 춤', '전원 춤', '사랑의 춤'과 '바커스 춤'을 그린 불랑제의 패널화 네 점도 있다. 발레리나들은 이 로비에서 팬들을 맞으며 연습도 할 수 있다. 연습을 위해 벨벳 쿠션 바가 여기저기 편리한 곳에 설치됐고 바닥은 무대와 똑같이 경사지게 해두었다. 이렇게 해서 연습의 성과를 무대에서 잘 발휘하도록 한 것이다. 같은 층에 있는 가수들의 로비는 무용수들의 로비보다는 훨씬 생동감이 떨어진다. 가수들은 무대에 오르기 전에 분장실을 좀처럼 떠나지 않기 때문이다. 이 로비에는 유명한 출연자 서른 명의 초상화가 걸려 있다.

어떤 사람들은 공연이 시작되기 한 시간 전에 미리 도착해서 입구 앞에 앉아 있기도 한다. 먼저 항상 70명의 무대 목수가 도착하며 「아프리카의 여자」를 상연할 때는 배 장면 작업에 110명이 동원되기도 한다. 그리고 무대 실내 장식 담당자들이 도착하는데 이들의 유일한 임무는 카펫을 깔고 커튼을 치는 일이다. 그다음 가스 조명 담당자와 소방수들이 나온다. 그리고 고용된 박수꾼들, 배우 호출원, 소품 담당, 의상 담당, 이발사들, 단역 배우들, 장식 미술가 등이 따른다. 단역 배우의 수는 100여 명 정도인데 일부는 연 단위로 고용되며 군중 장면 단역은 대부분 그저 푼돈이라도 벌려는 근로자들로 대개 마지막 순간에 모집된다. 합창대원 100여 명, 연주자는 80명 정도이다.

다음으로 우리는 왕실의 말을 관리하던 관리들을 보게 되는데 말은 승강기를 이용해 무대로 끌어올린다. 조명용 축전지를 관리하는 전기 기사들, 「샘」 같은 발레에서 물 작업을 관리하는 수력 기사들, 「예언자」에서 엄청난 화재 장면을 준비하는 효과 담당자, 마르그리트의 정원을 준비하는 원예 담당자, 그리고 여러 잡다한 일을 하는 인부들이 있다. 공연자를 위한 시설은 다음과 같다. 80개의 분장실이 출연진에게 배정되고 각 분장실에는 작은 대기실과 작은 옷장이 있다. 이 외에도 오페라에는 남자 60명, 여자 50명인 합창단원을 위한 분장실도 있다. 이의 3분의 1 크기의 분장실이 34명의 남자 무용수들을 위해 마련되어 있고, 분장실 네 개는 각기 다른 급의 여자 무용수 20명을 위한 것이며 190명의 단역 배우들을 위한 분장실도 하나 있다.

이 글에서 발췌한 몇 가지 수치는 오페라하우스의 거대한 규모와 거의 완벽한 편리함을 짐작케 한다. "오페라하우스에는 문이 2,531개, 열쇠가 7,593개가 있고 난방을 위해 보일러 14개와 벽난로 450개가 사용된다. 가스관을 연결한다면 총 길이는 25km에 이르며 저수 시설 아홉 개와 물탱크 두 개에 저장된 100톤의 물은 7,000미터의 파이프를 통해 공급된다. 538명 개개인에 할당된 전용 의상실이 있고, 악기 보관용 벽장 100개를 갖춘 로비가 따로 있다."

이 글을 쓴 저자는 오페라하우스를 방문하고 이렇게 묘사했다. "그곳은 놀랍고도 유쾌한 곳이었다. 시선을 옮길 때마다 거대한 계단과 어마어마한 홀, 엄청난 프레스코와 거울들, 금, 대리석, 공단, 벨벳 등과 마주쳤다."

뛰어난 그림으로 글을 묘사하는 앙드레 카스테뉴는 최근 편지에서 오페라하우스 아래 강인가 호수에 대해 이야기하며, 이제 그곳에는 지하철 세 노선이 겹겹이 통과한다는 사실을 이야기했다.

우리는 소설을 여러 가지로 분류한다. 연애, 순정, 심리, 모험, 추리 등으로. 대부분의 작품은 이들 요소 몇 가지의 결합이며, 『오페라의 유령』에는 이 모든 요소가 다 들어 있다. 작자인 가스통 르루가 현대인이었으면 컴퓨터와 인터넷을 가미해 더 재미있는 작품을 쓸 수도 있었을 것이다. 그러나 무엇보다도 이 작품은 격렬한 애정과 이로 인해 발생하는 갈등, 그리고 파국의 이야기이다.

여기 등장하는 주인공 세 명 중 라울 드 샤니 자작은 매우 '정상적인' 사람이다. 아름다운 처녀로 성장한 소꿉친구를 보고 사랑에 빠지고, 그녀를 에릭의 마수로부터 구출하려고 뛰어다니는 등, 사랑에 빠진 젊은이의 모습을 그대로 보여주고 있다.

　파리 오페라의 프리마돈나인 여주인공 크리스틴 다에는 지상에서는 라울과의 신분 갈등에 고민하고 지하에서는 감탄할 만한 천재성을 갖추고 그녀를 열렬히, 거의 광적으로 사랑하지만 괴물의 외모를 한 에릭의 공포에 시달린다. 그녀가 더욱 고통스러운 것은 두 남자가 모두 자신을 죽도록 사랑한다는 것, 그리고 자신도 지상의 남자를 열렬히 사랑하는 한편 자신의 음악적 재능을 일깨워준 음악의 대 천재, 오페라 지하 왕국의 지배자 에릭에게도 연민의 정을 느끼며 그에게 끌린다는 것이다. 그녀의 마음을 반드시 사랑이라고 할 수는 없지만 질투에 찬 라울은 그녀가 당장 도망치자는 자신의 제안을 거절하고 하루 더 오페라 무대에 서겠다고 하자 이를 괴물에 대한 미련으로 생각해 버린다. 그러나 물고기가 물을 떠나서 살 수 있는가? 천상의 음률로 청중을 압도하고, 이렇게 매료된 청중이 보내는 박수 갈채 없이 프리마돈나가 어떻게 살 수 있겠는가. 바로 이 때문에 그녀는 라울과 같이 도망칠 것에 동의하면서 "내가 안 가려고 해도 날 끌고 가야 한다"고 라울에게 다짐을 받는다.

　이 소설에서 가장 강한 캐릭터는 에릭, 온 세상에 대해 분노한 천재, 추악한 외모 때문에 어머니에게서 가면을 첫 선물로 받은 천재, 「진노의 날」 악보로 벽을 도배하고(진노의 날, 그러니까 최후의 심판 날에 세상은 재가 되고 모든 사람들이 심판관 앞에 설 것이라는 가사로 된 곡) 지하에 사는 것으로도 모자라 관 속에서 잠을 자는 그가 스스로 작곡한 곡의 이름은 「돈 후앙의 승리」이다. 추악한 외모 때문에 어릴 때부터 배척당하거나 구경거리가 되어온 그에게, 자신을 포함한 온 세상이 파멸하는 것을 그리는 「진노의 날」은 큰 위안이 되었을 것이다. 한편으로 그는 세상에서 '잘나가고' 싶은 욕망을 「돈 후앙」의 모습을 빌려 표현한다. 모차르트의 「돈 조반니」가 결국 천벌을 받아 지옥에 떨어지지만 자신의 돈 후앙은 그렇지 않다고 하면서. 이러한 갈등 속에 살던 그는 미모와 음악적 천품을 겸비한 크리스틴을 만나면서 억압되었던 갈망이 폭발했고, 인간 세상에서 보통 사람으로 가장하고 잘 살 수도 있다는 꿈을 갖게 된다. 그러나 그녀가 공포에 사로잡혀 그의 구애를 거절하자 외모와 재능이 서로 반대쪽 극에 있는 가련한 천재가 광기의 길로 들어서는 것은 거의 순리라 하겠다.

　문학 작품이 시대를 초월하여 사랑 받는 이유는 그 보편성에 있다. 컴퓨터는 물론이고 아예 전기, 자동차조차 없던 시절에 쓰인 작품들이 수세기에 걸쳐 인류의 심금을 울리는 것은 당시 사람들을 감동시킨 바로 그 요소들이 우리(그리고 아마 다음 세대까지도)에게 감동을 주기 때문이다. 이 작품에서 그런 요소는 무엇일까? 맨 앞에서 이야기한 대로 "격렬한 사랑과 이를 둘러싼 갈등"이라는, 동서고금을 관통하는 요소이다. 언뜻 보면 이 작품이 뮤지컬로 만들어졌기 때문에 오래 사랑 받는 것 같지만, 뮤지컬이 유럽에서 장수하는 것이야말로 이 작품에 내재하는 가치 덕분이라고 봄이 옳을 것이다.

　이 번역본은 영어판(『The Phantom of the opera』, 1987)을 기본으

로 했고 프랑스어 판(『Le Fantôme de l'Opéra』, 1910)을 참조하여 번역의 완성도를 높이려 노력했다. "명료한 것은 프랑스어가 아니다"라는, 고등학교 불어 시간에 얻어들은 저들의 자부심을 일부나마 확인할 수 있는 기회였다. 프랑스어 판은 전문가들에게 자문을 구했다.

　마지막으로 일일이 이름을 밝히지는 않겠지만 프랑스어, 오페라, 문화적 배경 등에 대해 친절한 설명으로 도움을 주신 모든 분들께 진심으로 감사의 말을 전하고 싶다.

이보경

The Phantom of the Opera